LA PROBABILIDAD DEL UNICORNIO

ELENA CASTILLO CASTRO

TITANIA

Argentina • Chile • Colombia • España
Estados Unidos • México • Perú • Uruguay • Venezuela

1.ª edición Octubre 2017

Copyright © 2017 by Elena Castillo Castro
All Rights Reserved
Copyright © 2017 *by* Ediciones Urano, S.A.U.
Aribau, 142, pral. – 08036 Barcelona
www.titania.org
atencion@titania.org

ISBN: 978-84-16327-38-6
E-ISBN: 978-84-16990-99-3
Depósito legal: B-19.009-2017

Fotocomposición: Ediciones Urano, S.A.U.
Impreso por Romanyà-Valls, S.A. – Verdaguer, 1 – 08786 Capellades (Barcelona)

Impreso en España – *Printed in Spain*

A mi pequeña y preciosa Elena.

I

«Si quieres disfrutar del arcoíris, tendrás que soportar la lluvia».

Dolly Parton

Abbeville. Ciudad del condado de Henry, más antiguo que el propio estado de Alabama, en el que se encuentra. La primera ciudad por orden alfabético en el atlas, tanto por ciudad como por estado.

Vera había buscado toda la información sobre aquel pueblucho en la Wikipedia en cuanto le notificaron cuál sería su refugio. Alabama: el estado de la camelia y del pájaro carpintero, el corazón de los estados del sur.

Cuanto más lejos se encontrara de casa, más a salvo estaría del peligro. Eso es lo que pensaban sus padres y, por desgracia para Vera, ellos aún tenían el control de su vida. Si quería seguir bajo su cobijo económico, no le quedaba otra que pasar el verano de sus diecinueve años en aquel lugar, ubicado en la otra punta del país. A ojos de todos se había convertido en una tardía oveja descarriada, alguien que se había transformado drásticamente de una hija cuya adolescencia había sido discreta, casi ejemplar, a una extraña en la antesala de la edad adulta de la que no se fiaban e incluso se avergonzaban. La deshonra de sus padres era tal que, para ellos, no había una solución mejor que exiliarla bajo coacción hasta el culo del mundo; al menos, así lo sintió ella.

El viaje de cinco horas con escala en Atlanta se le hizo eterno, pues, en el avión, el padre Roman se dejaba caer dormido sobre su brazo, regalándole, a ella y al oído de las cuatro filas de asientos que abarcaban su perímetro, una variedad extraordinaria de ronquidos. Él había casado a sus padres, la había bautizado, la consoló durante la traumática etapa del divorcio e iba un domingo al mes a comer a casa de su madre. Antes de tomar su destino fijo en la parroquia de Long Island, había predicado el Evangelio por Indonesia, Colombia y Chicago y, en este último destino, entabló amistad con un sacerdote que ahora vivía en aquel lugar perdido de Estados Unidos; allí es donde la habían forzado a ir sus padres, bajo la tutela de alguien de su entera confianza. Vera lo miraba mientras profería aquellos roncos sonidos guturales y dudaba mucho de su capacidad para entender o solucionar el embrollo en el que se había visto envuelta. Pero no podía rebelarse, la única forma de conseguir la libertad total de una vez por todas era terminar con sus estudios universitarios, y para ello necesitaba de ambas cuentas bancarias.

Abbeville, un lugar extraño, con gente desconocida y de costumbres absurdas como pasear por el cementerio de pioneros cada año en su Yatta Abba Day. Un pueblo del sur solitario y aburrido. Un destino totalmente injusto.

—Vamos, Vera, ya verás cómo te sorprende esta experiencia. No lo tomes como una sentencia, sino como una oportunidad. —El sacerdote le dio un pequeño apretón en el hombro que pretendía confortarla.

—Padre, usted sabe que yo no merecía este destierro —le dijo mientras avanzaban por los pasillos de la terminal del aeropuerto regional de Dothan. Desplazó su larguísima melena castaña plagada de ondas a un lado para recolocarse el tirante de su bandolera en el hombro y arrastró sus zapatillas Nike detrás del sacerdote.

—Hija mía, cuando se es joven uno no es capaz de entender las decisiones de los padres, pero te aseguro que, en la mayoría de los casos, suelen tener razón. Aunque solo sea por la experiencia que conlleva cumplir años —sermoneó.

—Pero yo ya no soy una niña, ¡soy una mujer hecha y derecha! Aunque no lo parezca por lo que ocurrió, sé cuidar perfectamente de mí misma. En realidad, llevo años haciéndolo y usted lo sabe bien.

—Estupendo, solo tienes que demostrárselo a ellos y aquí tendrás una oportunidad excelente de hacerlo.

Su mirada enfocó unos brazos que se agitaban tras las puertas de salida y aquella conversación se cortó de forma brusca, algo que Vera agradeció pues, de alargarse, habría tenido que decirle que precisamente sus padres divorciados no eran un ejemplo de buenas decisiones en sus respectivas vidas. Ella ya no era una niña que tuvieran que repartirse los fines de semana. Puede que no hubiera tomado las mejores decisiones en los últimos meses, pero la resolución de sus progenitores había sido desproporcionada. Para una vez que se ponían de acuerdo en algo después de tantos años...

—¡Dame un abrazo, Oliver!

Aquel sacerdote no era como se esperaba. El padre Roman se había fundido en un afectuoso abrazo con un afroamericano de altura interminable que no debía de tener más de cuarenta años. Su anciano párroco parecía una pulga entre aquellos tremendos brazos que lo habían despegado del suelo un par de palmos, desatando su risa.

—Conque tú eres la «pecadora». —El sacerdote clavó sus ojos saltones de forma incisiva sobre ella durante un par de segundos.

—¿Acaso no lo somos todos? —le contestó Vera con cierta rebeldía. Jamás habría hablado con tal descaro a un representante de Dios unos meses atrás, aunque solo fuera por la influencia materna, pero oír durante semanas lo que todos pensaban de ella había conseguido que una parte de su ser cayera en el lado más oscuro. Al final se había dejado llevar y había aceptado enfundarse en la forma de ser que todos le adjudicaban.

—*Touché*. —El padre Oliver rompió a reír y se ofreció a llevar parte de su equipaje.

—Ya te dije que te traía a alguien perfecto para tu comunidad. Vera es especial —apuntilló el padre Roman, cuyos pasos arrastrados los retrasaban.

—Todo diamante debe ser pulido para sacar su brillo.

La chica levantó una ceja ante aquel comentario y se puso las gafas de sol para ocultar su mirada furiosa. ¿Pulir? Ella hablaba tres idiomas a la perfección, pertenecía a un grupo de jóvenes que se dedicaba a montar mercadillos benéficos y repartir comida y mantas a los mendigos en las frías noches de invierno en Park Avenue, y llevaba media vida dedicada en cuerpo y alma a los estudios y el deporte. Participaba en competiciones de salto de trampolín desde los doce años, lo que le había valido un año atrás para conseguir entrar en la Universidad de Fordham gracias a una beca deportiva, y en unos años se convertiría en publicista como su madre. Siempre la habían expuesto como un modelo a seguir: guapa, lista, bondadosa, con un estilo particular que la hacía única... Todo aquello, incluida la beca, se lo había llevado el viento en una sola noche, por un solo error. Ahora, tan solo era un diamante en bruto, de dudoso futuro universitario, enterrado en un estado del sur.

Su teléfono móvil viajó ligero con la agenda de contactos borrada al completo como medida de prevención y, como la decisión de enviarla allí había sido tan precipitada, tampoco llevaba mucho equipaje. Gracias a eso entró en su totalidad en el diminuto maletero del Ford que el padre Oliver conducía, tan lento que los mosquitos los adelantaban. Vera se recogió como un guisante detrás y perdió la mirada en el paisaje que, conforme se alejaba de Dothan, se convertía en kilómetros y kilómetros carentes de población. Mientras ellos hablaban, Vera reprimía las ganas de bajar y empujar el coche para ir más rápido y llegar de una vez adonde fuera que la llevaban. No es que estuviera ansiosa por llegar a su destino, pero el calor la asfixiaba dentro de aquel trasto sin aire acondicionado.

«Bienvenido a Abbeville, hogar de Huggin' Molly». Dejaron atrás aquella especie de monumento y, sin entender el significado de los dibujos que había bajo el letrero, algo parecido a una bruja persiguiendo a un niño, abrió bien los ojos para reconocer el terreno.

—Cuenta la leyenda… —el padre Oliver alzó la voz y buscó su mirada por el retrovisor antes de proseguir— que en nuestro pueblo hay un espectro fantasmal, Huggin' Molly; nadie sabe decir si es un hombre o una mujer, pero va vestido de negro y se oculta tras una larga capucha para perseguir a adolescentes y niños que andan por sus solitarias calles cuando la oscuridad cae y la noche se cierra.

—Bonita forma tenéis en este pueblo de conseguir que no haya vida nocturna. —Vera volvió a escurrirse en el asiento, porque no necesitaba mucha más información para deducir que aquel lugar iba a ser la cárcel más aburrida del planeta. Pensó en lo maravilloso que sería beberse una botella entera de vodka y perder el conocimiento hasta que regresaran sus padres arrepentidos a por ella. Calculaba que tardarían como mucho un par de días.

El coche paró a los pocos metros y Vera alzó levemente la mirada para ver lo que ocurría.

—Tengo que repostar, será solo un momento —dijo el padre Oliver con esa alegría que le resultaba fastidiosa.

El coche estacionó bajo un impoluto porche blanco. Era chocante para ella considerar bonita una gasolinera, pero aquella lo era, muy *vintage* con sus paredes de ladrillo, el logo de la Standard Oil Company y los surtidores antiguos, como si fueran piezas de coleccionista. Bajó del todo la ventanilla y a pesar de sufrir los olores a gasóleo del lugar, una suave brisa se coló al interior junto con las voces de quienes no le importaban un rábano.

—¿Puedes hacerme el favor de llenar el depósito, Ben? No quiero llegar a casa de los Kimmel con olor a gasolina en las manos.

—Por supuesto, padre.

—¿Estás cerca, verdad, Ben?

—Hoy más que ayer, como siempre, padre.

Sacó la cabeza un poco para respirar, se subió las gafas de sol al cabello y dejó que la aparente corriente de aire le revolviera los mechones alocados y secara el sudor de su frente. El olor a combustible se hizo mucho más insoportable, arrugó la nariz y regresó al interior.

—Este es el padre Roman y ella es Vera Gillis, nuestra nueva vecina. ¡Dale la bienvenida a Abbeville, Ben!

La presentada enfiló los ojos hacia el sacerdote, ¿qué importancia tenía su apellido allí? Ella ya no era Vera Gillis, hija del famoso productor de música que siempre estaba ausente u ocupado con su nueva familia y de una mujer que, atormentada por su fracaso amoroso, se refugiaba en el trabajo y sus misas diarias. Sus padres siempre habían considerado que ella era el único resultado positivo de su unión, adoraban adjudicarse los méritos conseguidos por ella como si fueran la mejor proyección de ellos y Vera les había dejado hacerlo, pues era lo único que competía con la creencia de que, si ella no existiera, ambos habrían seguido caminos opuestos, nunca habrían vuelto a verse y podrían haber sido más felices. Aquella hija perfecta había desaparecido unas semanas atrás, se había esfumado una noche. La habían hecho desaparecer y recordar su apellido, el que la unía irremediablemente a su familia, la que pensaba que ya no era digna de ser quien era; no era precisamente la tarjeta de presentación que deseaba. Dirigió la mirada al chico de la gasolinera y, antes de que a su mente llegaran las señales que sus ojos le enviaban, rectificó de mala gana:

—¡Vera! Solo Vera.

Enfocó la rabia hacia él, pero lo que encontró fueron unos ojos muy oscuros que la observaban curiosos, indagadores y concentrados, bajo unas cejas arqueadas semiocultas por un mechón negro.

—Bienvenida a Abbeville, ¡Vera!

Podría haber resultado gracioso el hecho de que aquel muchacho gritara su nombre de igual forma que ella lo había hecho, pero su gesto no era de guasa, ni siquiera simpático. No sonreía, no se le movía ni un solo músculo de la cara. Llevó su mano al bolsillo superior de la camiseta gris y sacó una piruleta para ofrecérsela.

Incluso recomida por la rabia de sus problemas familiares, Vera reconoció a primera vista las facciones atractivas de aquel gasolinero y le prestó una mínima atención por ello, a pesar de que su postura con las piernas ligeramente arqueadas le resultó tosca, de que supuso que apestaba a aceite y de que, como era obvio para ella, no era más que un pueblerino sureño.

—Es una piruleta —dijo Ben, moviendo ligeramente la mano que la sostenía.

—¿Seguro que no es una bomba? —preguntó mordaz con una ceja levantada, manteniendo un tono desagradable.

Él apretó los labios y negó con la cabeza:

—No, es una piruleta.

Vera la aceptó y le dedicó una media sonrisa de superioridad que no obtuvo otra en respuesta; por lo que, tras mandarlo mentalmente al cuerno, retiró la mirada y regresó a su escondite escurriendo el trasero por la tapicería desgastada de aquel coche.

El padre Oliver regresó al interior del vehículo para ponerse al volante y, justo cuando las ruedas torcieron a la derecha, Vera giró el cuello para volver a mirar hacia la gasolinera. El chico seguía junto a los surtidores, con la mano sobre la frente a modo de visera y la mirada clavada en la luna trasera del Ford.

—Y bien, ¿qué te parece Abbeville? —le preguntó su párroco.

—Chocante... y pequeño, si es que Abbeville son estas cuatro calles por las que hasta ahora hemos circulado —contestó de forma afilada.

—Te aseguro que es la chica más dulce y encantadora que hayas conocido hasta ahora, Oliver. Solo está en fase de rechazo y negación.

—A mí ya me parece encantadora.

Vera volvió a encontrar unos ojos amistosos en el retrovisor, pero su ánimo no podía corresponder de forma adecuada, por lo que volvió a encajar los cristales polarizados sobre su nariz y se giró para perder la vista a través de la ventanilla.

¿Que qué le parecía Abbeville? Un pueblo desolado, destartalado, casi anclado en el pasado y con poca vida en sus calles. A lo lejos destacaba la enorme torre que sostenía el depósito de agua para el pueblo, había visto un par de cafeterías; una con aquel curioso nombre de Huggin' Molly y otra con un rótulo rosa, Ruby's. Un montón de tiendas para la venta de herramientas y productos agrícolas, y un supermercado con aparcamiento que parecía ser todo un lujo. Sin embargo, en cuanto el coche cruzó el pueblo y apareció la zona arbolada que lo envolvía, esbozó una media sonrisa.

Cruzaron vastas extensiones agrícolas en las que reinaba el silencio, interrumpido solamente por el sonido grotesco de tractores o el aleteo de pájaros volando en bandadas por el cielo azulado. Las casas que salpicaban el panorama eran pequeñas pero encantadoras, con una cuidada pintura blanca y valladas de igual forma. Sus porches, sobre los que revoloteaban hojas caídas y se mecían de forma imperceptible balancines solitarios, estaban decorados con las banderas americanas. El coche cruzó un puente bastante alto sobre un río y Vera se preguntó si podría bañarse en él.

—¿Estas aguas son profundas?

—Más que las de una piscina olímpica. Te dije que este lugar te gustaría, Vera —añadió el sacerdote.

Entonces, meditó. Quizá no mereciera ese destierro, quizás ella no pertenecía a un lugar como aquel, pero quizás, y solo quizás, aquel pueblo no estaba mal del todo. No al menos para estar un par de días; porque, si había algo de lo que estaba segura, es que sus padres meditarían y le devolverían la libertad enseguida.

Por fin, pararon frente a una de aquellas casitas sureñas. Al oír la rodada del coche, una señora de mediana edad con el gesto alegre salió apresurada al porche. Al reconocer al conductor, los saludó de forma eufórica y se limpió las manos en el delantal que rodeaba su gruesa figura. Bajó los escalones y se acercó hacia la puerta de Vera para abrirla. Antes de poder respirar el aire al salir del vehículo, la apretujó entre sus brazos oprimiéndole los pulmones.

—¡Bienvenida, Vera! Soy Ellen, estaba deseando que llegaras. Os esperaba desde hace un par de horas, así que he tenido tiempo para hacer unas rosquillas y unos tomates verdes fritos. Al padre Oliver le encantan,

¿sabes? —A Vera se le escapó un sonrisilla al escuchar aquella graciosa cadencia sureña en el acento.

—¿Dónde está Thomas? ¿Acaso no se atreve a enfrentarse a un humilde siervo del Señor? —preguntó el sacerdote con cierto retintín.

Del lateral de la casa apareció el que Vera pensó que debía de ser el marido de aquella mujer, que al fin decidió soltarla antes de que terminara desmayada en sus brazos por asfixia. Era un hombre de apariencia bastante más anciana y dos como él juntos hacían una sola Ellen. Ambos vestían de forma modesta y despreocupada, así Vera dedujo que en aquel lugar la moda no era un tema de interés, a diferencia de donde venía, un lugar en el que la ropa era otro tipo de arte o una forma de expresión. En cierto modo, aquello la relajó. Estar allí podría resultar más fácil de lo que esperaba. Parecía un lugar de todo menos complicado. Tan solo debía dejar pasar un par de días y sus padres terminarían por extrañarla, por comprender y perdonar. Ella ya no era una niña y, aunque lo ocurrido la hubiese convertido en una chica que toma malas decisiones, estaba en su derecho a cometer errores. Seguro que Abbeville caería pronto en el olvido.

2

«El Norte es una dirección, el Sur es un estilo de vida».

Southern lifestyle

El matrimonio ofreció un vaso de limonada a los sacerdotes en el porche mientras ella, en silencio, observaba a los cuatro discutir con mucha pasión sobre asuntos vecinales. Aprovechó para hacerse con el lugar, mirar los alrededores de la casa en la que se iba a hospedar y, con disimulo, intentó echar un vistazo al interior a través de la ventana con visillos ondeantes. Era una sensación extraña, no era como ir a un hotel donde los muebles no tienen un dueño en particular; allí, cada rincón, cada retrato sobre las repisas de madera, contaba la historia de una familia y le daba vida a aquel hogar. Se sintió una intrusa. A pesar de la cariñosa bienvenida, cada metro de aquel lugar y aquellas caras la hacían sentir como un mosquito en el Polo Norte.

—Así que tus padres querían alejarte de la gran ciudad. —Ellen se giró para incluirla en la conversación.

—Algo así —contestó Vera con los brazos cruzados bajo el pecho. No tenía muy claro si ellos sabían el verdadero motivo por el que se encontraba plantada allí de mala gana y miró al padre Roman.

—Vera es una chica excelente —su sacerdote se irguió para contestar apremiante—, pero hay cualidades imposibles de desarrollar en aquel mundo ajetreado. Estar aquí le vendrá bien, necesitaba...

—... respirar aire puro —sentenció Thomas. Estaba encendiendo una pipa y, tras dar varias caladas rápidas para avivar la llama, localizó los ojos de la joven y lo afirmó serio. Parecía que entendiese que aquel no era el momento apropiado para dar explicaciones detalladas.

—Seguramente estás deseando ver tu nuevo dormitorio. Dejemos a los hombres y vayamos dentro. —Ellen se levantó y la invitó a seguirla.

Al pasar tras la silla de su marido, él elevó la mano y ella se la agarró, se detuvo para besar su mejilla y prosiguió como si ese gesto fuese tan habitual como natural en ellos. A Vera se le estrujó el corazón. Eran tan dispares físicamente, presumiblemente en carácter también, y, sin embargo, aquel gesto hizo que encajaran a la perfección y desprendieran un amor que nunca había visto entre sus padres antes del divorcio.

—Nuestra hija Liah vive en Puerto Rico —comenzó a contar Ellen con cierto tono melancólico—. Se casó con un chico de allí y regentan un hotel de estos que están tan de moda ahora en los que apenas hay muebles, todo es blanco y te cobran por noche un ojo de la cara. A ella nunca le gustó vivir en un pueblo pequeño, solo viene a vernos cada par de años. Sígueme por aquí, cielo.

Vera subió las cejas como si entendiera a la perfección los motivos por los que su hija se había ido de aquel lugar. Ellen la dirigió escaleras arriba hacia la habitación que había al fondo del pasillo. Al abrir la puerta se encontró con lo que parecía la habitación de matrimonio y Vera miró confusa.

—Subir estas escaleras me cuesta cada vez más, tengo las rodillas fatal y hemos habilitado la habitación de Liah abajo para nosotros. Prácticamente, toda esta planta la vas a usar tú sola. Ahí está el baño e incluso encontrarás una pequeña terraza si abres esa puerta, para ti solita. ¿Te agrada? —Hablaba rápido pero con falta de aire.

Podía entender que hubiera decidido usar solo la planta baja al ver cómo jadeaba tras subir unos diez escalones y para Vera aquello era fabuloso: ¡Intimidad!

—¿Puedo pasar para dejar tu equipaje dentro? —Thomas apareció por detrás; había subido las escaleras con la maleta de la chica e intentaba esbozar una sonrisa.

No estaba muy convencida de que a él le agradara tanto la idea de tenerla allí como a Ellen, pero que le pidiera permiso para entrar en «su» habitación, hizo que la sintiera como suya en aquel instante.

—Por supuesto, no tenía por qué haberla subido, podía haberlo hecho yo —respondió ella, intentando ser al menos educada.

—La que tiene las rodillas mal es Ellen —contestó sin mirarla—. Los padres ya se han marchado, dicen que volverán mañana para que puedas despedirte del padre Roman.

Ellen, que la miraba con la sonrisa apretada y nerviosa, volvió a apretujarla contra su cuerpo y profirió un gritito de alegría:

—¡Es maravilloso tenerte aquí, Vera!

Asumió que aquella mujer la abrazaría más de lo que le gustaba y por ello le dedicó la sonrisa más dulce y artificial que pudo desplegar. Seguidamente, ambos la dejaron en aquella estupenda planta superior privada para aclimatarse y disfrutar de una ducha fría antes de la cena.

Olía a limpio; la señora Kimmel debía de haber adecentado cada metro con esmero y aquello resquebrajó un poco su coraza, se sintió culpable. Vera no quería estar allí, había llorado hasta caer exhausta cuando sus padres le dieron el ultimátum y, mientras, aquella mujer depositaba todo su entusiasmo en el hecho de tenerla bajo su techo. De la culpabilidad pasó a la rabia y soltó con enfado la maleta sobre la cama para poder colgar su ropa en aquel anticuado vestidor con bombilla. Que su familia de acogida fuera así de encantadora dificultaba su nuevo estatus de chica rebelde y furiosa con el mundo. Se suponía que era una oveja descarriada del buen sendero. Simplemente, tras todo lo ocurrido no sabía cómo actuar, qué sentir o qué hacer... allí.

Se agobió, le tentó sacar su cuaderno de dibujo de la bandolera para desahogarse, pero al final dejó todo el equipaje por deshacer, cogió un vestido oscuro de algodón que cambió por los largos pantalones vaqueros que la asfixiaban, bajó las escaleras con rapidez y se asomó a la habitación de la que salía aroma a rosquillas.

—Creo que voy a dar un paseo —anunció asomando la cabeza por la cocina, donde Ellen fregaba los vasos de la limonada.

La pilló desprevenida y la mujer no supo reaccionar, por lo que solo afirmó con la cabeza y mantuvo las manos hacia arriba dejando resbalar el jabón hasta los codos. Vera abrió la doble puerta de la entrada y saltó los escalones como alma que lleva el diablo. Ella ya no era una niña, ¡no era una niña! Habrían conseguido enviarla hasta aquel agujero, pero no pensaba permitir que nadie la hiciera sentir como si no fuese capaz de cuidar de sí misma. Quería sentirse libre y dueña su vida.

—¿No te perderás? Apenas conoces los caminos —gritó Ellen desde la ventana de la cocina.

—No iré lejos y es temprano, aún quedan horas para que anochezca y aparezca Huggin' Molly. —Vera quiso bromear con descaro, pero la mujer se santiguó y no rio su gracia.

—Tienes una bicicleta, te la hemos arreglado, ¿la ves?

Apoyado en un árbol había un desfasado modelo rosa con enormes espejos retrovisores que salían del manillar y un sillín blanco.

—¡Era de Liah!

Dudó unos segundos si aceptaba el ofrecimiento, sabía que se iba a sentir muy ridícula sobre aquella bicicleta ochentera sin marchas, pero luego miró a su alrededor y soltó el aire vencida. La cogió y se montó en ella, le quedaba algo alta, seguramente Liah era de más altura que Vera, pero giró el manillar y dio las gracias antes de comenzar a pedalear en dirección a ninguna parte recordando con amargura su precioso coche, aparcado en el garaje del apartamento de su madre en Long Island.

Parecían las afueras de un pueblo fantasma, no había nadie con quien cruzarse por el camino, tan solo kilómetros y kilómetros de plantaciones desoladas. Cierto era que hacía un calor infernal y pegadizo, y sopesó la probabilidad de que la loca fuera ella por salir a pasear pedaleando como si huyera de algo. Continuó en línea recta hasta que sintió un pinchazo en el costado y frenó con brusquedad sobre el camino pedregoso que acompañaba a la carretera, quedó envuelta por la polvareda del camino y tosió. No llevaba agua, ni teléfono. De hecho, no sabía cuál era el teléfono de su nueva casa. Ni siquiera sabía si conseguiría volver a distinguir la casa del resto de las demás diseminadas por el camino. Desenrolló con rabia el pañuelo atado a su muñeca y se lo pasó por debajo de la larga melena, que empezaba a apelotonarse en su cuello por efecto del sudor, y le hizo un nudo con fuerza para recogerla. Le entraron ganas de llorar, bajó y continuó andando arrastrando la bicicleta. Sintió que el corazón se le aceleraba, la frente se le cubría de gotas de sudor y regresaba aquella sensación de asfixia a la que llamaban «ansiedad». ¿Qué demonios le estaba pasando?

«Esta no soy yo».

Se tapó la cara con las manos, abatida. Entonces oyó risas lejanas mezcladas con música *country*. Enseguida apareció en el horizonte una furgoneta roja a bastante velocidad e hizo lo posible por apartarse hacia el arcén. El vehículo pasó veloz y demasiado cerca, arrancando uno de los espejos de la bicicleta, que se le escapó de las manos y voló un par de metros atrás, lo que hizo que algunas piedrecitas del camino golpearan sus piernas dolorosamente. Vera se asustó y retrocedió unos metros; habría volado por los aires de no haber estado a un lado y el corazón se le disparó.

—¡Imbécil! —lo gritó con todas sus ganas, aunque era imposible que aquel grupo de chicos la pudiera oír, porque reían y cantaban desafiando el agarre de los neumáticos al asfalto.

Para su sorpresa, oyó un fuerte frenazo. Se giró y vio cómo el vehículo retrocedía marcha atrás los metros recorridos, hasta llegar donde ella estaba.

Se trataba de un grupo de chicos y chicas que habían cortado su ambiente festivo para comprobar que aquella desconocida no había sufrido daños.

—¿Te encuentras bien? —le preguntó el chico que iba al volante.

—¿Cómo va a estar bien, Dave? ¡¿No ves que le están sangrando las piernas?! Eres un imbécil, te he dicho mil veces que no puedes correr como un loco. —La chica que le acompañaba delante se bajó de la camioneta de un salto.

Al oír aquello, Vera dejó de prestarles atención para mirarse las piernas. No era para tanto, solo algunas pequeñas laceraciones superficiales. Las dos parejas que estaban sentadas detrás abrieron la puerta lateral y se bajaron, por lo que Vera se vio rodeada por aquel círculo de extraños.

—Tío, te la podías haber llevado por delante, te has cargado su espejo y mira cómo ha quedado la bicicleta... —dijo otro de los chicos, uno que parecía el rico del pueblo, con un polo de marca y el cabello bien repeinado. Se aproximó a Vera para poder reconocerla, pero manteniendo una respetuosa distancia—. ¿Estás bien? ¿Te hemos hecho algo más por algún lado?

Vera se chequeó de arriba abajo:

—Dos piernas, dos brazos... Tranquilos, a mí no me habéis mutilado —por fin habló y notó que todos aquellos ojos caían sobre ella.

—Sacaré el botiquín de emergencias —decidió el chico, nada conforme con dejarla así mientras el conductor permanecía visiblemente inalterado.

—No hace falta, son arañazos, no es nada. Me limpiaré con un poco de agua y ya está. —Vera recogió del suelo un par de trozos del espejo retrovisor y los lanzó lejos de la calzada para evitar que se clavasen en los neumáticos de alguien.

—Entonces vente con nosotros, vamos a darnos un baño a Chattahoochee —le ofreció en tono animado el piloto de *rallyes*, ajustándose una gorra oscura.

Ella lo miró con las cejas elevadas y torció la sonrisa:

—No sabéis ni cómo me llamo y queréis que me vaya con vosotros... Podría ser una asesina letal.

Los chicos se rieron y las chicas aprovecharon para escanearla sin disimulo.

—Con esa bicicleta, lo dudo. No das el perfil —dijo el más alto de todos. Vera identificó una melena de esas que dan aspecto de ir a medio lavar, pero que en realidad forma parte de una cuidadosa dejadez para conseguir un aspecto de rebelde. La mirada chulesca y su sonrisa confiada potenciaban su estilo pero aquel no era el tipo de Vera, nunca había funcionado el *look* de «perdonavidas» con ella, por lo que le contestó sin inmutarse.

—No es mía —afirmó al tiempo que la recogía del suelo. Sin embargo, el chico, que llevaba un llamativo bañador de flores en tonos chillones, se la arrebató de las manos.

—Bueno, si solo eres una ladrona, podremos con ello. Aquí no hay mucho que robar, como mucho podrías levantarle el novio a Ally, ¡y ese soy yo!

La chica a la que se refirió, una morena que llevaba los ojos pintados con una alargada raya oscura y de cuyas orejas colgaban unos enormes aros plateados, avanzó y le propinó un puñetazo que, como mucho, Vera pensó que le debió de hacer cosquillas. El chico ni se inmutó y depositó la bicicleta en la parte trasera de la furgoneta atada a unos enganches.

Al fondo, las otras dos chicas permanecían silenciosas, pero la morena de rasgos tribales le dio un codazo a la de rizos rojizos y ambas se miraron divertidas.

—Tú y yo ya no somos novios, Ryan. Te dejé hace un mes, ¿recuerdas?

—Sí, lo que tú digas, nena. —El tal Ryan le sacaba una cabeza y media, y le guiñó el ojo antes de andar con vaivén insinuante—. ¿Y bien, cómo te llamas, ladrona de bicicletas?

—Vera. Y no he dicho que la haya robado, solo que no era mía.

Todos se presentaron y ella dejó que la envolvieran con su afecto sureño. Habían estado a punto de atropellarla, qué menos, pensó Vera.

No sabía bien hacia dónde la llevaban, solo dedujo que iban a un pequeño saliente del río donde acostumbraban a ir a bañarse. No le importaba en realidad, solo pensó durante una décima de segundo en Ellen, que terminaría preguntándose dónde se había metido. Pero bueno, al fin y al cabo, sabía que había acogido a alguien problemático, y aunque solo fuera porque había vuelto a respirar con normalidad, se metió en aquella furgoneta.

Aquel era un grupo bastante compacto; se relacionaban con confianza, gastándose bromas y cantando juntos como si fuera una costumbre, aunque para Vera, solo oírles hablar con aquella cadencia del Sur, ya era como asistir a un concierto de música *country*. Aprovechó para ir curándose en silencio los raspones con un algodón empapado en desinfectante a la par que los observaba; los chicos parecían ser mayores, pero calculó que las chicas rondaban su edad.

Pudo extraer de su conversación que Dave, el conductor *kamikaze*, trabajaba para sus padres en la gran superficie comercial que había visto al llegar al pueblo y que aquella furgoneta roja era la que utilizaba en los repartos. Su chica era Kendall, la pelirroja amiga íntima de Malia, la novia de origen creek del atento chico pijo e hijo del médico de Abbeville, Landon. Y aunque Ally afirmaba con insistencia no ser novia de Ryan, parecían mantener un rollo muy parecido a ese tipo de parejas que a diario terminan rompiendo los muelles del colchón con sus reconciliaciones, por lo que estar sentada entre aquella tensión sexual fue algo incómodo.

Tras unos minutos de viaje llegaron a una zona arbolada dentro de un parque desolado. Giraron a la derecha y aparcaron sobre una pequeña represa. Todos aullaron de alegría y las chicas, casi sin dedicarle una mirada al lugar para asegurarse de que nadie más les hacía compañía, saltaron de la furgoneta y comenzaron a desprenderse de las camisetas de tirantes y los ajustados shorts vaqueros para ir corriendo en bikini hacia el muelle.

—¿No piensas bajar, Vera? —Ryan le ofreció su brazo para ayudarla.

Quiso decirle que no llevaba bañador debajo de su vestido de algodón, pero aquel chico la miraba de forma tentadora, casi desafiante, por lo que dejó que la sujetara como si fuera una pluma y apretó la sonrisa.

—¡Esperad a que echemos un vistazo, chicas! —gritó Landon, reteniendo con la mirada los rasgos nativos de su chica.

Él y Dave estaban descargando una nevera en la que transportaban cervezas entre hielos. Vera ayudó a los chicos a extender toallas en el suelo y a abrir tres sillas plegables de plástico.

Cuando Landon hizo una ronda con la mirada alrededor del muelle agarró a su chica por la cintura y saltó al agua:

—¡Vía libre!

Ally y Kendall saltaron tras la pareja y los otros dos chicos salieron a la carrera hacia el muelle para hacer sendos saltos alocados. Vera se aproximó con cautela y miró desde lo alto de las maderas.

—¿Qué profundidad hay? —les preguntó.

—Es una poza bastante profunda. Unos diez o doce metros. ¿Te da miedo no ver el fondo? —bromeó Ryan.

Inspiró con profundidad y se deshizo del vestido para descubrir su ropa interior color crema. Era consciente de que ellos habían vuelto sus cabezas hacia ella. Oyó un silbido y supo de parte de quién procedía, pero no le importaba en absoluto. Cogió aire y tomó impulso para hacer un salto perfecto. Dejó que el hecho de ir en ropa interior se convirtiera en algo sobre lo que ellos pudiesen hablar a sus espaldas más tarde, de momento acababa de clavar un inverso perfecto. El agua estaba bastante fría y sintió que los arañazos de las piernas le escocían, pero que al mismo tiempo se liberaba de una larga tensión acumulada. Aquel salto, el breve espacio de tiempo en el que sintió su cuerpo volar y el impacto limpio contra la superficie, había sido lo mejor desde hacía muchos días. Dejó que sus extremidades flotaran unos segundos, hasta que las chicas nadaron hacia donde ella estaba.

—¿Cómo narices has hecho eso? ¡Ha sido increíble! —dijo Malia con los ojos muy abiertos.

—No es tan complicado —Vera le quitó importancia, siendo consciente de repente de lo que acababa de hacer delante de un grupo de *terráneos*; así era como ella y los de su club de salto llamaban a todo aquel ajeno a su mundo, en el que la combinación de aire y agua era su medio.

—¿Se puede saber quién eres y de dónde vienes, Vera la Saltadora? —Ryan braceó hasta ella y el resto le imitaron con miradas interrogantes.

—Vengo de Long Island y allí participo en competiciones de salto desde los doce, por eso puedo hacer cosas así, no es tan difícil, en serio. —Ellos continuaban sin pestañear, esperando a que les diera algo más de información—. Voy a quedarme en casa de Thomas y Ellen Kimmel durante unos días y no hay mucho más que contar sobre mí.

—Chica, ¡bienvenida a Alabama! Por fin vamos a tener algo interesante en el pueblo. ¡Nueva York! Soy tu nueva mejor amiga, ¿de acuerdo? —Ally elevó la mano por encima de los demás y Vera aceptó chocarle los cinco a sabiendas de que, en poco tiempo, descubriría lo poco interesante que en realidad se consideraba a sí misma la chica del Norte.

Tras un rato de chapuzones en los que todos la colapsaron con preguntas sobre la vida neoyorkina, a las que intentaba contestar esquivando su propia historia, salieron para tumbarse al sol y beber las cervezas mientras aún estuvieran frías.

Ally, como nueva mejor amiga autoproclamada, le prestó una toalla en la que se lió antes de que los descarados ojos de Ryan se saliesen de sus órbitas y le instó a apuntar su número de móvil en la agenda de su teléfono para poder llamarla.

—No sabíamos que los Kimmel tuviesen familia en Nueva York —comentó extrañada Malia, que intentaba introducir una rodaja de limón en su botellín.

—No soy de su familia, de hecho los he conocido unos diez minutos antes que a vosotros —les dijo, antes de dejar que el sabor agrio de la cerveza raspase su garganta con un potente trago que la sedó.

—Déjame que te ayude, preciosa. —Landon cogió la cerveza de su novia y le introdujo la rodaja retorcida.

—Sí, Landon, ayúdame, ayúdame... —Ryan imitó la voz de Malia con tono obsceno.

Todos rieron menos Landon, que le lanzó varios cubitos de hielo de la nevera:

—Ally, recuérdame por qué hemos dejado que el imbécil de tu ex venga con nosotros.

—Porque nadie más le soporta y el padre Oliver dice que debemos hacer obras de caridad.

Ryan se encogió de hombros inmune al comentario, es más, le lanzó a Ally un beso para luego guiñarle un ojo a Vera antes de preguntarle:

—Entonces, ¿no nos vas a contar por qué te han condenado a pasar las vacaciones de verano aquí, encantadora sirena del Norte?

—Bueno, digamos que, precisamente, soy la obra de caridad del padre Oliver; los Kimmel solo ponen el techo.

—¡Eso es lo que tú te crees! Ya conocerás a Ellen. —Todos rieron con el comentario de Malia.

—Sí, vamos, Landon, cuéntale cómo terminó el hijo del doctor Frazier en la casa de acogida.

El muchacho se repeinó con la mano. No solo se notaba en la forma de actuar con aquel porte erguido, pero natural, que el chico venía de un escalón social superior al resto, sino también de uno económico en su ropa. Tenía un bonito cabello de color ocre, igual que el tono de su polo GAP, y unas deportivas que podían costar lo mismo que una rueda de la furgoneta de Dave, pero estaba lejos de aparentar ser el presuntuoso chico rico del pueblo, sino alguien que disfrazaba un carácter decidido tras una sonrisa educada. Y así fue cómo procedió al oír que los demás le apremiaban para que contase a la nueva aquella anécdota. Landon ladeó la sonrisa y Vera entendió que Malia le mirara con ojos amorosos.

—Digamos que yo también necesité compartir su techo durante un tiempo.

Aquello la extrañó; de todos era el último que tenía pinta de problemático o alocado, como sí resultaban Ryan al hablar o Dave al conducir. Landon recolocó a su chica entre las piernas y redirigió la mandíbula con su mano hacia un ángulo que le permitiera besar sus labios. Vera sintió un pellizco de celos en el estómago ante aquella romántica escena.

—Pero no pienso contártelo si tú no nos cuentas antes tu historia —continuó él, e hizo destacar una cicatriz en su ceja izquierda al elevarla de forma acentuada.

Todos rieron y Vera pensó que quizá porque ellos conocían lo que le había ocurrido al chico, quizá porque no se esperaban que fuese capaz de decirle algo así o puede que simplemente porque el alcohol convertía en graciosos los recuerdos grises.

Ella negó con la cabeza:

—Lo que pasó en Nueva York, se queda en Nueva York.

—Quizá para cuando regreses allí tienes que decir lo mismo de Abbeville —apuntilló Ryan, chocando su botellín contra el de ella.

Los chicos volvieron al agua mientras Vera se quedaba a escuchar cómo Kendall relataba a sus amigas la que había sido su primera cena con los padres de Dave, a los que al parecer consideraban los «nuevos ricos» de Abbeville. Le alegró dejar de ser el centro de atención y que ellas hablaran de sus cosas sin tapujos.

Todo parecía irreal. Ella. Allí. Ese grupo en el que se había colado de forma accidental. Apuró la cerveza y cogió otra sin pedir permiso.

—¡Tened cuidado! Echa un vistazo de vez en cuando, Landon —vociferó Malia con las manos a ambos lados de la boca. Tenía una preciosa melena negra, tan lacia como hilos de seda, en la que dos pequeñas trenzas atadas con un trozo de cuero parecían reivindicar su procedencia.

—¿Cuidado con qué? —preguntó Vera extrañada; la única amenaza posible en aquel pacífico lugar parecía la caída de un meteorito.

—Con los caimanes —le contestó Ally, mientras se recolocaba el pecho dentro de un bikini demasiado pequeño para la talla que en realidad necesitaba.

—¿Caimanes? —Se irguió de forma inmediata y miró a su alrededor—. ¿Me habéis traído a un lugar donde hay caimanes?

—No suele haber y tampoco son de atacar... pero, sí..., hay que vigilar porque puede haberlos. Además, si en el mundo hay cinco mil tipos de serpientes, unas cuatro mil novecientas noventa y ocho viven en el sur. Hay unos diez mil tipos de arañas y todas las diez mil viven en el sur. Solo tienes que recordar que, si algo crece, te picará y, si algo se arrastra, te morderá.

—¿Así es como dais la bienvenida vosotros a los de fuera? —Se giró a ambos lados para asegurarse de que ninguna de esas bestias pudiera estar rondando cerca.

—No, así es como les pedimos perdón por casi atropellarlos —le contestó Landon agitando la cabeza sobre su novia para mojarla con las gotas de agua.

—Si te lo llegamos a decir antes, no te habrías bañado —rio Ally.

—Creo que no estáis muy bien de la cabeza —sonrió Vera.

Ryan se acercó a ella por detrás y la agarró de los hombros:

—Algo me dice que, precisamente por eso, vas a encajar muy bien con nosotros.

—¡Quita tus manos de ella y déjala ya de una vez, Ryan! —Ally le pegó en el brazo de nuevo.

—Controla tus celillos, nena. Ya no estamos juntos, ¿recuerdas?

Ryan fue directo a su ex, le agarró la cara con ambas manos y, a pesar de la resistencia, consiguió robarle un beso en los labios.

A Vera le gustó sentirse parte de algo de repente, aunque fuera de un grupo de tres parejas que ella convertía en algo impar, cojo e inestable. Dave y Kendall, unos novios recién estrenados; Landon y Malia, otros que parecían más afianzados en el tiempo, y, por otro lado, Ryan jugando a «ni contigo ni sin ti» con Ally.

Kendall y Malia amenizaron el resto de la tarde cantando a dos voces canciones de Carrie Underwood y Lady Antebellum. Landon tocaba la guitarra mientras miraba con ojos enamorados a su chica. Vera sintió envidia y pensó en Shark; ni de lejos lo suyo había sido algo así.

Recogieron todo cuando el sol comenzó a caer y el trayecto de regreso volvió a ser un concierto improvisado de voces cantando *country*. Vera no conocía aquellas canciones, pero eran pegadizas y los dramas que escondían sus letras la hacían reír.

Para cuando la camioneta enfiló la calle de los Kimmel, a la cual nunca habría sido capaz de regresar si ellos no la hubiesen llevado, las luces de un par de coches de policía resaltaban en la oscuridad y apretó los dientes.

—Mierda —dijo, maldiciéndose a sí misma.

—No te preocupes, yo hablaré con ellos —se ofreció Landon.

Pudo reconocer a los dos sacerdotes junto al matrimonio y a un par de parejas de policía en la entrada de la casa. Uno de ellos les mostraba una bolsa de plástico llena de cristales rotos, los del espejo retrovisor de aquella estúpida bicicleta.

El padre Oliver se santiguó al reconocerla en la parte trasera de la furgoneta, Ellen le sonrió y Thomas se sacó la pipa del bolsillo evitando mirarla.

—¡Por Dios bendito, Vera! Nos has dado un susto de muerte —bramó el padre Roman.

Landon la ayudó a bajar mientras Ryan hacía lo mismo con la bicicleta.

—Lo siento. Me dejé el móvil.

Fue lo único que les dijo a todos. Continuó caminando hacia la casa y los dejó atrás. Consideraba que tener que justificarse era algo que había dejado definitivamente en Nueva York. Ni siquiera se despidió del grupo de chicos, pero pudo oír a Landon dar explicaciones ya desde la habitación que sentía extraña pero segura. Se asomó a la ventana y vio cómo alzaba la vista el hijo del médico y continuaba hablando; Ryan le lanzó un beso apoyado en el lateral de la furgoneta, y Ally sacó la cabeza de la ventanilla para señalarle su teléfono móvil. Inmediatamente recibió un mensaje de texto suyo:

«Acabamos de salvarte el culo. ¡Bienvenida a Alabama, Vera!».

Sonrió, puso nombre a aquel primer número de teléfono que volvía a dar vida a su agenda de contactos y dejó que las cortinas danzaran un rato hasta cubrir por completo el ventanal. Se lanzó sobre la enorme cama de matrimonio y se topó con los pantalones vaqueros arrugados, de los que sobresalía el obsequio del chico guapo de la gasolinera. No quiso bajar para cenar, de aquel día ya había tenido bastante, por lo que lo primero que comió en Abbeville fue aquella piruleta.

3

«Sweet home Alabama. Where the skies are so blue».

Sweet home Alabama, Lynrynd Skynyrd

—Vera.

Aquella vez Ben repitió el nombre dejándolo escapar de sus labios, mientras miraba cómo se alejaba el pequeño Ford del padre Oliver. Nunca había conocido a ninguna Vera y, desde luego, su nombre no se le iba a olvidar después de la manera en que ella se lo había gritado. Le había atravesado con aquellos enormes ojos enojados color ceniza. La gente solía ser agradable con él, aunque solo fuera porque casi todos los habitantes del pueblo le habían necesitado en algún momento de apuro. Era el «chico para todo»; para cualquier tipo de problemas, él hallaba la solución. Por ello, y porque aquella chica era muy bonita a pesar de su mal genio, no iba a olvidarse de su nombre. Aunque por otro lado, él nunca olvidaba nada.

No todos los días llegaba alguien nuevo a Abbeville y menos para quedarse durante una temporada. Estaba claro que había una historia detrás de ella; todos los que pasaban por la casa de los Kimmel arrastraban una incógnita a despejar. Además, llegaba escoltada por dos párrocos; lo suyo debía de ser bien gordo. Ben se rascó la cabeza, sacó la gorra arrugada del bolsillo posterior de su vaquero y se la encasquetó lleno de curiosidad. La historia de Vera debía de ser de las buenas, pero no tenía tiempo de pensar más en la desconocida, los números le esperaban. Además, solo le quedaba media docena de piruletas. Anotó en su agenda mental que debía comprar sirope de maíz y más extracto de cerezas; las haría a lo largo de la semana y así le llevaría unas cuantas a su hermano.

La tarde era calurosa, al igual que todas las anteriores, y las horas pasaban lentas a la espera de clientes que quisieran llenar sus depósitos o revisar el aire de los neumáticos. Regresó a su silla y agarró el cuaderno lleno de desvaríos que no conseguían conducirle hacia el lugar al que quería llegar. Horarios, cantidades, fechas y coordenadas mezcladas con las variantes fluctuaciones del mercado. Nada conseguía encajar, pero no desistía, en algún momento hallaría la salida de aquel laberinto.

A las cuatro en punto llegó Kevin. Le chocó la mano a forma de saludo y le entregó las llaves de la oficina.

—¿Cómo va el día? —le preguntó su compañero de trabajo con desgana.

—Como todos los martes: flojo. ¿Conseguiste la entrevista?

—Sí, tío, gracias. Solo tuve que repetir las palabras exactamente como me dijiste y me colé dentro como una culebra. Me llamarán en unas semanas para empezar, eres un puñetero *crack*. —Kevin lanzó atenuado su puño contra el pectoral de Ben.

—Ya, bueno. —Ben sonrió con amargura—. Me alegro por ti, aunque lamentaré que dejes esto.

—Tú también lo harás. Solo tienes que seguir con eso...

—Sí, seguir con esto... —Ben pensó de nuevo en su hermano y retuvo un suspiro antes de ejecutar aquel movimiento de labios que sabía que correspondía a aquel momento de la conversación.

—Eso, tío, actitud positiva, ese eres tú.

Volvieron a chocarse las manos y Ben se encaminó hacia su furgoneta. Hizo una parada en Winn Dixie para comprar los ingredientes que necesitaba y las infusiones preparadas de tila y melisa que necesitaba cada noche para calmar su mente y así poder conciliar el sueño. El camino se le hacía ameno, le gustaba escuchar el concurso de radio sobre acertijos o el programa de deportes donde daban los resultados de los partidos de fútbol, comentaban las estrategias y jugadas de los equipos del estado y, mientras, de forma paralela, él imaginaba un mundo imposible donde los entrenadores tenían un par de dedos de frente y gestionaban las cosas con un poco de coherencia, logrando que los Jaguares de Alabama estuviesen mejor posicionados. Los martes, el pequeño tenía terapias y acababa exhausto, por lo que aquel día a Ben no le tocaba ir a verle; llegaría lo bastante temprano para sacar el bote y remar lago adentro, echar sedal y esperar con paciencia a que la probabilidad se cumpliera y su cena fuera trucha fresca asada.

Giró la dirección de la camioneta para abandonar la carretera comarcal e introducirse en el camino estrecho y salvaje que terminaba a los pies de un pequeño lago, donde estaba su casa. Esta había sufrido notables cambios en los últimos años, apenas podía asemejarse a la caja de lata oxidada que había heredado. Cuando su abuelo compró aquel terreno, soñaba con construirse una cabaña justo en el lugar donde terminó por aparcar definitivamente una caravana con la que había viajado por medio país como comercial de aspiradoras. La abuela Rose hacía aquellas piruletas de cereza y así él consiguió ser el número uno en ventas de la empresa gracias al dulce soborno que le ofrecía a los niños para que las madres pudieran examinar el catálogo y escuchar su estudiado discurso promocional. Nunca llegaron a construir la cabaña de madera, su destino se truncó, y toda esperanza de que su hija lo lograra se desvaneció en cuanto se quedó embarazada de Ben. Quizás antes. De hecho, lo más probable es que supieran que era absurdo depositar su confianza en su alocada hija.

A Ben le gustaba donde vivía, principalmente porque era de su propiedad, pero también porque estaba apartado de todo y de todos, tenía suficiente terreno y daba justo a la altura del río donde se formaba una ensenada en la que podía pescar. Por la noche, aquel lugar se sumía en una profunda oscuridad que lo arrastraba hacia el lugar al que siempre había deseado ir. Solo tenía que mirar al firmamento para sentirse en casa.

Se puso un bañador y se dio un buen chapuzón dentro de aquellas aguas en calma antes de seguir durante un par de horas con los cálculos que urgían por salir de su cabeza. Cuando el sol bajó, cogió los aparejos de pesca y remó unos cuantos metros adentro en busca del lugar en que pensaba que aquel día estaría su cena.

Las pequeñas luces que colgaban del techo de la caravana se encendieron de forma automática y Ben supo que eran las ocho en punto. Estaba cerca de rendirse cuando sintió un tirón seco del sedal y le siguió una breve pero intensa batalla de tira y afloja que terminó victorioso al sacar un estupendo ejemplar de al menos quinientos gramos.

Remó de regreso a la orilla, tiró del bote hasta introducirlo en la arena y echó un buen chorro de gel combustible a la barbacoa portátil para que el carbón prendiera con rapidez. Mientras la trucha comenzaba a asarse lentamente, él se dio una ducha rápida. Se miró al espejo para cepillarse el cabello con los dedos y con gesto impasible le devolvió la mirada a aquella imagen sin brillo.

El destello de unos faros iluminaron el interior de la caravana de forma fugaz y el sonido de la rodada de unos neumáticos que se aproximaban se hizo más notable. Se asomó por la ventanilla del baño y reconoció el jeep del hermano de Lisa.

Como siempre, sintió un pellizco en la boca el estómago, volvió a mirarse al espejo y se obligó a recuperar el gesto que aquello merecía. Estiró la comisura de los labios y se forzó a mantenerla.

—¡Te traigo trabajo, Ben!

Él salió de la caravana con unos pantalones de algodón y una camiseta de tirantes para soportar el calor. Saludó con la mano a Landon, pero se encaminó hacia la barbacoa para darle la vuelta a la trucha que comenzaba a desprender un aroma delicioso.

—¿Te quedas a cenar? —le preguntó sin mirar siquiera lo que el chico intentaba descargar de su todoterreno.

—¿Es gordo el de hoy? —Landon se aproximó hasta él cargando la bicicleta en un brazo mientras en la otra mano balanceaba un par de botellines de cerveza.

—Lo suficiente. —Ben aceptó la cerveza y le quitó la chapa con un golpe seco contra el tronco donde partía la leña.

Landon le imitó, pero arrancándola con los dientes, dejó apoyada la bicicleta en el árbol y se sentó en una de las dos sillas de plástico que Ben tenía donde comenzaba la arena de la pequeña playa que se formaba delante de ellos.

—Solo los tontos o los que tienen mucha pasta como para reconstruirse la dentadura hacen eso que acabas de hacer, y te recuerdo que tu madre está por desheredarte. —Ben le dijo aquello con tono bromista, tal y como había aprendido, y le imitó tomando la otra silla.

—Siempre dices lo mismo, tío. Hay otras formas de llamarme tonto, ¿sabes?

—¿Qué le ha pasado? —le preguntó Ben señalando la bicicleta con el botellín.

—Casi hemos atropellado a una chica esta tarde de camino a la poza.

Los ojos de Ben se abrieron desmesuradamente y se giró para mirar con más detenimiento al paciente que ponían en sus manos.

—Suerte que no iba montada en ella —apuntilló Landon.

—¿Quién era? —preguntó Ben, que se había levantado para echarle otro vistazo al pescado y descubrió el nombre de Liah en un lateral del cuadro.

La mente le hizo clic al unir ideas antes de que Landon le contestara.

—Una chica nueva que está con los Kimmel, es una yanqui de Nueva York.

—Vera —dijo Ben con contundencia de espaldas a él.

—¿La has conocido ya tú también? —preguntó sorprendido el chico rubio.

—Más o menos. Esto está hecho un desastre, pero lo tendré en un par de días, quizá tres.

Ben fue dentro a por un par de platos y su cabeza comenzó a pensar en los pasos que debía seguir para cumplir con lo que acababa de asegurar. Los ojos grises de aquella chica acudieron a su mente de forma repetitiva, provocando que comenzara una y otra vez su proceso mental, hasta que regresó junto a Landon y ambos se sirvieron su porción de trucha.

—¿Está bien? —preguntó Ben antes de probar el pescado.

—Deliciosa —contestó Landon con los carrillos llenos.

—La trucha no, la chica, idiota.

Landon elevó una ceja y esperó un par de segundos antes de contestar con una media sonrisa escondida.

—Es bonita, ¿verdad?

Ben no le contestó, comenzó a comer con la mirada fija al lago y volvió a preguntar:

—¿Está bien?

—Claro, tío, ¿acaso crees que estaría aquí si no fuera así? Dave es un idiota al volante, pero hoy se ha llevado un buen susto. Nos la hemos llevado al río y lo hemos pasado genial, por lo que creo que nos ha perdonado el hecho de casi matarla, pero se ha liado buena cuando la hemos llevado de regreso a casa de Ellen. ¡Habían llamado a la policía! Creo que esta chica es la que va a conseguir que por fin se deje de hablar sobre mí y Malia en este pueblo. —Landon volvió a elevar la ceja esperanzado y dio un largo trago de cerveza.

—Siempre hay alguien que sustituye al anterior.

Ambos se miraron y sus ojos se ensombrecieron. Perdieron la mirada en el lago y terminaron de cenar en un silencio mecido por las pequeñas olas que lamían el terreno a escasos metros de sus pies.

4

«Es de cortesía sureña mantener la puerta abierta a alguien,
incluso si está a veinte metros de distancia».

www.southernliving.com

A la mañana siguiente, el sonido de un tractor despertó a Vera del horrible sueño que se le repetía cada noche. Un disparo seco directo a su frente. Otras veces la bala atravesaba el pecho de Shark, pero rara vez su mente recreaba lo que en realidad pasó. Tardó un par de minutos en ubicarse. La habitación estaba a medio iluminar por un sol madrugador que aún no dañaba sus ojos reticentes a abrirse del todo. Se sentó al borde de la cama, la casa estaba sumida en un profundo silencio y sintió que el pecho le pesaba como si estuviera embadurnado de cemento. Se agarró la muñeca descubierta con la otra mano para sentir protección. Un sudor frío le cubrió la frente y, medio mareada, se fue directa a la maleta para sacar un bañador. Iría a aquel puente que había visto la tarde anterior al llegar y se daría un baño cruzando los dedos para que allí no hubiese cocodrilos. Bajó las escaleras con sigilo y dejó una nota indicando adonde iba para evitar otra escena incómoda. Tras andar quince minutos alcanzó el puente de madera rojiza.

El río se extendía varias millas hasta el horizonte y lo cruzaban varios puentes a diferentes alturas. Aquel en el que se encontraba ella era estrecho y estaba algo descuidado, solo se podía cruzar a pie, por lo que el siguiente era para tránsito rodado.

Descendió con cuidado la ladera pedregosa hasta alcanzar la orilla. No había depredadores en la costa, por lo que se sacó el vestido ligero de tirantes y lo tiró al suelo sobre la toalla con flores horteras que Ellen le había puesto en el baño. Se introdujo en el agua activando deliciosamente cada centímetro de su cuerpo. La corriente no era fuerte y, tal y como le había dicho el padre Oliver, aquel río era bastante profundo. Nadó hacia abajo todo lo que pudo un par de veces para alcanzar el fondo y no lo consiguió. Miró hacia el puente, que desde allí abajo se le antojaba imponente, y sintió la necesidad de conquistarlo.

Regresó arriba y se subió a la barandilla. Luego levantó los brazos, se elevó para apoyarse en la punta de los pies, respiró preparándose para el salto y, justo cuando iba a tomar impulso descubrió una camioneta parada en medio del siguiente puente. No tardó en reconocer al conductor, a pesar de que llevaba puesta una gorra calada hasta las cejas. Volvió a adoptar postura e ignoró al gasolinero que la observaba para saltar y clavar un perfecto salto frontal con giro. Cuando su cabeza salió a la superficie, el chico permanecía ahí, le sacó la mano por la ventanilla y levantó su dedo pulgar. Hasta que ella no le devolvió el gesto el muchacho no emprendió la marcha.

Regresó a la casa de los Kimmel calmada y con el sol coronando ya el cielo. Subió las escaleras del porche dispuesta a no sentirse avergonzada por lo sucedido el día anterior y, en cuanto entró, olió a café recién hecho y sus tripas rugieron como una manada de leones hambrientos.

—¡Buenos días, Vera!

En la cocina, Ellen se movía como pez en el agua y le descubrió un despliegue culinario sobre el mantel de motivos frutales.

—Qué buena pinta tiene todo —dijo relamiéndose, pero temerosa de sentarse en una silla que no le correspondiera.

—Sírvete lo que quieras, aquí cada cual lleva su ritmo. Thomas desayunó hace dos horas y está en el campo trabajando —le explicó mientras amasaba algo blanco y esponjoso.

Vera se sorprendió al saber que aquel anciano había salido de allí incluso antes que ella. Tomó asiento frente al ventanal y se sirvió una enorme cantidad de café negro humeante en una taza de latón que parecía sacada de una película de vaqueros.

—Las elegantes las reservo para el té, fueron un regalo de boda. De la tía Emma, de Ohio. ¿Te gusta el té, Vera?

Se sintió mal; Ellen debía de haber visto su gesto al coger aquella taza tosca. Aquella mujer la recibía aquella mañana sin hacer el menor comentario a su comportamiento, con todo el agrado del mundo, como si se resistiera a creer que Vera pudiera ser así de desconsiderada.

—En realidad no, pero este café está muy bueno.

Cogió una tira de beicon tostado y lo engulló mientras untaba mantequilla a un trozo de galleta. Ese no era el tipo de desayunos a los que estaba acostumbrada, de hecho, jamás podría haberlo tomado hace un par de meses, pero ya nada tenía importancia; los cereales integrales también se habían quedado en la residencia de estudiantes.

Como si Ellen tuviese oído supersónico, dejó de amasar y se dirigió a la puerta. Segundos después, Vera oyó el motor de un coche aproximarse a la entrada de la propiedad.

—Deja algo de beicon para el padre Oliver, es su debilidad y soy la única que le permito saltarse su dieta anticolesterolémica —rio la mujer.

Los sacerdotes se unieron a ellas en la mesa del desayuno. El padre Roman saludó a Vera con los labios apretados, parecía medio avergonzado de ella, pero no quiso mirarle demasiado. Si lo que pretendía era regañarla subliminalmente, así lo tendría difícil. Por el contrario, el padre Oliver la saludó con una energía aplastante.

—¿Qué tal has dormido en tu nuevo hogar, Vera? Espero que muy bien, porque hoy mismo comienzas a trabajar.

—¿A trabajar? —preguntó, elevando las cejas hasta casi tocar con ellas el nacimiento del cuero cabelludo.

—Te va a encantar, ya lo he hablado con Milly, la bibliotecaria, está todo organizado. Te pagarán diez dólares a la semana, por lo que calculo que de aquí a cuatro semanas habrás saldado la cuenta con Ben. —Mientras devoraba lonchas requemadas de beicon le dio la explicación.

—¿Con Ben? ¿Quién es Ben? ¿Qué deuda? ¿Y qué trabajo se supone que voy a hacer? ¡No estaré aquí cuatro semanas!

—Vas a trabajar en la biblioteca, están recatalogando los ejemplares y tienen un lío tremendo. Debes pagar los arreglos de la bicicleta. Landon se la llevó ayer a Ben, el chico que conociste ayer cuando paramos a repostar. Tiene unas manos increíbles, os dejará la bicicleta como nueva, Ellen.

—Oh, vaya, no tenía importancia. Era un trasto, pero si se puede arreglar, le será de utilidad a Vera —resolvió Ellen con un golpe de rodillo a la masa.

—De modo que no solo tengo que pasar aquí mi primer verano de universitaria en lugar de estar haciendo prácticas en alguna empresa o de irme de viaje a Europa con un grupo de amigos, sino que también debo trabajar en la biblioteca para pagar una bicicleta que ni es mía ni rompí yo a un chico que no conozco y al que tampoco le he pedido nada. ¿Su hija no se dejaría por aquí también un coche anticuado que poder usar? Sería infinitamente mejor que esa bicicleta.

Vera se sintió frente a un pelotón de fusilamiento tras terminar de hablar. Aquellas personas, desconocidas hasta hacía escasas horas, estaban decidiendo su vida sin consultarle lo más mínimo. Por ello le salió de la boca aquel comentario afilado, desagradecido y egoísta en el que no se reconocía, pero que no pareció molestar a los presentes, excepto al padre Roman.

—Vera, por lo pronto vas a tener que ir andando, y quizá sea lo mejor que puedas hacer ahora, pues te permitirá pensar en el motivo que te ha traído hasta aquí.

La chica hundió la cabeza sobre su plato de huevos revueltos y no volvió a abrir la boca hasta que le dijeron que era hora de ponerse en marcha.

Se despidió del padre Roman en la puerta de la biblioteca, el padre Oliver lo llevaría hasta el aeropuerto para que regresara a Nueva York.

—Vera, intenta reconducirte, aprovecha esta oportunidad. Los Kimmel son un excelente matrimonio cristiano, ya han acogido antes a jóvenes como tú que necesitan un lugar llamémosle «neutral». Te facilitarán las cosas aquí, pero debes poner de tu parte para que esto funcione —le dijo antes de montarse en el coche.

Vera se giró, miró el edificio y soltó todo el aire que contenían sus pulmones con lentitud. Cuando se dio cuenta de que la única persona que realmente la conocía la había dejado allí, en un lugar extraño, un escalofrío le recorrió la espalda y se abrazó a sí misma con un sentimiento de desolación.

Entró en el edificio de la Abbeville Memorial Library, cuya belleza era incapaz de apreciar en aquel momento, y preguntó por Milly. No había nadie más allí, por lo que la mujer a la que se dirigió se señaló a sí misma y le dio la bienvenida.

La llevó directa a una sala desastrada llena de cajas con libros y le explicó que estaban informatizando el catálogo. Debían revisar el etiquetado de cada libro, comprobar su correcta ubicación y más tarde introducir el listado en la base de datos. Como habría dicho el padre Roman, allí había trabajo para no parar hasta el día de la resurrección de los muertos. Cobrar diez dólares a la semana por hacer todo aquel esfuerzo era una broma de mal gusto. Al menos Milly era simpática. Tenía treinta años y una manicura digna de una china adicta al manga.

A lo largo de toda la mañana entraron apenas una decena de personas, por lo que pronto Vera se sintió relajada en aquella habitación. Tenía que trabajar, pero aquello no era un trabajo con fecha de entrega, así que dejó que los minutos se arrastraran sin darse demasiada prisa en realizar la tarea.

Llevaba tres horas allí cuando la cabeza de Ally se coló por la puerta para sorprenderla:

—¿Este es el plan divino del padre Oliver para ti? —le preguntó con malicia.

—Eso parece. Tengo el trasero que ni me lo siento de estar aquí sentada tanto rato —protestó.

Ally entró, cogió un ejemplar de *Caza y Pesca* y puso los ojos en blanco:

—Esto debe de ser aburrido hasta el sufrimiento.

La hizo reír, pero Milly las reprendió con la mirada desde el mostrador de entrada.

—Pero si no hay nadie dentro —le dijo en susurros a Ally.

Ella le sacó la lengua y se sentó a su lado:

—Oye, ¿te importaría acompañarme al banco?

—¿Para qué?

—Necesito apoyo psicológico para desprenderme del dinero de la matrícula de la Escuela de Interpretación. Si voy sola, soy capaz de gastármelo antes de llegar o de arrepentirme. Ya me ha pasado dos veces.

—Claro, aunque no sé cómo voy a impedir que te gastes tu dinero en lo que te dé la gana.

—Porque pareces buena persona y no querrás que me lo gaste en algo diferente al fin por el que otros me han prestado una buena parte, con lo que pasaría a deberle dinero a alguien injustificadamente, como tú.

—¿Cómo narices sabes que le debo dinero a alguien?

—Esto es un pueblo, las noticias vuelan. Pero dime, ¿vamos juntas luego?

Vera se encogió de hombros y aceptó. Desde luego, hacer cualquier otra cosa sería más divertido y Ally le caía bien. Era alocada y lo parecía aún más con esa melena oscura cardada que meneaba de un lado para otro mientras hablaba. Su conjunto de escote sugerente y sus labios pintados de rojo le daban aspecto de más mayor, pero le reveló que tan solo se llevaba un año con ella, por eso a Vera le extrañó que aún no hubiera salido de aquel pueblo para ir tras su sueño.

—Chica, eso vale pasta, por eso llevo trabajando en el cine quitando chicles pegados y barriendo palomitas desde hace tres años. Y bueno, como te digo, soy débil, ya intenté hacer el camino un par de veces y fracasé. —Ambas ahogaron la risa.

Desvió la mirada cuando notó que alguien entraba en la sala y se puso rígida al reconocer al chico de la gasolinera saludar con la mano a Milly antes de meterse en una habitación al otro lado de la sala.

—¿Qué hay ahí dentro? —le preguntó a Ally, asegurando que su tono de voz fuera casi inaudible.

Ally se sonrió antes de contestarle:

—La sala de ordenadores. ¿Es que Milly no te ha enseñado todo esto?

—No.

Ally se rio y volvió a recibir la reprimenda de la bibliotecaria, pero no se achantó:

—¡No hay nadie, Milly! ¡No hay *nadie*!

Vera rio con ella, pero intentó ocultarlo porque no quería enfadar a su jefa el primer día de trabajo.

Ally se acercó a su oído para preguntarle:

—¿Te ha molado Ben, verdad?

Vera pegó un respingo y negó con la cabeza. Era cierto, le había llamado la atención, era un chico tremendamente atractivo, pero se había convertido en menos de un día en alguien con el que tenía una deuda.

—Tranquila, a todas nos ha molado alguna vez Ben, incluso cuando pone esa carita de sabelotodo, pero es un intocable.

—¿Un intocable?

—Nunca ha estado con ninguna chica que se sepa, solo hay rumores.

—¿Es gay?

Ally estalló en carcajadas y con ello sacó de sus casillas a Milly, que le pidió que saliera de la biblioteca.

Sin bajar el tono se despidió de Vera, prometiendo regresar en una hora para ir juntas al banco.

Ella fue incapaz de avanzar en el trabajo, porque su mirada estaba pendiente de la puerta por la que en algún momento tendría que salir Ben.

Le daba igual el motivo por el que le llamaban «intocable»; quería averiguar a cuánto ascendía exactamente la suma que tenía que abonarle y cuándo tendría la bicicleta arreglada. Era consciente de que, si tenía que ir todos los días hasta aquella biblioteca a pie desde la casa de los Kimmel, sus pies iban a terminar llenos de ampollas. Aprovechó un descuido de Milly para salir de aquel despacho acristalado y dirigirse a la sala de ordenadores.

El pulso se le aceleró, que aquel chico fuera tan endemoniadamente guapo la intimidaba, pero más al recordar la forma en que había gritado su nombre al conocerse, con aquel gesto tan impasible en su cara. Se asomó un poco, estaba de espaldas a ella, frente a una pizarra que había colgada al fondo, tras las mesas de las computadoras. Él estaba borrando con un trapo húmedo los trazos de tiza y Vera tuvo que aguantar la respiración. Le recordó a un James Dean algo más cachas, con aquella camiseta blanca de mangas cortas reliadas sobre unos bíceps bien torneados que se marcaban aún más con el movimiento circular que realizaba. Los pantalones vaqueros se le escurrían un poco de las caderas, pero marcaban un trasero en el que detuvo su vista durante más tiempo del debido. De hecho, cuando Ben sintió su presencia y se giró, la pilló con la mirada totalmente embrujada.

—¡Ben! —Redirigió con rapidez sus ojos hacia los de él, pequeños y oscuros. Se irguió bajo el umbral de la puerta, pues aquello no había sonado a saludo, más bien lo había reclamado como si tuviera autoridad sobre él.

—Hola, Vera —la saludó y torció levemente la cabeza a un lado, como si intentara averiguar de inmediato el motivo por el que ella estaba allí—. ¿Puedo hacer algo por ti?

A su pesar, ella saboreó la forma en que pronunció su nombre aquella segunda vez, sin chillarlo, con cercanía, como si fueran dos personas que se conocieran de toda la vida. Aunque sabía que eso se debía tan solo al tono familiar con el que todo el mundo hablaba allí.

—Bueno, sé que Landon te ha llevado mi bicicleta para que la arregles y me preguntaba para cuándo estará lista y cuánto me va a costar. Puedes estar tranquilo de que voy a pagarte, hoy mismo he empezado a trabajar aquí. Así que, pues eso... Soy de fiar. —Se lo soltó de forma atropellada y con un tono demasiado brusco.

—Perfecto, no tenía motivos para pensar que no fueses de fiar. —Ben dobló y soltó el trapo junto a las tizas perfectamente ordenadas—. Tengo que centrarle la rueda, estaba hecha un ocho, y cambiarle la potencia del manillar, eso lo puedo hacer hoy. Pero hay que esperar a que el cristalero me corte los espejos; en un par de días la llevaré a casa de los Kimmel.

—Muchas gracias. —Apretó los labios a la par que arrugaba la nariz expresando conformidad.

—No tienes por qué dármelas, me vendrán bien los cuarenta pavos. —Apagó el único ordenador que había encendido y se acercó a ella.

Cuarenta pavos era una ridiculez. En circunstancias normales Vera se los habría pedido a su padre para no tener que hacer aquel aburridísimo trabajo, pero estaba lejos de encontrarse en circunstancias normales.

—¿Puedo salir? —le preguntó Ben a medio metro de su nariz. Olía bien y Vera pensó que quizás a champú de té verde o a algún tipo de desodorante para gasolineros y se sorprendió, pues daba por hecho que le rodearía un permanente hedor a petróleo.

—Claro, perdona.

Dio media vuelta y regresó a su cubículo, desconcertada. Aquel chico sería rarito, pero había algo en él que le hacía querer conocerle, aunque su actitud tradujera todo lo contrario. Su voz la reclamó de nuevo y alzó la vista hacia él, que le dijo en tono analítico:

—Por cierto, el salto de esta mañana fue casi perfecto.

Vera elevó las cejas y contestó:

—Gracias, supongo.

Ben levantó la mano para responder a su despedida, pero permaneció un segundo de pie frente a la puerta de cristal y entonces movió de forma casi imperceptible la mejilla derecha para ¿sonreír? Vera se dejó caer en la silla y lo vio salir de la biblioteca derecho como un poste eléctrico.

¿Qué podía saber ese pueblerino de saltos de trampolín y qué hacía el chico de la gasolinera en la biblioteca? Pensó que podía también estar trabajando como chico de la limpieza allí, pero solo había estado en la sala de ordenadores. Quizás había ido a consultar algo en la red, porque en realidad él estudiaba y el trabajo en la Standard Oil era una ocupación temporal de verano con la que sacar dinero para pagar la facultad.

Su mente hiló un montón de posibilidades hasta que fue consciente del tiempo perdido y se sintió tonta por pensar en él.

A la hora del almuerzo se despidió de Milly y fuera encontró a Ally tumbada en medio del césped con la cara expuesta al sol.

—¿Has comido ya? —le preguntó sin moverse, como si sus pisadas fueran suficiente saludo.

Vera agitó el envoltorio de papel en el que Ellen le había metido un sándwich de pepino con salmón ahumado.

—¡Estupendo! Cómetelo de camino al banco, está a un paseíto de aquí.

—¿Quieres? —Le ofreció la mitad; no tenía mucha hambre después de aquel desayuno copioso.

—No, gracias. Quiero perder un par de tallas de aquí —se señaló las caderas— y ponérmelas en estas —rio mientras redirigía sus manos al pecho, para luego recolocar el tirante derecho del sujetador. Continuó hablando mientras Vera la seguía divertida—: Voy a ser actriz, ¿sabes? Doy clases de interpretación dos veces por semana con Miss Polly, cuyo currículum se reduce a media temporada como personaje secundario en *Bonanza*, pero eso es lo mejor que tenemos por aquí. Por eso estoy ahorrando para irme a Los Ángeles. Trabajo en el Archie Theater de acomodadora y barriendo las palomitas y demás marranerías, pero eso me permite ver gratis todas las películas. Mi cultura cinematográfica te sorprendería... —hizo una pausa para mirarla—, al menos del cine actual. Aunque eso da igual realmente, supongo que en las audiciones no te preguntan quién dirigió *Love Actually* o si sabes que «¡Es la hora del show!» es una de las frases más repetidas en la historia del cine.

—Conque actriz... Mola. —Vera dio un bocado a su emparedado y tiró el resto a una papelera—. Pues yo llevo toda mi vida cuidando mi alimentación por las competiciones y, qué quieres que te diga, estar a dieta es un asco.

—¡Es un puñetero asco!

Ambas rieron. Ally le ofreció un cigarro y Vera lo aceptó, pero a la primera calada tosió. Sintió como si le atravesaran el pulmón con una afilada daga mortecina y le fue imposible disimular que era la primera vez en su vida que por su garganta pasaba humo de tabaco.

—¿Estás segura de que quieres continuar interpretando este papel? —Le preguntó Ally con una ceja elevada sobre la pasta marrón de sus gafas de sol.

—¿Qué quieres decir?

—Una actriz no puede engañar a otra actriz. Aquí es, vamos a entrar.

Ally tiró su colilla y ella aprovechó para deshacerse del pitillo casi intacto. A Vera le caía bien, parecía tener las cosas claras y así se las transmitía. Aunque diera la impresión de que todo le importase cuatro pimientos, estaba claro que lo tenía todo bien planeado.

En la cola del banco Vera aprovechó para asaltar a su nueva amiga con unas cuantas preguntas que le facilitasen la adaptación al lugar.

—Los de ayer, ¿sois un grupo?

—Solo cuando nos juntamos. Yo soy amiga de Kendall, ella lleva liada con Dave unos meses y Dave era compañero de instituto de Landon. Landon lleva saliendo con Malia un año, es una historia de amor de esas trágicas, pero como no es la mía no te la voy a contar. Y Ryan... bueno, ese desgraciado le cae mal a todo el mundo, pero se lleva bien con todos y yo me entretendré con él mientras no consiga salir de este agujero negro llamado Abbeville.

Ally realizó el pago y guardó el recibo en el bolsillo trasero de su *short* vaquero.

—¿Landon y Ben son amigos? Ben parece unos cuantos años mayor —preguntó Vera a bocajarro al salir de la oficina.

—Algo así, ya te he dicho que Ben es «especial», pero supongo que sí; se podría decir que, dadas las circunstancias, son amigos.

—¿Qué circunstancias?

Ally no pudo contestarle porque el tubo de escape de una moto rugió a sus espaldas y derrapó al frenar.

Ryan se quitó el casco y les ofreció la mejor de sus sonrisas de conquistador.

—¡Qué golpe tan terrible tuviste que darte en la cabeza cuando eras pequeño! —lamentó Ally tirando de su camiseta desde el ombligo al interior de sus pantaloncitos, convirtiendo así su escote en una provocación descarada.

—¿Dónde vais, preciosidades? —preguntó él, ignorando el comentario de su exchica.

Ally le mostró el recibo del pago de la inscripción a la escuela de interpretación, pero era obvio que no le importaba de dónde venían, sino hacia dónde se dirigían.

—¿Me llevas al curro? Llego tarde —le dijo Ally con un guiño de ojo.

Obviamente, Vera dedujo que el significado de esa frase estaba encriptado, pues dudaba de la existencia de una sesión de cine a la hora del almuerzo, pero, tras un pequeño derrape sobre el asfalto con la rueda trasera, ambos desaparecieron dejándola de nuevo sola por aquellas calles tan pocos transitadas. Milly parecía no prestarle atención y no tenía la menor intención de regresar a la biblioteca. Tampoco quería regresar a casa de los Kimmel, por lo que comenzó a caminar sin rumbo fijo intentando memorizar los giros y cruces para no perderse mientras descubría aquel pueblo.

5

El padre Roman siempre decía que los caminos del Señor son inescrutables y aquel día la llevaron de nuevo hasta aquella gasolinera. Divisó al chico al instante, sentado junto a la entrada, concentrado con algo que tenía sobre las piernas. No quería que Ben la descubriera allí, pero algo la retuvo y fue incapaz de girar para tomar otra calle. Se escondió tras una caseta que resguardaba un grupo electrógeno en la acera de enfrente y le espió. ¿Por qué era el «intocable» o el «rarito»? Desde allí parecía alguien normal, a su parecer bastante por encima de la media en cuanto a atractivo físico, pero, comparado con el tipo de gente que ella se cruzaba al andar por Nueva York, era de lo más corriente. No se desviaban muchos coches para repostar, por lo que Ben apenas tuvo que levantarse un par de veces para ir dentro de la oficina a cobrar a los conductores. Se sentaba encorvado sobre sí mismo y sin parar de hacer trazos con un lápiz sobre los folios de una libreta. Borraba con el extremo del lápiz, negaba con la cabeza y, tras perder la mirada al frente unos segundos, volvía a hundirse en su laberinto.

—¿Se te ha caído una lentilla o estás agazapada a la espera de que pase un ciclista al que poder asaltar?

Vera se sobresaltó al oír aquella voz detrás de ella. Giró la espalda y allí estaba el apuesto Landon, en pantalones cortos de deporte y una camiseta transpirable visiblemente empapada. Al verla había parado de forma brusca la carrera; su mirada era curiosa y divertida. Vera sintió que se le encendían las mejillas, pues la había pillado *in fraganti* espiando al chico de la acera de enfrente. El muchacho se puso en cuclillas junto a ella, apoyando los antebrazos sobre sus rodillas.

—No, estoy... Quiero decir... En realidad... —Vera se dio cuenta de que no podía decir nada que no resultase patético.

—¿Ha hecho Ben algo sospechoso hasta ahora? —le preguntó divertido Landon.

—No le espiaba —espetó Vera.

—No, por supuesto —sonrió, con aquellos dientes perfectamente alineados y el sudor brillando en su lacio cabello rubio—. ¿Tienes pensado quedarte aquí haciendo esto tan interesante durante más tiempo o quieres que te acerque a casa de los Kimmel en coche? A no ser que prefieras volver andando.

El sol empezaba a calentarle la sesera a Vera como el fuego a una sartén con huevos, por lo que el ofrecimiento le resultó tentador.

—¿En serio? Estaría genial. Yo ya he terminado con... con esto. —Vera se giró y echó un último vistazo a Ben, que seguía inmerso en su libreta ajeno a sus dos espectadores—. Al parecer no puede hacer nada por la bicicleta hasta recibir unas piezas —añadió, y se incorporó para recuperar algo de dignidad sacudiendo la tierra de su trasero.

—Sí, eso tengo entendido. —Su tono resultaba muy socarrón.

Vera sabía que sus mejillas tenían el color del kétchup; era algo que nunca había podido controlar. Aunque su mente vetaba a los chicos con novia, Landon no dejaba de ser un chico cuya simpatía solo mejoraba lo atractivo que era y, encima, la había pillado ridículamente escondida.

—Pasamos por casa, me ducho en dos minutos y te acerco.

Vera aceptó encogiendo los hombros para recuperar la fachada de chica pasota con la que se había dado a conocer al grupo el día anterior. Sopesó la situación y determinó que, mientras la llevara en coche con aire acondicionado hasta casa, le importaba un comino si tardaba media hora en ducharse.

—Mi casa está cerca, a dos calles de aquí. —Landon se recolocó el cable de los auriculares en el cuello y apagó el dispositivo que llevaba adosado con velcro al brazo.

—Tranquilo, no tengo nada que hacer hasta mañana, ni siquiera sé a qué hora se cena en casa de los Kimmel.

—A las seis y te recomiendo que seas puntual. Ellen pone mucho amor en sus guisos y se entristecerá si ve que con ellos no consigue arreglar un poco tus problemas.

Landon andaba a paso rápido, era enérgico, y Vera pensó que tenerle como amigo sería una buena baza en aquel pueblo. Era el hijo del médico, eso siempre era algo bueno; también era amigo del chico al que debía pasta y, como detalle bomba, era el novio de la única chica que parecía estar a su mismo nivel bajo de aceptación popular. Además, tenía coche.

—Ojalá todo lo mío se pudiera arreglar con un plato de crema de maíz —bromeó ella con la mirada al suelo.

Landon paró en seco y le enfrentó su mano firme:

—Me apuesto tu sueldo de bibliotecaria a que eso es exactamente lo que ocurrirá antes de que te marches de Abbeville.

Ella aceptó su mano y con un apretón zanjaron el pacto:

— ¿Tú también sabes lo de mi condena en la biblioteca?

—Esto es un pueblo, las noticias vuelan —rio.

—Eso dicen, sí.

Cuando Landon torció para abrir la cancela que limitaba aquella enorme parcela, las pupilas de Vera se dilataron.

—¡Qué pasada!

Un par de segundos después se dio cuenta de que, seguramente, se le había quedado la boca abierta frente a la sombra que proyectaba aquella mansión sureña, de hecho estaba bastante segura de ello. Era un edificio octagonal blanco de tres pisos en el que cuatro altísimas columnas frontales destacaban imponentes. Estaba acostumbrada a ver las mansiones de los Hamptons, que eran verdaderas joyas, pero aquella casa, el corazón de una antigua plantación, era como poner un pie directamente dentro del mundo de Scarlett O'Hara.

—Bienvenida a casa de la familia Frazier, cuya magnificencia no supera la ostentación social que mis padres hacen de ella —ironizó Landon, dejando pistas para esclarecer el motivo que lo llevó a cobijarse bajo el techo de los Kimmel y que, al parecer, se solucionó con una cena.

—Bueno, es impresionante —reconoció ella.

—Y vieja, de 1852, para ser exactos. Adelante.

Landon abrió la puerta principal y avanzaron hacia un enorme salón recibidor decorado con exquisito gusto afrancesado, que distaba años luz de las modernas líneas del apartamento en el que ella vivía con su madre en Long Island o el ático minimalista en el barrio de Chelsea de su padre.

—¿Quieres algo? ¿Un té? ¿Quizás una limonada?

—Nada, gracias. Voy a mirar los retratos; será como esperar en una sala del Metropolitan —bromeó ella con las cejas alzadas.

—Dos minutos, lo prometo.

Se lanzó escaleras arriba a toda prisa y ella se quedó en aquella entrada algo apabullada. Dio una ronda frente a una colección de láminas que mostraban imágenes de Abbeville cuando aún se asentaban las tribus creek en sus tierras. Se suponía que ella era la chica guay asentada en Nueva York y ellos unos pueblerinos, pero de repente sintió que todo daba la vuelta. Entre aquellos muros había mucha historia, el apellido de aquel chico en sí ya era historia pura y eso la hacía sentir como una don nadie en tierras extrañas. Miró a su alrededor, todo parecía tener siglos a excepción de las flores frescas que había dentro de un jarrón de cristal labrado, sobre una mesa de caoba. Le daba miedo moverse por si tropezaba con algo y lo rompía, o incluso andar sobre la alfombra que bien podían haberla traído hasta allí los persas; pero su curiosidad era más fuerte y se asomó a la habitación continua que tenía unas puertas correderas entreabiertas. Las movió unos centímetros e introdujo la cabeza. Descubrió una sala de té pomposa, que rayaba lo hortera, pero que hacía de antesala a la entrada de un acristalado invernadero. Habría dado cualquier cosa por entrar ahí, pero oyó los rápidos pasos de Landon y se apresuró a cerrar las puertas y dar un salto hacia el centro de la entrada.

—Nunca dos minutos fueron tan exactos —dijo asombrada.

—Bueno, no tenía que arreglarme para asistir a un baile. ¿Vamos? —Landon abrió de forma caballerosa la puerta y la condujo a un lateral de la mansión.

El chico presionó un mando a distancia y unas enormes puertas se replegaron para abrir el garaje donde apareció una gama de coches increíbles.

—Aquí la gente debe de ponerse mala a diario, ¿no? —dijo estupefacta.

Landon soltó una carcajada; había entrado sin detenerse para que ella pudiera admirar aquella colección, como si estuviera tan acostumbrado a verla y le impresionara tan poco que no fuera consciente del impacto que causaba en alguien que la descubría por primera vez.

—No creas, en realidad lo de mi padre es más una obra social por vocación verdadera que una fuente de ingresos. Trabaja en el hospital de Dothan tres días a la semana y el resto pasa consulta aquí, y casi siempre gratis. Todo esto, excepto la casa, viene de la herencia de mi madre. ¿Y tú?

—No tan rica por parte de padre, un seudofamoso productor musical. Y aunque no cuento con algo así de impresionante, como mis padres están separados, lo tengo todo doble.

La miró y ambos se rieron. Estaba claro que tenían una situación parecida, aunque sus problemas fueran diferentes. Dejaron de lado el Buik, el Chrysler y un pequeño Cadillac descapotable para subirse a un Jeep de color negro sin techo.

—¿Hermanos? —le preguntó Landon una vez que arrancó.

—Una hermana de padre a la que le saco quince años y a la que veo cuando me dejan. Lulú, a la pobre le pusieron nombre de perro. ¡Qué crueldad! ¿No crees?

Landon volvió a reírse. Vera pensó que era de ese tipo de chicos, de los que ríen con facilidad, porque nunca se había considerado especialmente graciosa.

—Pues yo tengo una cirujana cardiovascular, una neuróloga y una interna en Pediatría. Tres preciosas rubias a las que les importó un cuerno y que están repartidas por todo el país, por supuesto, todo lo lejos que han podido huir de mi madre. Y Lisa, pero ella falleció. —Su mirada se ensombreció y la fijó en la carretera.

—Lo siento. —El momento se había tornado incómodo, así que cortó el silencio—: ¿Y tú qué haces aquí? Debes de estar a punto de terminar la Universidad ya, quiero decir, pareces mayor que yo. ¿Por qué no has huido tú también?

—Sí, estoy en mi último año en Duke.

—¡Déjame adivinarlo!: Medicina.

—Soy terriblemente predecible, aunque quizá te sorprenda que la vocación es lo único que he heredado de mi padre. Eso y mi encanto personal. —Recuperó la sonrisa y aceleró un poco.

Era un chico cautivador y se lo pareció aún más al recordar cómo acunaba amorosamente entre sus brazos a la chica de cabello negro con trenzas y adornos étnicos en las muñecas mientras ella cantaba.

—Por Malia, he regresado este verano por ella.

La miró desafiante, con convicción y tanto amor que Vera volvió a sentir unos celos horribles. Deseó con todas sus fuerzas llegar a encontrar algún día a alguien al que le brillasen los ojos de aquella manera al hablar de ella.

Pasaron por delante de la gasolinera para enfilar el camino hacia la granja.

—Ya no está; sale a las cuatro —le informó Landon con la sonrisa contenida.

—¿Quién? —preguntó ella, aguantando la risa y mirando en dirección opuesta.

Estaba sentenciada, ¡todos pensaban que se había quedado prendada del chico raro! Todos, en aquel momento, eran Ally y Landon, pero como ambos decían: aquello era un pueblo y las noticias volaban.

Vera descubrió a Ellen mirando por la ventana de la cocina. Antes de desaparecer detrás de las cortinas con motivos frutales, le lanzó un beso a Landon, que lo recibió con agrado y le correspondió de igual forma.

Vera se despidió del chico, deseosa de poder darse una ducha bien fría, aunque reconocía que el trayecto se le había hecho más corto de lo que esperaba charlando con él de forma cómplice.

—Aún falta una media hora para cenar, puedes subir y relajarte un rato —le dijo Ellen sin mirarla. Mantenía entre sus manos un libro de cocina del que parecía seguir los pasos.

Vera sonrió, quedaba exactamente media hora para las seis en punto, tal como le había dicho Landon.

Las cigarras cantaban de forma estridente advirtiendo que aquella volvería a ser una noche calurosa. Le costó bastante apaciguar el sonido de sus tripas bajo el chorro de agua deliciosamente refrescante. Los aromas que salían de las sartenes que manejaba con maestría el ama de casa sobre el fuego inundaban toda la casa.

Aquella mujer estaba haciendo verdaderos esfuerzos para que se sintiera cómoda en su casa y reconoció que ella no debía sufrir la ira que sentía contra sus padres por su absurdo castigo. Por ello se apresuró debajo del agua para bajar y ayudarla a poner la mesa.

—Hola, Vera. —Thomas apareció por la puerta con un ramo de flores silvestres entre sus manos. La saludó aún con visible timidez, pues carraspeó nervioso al no ser capaz de comenzar una conversación—. Voy a poner esto en el jarrón.

El hombre giró sobre sus talones y se dirigió directo a la mesa del comedor, quitó las flores mustias que había y dispuso las nuevas con maestría, resultando un adorno bastante vistoso.

—¿Le ayudo en algo? —preguntó ella, con las manos metidas en los bolsillos de sus *shorts* de tela morada.

—Ellen quería un jardín de flores y comencé a cultivar uno, así que ahora le adorno con ellas la casa. No es que se me dé bien, pero tampoco mal, ¿no crees? Aunque, si consideras que eres capaz de hacer algo mejor, te cederé mi responsabilidad.

Thomas tenía el cabello tan blanco como el interior de un coco y una barba poblada.

—La verdad es que no tengo ni idea de flores, pero me encantaría aprender.

Le ayudó a poner la mesa en silencio, lo cual era igual de incómodo que de agradable para ambos, en parte porque no sabían de qué hablar y porque tampoco había necesidad de hacerlo.

Ellen apareció con varios platos humeantes que prometían hacer las delicias de sus paladares, los colocó en el centro de la mesa y, junto a ellos, exhibió la fotografía que acompañaba a la receta del libro.

—Me ha quedado igualito, ¿a que sí? —exclamó orgullosa de sí misma.

Thomas, sentado ya a la mesa, inclinó la cabeza para observar desde otra perspectiva el bodegón y se atusó la barba.

—¿Quieres que nos comamos el puré de patatas junto a esos pensamientos morados? —preguntó incrédulo.

—¡Por supuesto! En la receta dice que tienen un sabor a verdura delicioso, parecido al de los guisantes.

—¿Y por qué no pones guisantes directamente en lugar de flores para comer? —protestó él.

—Querido, hay que ser de mente abierta. Espero que tu paladar sea algo más exquisito que el de este viejo aburrido. —Ellen le ofreció a Vera el cucharón de servir.

—Gracias. Creo que de los dos voy a aprender todo acerca del mundo de las flores.

Sonrió y su gesto sorprendió a aquella arriesgada cocinera que, con la actitud arisca que hasta el momento había demostrado Vera, no esperaba recibir una sonrisa complaciente. Al menos, no tan pronto.

—¿Te gustan las flores entonces? —le preguntó con los ojos brillantes.

—¿A quién no?

Los tres llenaron sus platos con el pastel de carne, el puré y los pensamientos morados. El repiqueteo de los cubiertos sustituyó a las palabras durante unos minutos. La cena estaba deliciosa y el estómago de Vera por fin pedía alimento.

—Así que hoy has visto a Ben.

Aquello era el colmo. ¿También Ellen? ¿Cómo diantres se había enterado si vivía lejos del centro y no se había movido de allí en todo el día? Vera se había reído de la leyenda del fantasma de Abbeville, pero empezaba a creer que debía de tener toda una legión de palomas mensajeras.

—Sí —contestó a secas y se concentró en masticar los tropezones de ternera.

—Es un chico excepcional. —Ellen la miró por encima de las gafas—. Es especial.

Aquel «especial» sonó de la misma forma que el «intocable» de Ally y no pudo más que levantar la vista del plato para prestarle atención.

—¿Tiene superpoderes o qué? —le preguntó, intentando sonar burlona.

—Se podría decir que algo así.

Ellen dijo aquello con tanta vehemencia que Vera tuvo que soltar una carcajada.

—¿Has hablado con él entonces? —le preguntó con esperanza en los ojos.

—Le he preguntado cuándo tendría arreglada vuestra bicicleta y me ha dicho que en un par de días.

—¡Entonces has conversado con él! —Ellen lo exclamó como si fuera una noticia digna de salir en el telediario.

—Si intercambiar tres frases es hablar...

Vera pensó que aquella gente era muy rara, todos en aquel pueblo eran raros, excepto quizá Landon. Él se parecía más a los chicos que conocía de Fordham, si a aquellos chicos les dieran clases de caballerosidad sureña, claro. Sin embargo, quien despertaba su interés, sin duda, y más después de todo aquello, era el chico de la gasolinera. Principalmente, porque no podía negar que su aspecto de James Dean sexi le gustaba y, segundo, porque todos parecían animarla a que se fijara en él de forma especial.

—Bueno, es un comienzo.

—¿Un comienzo de qué? No tengo intención de comenzar nada con él, ni de comenzar nada aquí.

Las respuestas ariscas volvían a salir de su boca sin pretenderlo y se arrepintió al instante, pero no rectificó. Continuó comiendo y un silencio incómodo se instaló en la mesa hasta el postre, cuando Ellen relató paso a paso las instrucciones que había seguido para hacer la receta del *Pastel de fondo negro.*

Con semejante panorama, en cuanto terminó de ayudar a fregar los platos, dio las buenas noches y se recluyó en la planta de arriba.

Tal como prometían las chicharras, la noche cayó de forma calurosa. Salió a la terraza, donde únicamente había un par de mecedoras y una mesita baja. Se dejó resbalar en uno de los asientos y sus ojos chocaron con la blanca estela de la vía láctea; jamás en su vida había visto un cielo como aquel, libre de contaminación lumínica. El timbre profundo de una armónica ascendió desde el porche hasta su escondite junto con el chirriar de las cadenas del banco al balancearse. Aquel matrimonio parecía culminar su día con un ritual pacificador muy alejado de la visión que Vera tenía de lo que era una pareja. Los recuerdos de sus padres cuando aún vivían todos juntos eran de bruscos portazos tras los que venía el hiriente silencio de la ausencia de uno de los dos. No es que hubiese tenido una infancia traumática por el divorcio, simplemente era que desde aquel día se había sentido coja. Ellos no se entendían, pero la querían a ella, lo que hacía que por Navidad siempre tuviera que extrañar a uno de los dos. Pensó en Liah, la hija de los Kimmel, fantaseó con lo que habría sido ser ella, crecer allí y poder salir cada noche a ver las estrellas. Quizás algo maravilloso fuera aburrido al ser una rutina, pero tal belleza la tenía sobrecogida.

El sonido de la armónica cesó y la luz del porche se apagó. La oscuridad total la inundó y sonrió. Aquello no estaba nada mal. Su mente hizo un rápido recorrido a aquel primer día completo allí: la biblioteca, Ally,

Ryan y su moto, el banco, la casa de Landon y Ben. Por mucho que quisiera mandar en su mente para así no darle la razón a todos, pensó en él, pero también en Shark y el corazón se le encogió. Acudió a su recuerdo el día en el que ella y Pipper, su compañera de cuarto en la residencia universitaria, los conocieron: los chicos prohibidos. La sensación de peligro, el miedo de la primera vez... Sintió que su cuerpo se encendía al recordar cómo recorrían sus manos el torso de aquel chico y lo insegura que se sintió. ¿Qué estaría haciendo él? Por mucho que sus padres hubieran borrado todos los contactos de su teléfono, no podían borrar su número de la memoria y estuvo tentada de marcarlo para saber cómo llevaba él la situación. Entonces sintió un hormigueo sobre el muslo izquierdo. Cuando miró, descubrió un grillo de largas patas y asquerosas alas plegadas. Reprimió un grito al tiempo que lo apartaba de un manotazo y salía de la terraza a toda velocidad. Se recluyó en el dormitorio y cerró la ventana rogando que ninguno de esos asquerosos insectos se hubiese colado ya dentro. Las estrellas del cielo ya no le parecían tan bonitas ni aquel silencio tan pacífico; volvió a sentir resentimiento contra sus padres y maldijo a Shark por ser el causante de la situación en la que se encontraba.

Conectó el ventilador del techo, cogió la libreta sin estrenar de su mochila y convirtió las ganas de llorar en hojas llenas de viñetas gráficas con ella de protagonista, donde su mundo era un lugar mejor.

6

«The South… Our tea is sweet, words are long,
days are warm and faith is strong».

Dicho sureño

Hacía mucho tiempo que la mente de Ben no sufría tal tipo de distracción, de hecho jamás había sido de tal magnitud. No podía sacarse aquella mirada grisácea y aquel tono insolente de sus pensamientos. Conducía de camino a Creek House con la música apagada y sin que los números bailaran en su cabeza, todo por Vera.

Si la quitaba de la ecuación, su día no había sido diferente a cualquiera de los anteriores de los últimos años. Ben siempre se despertaba al alba, le gustaba comenzar el día introduciéndose con pausa en el lago, cuyas aguas parecían plateadas antes de que los primeros rayos del sol se bañasen en él para calentarlas. No había nada mejor para espabilarse que enfrentar sus músculos relajados al frío contraste y ejercitarlos brazada tras brazada. Se colocaba el MP3 atado a las gafas de nadar, ajustaba los cascos Dolphin acuáticos a sus orejas y sentía cómo se producía el vacío y sonaba la selección de rock sureño que Kevin le había metido. Durante media hora sometía su mente a un ejercicio de restricción. Solo nadar, tan solo seguir la música, únicamente sentir la tirantez del esfuerzo en su cuerpo.

Aquella mañana se había puesto una de las camisetas de la Standard y los pantalones de bolsillos múltiples que le resultaban cómodos para cuando debía hacer reparaciones. Debía acercarse antes de entrar a trabajar a la cristalería de los Bowel para encargar los espejos de la bicicleta a reparar. También tenía que formatear los ordenadores de Milly antes de instalar el nuevo programa, pero para eso se escaparía un momento a media mañana. No le importaba tener siempre algo pendiente; aquellos pequeños encargos, además de ayudarle en sus cargas económicas, le ayudaban a mantener un equilibrio en su mente. De otra manera, el laberinto terminaría por atraparle por completo, lo succionaría como un agujero negro incapacitándolo para simplemente existir.

Había días en los que todo parecía una condena, aquellos en los que el vacío lo consumía, las ideas se apagaban y su único consuelo no mostraba la más mínima mejoría. Toby estaba tan estancado como él, de hecho lo estaba aún más.

Por ello, aquellos encargos le daban un motivo por el que centrar sus pensamientos, racionar las horas del día, darle a la vida un ritmo común y lógico. Algunos encargos eran más entretenidos que otros, puede que le llevaran más o menos tiempo terminarlos, pero él dedicaba siempre todo su empeño, mientras su mente se centrara en cada proyecto al cien por cien, se salvaría. Habría equilibrio y, algún día, encontraría la salida.

Había cargado el esqueleto deformado de la bicicleta en la parte trasera de la camioneta y accionado todos los temporizadores antes de marcharse al pueblo, como siempre. Y allí la había visto, subida a la barandilla del puente rojo con la mirada perdida hacia el fondo del río. Temió por ella y frenó la marcha, pero entonces la chica saltó de aquella forma espectacular, como si fuera la mismísima reina de las sirenas. Aquel momento ya había cambiado significativamente su día a día.

La primera hora en la gasolinera, la pasó como siempre, recolocando los productos de la tienda. La gente toqueteaba las cosas y nunca las volvía a poner de forma adecuada para que las etiquetas se vieran correctamente y estuvieran cuadradas con el resto de productos en las estanterías. Comprobó que el dinero de la caja era exactamente el que debería haber para disponer de suficiente cambio —si alguna vez no cuadraba y no daba parte de inmediato al jefe podría verse metido en un buen lío—, barrió la entrada y sacó la silla plegable fuera para sentarse a esperar clientes.

Pero aquella jornada estaba destinada a convertirse en algo fuera de lo habitual a pesar de vislumbrarse tranquila. A mitad de semana no solían ir a repostar los tractores, tan solo algunos utilitarios, por lo que había cogido el cartel de «Regreso en unos minutos», almorzó un batido de fresas y huevos pochados en Ruby's, y luego pidió un café con leche para llevar. El café era un detalle para Milly y «Los detalles marcan la diferencia», esa era una de las pocas frases sensatas que se le habían quedado grabadas de su madre, junto con otras del estilo: «Mezclar cerveza y tequila es muy mala idea» o «El alcohol no soluciona tus problemas, pero el agua tampoco».

Fue otra sorpresa desconcertante el encontrarse de nuevo con la chica en la biblioteca.

No podía dejar de pensar en ella lanzándose al río; y mucho menos, podía dejar de repetir en su mente el breve encuentro, las frases que había cruzado con ella y la forma diferente en que lo miraba. Por norma general, todos tenían ese brillo compasivo reservado en exclusiva para él, pero Vera lo había desafiado, parecía sentirse superior a él, aunque no hubiese sido capaz de controlar un casi imperceptible temblor dubitativo en su voz al hablarle en la biblioteca.

Vera era demasiado intrigante como para sacarla de su cabeza, demasiado bonita para que su mente no regresara una y otra vez hacia aquellos ojos insolentes. Por ello, la hora de carretera que le separaba de Toby se le hizo más corta de lo habitual.

Todavía era de día cuando llegó al centro y aún quedaba algún paciente sentado en los bancos del jardín, pero la mayoría se preparaba para la hora de la cena. Toby estaba donde siempre, con su silla a control remoto frente a la jaula de la cacatúa. Podía pasar horas delante de aquel pájaro, aunque Ben era incapaz de descifrar sus pensamientos.

—¡Adivina lo que te traigo hoy, Toby!

El chico de ocho años desplegó una sonrisa nacarada y lo reclamó con las manos descontroladas lleno de felicidad.

—Te he traído el último número de *Flecha Verde*, pero antes de leértelo, mira esto, he ideado un brazo mecánico para el espantapájaros. El granjero podrá ponerse y quitarse el sombrero con un simple control remoto. Ha sido muy fácil; el circuito eléctrico va conectado a una batería de litio.

Ben le explicó con todo detalle su nuevo invento mientras Toby apenas pestañeaba encantado de contar con su compañía. Habían estado muy cerca de ganar el último concurso de espantapájaros el pasado mes de octubre, pero aquello a Ben le había sentado realmente mal, debería haber ganado. Por ello, llevaba meses ideando algo espectacular que los hiciese vencedores en la siguiente edición. Toby estaría tan feliz si eso ocurría... El chico parecía asentir con cada explicación y Ben sintió su conformidad para seguir adelante con el proyecto. Después abrió el cómic y comenzó a leérselo mientras ambos disfrutaban con las ilustraciones.

—Es la hora de cenar, chicos. —Jud los interrumpió posando una mano en el antebrazo de Ben.

Jud estaba guapa, pensó. Siempre sentía el deseo de deshacer el moño que retenía su larga melena rubia para dejarla caer sobre aquel uniforme blanco de enfermera. Sin embargo, aquel día no detuvo sus ojos sobre el último botón desabrochado de su bata. Cuando lo hacía su mente lo llevaba hacia los recuerdos más tórridos de su existencia, ella lo hacía a propósito, no le quedaba ninguna duda. Jud era de esas personas fáciles de leer, pues todos sus gestos, palabras y movimientos eran claros. La miró a los ojos y se encontró con un color azul apagado, lleno del habitual toque de insinuación, aunque, por algún motivo que Ben no acertó a comprender, no logró su objetivo aquel día. Tan solo podía pensar en el color gris.

—Vamos, campeón. Luego te vuelvo a enseñar todo. Ahora vayamos a por esa supercena.

Toby activó su mando y los tres se encaminaron al salón comedor.

—¿Te quedarás esta noche? Tengo turno completo. —Jud intentó entrelazar su dedo meñique con el de Ben de forma discreta pero muy coqueta.

Ben retiró la mano para apoyarla sobre la silla de su hermano y no quiso mirarla; sabía que, si lo hacía, no habría vuelta atrás. Aquellos labios carnosos lo atraerían hacia otra noche en la que, por un rato, se sentiría alguien normal, su mente dejaría de hacer cálculos y se centraría en el calor que emanaba la conjunción de los dos cuerpos. Pero aquella noche no podía, se había comprometido con Landon y debía regresar para arreglar la bici de aquella chica. Otra vez el color gris.

—Hoy no puedo, tengo trabajo —contestó parco.

—¡Trabajas demasiado! Deberías reservar parte de tu tiempo en dejar que te cuiden a ti también, ¿sabes?

Jud le hablaba con cariño, Ben sabía que la enfermera tenía sentimientos románticos hacia él, no porque lo supiera, sino porque se los había declarado directamente. La respuesta de Ben siempre era la misma: «Yo no soy capaz de amar». Pero aquello no le valía a Jud, que sabía que Ben sí podía amar, lo veía en sus ojos cada vez que hablaba a su hermano.

—¿Quieres darle el yogurt? —le ofreció la enfermera a Ben.

—Claro, ve tú a ayudar a los demás. Estamos bien.

—Yogurt. Limón —sonó la voz electrónica distorsionada y ambos miraron al chico.

—Se le ha debido desconfigurar el programa —le comunicó la enfermera señalando el pequeño ordenador.

—Le echaré un vistazo, gracias, Jud.

Ben esperó a que la chica se alejara para mirar a los expresivos ojos de Toby. No solo le sonreía con aquella gran boca algo ladeada; aquellas pupilas le hablaban más claro de lo que podía entender al resto del mundo.

—No me mires así, campeón. Yo no soy lo que ella necesita, no sería feliz conmigo. —Un pequeño tic en el párpado de Toby produjo en Ben un carraspeo—. No. No es una buena idea, mañana debo madrugar, tengo trabajo. Debo reparar la bicicleta de una chica.

Otro tic, esta vez en la comisura de los labios puso nervioso a Ben.

—¡Sí, una chica! Ha llegado nueva a Abbeville, tuvo un accidente y Landon me ha pedido que arregle su bici. Eso es todo.

Toby elevó las cejas con sutileza y Ben arrugó su entrecejo en respuesta:

—¡¿A que le digo a la enfermera Morgan que te termine de dar ella el yogurt?!

No era hora de visitas, con Ben hacían una excepción, pues sabían que no tenía posibilidad de visitar a su hermano fuera de aquel horario y se paseaba por sus pasillos con familiaridad, como si formara parte del personal. De hecho, también había solucionado allí unos cuantos problemas, por lo que en cierto modo, no era un visitante externo. Ben dio un breve paseo por los jardines alrededor del edificio a su hermano, que sonreía mientras observaban el cielo y Ben le señalaba las constelaciones de verano, que reconocía a la perfección desde los cinco años.

—Es hora de recogerse, chicos, hay que irse a dormir. —Jud apareció con aquel tono sensual en su voz.

Los tres entraron en el edificio y atravesaron los pasillos ya en calma. Ben ayudó a Jud a sostener el cuerpo de Toby para desnudarle, ponerle el pijama y meterle en la cama.

—Que tengas lindos sueños, lo has hecho genial hoy, Toby —le dijo la enfermera arropándole con la sábana.

—Que descanses, campeón. —Ben cogió la mano ondeante y la soltó sobre la suya para chocársela por efecto de la gravedad y obtuvo la esperada sonrisa descolocada.

Jud apagó la luz y agarró la mano de Ben con firmeza antes de salir de la habitación de Toby.

—No te vayas, Ben. Quédate un rato, hace ya una semana y te quiero aquí y ahora conmigo. —La mano de la chica a oscuras encontró con maestría la entrepierna de Ben y le desabotonó el pantalón tras acariciarle.

Ben entendía a Jud, ella era clara. Su cuerpo respondía sin consultar a su mente cuando ella arremetía de forma directa contra él. Era un ataque y ante esas situaciones ella tenía todas las de ganar. Los números desaparecían y la piel se le encendía. Cuando ella le cogió la mano para depositarla sobre uno de sus pechos supo que al único lugar al que iría de forma inminente era a la primera habitación vacía que hubiese en aquel pasillo.

7

«Si él está intentando volverme loca, es demasiado tarde».

Magnolias de acero

El despertador del teléfono sonó con el *Sweet home Alabama* de los Outlaws; aquello debía de ser cosa de su padre, él y su retorcido sentido del humor. Vera sintió la cara pegada al papel en el que había ilustrado la última sucesión de viñetas de una vida ideal y aún tenía agarrado el bolígrafo negro entre los dedos de su mano derecha, al reconocer aquellas paredes empapeladas lo lanzó contra una de ellas, malhumorada, e intentó pensar en algo que la ayudase a sobrellevar otro día más en aquel lugar.

—¡Maldita sea!

Descolgó lo primero que alcanzó del armario, unos *shorts* vaqueros negros y una camiseta de tirantes, antes de acudir al auxilio de una buena ducha fría.

—Que tengas un buen día, Vera —le deseó Ellen tras otro copioso desayuno que cayó en su estómago como una pesada losa.

—Igualmente, aunque, si sigues alimentándome como a un lechón, en un par de días no seré capaz de llegar andando hasta la ciudad.

—Estoy segura de que Ben no tardará en arreglar la bicicleta; algo me dice que va a poner un especial interés en ello. —Sus ojos lucían pícaros y los de la chica se pusieron en blanco.

—¿Ahora también el pobre gasolinero está interesado en mí? ¿Eras casamentera en tu vida anterior o qué?

—¡Dios bendito! Qué cosas dices...

Ellen se perdió al fondo de la casa mientras reía animada.

—Claro, ahora resulta que la que dice tonterías soy yo —dijo alzando la voz y Ellen rio aún más fuerte.

Vera se colgó la bandolera donde llevaba el almuerzo junto a su libreta de cómics y emprendió el camino hacia la biblioteca. La larga melena aún escurría gotas sobre su trasero, pero ya se le empezaban a formar aquellas ondas rebeldes. Su ánimo seguía confuso, tan pronto disfrutaba con la brisa matutina que aún no había calentado el sol de julio, como odiaba los zumbidos junto a sus oídos de los omnipresentes mosquitos. Ir a la biblioteca para encerrarse en aquella habitación enana, que más bien parecía el cuarto de la limpieza, para clasificar aburridos libros que versaban sobre los distintos tipos de pesca o sobre los sistemas de cultivo del algodón, no le incitaban a llevar un paso animado. Llevaba unos veinte minutos de caminata solitaria cuando empezó a oír el rugido de una moto y pudo reconocer la lejana imagen de Ryan aproximarse hasta ella.

—Sube, nadadora, te llevo al curro —dio un par de golpecitos al sillín a modo de invitación.

—No si se trata de algún tipo de favor que tendré que pagarte más adelante —continuó caminando.

—¡Pero qué mente más retorcida tienes!

—¿No me dirás que has venido hasta aquí, dirección contraria hacia cualquier lugar al que nadie quiera ir, para llevarme al trabajo porque no tenías nada mejor que hacer a estas horas de la mañana? Puedo oler a alcohol en tu aliento desde aquí...

—Eres una chica muy lista. Preferiría haberme ido a la cama directamente después de pasarme toda la noche con... Me lo ha pedido Ally, que viniera a por ti y te llevara a la biblioteca. Pero si prefieres continuar andando otra media hora, tú misma. Te aseguro que no voy borracho.

Ryan aceleró un par de veces la moto para indicar que la invitación estaba a punto de expirar. El sol empezaba a picarle sobre la nuca y Vera sopesó en un segundo la situación.

—Estoy segura de que no lo estás, supongo que debes de tener un nivel constante de cerveza en tu sangre. —Recolocó la bandolera sobre su cadera y se subió tras él.

—Adaptación al medio, nena.

Ryan le propinó un apretón en el muslo justo antes de arrancar como un loco la moto y provocar que estuviera a punto de salir despedida hacia atrás. Contra todo pronóstico se rio y disfrutó del paseo cortesía de Ally. Quizás el favor se lo debiese ahora a ella, pero, con sinceridad, no le preocupaba.

—No la líes en la ratonera, nadadora. En este pueblo los chicos malos ya tenemos asignados los papeles protagonistas. —Ryan se despidió con los ojos entrecerrados.

—Intentaré no prender fuego a nada.

No supo si la escuchó, pues arrancó en cuanto sus dos pies tocaron el suelo. Milly estaba abriendo la biblioteca y se sorprendió gratamente al verla tan temprano. Vera, en cambio, tuvo que forzar la sonrisa, su emoción era infinitesimal comparada con la de su jefa ante la perspectiva de pasar horas encerradas ahí dentro. De hecho, tras tres tediosas horas de recopilar títulos, ediciones y números referenciales sumida en el imperturbable silencio que aquella mujer imponía en su templo sagrado, se quedó frita repanchingada en la incómoda silla de escritorio.

—Café.

Aquella voz la sobresaltó e hizo que saliera despedida fuera de su sueño. Tardó un par de segundos en enfocar la mano que sostenía un vaso para llevar y cuando se enfrentó a aquella mirada impertérrita, su corazón ya se había desbocado como el de un ladrón al que acaban de pillar *in fraganti*.

—Lo necesitas —le dijo Ben, aproximando aún más el vaso humeante a su nariz.

—Gracias —contestó sumida en el desconcierto.

Sopló un poco y le dio un trago ante su atenta mirada. Aquello sabía a rayos; sintió que sus papilas gustativas acababan de recibir un daño irreparable para el resto de sus días y se le notó en la cara.

—¿No te gusta?

No sabía cómo explicar, sin resultar desagradecida, que ella era de café solo, de los de aroma intenso y fuerza extrema y, por supuesto, sin ningún tipo de edulcorante. Aquello que le había traído era una tarta licuada de color achicoria desteñida.

—Sí, claro, es solo que está demasiado caliente. Gracias por traérmelo —mintió. Le resultó imposible ser desagradable con él, aunque fuera el impulso inicial de sus últimas semanas, algo en ella empezaba a cambiar; o quizás, a regresar a su origen.

—Bueno, en realidad es el café que le traigo todos los días a Milly, pero me ha dicho que tú lo necesitabas más que ella. —Elevó una ceja y miró hacia sus papeles.

—¿Quieres algo, Ben? —le preguntó Vera al ver que seguía de pie a su lado sin intención de marcharse.

—Tengo que enseñarte a usar el programa informático de catalogación.

—¿También trabajas en la biblioteca? —le preguntó, impresionada con la idea.

—No.

—¿Y por qué me tienes que enseñar a usarlo?

—Porque te van a pagar por hacer la catalogación.

¡Qué difícil era hablar con ese chico! Se lo tomaba todo literalmente. La hacía sentir tonta, pero en realidad era él quien, con su expresión de sabelotodo, no entendía lo que ella quería preguntarle. Además, Ben era del tipo de personas que miraban directamente a los ojos, no a la cara, sino directo al centro de las pupilas, y aquello la ponía nerviosa.

—¿Pero tu trabajo no está en la gasolinera? —volvió a intentarlo con otra pregunta.

—Sí.

Monosílabos. También era de ese tipo de chicos, y entonces fue Vera quien elevó una ceja poseída por la desesperación. Estaban muy confundidos en ese pueblo si pensaban que ella podía pillarse por alguien como él, por muy guapo que fuera el chico de la Standard Oil.

—Pues aún necesitaré unos cuantos días para terminar de recopilarlo todo.

Se recolocó en la silla y le dio otro trago de forma inconsciente, sufriendo por segunda vez los efectos picantes del exceso de azúcar en su garganta.

—Entonces te traeré café a ti también a partir de hoy. —Se lo lanzó como una sentencia de muerte.

—No es necesario.

—Yo creo que sí.

Otra vez aquella mirada exenta de parpadeos directa al centro de sus ojos. A Vera le dieron ganas de lanzarle un tomo de *Botánica sobre las plantas autóctonas de Alabama,* pero se contuvo y cambió de conversación:

—¿Te llegó el espejo para terminar de arreglar mi bicicleta?

—Sí.

—¿Entonces estará lista mañana?

—Eso es lo que te dije.

—Vale.

—Vale. —Ben continuaba quieto sin ademán de moverse, como si aquello fuera algún tipo de conversación que debía continuar.

—Adiós —le incitó ella.

El gasolinero carraspeó y notó cierto nerviosismo en sus manos, que finalmente se decidieron a despedirse de Vera.

A pesar de todo, del efecto contradictorio que emanaba aquel chico, no pudo evitarlo, Vera se elevó un poco de su silla para poder verle el trasero mientras se encaminaba a la salida de la biblioteca. Aquellos vaqueros desgastados le daban demasiada ventaja a las especulaciones de Ellen. Mientras lo pensaba, la chica esbozó una sonrisa picarona y sintió que los ojos de Milly la miraban desde el mostrador de recepción; hecho que confirmó segundos después y que la hizo esconderse entre el papeleo hasta la hora del almuerzo.

—¡Ratón de biblioteca! Levanta el trasero y ven conmigo.

Vera se había tumbado en la entrada del edificio tras digerir con pesadez el emparedado de jamón que le había preparado Ellen aquel día. No había pasado ni un solo coche por la calle en la última media hora, ni los gatos del vecindario parecían querer pasear sus rabos estirados por aquella parte del pueblo. El aburrimiento se anclaba en su cuerpo, postrándola al calor del sol de Alabama en busca de la poca humedad que desprendía el césped. Extrañaba el bullicioso tráfico de la gran ciudad, los perjudiciales niveles de ruido y el aire infestado de humo de tubo de escape. La apabullante concentración de oxígeno en aquel lugar del planeta le saturaba la mente y el silencio reinante era psicótico. Allí casi podía oír cómo comenzaban a chamuscarle la piel los hirientes rayos del sol cuando un puntapié la sacudió.

—¡Au, Ally! —se quejó presionando la mano contra su pantorrilla.

—Vamos, acompáñame —le ordenó.

—No puedo, tengo que seguir trabajando. —Vera se levantó para tirar a la papelera los desperdicios de su almuerzo.

—Milly ni se enterará, solo levanta la nariz de sus novelas rosas si alguien eleva la voz dentro, y como no vas a estar... —Le tiró del brazo con insistencia.

—¿Adónde vamos? Tengo mi bolso dentro.

—No lo necesitarás, solo vas a tardar unos minutos. ¡Qué muermo eres! Pensé que las chicas del Norte seríais más atrevidas.

—Seguramente lo son el resto.

—Anda, calla y sígueme. Me lo agradecerás. —Soltó una risita traviesa y Vera se encogió de hombros.

—¡Qué demonios! Vamos.

Ally cruzó la calle y fue directa a un Toyota Corolla de color rojo intenso.

Antes de que pudiera apreciar la ceja izquierda levantada de Vera ante la inquietante posibilidad de que su alocada nueva amiga quisiera robar aquel coche, ella la tranquilizó:

—Es el coche de mi jefe, el del cine. Sube.

—Si voy a hacer algún tipo de trabajo promocional espero recompensa económica; me vendría genial ahora mismo —le dijo tras descubrir plasmado el título de un estreno de la gran pantalla sobre su camiseta blanca de dudosa calidad.

Ally la miró y se rio antes de arrancar y subir el volumen de la radio como al parecer tenían acostumbrado todos en aquel pueblo. La morena cantaba, no del todo mal, incluso lo bastante bien como para convertirse en actriz de musicales. Además, era descarada y tenía tal empuje que Vera pensó que, en cuanto tuviera una oportunidad, seguro que sabría aprovecharla.

Todos los caminos parecían llevarla al mismo lugar, por eso al distinguir el inconfundible porche blanco *vintage* apretó los dientes.

—¿Tienes que repostar? —preguntó.

—No exactamente —Los ojos de Ally brillaban con picardía, pero Vera no la conocía lo suficiente como para ser capaz de reconocer sus intenciones.

Allí estaba Ben, sentado en su silla, inclinado sobre un cuaderno, lápiz en mano. Al ver su maniobra de acercamiento, se levantó y podría decirse que, al verlas juntas, se quedó descolocado. Movió las cejas de forma espasmódica y se cuadró a la espera de que Ally bajara para acercarse a él. Vera desconocía las intenciones de la chica, así que se quedó pegada a la puerta del coche. En cierto modo, uno retorcido, la divertía que su plan incluyera una visita al guapo gasolinero; hablar con él resultaba irritante, pero contemplarle era del todo gratificante, y no esperaba volverlo a ver hasta el día siguiente, cuando le devolviese la bicicleta o le trajera café.

Los vio cruzar unas frases durante las cuales Ben no pestañeó; apoyaba las manos de forma relajada sobre las caderas y a Vera le resultaba tremendamente sexi. Ally terminó dándole un billete. Aquella sureña explosiva se giró y guiñó un ojo de forma cómplice a Vera, aunque ella seguía sin entender nada. Mientras se anudaba la camiseta bajo el pecho caminó moviendo las caderas de forma insinuante hacia un lateral de la fachada. Sin embargo, Ben no la había seguido con la mirada, en su lugar había levantado la mano hacia Vera para saludarla con un amago de sonrisa.

Ally agarró un cubo con dos esponjas grandes y comenzó a desenroscar una manguera.

—¿En serio? ¿Me has traído para que te ayude a lavar el coche de tu jefe? —Vera avanzó hacia ella con los brazos en jarras nada dispuesta a hacer el trabajo sucio de nadie, y menos sin cobrar, dadas las circunstancias.

Sin embargo, lejos de achantarse, Ally le lanzó una esponja empapada en detergente a las manos y le guiñó un ojo.

—Chica, eres más pava de lo que pensaba. Espabila, después de esto no habrá vuelta atrás.

Entonces y sin previo aviso enfocó la manguera directa al centro de gravedad de Vera y la roció de arriba abajo.

Antes de que pudiera escupir el agua que había entrado en su boca para mandarla a las profundidades del infierno, Ally se acercó para chocar su cadera con la de su nueva amiga y susurrarle al oído:

—Menea la cintura al frotar y Ben no podrá dormir esta noche sin pensar en tu culo mojado. Rarito o no, sigue siendo un tío.

Ally comenzó a mojar la carrocería y Vera no pudo evitar mirar hacia Ben, que parecía aturdido, más incluso que ella. Volvió a saludarla, como si no recordara haberlo hecho unos segundos antes, por lo que agitó la esponja de igual forma y él tanteó con la mano hacia atrás en busca de la silla para sentarse de nuevo.

—¿Pero y a ti quién te ha dicho que yo quiero aparecer en los sueños de Ben? —le preguntó aguantando la risa, una vez superada la sorpresa.

—Vi cómo le mirabas ayer, y aún mejor, vi cómo te miraba él a ti.

—¡Qué tontería! Él no me miró de ninguna manera.

—Desde luego, de la forma en que lo está haciendo ahora no te miraba, pero era una mirada prometedora.

De forma obscena, Ally se roció sobre el pecho para escurrir el relleno de su sujetador después. La camiseta blanca que llevaba puesta clareaba el color morado que llevaba debajo, lo cual hizo que Vera se mirase rápidamente la delantera. Ahí estaba, su sujetador celeste cruzado estilo nadadora expuesto a la mirada lejana pero enfocada de aquel chico.

Vera se giró como acto reflejo, luego miró a Ally, que cantaba alocada una canción de Kasey Musgraves mientras comenzaba a enjabonar los cristales con la otra esponja y sopesó la situación: hacía un calor de narices, ella aún no era nadie en aquel pueblo y le gustaba la sensación de sentir unos ojos que bailaban de los folios a su cuerpo mojado con la misma rapidez con la que todo había sucedido. Por ello, le arrebató la manguera a Ally y decidió combatir el calor sureño con un buen baño desde la cabeza. Agitó la melena castaña y se puso al lado de su peligrosa compañera para menear el trasero a su mismo ritmo. La intención de Vera no era tanto el conseguir enloquecer a Ben, quien realmente le despertaba desconcierto más que otra cosa, sino disfrutar de la desinhibición del momento. Y fue divertido, de hecho, dejaron aquel utilitario resplandeciente.

—No ha estado mal, ¿verdad?

—Mejor que estar encerrada en la biblioteca, desde luego, Ally.

—Bueno, pues ya nos veremos.

Ally se quitó los *shorts* de un tirón y cambió su camiseta mojada por un vestido de lunares amarillos sin el menor pudor de exhibir allí en medio, absurdamente oculta tras la puerta abierta del copiloto, su ropa interior en el proceso.

—No hablarás en serio. ¿Pretendes que vuelva andando hasta la biblioteca? ¿Así?

Estaba empapada de pies a cabeza, transparentemente empapada.

—No puedes subir así al coche, mi jefe me mataría si le estropeo la tapicería —dijo Ally sin remordimientos al subirse al coche.

—¡Vete al infierno! ¿Tú sabes lo que tengo que andar hasta llegar a casa de los Kimmel desde aquí?

Había dejado de parecerle tan divertido todo aquello; la diversión se había esfumado como una bengala consumida.

Ally miró su reloj y avanzó con el coche para sacar la cabeza por la ventanilla hacia Ben.

—Son las tres y cincuenta y cinco. ¿Podrías acercar a Vera hasta la biblioteca y luego a su casa?

—No, hasta las cuatro en punto —respondió lacónico.

—¡Genial! —exclamó Ally.

—No hace falta, iré andando —repuso Vera ante el poco entusiasmo del muchacho.

Pensó que, si después de semejante espectáculo, no estaba deseoso de meterla en su coche, ya podía ir dándole una patada en el culo.

—¡Te llevaré a las cuatro en punto! —Ben se levantó de la silla para darle mayor importancia a la exclamación.

Ally aceleró levantando polvo en la carretera y desapareció en un pestañeo. Allí estaba ella, Vera, goteando sobre el asfalto, delante del chico de la gasolinera experto en programas informáticos de catalogación.

—Mi turno termina a las cuatro. Dame unos minutos para cambiarme y te acercaré a tu casa —dijo Ben, recurriendo al tono suave que debía usar.

—No es mi casa.

—Es cierto, te llevaré a casa de los Kimmel. —Sus ojos cometieron la torpeza de desviarse hacia la claridad de su sujetador.

—No hace falta, puedes dejarme en la biblioteca, de todas formas iba a regresar andando desde allí. —Vera cruzó los brazos bajo el pecho, sintiendo un calor incómodo.

—Pero puedo llevarte y le he dicho a Ally que lo haría. —Con nerviosismo sacó la gorra de su bolsillo trasero y se la encasquetó.

—Tranquilo, no me chivaré, no hace falta que lo hagas por ella. —No estaba dispuesta a ser la carga de nadie.

—Yo cumplo lo que prometo.

—Técnicamente no has hecho una promesa, solo has accedido a una coacción.

—Tampoco ha sido una coacción, no me importa llevarte. ¡Quiero llevarte! —Dio un paso hacia ella y a Vera su altura se le antojó interminable.

Había dicho la frase mágica, tras un largo y retorcido rodeo, pero la había dicho. Por lo que ella lo miró con los ojos en blanco y los brazos en jarras. ¡Era agotador hablar con él!

—¡Está bien! Yo también quiero que me lleves; es una tontería discutir entonces.

—Yo no estoy discutiendo.

—Ben, ya son las cuatro en punto. Ve y cámbiate —le instó para cortar aquel bucle.

Ben echó un ojo a su reloj de mano y volvió a mover descontroladamente el entrecejo antes de meterse en la oficina. Ella aprovechó esos minutos para exponerse al sol y separar la camiseta blanca de su cuerpo en un intento de apresurar su secado. Fue absurdo, ni veinte vueltas de tornillo la habría escurrido hasta conseguir que se secara. Una cosa era exhibirse por propia voluntad y otra verse forzada a hacerlo frente a alguien que, por algún motivo, le movía sentimientos, aunque no supiera calificarlos todavía.

En cinco minutos exactos oyó cómo cedía las llaves a otro chico y se giró para seguirle hasta su automóvil, pero sus pies se petrificaron al suelo. El corazón le dio un vuelco, pues parecía recién duchado. ¿Cómo en solo cinco minutos? Su cabello estaba mojado y formaba mechones negros dispares y alborotados hacia un lado. Había sustituido la anodina y arrugada camiseta gris con el logo de la compañía por una camiseta negra con ancho cuello de pico y unas bermudas verde militar. No podía ver su mirada porque se había colocado unas gafas de sol de pasta negra, pero, con un ademán de mano, la incitó a seguirle al aparcamiento lateral de la gasolinera.

Hasta aquel momento no había sido cierto, todos en aquel lugar se habían empeñado en que, de alguna forma, ella se había quedado prendada del primer chico que había conocido en el pueblo tras un primer pestañeo, como si alguien pudiese entregar su corazón a cambio de una piruleta... pero al verle así, al seguirle y ver esa espalda de pronunciados dorsales que terminaba en un perfecto trasero relleno, tuvo que reconocerlo: «Vale, de acuerdo, Abbeville, Vera acaba de fliparse un pelín por Ben el rarito». Aquellos no eran sentimientos de amor, pero desde luego sí un deseo en toda regla; un deseo sofocante de aferrarse a aquella espalda interminable.

Ben le abrió de forma caballerosa la puerta del copiloto de una pick-up F-150 negra.

—¿No prefieres que me monte en la parte trasera de la camioneta? No quiero estropearte nada con la ropa mojada.

—No. Toma, está limpia, puedes secarte un poco con ella y ponerla en el asiento. —Ben le ofreció una toalla de color miel que, al acercársela para secarse un poco el cabello, desprendió un aroma a jarabe de cerezas.

Los ojos de Ben volvieron a desviarse fugazmente y acto seguido se dirigió a la puerta de conductor para subir y arrancar el motor.

Vera se secó con rapidez todo lo que pudo y se subió con cierto nerviosismo a la camioneta. Por un lado era agradable sentir que semejante chico tenía debilidad por las transparencias de su camiseta mojada, pero, por otro lado, no sabía cómo llevar una situación que la hacía parecer un tipo de chica que no era, aunque fuera el tipo de chica que últimamente todos creían que era.

Hasta cierto punto era fácil fingir ser otra persona, o más bien dejarse llevar por lo que los demás daban por sentado tras todo lo sucedido, pero no le apetecía engañar a aquel chico. Por algún motivo, su forma de actuar le hacía pensar que él no era de los que juzgaban a la gente. Ben miraba y no había reacción, tan solo el instante; o al menos, aquella fue la opinión que se había formado de él.

—¿Qué haces en Abbeville, Vera? —le preguntó para romper el silencio que se había instalado entre ellos durante los primeros minutos tras recoger sus cosas de la biblioteca.

—Reinsertarme en la sociedad —respondió ella con las cejas elevadas y la mirada al frente. Así lo sentía.

—¿Acabas de salir de la cárcel? —preguntó Ben, sin el menor atisbo de guasa en el tono.

—Si consideras cárcel, al igual que yo, a no poder salir de las respectivas casas de tus padres porque se han empeñado en tratarte como a una cría, diría que es exactamente de donde vengo.

—No, la cárcel no es eso.

Otro silencio de un par de minutos hizo que Vera se animase a preguntar.

—¿Qué es eso en lo que te concentras tanto sentado ahí fuera en la gasolinera? No paras de escribir y borrar, escribir y borrar...

—Hago cálculos.

Vera se giró un poco para mirarle bien, quería descubrir cuál era el gesto con el que soltaba las frases con tono bromista, pero su expresión era tan imperturbable como la de siempre.

—¿Cálculos matemáticos? ¿Y para qué? ¿Te refieres a que haces sudokus?

Entonces, Ben desvió la mirada de la carretera para mirarla y comenzó a reír. No lo hizo en plan «menuda ocurrencia», realmente se reía como si ella hubiera dicho la cosa más graciosa del mundo y, detrás de las gafas, Vera descubrió que, al hacerlo, sus ojos se alargaban hasta casi pegar los párpados.

—¿Tú ya crees saber quién soy, verdad? —dijo Ben una vez recuperado del ataque de risa—. ¿De verdad te interesa saber qué es lo que hago?

—Soy curiosa por naturaleza.

—Interés no es curiosidad. Tú has pensado que te estaba tomando el pelo.

—Y tú me estás prejuzgando insinuando que sabes lo que he pensado. —Él tenía toda la razón del mundo, pero ella no pensaba reconocerlo.

—No te prejuzgo, no tengo ni idea de cómo eres. Solo sé que te llamas Vera, que has venido de Nueva York para vivir con los Kimmel, que sufriste un accidente con la bicicleta de Liah, por lo que ahora trabajas catalogando los libros en la Municipal y así poder pagarme, y que consideras a tus padres tus carceleros.

—Suena muy aburrido ser yo. —Vera hizo un mohín con la boca y se hundió en el asiento.

—No he dicho que eso es lo que eres, sino que es lo único que sé de ti. —Ben la miró de soslayo intentando mantener los ojos lejos de su escote empapado.

—Desde luego, con esa forma de puntualizarlo todo, estoy empezando a creer lo de los «cálculos matemáticos».

—¿Ves cómo habías pensado que te tomaba el pelo?

Ambos rieron y Vera sintió enormemente que la silueta de la granja apareciese por el frente.

—Muchas gracias, Ben. Seas quien seas —le dijo, ofreciéndole la mano.

—De nada, Vera. Seas quien seas —repitió él, dejando la mano de la chica suspendida en el aire unos segundos. Su entrecejo bailoteó antes de decidirse a agarrarla y sacudirla enérgicamente en el aire como quien está cerrando un trato de negocios.

Ni qué decir que Vera consideró aquello como un momento «rarito», pero un hormigueo se apoderó de la mano de la chica ascendiendo hasta su pecho. Salió disparada de la camioneta, aquello era demasiado intenso, contradictorio y hasta extraordinario.

—¡Hola, muchacho! —saludó de forma alegre Ellen a su espalda, sobresaltándola.

—Señora Kimmel, cada vez tiene más bonito el jardín.

Vera giró la cabeza y levantó una ceja hacia Ben. ¿De veras era un chico que apreciaba la belleza de las flores o simplemente le gustaba adular a las mujeres de la tercera edad?

—Sí, parece que por fin Thomas ha aprendido a hablarle a mis plantas. ¿Te quedas a cenar?

—No, señora, gracias. Hoy voy a ver a Toby —mintió él.

—Salúdale de nuestra parte.

Ben miró a la chica fugazmente antes de meter la marcha atrás y retomar la carretera.

—¿Y a ti qué te ha pasado? —le preguntó la mujer con las manos cruzadas sobre el delantal y la sonrisa mal disimulada ante su aspecto mojado.

—¿No volaban rápido las noticias en este pueblo? —Vera le contestó insolente, con la sonrisa reprimida, y subió de dos en dos los cuatro escalones del porche.

8

«El Sur: Adj. Estado mental.

(Véase también: té dulce, fútbol americano, cerveza, guitarras acústicas, hospitalidad, porches, magnolias.)»

Ben necesitaba una buena ducha fría. Aquello había sido una tortura física y mental. ¿Qué provocaba todo eso en él? ¿Cuál era su origen? ¿En qué momento exacto su mundo había empezado a descuadrarse? Ella ni siquiera lo había rozado antes de aquella despedida.

Aparcó el coche en el sitio habitual y se quitó la camiseta de un tirón tras deshacerse de los vaqueros en dos rápidos movimientos. Sin pensárselo más, arrancó en una carrera hacia la orilla y tras dos zancadas terminó por zambullirse de cabeza en el lago, perturbando la paz de sus aguas.

Aquel día, antes de que las chicas aparecieran por la gasolinera, había sentido que estaba cerca; los datos cuadraban y comenzaban a danzar entre ellos al compás que él buscaba. Había usado un filtro burbuja con el que la información previa le conducía directo a lo que necesitaba en la siguiente búsqueda. Sin embargo, el torrente de lógica numérica se había esfumado como quien pierde la inspiración y, por más que se empeñara en sacar a su mente del lugar en el que se había estancado, no lo conseguía.

Cuando Landon apareció con su *jeep* aún seguía flotando sobre la superficie, con los pensamientos luchando contra los números.

Landon traía entre las manos su encargo, a Malia se le daban realmente bien aquellas cosas. Era una cesta cursi de mimbre, forrada con telas a cuadros rojos, que ataría con dos tiras de cuero al manillar. Ben pensó que era algo muy de chicas.

—¿Quieres que mi novia haga otra para ti? —le preguntó Landon con tono de cachondeo.

En ese momento, Ben se dio cuenta de que una sonrisa se le escapaba de los labios al imaginar la cesta sobre el metal pintado de blanco. ¿Sonriendo? ¿Sin premeditarlo? ¿Por una cesta?

—Necesito un trago —replicó, agitando su cabeza como si así sus neuronas pudieran asentarse.

—Que sean dos.

Agradeció que aquella vez Landon llegara con la cena bajo el brazo, pues había perdido el tiempo de pesca con un baño demasiado largo pero no lo bastante refrescante.

—Bueno, ¿vas a contarme de qué iba lo de esta tarde? —preguntó Landon con el tono más burlón que pudo y depositando dos bolsas de las que salía aroma a carne braseada.

—¿A qué te refieres? —Ben se giró la gorra para dejar la visera hacia atrás.

—A esa escenita con la que me he topado al pasar corriendo frente a la Standard esta tarde: dos chicas regándose la una a la otra, en pantaloncitos cortos, meneando el trasero solo y exclusivamente para ti. ¿Desde cuándo te pasan esas cosas a ti en vez de a mí?

—Desde que dejaste de ser el *quarterback* del equipo porque te fuiste a la Universidad o desde que rompiste el corazón a todas las chicas de este pueblo al hacerte novio de Malia.

—Mierda, los dieciséis fueron geniales. —Landon se recostó en la silla de plástico y le dio un largo trago a la cerveza.

—Tus dieciséis fueron geniales, los míos se repartieron en cuatro casas diferentes.

—Bueno, pero mírate ahora. Sigues siendo un soso de narices y, aun así, esta tarde te han dedicado un espectáculo de camisetas mojadas.

—Pero si era Ally lavando el coche del Archie —dijo Ben, quitándole importancia al asunto.

—Y Vera —remarcó Landon en tono musical, alargando la última vocal.

Ben miró a su amigo y negó con la cabeza, reprimiendo una sonrisa.

—Venga, no me digas que no te has fijado ni un poquito en ella. ¡Hasta yo me he fijado en ella! Aunque lo negaré ante el resto de la humanidad porque oficialmente yo solo tengo ojos para Malia.

—Pues claro que me he fijado, no estoy ciego, pero te aseguro que yo no soy su tipo.

Landon no le contestó con palabras, pero Ben pudo ver la intención de aquella mirada combinada con unos labios apretados que simulaban retener información privilegiada. Se levantó, aquella conversación le incomodaba. Él nunca hablaba de chicas, al menos no de chicas que estuvieran interesadas en él, porque a lo largo de los años habían llegado hasta sus oídos muchos rumores de amores frustrados que habían sufrido por su rechazo indirecto. Ben no había tenido tiempo de pensar en chicas, sobrevivir era su objetivo diario y, a excepción de Lisa, ninguna chica había logrado mantener una relación medianamente estable con él. Ni siquiera de amistad.

Landon no sabía nada de sus escarceos con Jud y estaba claro que el chico aún intentaba conseguir que él le diera una oportunidad a la opción de tener una vida normal con historias sentimentales incluidas.

—¿Hamburguesas del Huggin's? —preguntó Ben antes de abrir las bolsas que había traído Landon.

—Y patatas con crema.

Se repartieron la cena y abrieron dos botellines más de cerveza. Ben asumió que aquella noche no podría avanzar más con los diagramas de flujos.

—¿Y cómo llevas tú la reconquista del corazón de Malia? —preguntó para desviar la conversación hacia otro tejado.

—Parece que esta vez estoy consiguiendo hacer las cosas bien. Mis padres se lo huelen, pero necesito tiempo. Primero tengo que asegurarme de que ambos somos fuertes para luchar esa batalla juntos. —Landon atrapó la mitad del bocadillo con un solo bocado.

—Reese puede terminar como George Custer.

—O yo sin cabellera, y eso sería terrible. Tengo mejor pelo que Brad Pitt y él ha hecho anuncios de la televisión gracias a su melena.

Ben se llevaba bien con Landon. Aunque muchas veces no entendía sus bromas, no al menos hasta transcurridos unos segundos, él era así: alguien al que le costaba decir las cosas de forma directa, pero que no podía mantener la boca cerrada.

—Pues intenta no fastidiarla esta vez.

Se relamió los dedos llenos de kétchup y dejó que Landon volviera a contarle cómo se fijó en Malia con solo seis años, cuando llegó a su casa junto a su madre, la encargada de darle vida al invernadero de flores de la señora Frazier.

9

«Cuando un sureño te ofrece una comida casera, eres un grosero si la rechazas. Eso incluye segundos y postres, por cierto».

Whispers in the branches. Brandy Heineman

—Estos de aquí son magnolios. Florecen a finales de primavera o principios de verano de forma abundante, aunque las flores no son muy duraderas, por lo que has llegado en el mejor momento para ver su esplendor.

Tras cambiarse de ropa, Vera fue en busca de Thomas para ayudarle en las tareas de jardinería sobre las cuales no tenía ni la más remota idea. Aquel hombre parco en palabras resultó tener un profundo conocimiento sobre el tema que lo debía de hacer sentir cómodo pues, con una versada explicación, le presentó las especies que allí crecían inundando el ambiente de un aroma digno de ser embotellado.

—Hay que usar un abono específico para que no sufra clorosis férrica y regarlo mucho, sobre todo con estos días de calor extremo. —El hombre acarició las hojas gruesas y de un verde intenso que rodeaban a aquellas flores blancas de hoja delicada.

—De acuerdo, ¿y aquellas de más allá?

—Las rojas son azaleas. Están en ese recoveco porque no les debe dar el sol directamente o se marchitarían, aunque también hay que regarlas mucho. Por allí están las violetas y los lirios, pero hoy puedes comenzar por quitar las malas hierbas. —Se agachó y la reclamó para que mirase donde él señalaba—. Todo eso son gramíneas y tréboles, son de raíz superficial y con un golpe de azada se eliminan con facilidad.

—De acuerdo, pues manos a la obra —dijo Vera con los brazos sobre las caderas. Se desató el pañuelo de la muñeca que tapaba su cicatriz y se recogió el cabello en un moño con él.

—Espera, no seas ansiosa. Eso de ahí es una compostera, para degradar todo lo vegetal, las malas hierbas que arrancamos e incluso las hojas de lechuga que nos sobran tras preparar las ensaladas. Tras degradarse, crea una tierra de hoja fantástica que sirve de abono. La tapa tiene que estar siempre cerrada, es muy importante porque así evitamos la evaporación y el compost no se seca.

La chica tomó nota mental de todo lo que dijo Thomas y ambos trabajaron codo con codo y en silencio poco más de una hora, bajo un sol que ya no quemaba y resultaba agradable. Vera se sintió a gusto. Tan solo el canto de las cigarras, el fluir del riego y sus golpes de azada.

Aquella noche sintió que se había ganado el pollo frito con judías verdes de Ellen.

—Mañana tendrás arreglada ya la bicicleta, ¿verdad? —le preguntó la excelente cocinera.

—Ajá. —No quiso mirarla a los ojos y continuó cortando el jugoso muslo rebozado, a sabiendas de que aquella no era una pregunta inocente.

—Entonces Ben ya no te traerá más a casa.

—No será necesario, no. —Vera agarró el vaso de agua y se lo bebió entero sin respirar.

—Vamos, Ellen, no seas alcahueta y deja a la pobre chica en paz —le recriminó su marido.

—¿Alcahueta yo? Qué tontorrón eres, Thomas —rio—. Aunque hablando de eso, ha llamado esta tarde la señora Frazier.

—¿Y qué quería esa bruja?

—¡Thomas! No seas así.

—Vera, en este pueblo tenemos a dos espectros malvados: Huggin' Molly y la señora Frazier.

La chica tuvo que reírse con él, pues no se esperaba un comentario así de alguien con inclinación al prudente silencio.

—Vera, te quería a ti.

La chica se atragantó con el pollo:

—¿A mí?

—En efecto, te invita a cenar el sábado en su casa. Para darte la bienvenida a Abbeville —le comunicó Ellen.

—La bienvenida, dices... Ni que fuera la alcaldesa de Abbeville.

—¡Para ya, Thomas! Reese es encantadora aunque no se entienda con su hijo. Vera, debes ir, estaría muy feo que rechazaras una invitación suya, y Landon te ha caído en gracia, ¿no es así?

—Bueno, Ellen, es cierto que Landon es un chico muy amable, pero no he pasado el tiempo suficiente con nadie en este pueblo como para que resulte desagradable —le contestó con sinceridad.

—Espléndido, pues el sábado como Vera estará con los Frazier, tú y yo saldremos a cenar a Ruby's. —Esta vez se dirigió a su marido.

Thomas rebuznó como un borrico y Ellen lo llamó tacaño y aburrido, pero terminaron por besarse las manos con aquella complicidad que aún resultaba incomprensible para Vera.

Aquella noche se acostó con la mente alterada. Su vida había sufrido un cambio radical: un lugar extraño con gente nueva y costumbres pertenecientes a otro estilo de vida. Sus padres no la habían llamado para preguntar cómo se encontraba, quizás esperaban que lo hiciera ella, pero aún sentía que todo aquello era una injusticia. Vera tan solo creía haberse enamorado, tan solo estuvo al lado de alguien que la necesitaba, puede que se encontrara en el lugar inadecuado en el momento incorrecto, pero en ningún momento había dejado de ser ella misma. En todo caso, sus padres habían descubierto que su hija no era como ellos la habían considerado siempre, pues en el fondo de su ser crecía una personalidad propia, una personalidad germinada en la grieta de un abismo creado por ellos. Vera seguía siendo la misma Vera, aunque jamás volvería a ser la niña de sus ojos; ella había comenzado una vida nueva lejos del resguardo de su techo en la Universidad y, por mucho que quisieran conseguir que volviera a ser la que ganaba competiciones los fines de semana y sacaba buenas notas en el instituto alejándola de todo, ella ya había cruzado el límite.

¿Cómo estaría Shark? Apostaba a que la rabia que lo consumía hacía que a ella no le extrañara demasiado, tenía que lamentar una ausencia mucho más desgarradora. Y Pipper... No quería pensar en ella, le dolía demasiado. Ni siquiera volver a la Universidad sería igual sin ella.

La noche era calurosa, como al parecer lo serían todas en aquel lugar, abrió la ventana, salió a la terraza y subió al tejado. A lo lejos, las luces del pueblo parecían un faro fundido que mantenía en tinieblas las tierras de cultivo a su alrededor, como un vasto océano en el que las olas se formaban por efecto de la brisa nocturna sobre las plantaciones de soja. Así lo dibujaría en el cuaderno. Extrañaba el sonido del agua. Haber cortado de raíz toda una vida de entrenamientos diarios en la piscina hacía que sus piernas tuvieran una enorme sensación de pesadez aquella noche y, además, echaba de menos volar, los segundos en los que su cuerpo se precipitaba danzando desde la altura hasta hundirse por completo en el agua. El cuerpo le dolía como si sufriera síndrome de abstinencia.

Oyó su respiración agitada y eso le hizo abrir los ojos. Se encontraba al borde del tejado, con los brazos extendidos como si fuera a saltar al vacío. Thomas, petrificado frente a la fachada de su casa, la miraba, quizá preso del pánico al verla, pero mudo. Vera bajó los brazos y regresó al interior de su habitación. Tras cerrar la ventana, conectó el ventilador y, rotulador en mano, plasmó con sus dedos el cosquilleo reciente hasta quedarse dormida entre viñetas de cómic.

Al día siguiente nadie acudió a su rescate para llevarla al trabajo, por lo que llegó exhausta a su ridículo despacho y se dejó caer como un peso muerto en la silla de oficina. Estaba convencida de que los desayunos de Ellen, aquel día a base de galletas con salsa marrón casera, terminarían por obstruirle las venas y provocarle un infarto.

Comenzó la jornada laboral con cierto nerviosismo. Su subconsciente, es decir, la sección irracional de su cerebro, dirigía el punto focal de sus ojos hacia el mostrador de Milly, situado justo frente a la entrada. En cualquier momento entraría Ben con su café para hacerle entrega de la bicicleta arreglada. Sus ojos bailaban de los folios, a los lomos de los libros y al mostrador sin cesar. Por eso, cuando a media mañana hizo su entrada, y se le antojó cual impresionante modelo para un anuncio de cafés a domicilio, su corazón se alió con su razón descerebrada y se disparó. Quizá sus padres tenían razón y aún era una adolescente presa de las hormonas.

Llevaba una gorra negra con la A de los Crimson bordada en Burdeos y, tras entregarle su bebida a Milly con una sonrisa apretada, aquel gesto aprendido y metódico, giró la visera hacia atrás y se encaminó decidido hacia el pequeño cubículo donde estaba Vera.

La chica lo saludó con una mano, mientras con la otra hacía girar el bolígrafo para dominar sus absurdas palpitaciones, pero, conforme él avanzaba, más se le aceleraban y el boli terminó por salir disparado hacia sus pies.

—Tu café, tu bolígrafo y ten... —se metió la mano en el bolsillo delantero de sus vaqueros y dejó frente a ella un juego de pequeñas llaves—, he dejado la bicicleta enganchada fuera.

—Gracias, Ben, en cuanto me paguen saldaré la cuenta contigo. Y de veras, no es necesario que me traigas café a diario. —Cogió las llaves y aceptó el pequeño vaso de cartón caliente. Solo de pensar en lo repulsivo que le resultaba su contenido aguantó la respiración.

—Dije que lo haría hasta que hayas terminado con el trabajo. ¿Lo tendrás esta semana?

Vera le observó durante un par de segundos antes de contestar, pues no sabía si su pregunta escondía una preocupación por cobrar la deuda o si más bien le urgía que terminara su trabajo para poder enseñarle el programa informático. De cualquiera de las maneras, la posibilidad que Vera no barajaba era que él tuviese interés en pasar tiempo con ella, nada en él le transmitía el más mínimo deseo, tan solo era un chico educado y solícito, un chico del Sur. Por ello, arrugó la frente y de mala gana le contestó:

—Sí, tranquilo. Esta semana terminaré esta sección. Tan solo faltará la histórica, porque Milly tiene que abrirme esa sala cerrada al público.

—De acuerdo.

Ben se quedó inmóvil de nuevo, daba la impresión de que necesitaba procesar la información tan simple que acababa de transmitirle, y de hecho así era. Al ver que Vera le ignoraba y continuaba con su labor, él se quitó la gorra, recolocó su espeso flequillo y se hincó la visera hasta las cejas.

—Que tengas un buen día, Vera. —La miró con una ceja elevada y esbozó aquella sonrisa mecánica de robot programado.

«*Raro*, eso es un calificativo muy benévolo, Ally», pensó Vera.

Fuera como fuese, era obvio que la tenía descolocada, con la mente alterada y las hormonas revolucionadas.

Ally no se pasó aquel día por la biblioteca, sin embargo, le mandó un mensaje al móvil en el que le comunicaba que alguien la recogería a las siete para ir en grupo a un autocine aquella noche. No le preguntaba si le apetecía o podía ir, tampoco le informaba de qué película irían a ver, pero Vera lo sopesó: teniendo en cuenta que los planes de diversión por allí debían de ser tan variados como los de un astronauta dentro de una estación espacial orbitando alrededor de la Tierra, aceptó enviando el emoticono de una mano con el pulgar levantado. Entonces, obtuvo un mensaje de réplica:

«Invita a Ben».

Vera soltó una carcajada y obtuvo una lejana mirada afilada de Milly. Se disculpó, luego se mordió el labio y volvió a reírse con cuidado para luego negar con la cabeza. ¿Ally estaba loca u obsesionada? Aunque, si Vera lo pensaba bien, tenía que reconocer que la idea la atraía. Era una locura, ¿cómo iba ella a invitar a ir al cine a un chico al que prácticamente no conocía? Tras pensarlo un poco se dio cuenta de que, ciertamente, en Abbeville todos parecían apreciar a Ben, por lo que no debía de ser tan raro como parecía. Pero también creía que el muchacho se iba a extrañar de que se lo pidiera. Estaba claro que Ben le sacaba unos cuantos años de edad a aquel grupo; no creía que perteneciera a él. De hecho, cuando lo descubrió borrando la pizarra de la sala de ordenadores se le antojó como uno de los profesores jóvenes de Fordham, uno de los sexis. Aunque fuera amigo íntimo de Landon, estaba claro que no era por haber compartido pupitre, así que Vera sospechó que los unía alguna historia pasada. Por otro lado, aquello no dejaba de ser una simple invitación a ver una película junto a chicos de su pueblo.

Puso el móvil en silencio y lo colocó boca abajo en la mesa, hizo esfuerzos por centrarse en el trabajo y no paró hasta la hora del almuerzo, cuando salió para disfrutar al sol de su emparedado de queso con nueces y rúcula con una salsa oscura que le había preparado Ellen aquel día.

—¡No fastidies! ¡Guau! —exclamó.

Vera se quedó atónita al pasar junto al lugar donde Ben había dejado la bicicleta enganchada. No parecía la misma, de hecho tuvo que acercarse para verla bien y cerciorarse de que era la de Liah. Estaba recién pintada y resplandecía, como si la hubieran rociado con algún spray abrillantador. Le había enganchado en el manillar una cesta de mimbre forrada con una bonita tela de cuadros rojos y había cambiado el sillín por otro con la piel intacta y adaptado a su altura. Las ruedas estaban perfectamente centradas y estaba segura que Ben no habría consentido que aquella maravilla siguiera chirriando al frenar. ¿Todo aquello por cuarenta pavos?

Se quedó mirándola de pie durante un buen rato y continuó admirándola desde lejos mientras le daba bocados al sándwich. Desde luego, no se imaginaba a sí misma recorriendo las calles altas del Bronx con aquella bicicleta, pero para aquel lugar era sumamente perfecta. ¿Cómo no invitar a Ben a ir al cine? ¿Qué menos, no? Se convenció a sí misma y, en cuanto dieron las tres y terminó el trabajo, colocó su bandolera dentro de aquella estupenda cesta y se dirigió a la gasolinera.

Aquel paseo le resultó diferente. Ya no se le hacían extrañas aquellas calles, circuló a lo largo de aquel tramo recto sombreado por los árboles que delineaban las aceras y la invitaban a pasear. Había abuelos sentados en los bancos diseminados a lo largo de la calle entre los locales comerciales, los restaurantes a puerta cerrada se preparaban con previsión para quienes irían a degustar algún típico plato sureño esa noche de viernes y el aparcamiento del supermercado de Dave estaba atestado de coches.

Cuando llegó a la gasolinera, Ben estaba dentro cobrando a una larga cola de personas que habían llenado ya sus depósitos. Vera esperó fuera, sentada en la bicicleta, y lo miraba a través del cristal. Todos sus gestos eran mecánicos, incluso parecía que dijera las mismas palabras a todos, pero uno tras otro salían sonrientes, como si de su boca siempre saliera la fórmula correcta para tener a los clientes contentos. Vera sonrió al pensar que quizás era por las piruletas que regalaba; puede que la fórmula de la sonrisa tuviese sabor a cerezas. Pudo deleitarse con detenimiento en sus gestos y reparar en la línea afilada que formaba su mandíbula. Sus ojos eran pequeños y oscuros, pero tenían un brillo chispeante que hacía balanza con su aspecto ligeramente melancólico. Se recolocaba hacia atrás una y otra vez el cabello de forma involuntaria, era oscuro como el petróleo, abundante pero marcado con un corte masculino típico de alguien formal y maduro. A simple vista, y salvando la diferencia de edad y los rasgos faciales, solo lo diferenciaba de Landon que este llevaba polos Abercrombie y Ben camisetas blancas con el logo de la Standard Oil. Dejando a un lado que debían de haber tenido vidas muy dispares, ambos irradiaban un potente magnetismo.

Tras cobrar al último de la fila, sus ojos se levantaron de la caja registradora y se encontraron con los de Vera. Entonces hizo ese gesto que le resultó tan gracioso a ella, el de inclinar sutilmente la cabeza hacia un lado, antes de moverse tras el mostrador para salir fuera.

—¿Hay algún problema con la bicicleta? —le preguntó con preocupación mientras le hacía una revisión rápida con la vista.

—¡No! Para nada, de hecho la has dejado como nueva y realmente bonita. Muchas gracias. Ya sabes que te lo voy a pagar, pero igualmente, muchas gracias.

—¿Entonces qué es lo que necesitas?

Su tono era confuso y provocó ternura en Vera. ¿Acaso nadie iba a verle si no necesitaban algo de él? ¡Qué clase de vida tenía aquel chico!

—Nada para la bicicleta, no vengo a repostar —bromeó, pero él no se rio, aunque su gesto no era antipático sino expectante—. Es que esta noche voy a ir al autocine, con Ally y su grupo.

Se lo soltó y él continuó callado y esperando a que ella continuara. La chica le estaba proporcionando una información que no entendía por qué compartía con él.

—¿Quieres ir conmigo..., con nosotros, al autocine esta noche? —Vera se agarró con fuerza al manillar. Ella no era una persona tímida ni insegura, pero no conseguía descifrar los gestos de aquel chico y eso la ponía nerviosa. Aparte del hecho de que a cada segundo que pasaba le parecía más guapo. Raro e indescifrable, pero tremendamente atractivo.

Las cejas de Ben se relajaron para volver a subir con desconcierto. ¡Le estaba pidiendo que la llevara al cine! No estaba seguro de si lo hacía porque ir hasta allí en bicicleta no era práctico, la casa de los Kimmel estaba bastante lejos del autocine; si tal vez era porque ninguno de los demás se había ofrecido a llevarla en su coche, o si la pregunta escondía un interés oculto relacionado con la forma en que a la chica le había fluctuado la voz. Sus carrillos dejaron aparecer de manera fugaz una sonrisa en los labios y le contestó:

—Te recogeré a las siete.

Los ojos de Vera se abrieron como platos, no se esperaba aquello. Ella había cumplido las órdenes de Ally, invitarle a ir al cine con el resto, y de repente aquello parecía una cita en la que él la iba a recoger a casa.

—¿No te parece bien a las siete? Las películas del autocine comienzan a las ocho —preguntó confuso ante la expresión sobrecogida de la chica. Dio un paso hacia ella acortando las distancias.

—No, me parece genial. Bueno, ya sabes donde vivo, ¿no?

—Sí. —Ben volvió a exhibir la sonrisa durante medio segundo y se atusó el cabello.

—Genial.

—Genial —repitió, parado como un poste frente a ella, imponente y con cara de póquer—. Hasta luego.

Vera se apresuró a montar en la bicicleta y pedalear con energía para llegar a casa de los Kimmel. Saludó con la mano a Landon, que hacía su recorrido diario de *running*; él le contestó con un pulgar levantado al verla sobre la bicicleta arreglada y un «hasta luego», con lo cual dio por sentado que él y su novia estaban incluidos también en el plan de aquella noche.

Vera llegaba tarde a su cita con Thomas Kimmel y sus malas hierbas, por lo que forzó sus piernas en un pedaleo extremo que le hizo llegar empapada de sudor a la granja.

Él ya estaba en el jardín con su sombrero de paja regando los magnolios y la chica notó que se hacía el despistado tras verla aparcar junto al árbol en el que, originalmente, reposaba aquel vehículo de dos ruedas.

—Siento llegar tarde —se disculpó y con rapidez fue a ponerse los guantes protectores.

No le contestó, pero Vera percibió su sonrisa. No era de extrañar, ella misma estaba sorprendida de su preocupación por no defraudar a aquel hombre con el que apenas había cruzado la palabra. Parecía como si su mal humor permanente se estuviese disipando, volvía a sentirse ella misma, en cierto modo contenta por el hecho absurdo de ir a un autocine en una especie de cita forzada con el chico raro del pueblo que le hacía palpitar de forma involuntaria el corazón o, quizás, instado por los deseos de los habitantes de aquel pequeño rincón de Alabama. Puede que solo fuera efecto de la distancia, estar lejos de Shark, de las calles del Bronx, de los recuerdos dolorosos y de la mirada decepcionada de sus padres. Estar en Abbeville ahora le hacía sentir que todo aquello era un mal sueño que había dejado atrás, como si nunca hubiese sucedido. Aunque jamás habría ido allí si no fuera por todo aquello, y el sonido de los disparos aún regresaba cada noche.

Vera se afanó en arrancar las malas hierbas bajo la distraída supervisión de Thomas.

—Esto no es un campeonato, ¿sabes? Nadie te va a dar un premio por arrancar más cantidad de tréboles en un tiempo récord —le comentó el viejo secándose el sudor de la frente con un pañuelo de tela que sacó del bolsillo de su pantalón.

—Es que... —Vera le miró y sopesó si aquella era una información que debía compartir con él.

—¿Qué ocurre?

—Me han invitado a ir al autocine. —Según se lo decía levantaba una ceja para corregirse a sí misma, ya que en realidad era ella quien había invitado a alguien de forma literal.

—Pues sube y arréglate, ya seguiremos otro día con esto. No estás aquí para cumplir condena. Disfruta, pero díselo antes a Ellen para que lo sepa, estaría bien no tener que dar explicaciones esta vez a la policía. —El hombre le dio la espalda y comenzó a recoger la manguera haciendo círculos sobre su brazo.

—¡Gracias, Thomas! —Vera llevó el cesto a medio llenar hacia la compostera para vaciarlo y subió las escaleras como una gacela.

Se asomó por la cocina para informar a Ellen de sus planes y la encontró con las gafas en la punta de la nariz leyendo una nueva receta.

—Me van a recoger a las siete para ir al autocine, a Thomas le parece bien —dijo Vera mordiéndose el labio, intentando asegurar que ella no le pudiera estropear el plan.

—¿Al autocine? —Ellen levantó la vista hacia ella y la miró por encima de los cristales—. ¿Con quién?

Vera se irguió y cruzó los brazos bajo el pecho a la defensiva. No estaba dispuesta a pasar por el filtro de unos desconocidos, pero tampoco quería que volvieran a montar un espectáculo.

—Me ha invitado Ally, va a ir todo el grupo, creo.

Ellen arrugó el entrecejo y dejó escapar un sonido reprobatorio, pero antes de que pudiese decir nada, Vera usó la carta que guardaba bajo la manga—: Me va a llevar Ben.

El semblante de la mujer cambió de inmediato:

—De acuerdo, te haré algo ligero para que puedas cenar antes de irte.

—No es necesario.

—Claro que lo es.

La batalla estaba perdida, se comería lo que le pusiera con tal de hacer esa noche algo más interesante que escuchar a los grillos.

Tras ducharse, abrió el armario para hacer una revisión visual de lo que ya sabía que había echado en la maleta cuando la había hecho días atrás.

¿Quería ponerse guapa? Sabía que sí, ansiaba que los ojos de Ben volvieran a perderse sobre su cuerpo. Aunque no tuviese claro qué quería conseguir con aquello, era tan buena manera como otra de dejar de tener la cabeza metida en el recuerdo horripilante de la peor noche de su vida. Agarró la minifalda vaquera y el jersey blanco de hilo calado, que superpuso encima de una escotada camiseta de tirantes. Dejó que el cabello se le secara por sí solo, con lo que sus anchas ondas naturales tomarían más volumen, y abusó de la máscara de pestañas al pensar en los ojos de Ally. No es que pensara que debía competir con ella, Ben ya le había dejado claro mientras le montaban el espectáculo del lavado del coche que sus ojos no se desviaban a las sugerentes curvas de la morena, pero no quería que esta volviera a suponer que ella era una mojigata. Quizás una vez lo había sido, pero desde luego, no lo era la actual Vera. Un escalofrío recorrió su columna vertebral mientras se miraba al espejo y pensaba todo aquello. Ellen la rescató de sus recuerdos elevando la voz escaleras abajo:

—Baja a cenar, Vera. Ben es un chico puntual y estará a punto de aparecer por el camino.

10

«Bless the food before us,
the family besides us and the love between us».

Plegaria sureña

¿Por qué demonios le había dicho que la llevaría? Pensó en Toby y se lo imaginó frente a la cacatúa esperándole. Era el primer viernes en años que no iría a verle y no podía evitar sentirse culpable. Pero, por otro lado, aquella chica se le había metido en la cabeza y no acertaba a explicarse el motivo.

Las muchachas en el pueblo lo miraban siempre de dos formas: las más jóvenes, de la manera en la que lo hacía Jud, y las de más edad, de forma condescendiente, como si fuese un gatito callejero que necesitase cariño y comprensión. Sin embargo, Vera no sabía nada de él, de su pasado o su presente, y le alzaba sus ojos grises con una pasmosa normalidad que terminaba por convertirse en extraordinaria.

Resopló y se convenció a sí mismo. La llevaría al cine, descubriría que era una chica como las otras y podría volver a concentrarse en la búsqueda de la combinación de números que lo llevaría a la salida del laberinto. Se pasó el resto de la jornada evitando pensar en ella, agradeció que fuera viernes y la afluencia de coches por consiguiente alta, pero miraba una y otra vez su reloj de mano para comprobar la hora.

Cuando vio aparecer a Kevin, le lanzó el juego de llaves directo a sus manos y se apresuró a montarse en la camioneta y llegar rápido a la caravana para poder darse una ducha y cambiarse de ropa.

Le había gustado cómo había quedado la bicicleta, había hecho un gran trabajo con ella y tenía por seguro que a Vera le había gustado la cesta de Malia, ya que la chica había metido en ella su bandolera. Le había dado las gracias de forma amable, como solía pasar cuando le hacía un favor a alguien por primera vez. Por desgracia, cuando los favores se volvían rutina, el agradecimiento de la gente disminuía en intensidad. Aunque a él le daba igual, necesitaba el dinero, aunque fuera poco, y hacer aquellas cosas le venía bien para darle un respiro a su mente.

Ben había visto alejarse de la gasolinera a Vera pedaleando de pie, meneando las caderas cada vez con mayor impulso y la espalada bien recta. Cuando se quiso dar cuenta, Ben volvía a tener instalada en su cara aquella sonrisa involuntaria, y se obligó a desdibujarla. Volvió a pensar en Toby, en los cálculos... Vera solo podía convertirse en un problema para él.

No solo dejaba colgado a Toby, también muchas tareas pendientes por hacer, y volvió a repetirse que merecería la pena solo si así aclaraba su mente. Se duchó con rapidez, sacó los vaqueros negros desgastados y la camiseta oscura cuyo ancho cuello de pico dejaba ver que, de la base de su cuello, nacían unos músculos forjados a golpe de remo. Agitó la cabeza con fuerza para escurrir el agua y se peinó el cabello con los dedos. Volvió a consultar su reloj de muñeca y se apresuró a cerrar la puerta metálica con llave. Iba a llegar siete minutos tarde, tendría que disculparse.

Los Kimmel eran buena gente, había pasado más de una noche bajo su techo cuando el padre Oliver debía viajar. Ben recordaba a su hija Liah, a aquella chica le gustaba hacerle preguntas absurdas como cuánto era la raíz cuadrada de 15.340. Ella aplaudía entusiasta como si él fuera un mono de feria, pero no lo hacía con malicia, no tenía aquel brillo retorcido en los ojos, simplemente se maravillaba de la mente que tenía y Ben, con paciencia y a sabiendas de que era mejor aquello que estar solo, le seguía el juego hasta que Thomas acudía a su rescate y los mandaba cada uno a un cuarto para dormir.

Un espasmo en la boca del estómago le cogió desprevenido cuando por fin vio la casa bajo el sol crepuscular. Distinguió al señor Kimmel en el porche con una pequeña regadera de acero regando los maceteros colgantes. Antes de alcanzar el final del camino, vio salir a Vera. Ella se despidió de Thomas con un gesto contenido y avanzó hacia el asiento del copiloto de la camioneta sin darle lugar a él de bajarse para abrirle la puerta.

—¡Arranca, por favor! Ellen es capaz de no dejarme ir si descubre que no me he tomado el postre —le rogó con el gesto angustiado.

Aquello le sonó a un momento en los que hay que reír, por lo que Ben sonrió y enfiló la carretera hacia la explanada del autocine tras saludar con la mano a Thomas, que estaba a punto de disfrutar del tabaco de su pipa.

Ninguno de los dos abría la boca para comenzar una conversación y Ben sabía que estaba en desventaja; iniciar conversaciones no era su fuerte. La miró un par de veces para incitarla a comenzar, pero ella miraba al frente y jugaba con los pequeños agujeros del final de su jersey. Olía muy bien, a algún champú afrutado, mucho mejor que la otra vez que la subió y dejó su toalla con olor a detergente industrial.

Sus ojos ascendieron de las manos de Vera hacia su cara para ver qué gesto tenía, pero tuvo que detenerse fugazmente en un escote a medio camuflar que le hizo volver a bajar la mirada a sus manos y de ahí hacia sus piernas. Se maldijo al sentir que aquella faldita era más corta de lo que podía soportar, así que volvió a mirar al frente y se agarró al volante. Aquello no comenzaba bien, no como él esperaba.

—¿Qué pasa? —le preguntó Vera.

—¿Qué pasa? —repitió él arrugando la frente.

—Me has mirado y luego has puesto cara de enfado.

—Es cierto —contestó Ben, dejando a Vera aturdida.

—¿Y bien? ¿Qué problema hay?

—Me parece que estás muy guapa.

Ben no la miró, aceleró un poco y cambió de marcha. Esta vez era Vera quien lo observaba y se permitió dejar escapar una sonrisa a sabiendas de que él no la descubriría.

—¿Y eso es algo malo? —le preguntó desenfadada.

—Podría terminar siéndolo.

Vera iba a abrir la boca para aclarar aquello cuando una moto hizo estallar su tubo de escape y los adelantó de forma temeraria. No podían ser otros que Ally y Ryan haciendo el tonto.

Ally, que iba de paquete, se giró hacia ellos y les sacó la lengua a la par que formaba unos cuernos a lo heavy metal con sus dedos.

Ben hizo sonar el claxon unas cuantas veces y miró por fin a Vera:

—¿Les bastará esto como respuesta o debemos sacarles también la lengua?

Ella lo miró divertida y, sin que él lo esperara, sacó medio cuerpo por la ventanilla para imitar a su nueva amiga. De forma inconsciente, Ben la agarró del jersey y la miró pasmado.

—Creo que así ya es suficiente. —Vera sonrió al recolocarse en el asiento y le dio un toquecito en la mano para que la soltara del jersey.

Ben identificó el momento como el apropiado para sonreír y desplegó sus labios, haciendo aparecer los hoyuelos de sus carrillos. Concluyó que lo mejor sería poner la radio y que la música les acompañara hasta el autocine. Desde luego que sí, pensó, aquello no tenía pinta de terminar cómo él esperaba.

A Vera le gustaba aquella canción y comenzó a cantarla acompañándose del ritmo de golpecitos de las manos contra sus muslos. Eso hacía que Ben desviara la atención de la carretera de manera fugaz y ella cada vez sonriera más. Aquello era realmente divertido. Desde luego, interpretar a aquel chico era algo muy complejo, pero desestabilizarle era de lo más sencillo. Vera se sentía emocionada y no podía evitarlo. Le parecía que Ben estaba tremendamente sexi todo de negro, con los mechones deslizándose una y otra vez entre sus dedos, que de manera inútil intentaba recolocar en su sitio. Sonreía y parecía no saberlo mientras miraba al frente, pero aquellos hoyuelos eran irresistibles. Vera agradeció que la conversación se cortara, no solo por lo incómoda que se podría haber vuelto, sino porque Ben tenía un tono de voz envolvente como el del locutor de una radio, hablaba pausado y sus labios fluctuaban al compás de sus pensamientos. Vera reconocía que cualquier mujer estaría tan flipada como ella por estar en su lugar, pero a la vez se sentía embriagada de poder y se felicitó a sí misma por la elección de su atuendo para aquella ocasión. Sin embargo, tampoco quería malentendidos, ni por su parte ni por la del resto del grupo o del pueblo. Ella no podía dejarse llevar por el ansia general de emparejarlos, ni por sus alocados impulsos. Estaba segura de que al menos su padre se arrepentiría de todo aquello en unos días y volvería a por ella. Sus días en Abbeville estaban contados y lo último que quería era dejarse llevar por la cara bonita del muchacho de la Standard Oil.

Cuando llegaron al Blue Starlite, vieron a Ally y Ryan en la puerta compartiendo las caladas de un cigarro.

—Pasad vosotros y coged sitio, nosotros vamos a terminarnos esto antes —les dijo la morena.

—¿Qué pasa, tío? —Ryan se acercó a la ventanilla de Ben y le acercó la mano para enlazársela por el pulgar. El conductor tardó un par de segundos en reaccionar antes de soltar el volante y recibir el apretón.

—Hola, Ryan, ¿qué tal el carburador?

—Ronronea como una gatita en celo.

Ben le ofreció su sonrisa mecánica y luego paró en el control para sacar las entradas. Vera descubrió que la película era sobre los superhéroes de Marvel y sintió que aquello era un guiño del destino.

—Son seis pavos por cabeza, ¿lo vais a escuchar por radiofrecuencia o quieres un altavoz? —dijo el chico de las entradas.

—Dame un altavoz —pidió Ben mientras elevaba sutilmente el trasero para sacarse la billetera del bolsillo trasero de sus vaqueros oscuros.

Vera se apresuró a contar las monedas de su monedero y se inclinó, hasta echarse encima de Ben, para alargar su mano con el dinero hacia el chico de la taquilla:

—Aquí van mis seis dólares.

—¡No! Yo te invito —le dijo Ben con los ojos abiertos, desconcertado ante la ocurrencia de que Vera pagase su entrada y alterado al verla prácticamente sobre él con una mano apoyada sobre su pierna.

—Ben, «chico de la gasolinera arreglalotodo», esto no es una cita. No tienes que pagarme la entrada y de hecho no lo vas a hacer. —Vera no quería dar lugar a confusiones, por lo que dejó caer las monedas sobre la taquilla y retiró la mano sobre el muslo del chico para regresar a su asiento.

—Como tú quieras. —Ben pagó su entrada y, con una ceja elevada, giró el volante para introducirse en la explanada a medio llenar.

—¿Te gusta aquí? —le preguntó Ben, apoyando el brazo izquierdo sobre el volante y manteniendo el entrecejo desnivelado.

—Has aparcado al revés; la pantalla está ahí detrás.

Tras aquella observación el chico soltó una carcajada que sorprendió a ambos. Él se bajó de la camioneta e invitó a Vera a que lo siguiera.

—Me dijiste que habías quedado con los demás. Ya sé que esto no es una cita.

Ben se subió a la parte trasera y le ofreció la mano para ayudarla a subir. Ella se la agarró y ambos sintieron demasiado calor con aquel primer contacto piel con piel, tanto que tardaron más de lo normal en soltarse, pero Ben quería enseñarle algo que ella parecía desconocer.

—Nunca has estado en un autocine, ¿verdad? —preguntó mientras enganchaba el altavoz a un lateral de la carrocería.

—Soy de IMAX. —Vera se disculpó con las palmas hacia arriba y una profunda respiración para recobrar la serenidad.

Ben se agachó y cogió el par de sillas plegables que, normalmente, estaban junto a su barbacoa, y las abrió de cara a la pantalla.

—Aún hay sitio para los dos de ahí fuera si deciden dejar de fumar y buscan un respaldo. —Ben señaló el espacio libre que quedaba y también le mostró una pequeña manta que ella podía usar si más tarde sentía frío.

—Esto está guay. Es diferente. —Vera se sentó en una de las dos sillas, escondió sus manos dentro de las mangas del jersey y sonrió—. Creo que me va a gustar, la saga de los Vengadores es de mis favoritas. Apuesto a que tú eres más de Ironman.

Ben ladeó un poco la cabeza para observarla:

—¿Te gustan los superhéroes?

Vera tuvo que pensar rápido. ¿Era algo que quisiera compartir con él? Para ella los cómics era algo más que «gustar», era su mundo, su manera de expresarse, la forma en la que su vida real se completaba.

Un pitido alocado rompió el momento e hizo que ambos miraran hacia la furgoneta que se anunciaba escandalosa con el resto del grupo dentro. Aparcó a su lado y les siguió la moto detrás. Las dos parejas se bajaron y se acercaron a la camioneta en cuyo borde Vera se había sentado con las piernas balanceándose al aire mientras Ben se bajaba de un salto.

Landon se aproximó a Ben veloz y Malia fue directa hacia Vera con la sonrisa más kármica que la forastera había visto jamás. La larga melena oscura cubría los hombros de la chica creek, pero en aquella cara redondeada destacaban sus enormes ojos rasgados que buscaban las manos de Vera según se acercaba.

—Bienvenida al grupo de forma oficial. —La chica tiró de su muñeca y se la giró, para rodearla con una pulsera de hilos trenzados de colores que creaban un bonito diseño tribal.

Vera la miró entre extrañada y sorprendida.

—Es la pulsera de la amistad, no debes quitártela hasta que se rompa. Eso significa que nuestra amistad no se destruirá.

—Oh, gracias, Malia. Es preciosa.

Vera se sintió algo cohibida. No estaba preparada para sentirse parte de ningún grupo, no sabía si estaba preparada para abrirse a una nueva amistad de semejante intensidad. Descubrió aquellas pulseritas algo desgastadas en las muñecas de todos, con diferentes diseños, y aquello pellizcó su estómago. Tampoco estaba segura de si debía dejar sentir libremente lo que golpeaba con fuerza en su interior cada vez que miraba a Ben, quien le mostró su pulsera levantando su brazo y encogiendo los hombros con resignación.

—Ben tampoco la quería, como tú... —Vera estuvo a punto de corregirla, pero la chica creek parecía escuchar las palabras antes de ser pronunciadas y alzó su dedo índice frente a su nariz—, pero el cosmos es más sabio que nosotros. Y aquí estáis tú y él, ¡y todo el grupo!

Malia saltó alegremente hasta Landon, que la acogió entre sus brazos y dejó enterrar su cara en la tupida melena de su chica, ocultando el increíble beso que los dejó a todos sin respiración.

—Voy a comprar algo de comer —le comunicó Ben—. ¿Te apetece algo?

—No, con lo que Ellen me ha obligado a cenar antes de salir he tenido suficiente.

—Pues te traemos algo de beber al menos —dijo Dave, que había terminado de estirar una manta en la parte trasera de la furgoneta, aparcada también «al revés».

—Está bien, una cola entonces. —Vera le tendió un billete al chico, que le devolvió una cara molesta.

—¡¿Pero qué tipo crees que soy?! No sé cómo te tratarán los pavos del Norte, pero aquí nosotros cuidamos a nuestras damas. ¡Guárdate tu dinero! —le dijo ofendido.

Vera intentó abrir la boca para justificarse, pero Dave ya se había dado la vuelta para encaminarse con pasos arqueados a la pequeña caravana que hacía de *snackbar*. Ryan y Landon le siguieron entre risas, pero Ben se quedó un segundo para lanzarle una mirada muy aclaratoria que ella recibió cruzándose de brazos para reafirmar su actitud independiente.

—¿Y qué? ¿Te lo has ligado ya? Hermana, estamos todas emocionadas. Por fin alguien ha conseguido sacar a Ben de su cueva. ¡Menudo tanto te has apuntado! —La novia de Dave tenía en su cara más maquillaje del que Vera se había puesto a lo largo de toda su vida.

—Yo no he hecho nada, y te aseguro que ni me lo he ligado ni es mi intención —le dijo, mirando al chico de reojo a lo lejos.

—No mientas a una mentirosa, nena —soltó Ally y rio junto a Kendall.

—Dejadla en paz, chicas. Lo que haya o no de suceder, sucederá sin vuestra intervención. —Malia se sentó junto a Vera y chocó su hombro con ella.

—Eso es lo que tú te crees, Malia, ¿verdad, camiseta mojada? —Ally explotó una pompa de chicle y volvió a reír.

Vera dejó escapar su sonrisa, suspiró con profundidad y acarició su muñeca envuelta por el pañuelo. Lo que tuviera que pasar, el «cosmos» lo calcularía.

Las luces de los altos postes parpadearon para anunciar el inminente comienzo de la película justo cuando los chicos regresaban. Vera se sentó en una de las dos sillas mientras Ben daba un salto y se colocaba a su lado sin mirarla. ¿Acaso había hecho algo que le había molestado? Un par de tráileres dieron tiempo suficiente de ajustar el sonido del altavoz y de que el resto se acomodara repartido dentro de la furgoneta y a los pies de la camioneta.

—Te he traído esto, por si luego te apetece, solo es una chocolatina de «no-cita». —Ben la sorprendió sumida en su preocupación.

—Gracias, me la voy a comer ahora mismo. Para un poco de chocolate siempre hay espacio en mi estómago.

La aceptó y le sonrió, como si con ello todo quedara aclarado, pero nada más lejos de la realidad, pues sus ojos se encontraron en la oscuridad y sostuvieron la mirada demasiado tiempo, el suficiente para que aquel dulce ofrecimiento dejara de ser algo sin significado.

Ben se había comprado un perrito caliente y una cola, y se sentó relajado con el trasero al borde de la silla con las piernas abiertas; a Vera le tentaba mover mínimamente su rodilla desnuda para rozarse con él. El chico comía llenando el carrillo y tensando los músculos del cuello. A Vera se le hacía muy difícil no desviar la mirada hacia su silueta en la oscuridad, aunque él permanecía atento a la proyección de un tráiler que había comenzado con una potente banda sonora para una escena de acción tenebrosa.

—Es una pena que en esta no salga Thor.

—Predecible —masculló con el carrillo hinchado.

—¿Qué quieres decir?

—Todas las chicas sois de Thor: tan alto, tan rubio, tan dios...

—Que los chicos penséis que todas las chicas preferimos a Thor sí que es predecible. Lo que está claro es que frente a Visión solo podría Thor... y, por cierto, a mí no me gustan los rubios.

Vera le mantuvo la mirada unas décimas de segundo hasta darse cuenta de que sonaba a declaración, teniendo en cuenta que Ben tenía el cabello tan oscuro como la noche. Notó movimientos en el lateral y vio que el motero y su no-chica recogían sus cosas.

—¿Adónde vais? La peli no va ni por la mitad.

—Ya me cuentas tú el final mañana. —Ally le guiñó el ojo y le lanzó un beso provocativo a Ben.

Vera se abrazó a sí misma, en parte porque había refrescado, pero principalmente porque pensar que aquellos dos se marchaban para darse el lote solo aumentaba sus ganas de hacer lo mismo con el chico que tenía a su lado, y por el que, a su vez, no quería sentir aquello. No guardaba el menor atisbo de amor por Shark, de hecho sabía a ciencia cierta que aquello nunca había sido amor, por lo que tener esos deseos recorriendo su cuerpo de los pies a la cabeza no le sorprendía, pero sí reconocía que eran desmesurados para las pocas veces que se habían visto.

Sintió caer un confortante tacto suave sobre sus hombros con cierto olor a cerezas y se estremeció.

—Estás temblando de frío —le aclaró Ben, tras ajustarle la manta por delante y regresar a su recostada posición.

Vera le regaló otra sonrisa y agradeció el calor, pero se mordió el labio inferior al no poder evitar desear estar debajo de aquel fornido brazo que reposaba en la silla plegable y se maldijo a sí misma por haberle dicho que aquello no era una cita. Quizá no lo era al principio, pero desde luego en aquel instante deseaba con todos los poros de su cuerpo que lo fuera para poder acercarse más a él. Había metido bien la pata y no había manera de solucionarlo. No, al menos aquella noche.

«Este es un lugar donde las abuelas sostienen
a los bebés en su regazo bajo las estrellas y susurran
en sus oídos que las luces en el firmamento son agujeros
en el suelo del cielo».

Stories of Rick Bragg

—¿Qué hay ahí arriba que te atrae más que *Civil War*?

La chica sobresaltó a Ben, que tenía la mirada puesta en Antares, la estrella más brillante de la constelación de Escorpio. Sin duda, era su favorita, pero retiró la mirada con rapidez al notar el aliento de aquella pregunta susurrante tan cerca de su oído.

—Lo siento —se disculpó y bajó la vista hasta ella.

—Tranquilo. No me ofendes, no soy familiar ni del director ni de los actores de la peli —intentó bromear Vera, pero una vez más el chico no correspondió con una sonrisa—. Solo me preguntaba por qué habrías querido venir al cine si prefieres mirar el cielo a la pantalla.

Ben no tenía clara la respuesta a aquella pregunta, o no tenía claro si quería dársela en verdad. Por ello respondió con lo que creyó que no le metería en problemas:

—Porque tú me lo has pedido.

A Vera le molestó aquella contestación y se recolocó en su silla para cruzar los brazos bajo el pecho:

—En realidad, Ally me dijo que te lo pidiera.

Le lanzó aquella verdad con toda la intención de desinflar la equivocada idea que él se podía haber formado. Para ella estaba claro que Ben había pensado desde un primer momento que aquello era una cita, pero no sabía que, en realidad, lo que él pensaba era que ella necesitaba el favor de que alguien la llevara.

—Bueno, es lo mismo —repuso él, elevando de forma fugaz los hombros.

—¿En serio crees que es lo mismo?

«Chsssss».

Los ocupantes de la ranchera aparcada detrás les mandaron bajar el tono, el cual se había acalorado demasiado.

—Pues por mí ya puedes llevarme a casa.

—Aún no ha terminado la película.

—¿Acaso te importa? Ni siquiera la estabas viendo...

Vera se levantó de la silla y comenzó a doblar la manta con nerviosismo y ágiles movimientos de enfado. Vale que ella no quisiera que aquello pareciese una cita, pero que él tampoco le diese importancia, le molestaba tremendamente.

Ben la agarró con suavidad del brazo y tiró de él para reclamar la atención de la chica, que parecía envuelta en un torrente de furia imposible de descifrar.

—Sí que quiero terminar de ver la película. Quiero que terminemos de verla. —Ante aquello, Vera lo miró con una ceja elevada y Ben puntualizó—: Juntos.

Era incapaz de comprender las reacciones que tenía aquella chica, pero sí entendía a la perfección los deseos que nacían en él al mirarla o lo que había sentido durante los breves segundos en los que la había sentido tan próxima a él.

—Si no te apetece verla hasta el final, yo puedo contarte lo que pasa de regreso a casa, me sé los cómics a la perfección —le contestó ella, reacia a volver a sentarse, pero con el tono suavizado.

—Siéntate, por favor.

Vera obedeció y se recolocó la manta sobre las piernas mientras le mantenía la mirada desafiante.

—Vamos a terminar de verla, de regreso a casa me explicas por qué sabes tanto de cómics y yo te digo qué es lo que miraba en el cielo. ¿De acuerdo? —propuso él sereno.

No pudo evitarlo, a Vera se le escapó una media sonrisa al aceptar con el gesto y antes de volver a centrarse en la pantalla echó un rápido vistazo hacia aquella bóveda estrellada.

Cuando las luces se encendieron una hora después, los dos habían olvidado el incómodo momento y estaban sumidos en la excitación de aquel apoteósico final.

—Reconoce que Ironman la ha pifiado bien —dijo Vera con pasión, mientras le entregaba la manta doblada a Ben.

—¿Tú no te enfadarías si fueras Tony Stark?

—¿Me estás hablando del tío más frío y calculador de este universo y de otros mundos?

Ambos bajaron de la parte trasera de un salto coordinado y Ben ajustó la compuerta.

—Vaya..., desde luego, ahora entiendo que antes dijeras que yo tenía pinta de ser del «equipo Ironman». Frío y calculador. —Volvió a apretar los labios para estirarlos hacia la izquierda—. Yo entiendo «la teoría del bien mayor»: la pérdida es aceptable si la ganancia es considerable.

—Pero, pero... ¡es un amigo! ¡Un amigo! —ella lo dijo con demasiado dolor. Pensó en Pipper y apretó los puños.

—La amistad está sobrevalorada; no dejan de ser personas que pasan por tu vida de forma circunstancial. No es como la familia. —La comisura de los ojos de Ben descendió y su tono de voz se hizo profundo.

Vera iba a contestarle proyectando sobre él toda su frustración, pero Landon y su chica se habían acercado a ella por detrás.

—Mañana pasaré a por ti a las seis, espero que estés preparada para recibir la amabilidad con ciertos toques del elitismo sureño de los Frazier —le dijo el chico a Vera.

—No haces que parezca una cena muy apetecible a la que asistir —le contestó ella, turbada aún por la conversación con Ben.

—Tranquila, no olvides que estaré yo. —Landon estiró el carrillo vacilón y atrajo a su chica por el cuello hasta darle un beso en la coronilla.

—¿También estarás tú, Malia? —En cuanto Vera terminó la frase, supo que había metido la pata.

—No, pero podemos cenar juntas el día que te apetezca.

—Claro, ¡estaría genial!

Vera miró a Ben, que mantenía la mandíbula apretada y la boca cerrada como si fuera un simple espectador y no alguien dentro de un grupo de amigos charlando.

—Creo que es hora de que me lleves a casa.

La explanada del autocine se despejó con rapidez y ellos compartieron la cabina de la camioneta algo más relajados que en el viaje de ida.

—No te imaginaba una *friki* de los tebeos —le confesó Ben al volante.

Los potentes faros iluminaban los oscuros y desolados caminos que salían del pueblo y cruzaban las plantaciones de algodón y soja.

—Bueno, cuando era pequeña cada domingo mi padre compraba el periódico y el nuevo número de la Marvel para mí; por algún motivo me gustaba leerlos más que los cuentos de princesas. Cuando mis padres se divorciaron, aquello se convirtió en un ritual, en algo especial.

Vera se mordió el labio, quería contarle también lo que hacía, sus dibujos, pero aquello era demasiado personal, una parte tan importante de ella que no estaba preparada para compartirla, así que le dijo que tampoco él parecía un amante de las novelas gráficas.

—Es cierto, no lo soy. Es decir, me gustan, pero en realidad a quien le vuelven loco es a mi hermano.

—¿Tienes un hermano? ¡Podías haberlo traído al cine si tanto le gusta! —Al momento de decirlo se arrepintió, porque ya había dejado antes lo bastante claro que aquello no había sido una cita como para remarcarlo haciendo de aquello una invitación abierta, justo cuando, en realidad, estaba encantada de estar con él a solas en aquel momento.

Ben apretó las manos con fuerza sobre el volante hasta volver blancos sus nudillos. Una punzada en el corazón le partía el alma cuando algo así ocurría, por mucho que las cosas hubieran sido «especiales» desde siempre.

—Sí, quizás en otra ocasión.

No quiso ahondar en el tema, era absurdo contarle la historia de su hermano, lo que ocurría con su propia vida o lo que le hacía sentir, cuando aquella chica le había dejado claro que no tenía el más mínimo interés en relacionarse con él.

—Y bien, ¿vas a contarme ahora qué es esa cosa tan interesante que había en el cielo antes?

—En realidad, sigue estando allí arriba. —Miró de forma fugaz a su copiloto antes de proseguir—. Miraba Antares.

—¿A quién?

—Significa «el rival de Ares», ya que por su color rojizo compite con el planeta Marte, que es Ares en griego.

—¿Mirabas una estrella? —Vera elevó una ceja, incrédula.

—No una cualquiera; una supergigante roja de clase M1.5lab.

Vera se le quedó mirando sin reaccionar. No esperaba semejante dato informativo de parte del gasolinero del pueblo:

—¿Eso lo sabes por algún cómic?

—En realidad, yo quería ... —Ben carraspeó, pues dudaba que aquello lo definiera, aunque era lo que a su madre le gustaba decir a todo el pueblo que sería su hijo, antes de que muriese de una sobredosis unos años despues y truncara el futuro de su hijo—, yo quería estudiar Física e irme a trabajar para la NASA.

Vera soltó una enorme carcajada y dio una palmada al aire y continuó riendo durante medio minuto hasta que comprobó que Ben permanecía con el semblante imperturbable.

—¿En serio? ¿Me tomas el pelo? ¿Un físico espacial de Abbeville en la NASA? —pronunció con retintín el título universitario totalmente convencida de que Ben tenía pinta de ser muchas cosas pero no de aquello y que intentaba quedarse con ella.

—Así es, no es tan raro. —Ben torció sus labios y decidió darle una pequeña explicación—. Tenemos en Huntsville el U.S. Space & Rocket Center, mi madre me llevó allí con seis años y, desde entonces, no he dejado de mirar hacia arriba. —Los recuerdos hicieron que la comisura de sus ojos se curvara hacia abajo aún más de lo que lo estaba de forma natural y calló. Era uno de los pocos recuerdos buenos de su infancia.

—¿Sabes, Ben? Es increíble lo poco gracioso que aparentas ser, pero lo entretenido y sorprendente que resultas.

Vera no pudo apreciar el cambio que aquella confesión había provocado en él. Aquella chica volvía a prejuzgarlo, pero en lugar de enfadarse sintió unos enormes deseos de hacer todo lo posible por demostrarle quién era él en realidad. Quizá si ella supiera su historia podría mirarle con otros ojos... aunque, en verdad, no era una buena idea.

—¿Por qué niegas con la cabeza? —preguntó ella divertida, provocando que Ben cortara aquel torrente de deseos absurdos que se rebelaban por salir afuera.

—No merece la pena explicarlo, Vera.

Ben echó el freno de mano y notó el mohín que se formaba en los labios de la chica al darse cuenta de que habían llegado a casa de los Kimmel.

—Pues ya estoy en casa —dijo ella, sin moverse del asiento.

—Hasta otra, Vera.

Aquella sonrisa robótica de Ben empezaba a resultarle fastidiosa. Ella notaba que la esbozaba de manera forzada, pues la inexpresión de sus ojos no acompañaba al despliegue de labios.

—Sí, bueno. Aún tienes que explicarme el sistema informático de catalogación de la biblioteca —le recordó ella.

—Es cierto. —Ben desvió la mirada contrariado. Había pasado por alto aquel detalle, con lo que su idea de poner espacio de por medio entre ellos se le complicaba.

—Bueno, seguro que no te llevará mucho tiempo enseñarme. ¡Yo no seré ingeniera espacial, pero soy de notable alto! —Vera rio de manera musical mientras negaba con la cabeza, llena de incredulidad en respuesta a la visible molestia que parecía ocasionarle a Ben el hecho de tener que volver a verla—. Gracias y buenas noches.

La chica se bajó de la camioneta propinando un sonoro portazo a la puerta. ¿Pero qué demonios le pasaba a ese chico? ¿Raro? Ese adjetivo se le quedaba bien corto. Aquel pueblerino sufría un trastorno de personalidad; tan pronto era encantador como un borde de cuidado. Pero sin duda, lo que más le molestaba a ella era reconocer que todo su cuerpo se había quedado con unas ganas inmensas de besar su boca justo antes de que sus palabras, o su silencio, metieran la pata.

Los Kimmel ya se habían acostado, así que subió las escaleras con cuidado de no despertarlos. Habría matado por tener un saco de boxeo contra el que estampar sus puños en aquel instante; estaba poseída por la frustración, así que sacó el cuaderno de su bandolera y comenzó a dibujar el final que debería haber tenido aquella noche. Sin duda, todo su cuerpo le pedía un beso.

Cuando Ben llegó al terreno donde estaba anclada su caravana se sentía agotado. La confusión que reinaba dentro de su mente era extenuante, y lo peor de todo es que no podía frenar el torrente de pensamientos contradictorios que se enfrentaban unos con otros en torno a aquella chica. La única conclusión es que su presencia no le era indiferente, ni su proximidad, que alteraba las terminaciones nerviosas de su cuerpo sin ni siquiera tocarle, lo que la diferenciaba enormemente de Jud.

Quizás ahí estaba la solución al problema: poner distancia. Tan solo debía superar el par de horas que tardaría en enseñarle a trabajar con el programa de catalogación y su vida volvería a centrarse en lo que tenía verdadera importancia: su hermano Toby y descifrar la salida del laberinto.

Sabía que no podría dormir con aquella ebullición mental. Se bajó de mal humor de la camioneta y dio un portazo como si con aquel gesto se desahogara. Las hileras de pequeñas luces que iluminaban el porche llevaban encendidas varias horas según el temporizador que las activaba y una gran luna menguante brillaba sobre el lago de forma débil. Se deshizo de toda su ropa, que desperdigó por el camino, y se zambulló en el agua para terminar con las reservas de energía de su cuerpo a base de impulsivas brazadas. Cuando se quiso dar cuenta, se había alejado demasiado de la orilla y su casa portátil brillaba como una estrella más del firmamento. Dejó que su cuerpo flotara e intentó mirar hacia la estrella que nunca le fallaba.

Vera, sus ojos chispeantes e indignados mirándole.

Vera, sus manos apoyadas en las caderas de pie frente a él.

Vera y sus labios carnosos, demasiado sugerentes justo antes de desaparecer como el huracán Katrina hacia el interior de casa de los Kimmel.

Era imposible. Aquella chica se le había incrustado en el seso y ni mil largos de orilla a orilla conseguirían sacarla de ahí aquella noche, por lo que, asumiendo la situación, nadó de regreso a la caravana. Estaba dispuesto a entregarse en cuerpo y alma a los números, aunque su mente no descansara ni un solo minuto aquella noche y a sabiendas de que no conseguiría nada, no hasta que ella no desapareciera de su cabeza.

12

«Yo nunca me enfado porque me dijeron que era de mala educación».

Tomates verdes fritos

Aquel sábado no la despertó el ruido de ningún tractor, ni siquiera el aroma a café recién tostado consiguió que abriera los ojos antes de las diez. Por primera vez desde aquella horripilante noche, había dormido más de cinco horas seguidas y sin soñar con escenas de paredes decoradas con grafitis, olor a humedad y ecos de gritos ensordecedores. No es que su sueño hubiese sido plácido tampoco, ya que cuando su cuerpo se desperezó sobre las sábanas y recordó la imagen brumosa de Ben en sus sueños, cubrió sus ojos cruzando los brazos sobre su cara.

—Arrrrggggg —rugió furiosa.

Se incorporó y cuando vio a los pies de la cama su cuaderno con las oscuras y románticas escenas en viñetas de cómic se estiró hasta alcanzarlo y arrancó la ilustración para hacer con ella una bola que lanzó al fondo de la habitación.

No tenía que ir a trabajar a la biblioteca, por lo que se recreó bajo la ducha antes de bajar a la planta baja y buscar a los dueños de aquella casa en la que algo habría que ella pudiera hacer.

Su sorpresa fue mayúscula cuando se topó con el padre Oliver charlando de forma animada con una Ellen visiblemente encantada con las novedades que el pastor traía.

—¡Buenos días, precioso lirón! —la saludó el sacerdote, poniéndose en pie y abandonando su taza de café sobre la mesa del comedor.

—Buenos días, padre. Buenos días, Ellen. Siento despertarme tan tarde —se excusó con poco entusiasmo y buscando de forma inútil unos bolsillos en los que esconder sus manos en el vestido recto que había elegido aquella mañana.

—No te preocupes, niña. No has parado de trabajar desde que llegaste, te merecías una noche de diversión entre jóvenes, lejos de este par de vejestorios.

Ellen le alargó otra taza humeante a sus manos y le indicó el hueco libre que había a su lado en el sillón.

A Vera no le apetecía sentarse con ellos, tenía hambre y esperaba poder ir a la cocina a por los restos de desayuno que quedasen. Pero, si alguien señalaba sin temblarle el pulso hacia un lugar concreto durante más de un minuto, no había elección.

Vera agarró la taza con ambas manos y su trasero tomó el lugar indicado.

—He pensado... —el padre Oliver comenzó a hablar y a Vera se le estranguló la boca del estómago pensando qué otro tipo de trabajos conllevaba pasar por aquella condena carcelaria en Abbeville— que quizá te gustaría acompañarme hoy.

—¿Adónde exactamente? Tengo una cena a la que asistir esta noche. —Su mente recordó con rapidez la invitación forzosa de los padres de Landon y la usó para protegerse de lo que fuera que aquel hombre tenía en mente hacer con ella.

—¡No te preocupes! Estarás de vuelta con tiempo más que suficiente. Quiero que me acompañes a Creek Home, está a menos de una hora y te aseguro que la experiencia te agradará.

—¿Qué es Creek Home? —preguntó sin querer saber la respuesta.

—¡Es una sorpresa!

—¿Debo llevar algo? ¿No necesita Thomas que le ayude en el jardín o en otra cosa? —La chica miró con desesperación a Ellen. No le gustaba cómo sonaba la proposición del párroco, pero sabía que no podía negarse a ir.

—Tú ve con el padre Oliver; nosotros lo tenemos todo bajo control por aquí.

Ellen sonreía mucho y Vera intentaba adivinar el motivo. En realidad, aquella mujer parecía estar siempre feliz, pero se podía intuir en sus labios estirados que escondía algo.

—Bueno, pues entonces hágase su voluntad, padre.

A Ellen se le escapó una risita ante la resignada respuesta de Vera y se apresuró a echarlos de casa al agarrar una escoba de cerdas gruesas con la que informó que debía barrer el porche en cuanto lo despejaran.

Vera se montó en el pequeño Ford de color marrón abrazada a su bandolera, con los ojos cubiertos por los cristales polarizados de sus gafas de sol y una bolsita de papel con un bollo para desayunar que Ellen le tenía preparado.

—Hace un día precioso, ¿no crees, Vera?

—¿En serio vamos a hablar del tiempo, padre Oliver? —Estaba molesta con él. Lo veía como un aliado de sus padres. Unos progenitores que habían dejado pasar ya toda una semana sin ir a por ella arrepentidos de su decisión; una semana sin dar señales de vida, ni una sola llamada, y que parecían actuar a través del clérigo.

—Podemos hablar de lo que tú quieras.

—O no hablar de nada. —Vera le miró por encima de los cristales.

El padre Oliver soltó una carcajada y la chica pensó que era un tipo duro de pelar, parecía no molestarse por nada.

—Desde luego es otra opción, pero hace mucho más aburrido el trayecto. —El sacerdote le devolvió una mirada aguda.

—También podemos escuchar música.

Vera alargó la mano hacia el cuadro de botones de la radio, pero, al pulsar el botón de encendido, de los altavoces salió un ruido estridente desintonizado.

—No me funciona la antena y solo tengo antiguos casetes de góspel. ¿Te gusta la música, Vera?

La chica no pudo mantener su actitud esquiva y estiró los labios en una sonrisa resignada. Estaba claro que iban a hablar, ya fuera de música o de los misterios del universo, aquel hombre estaba decidido a entablar una relación amistosa por mucho que a ella le pesara.

—¿Él siempre gana, no es así? —preguntó Vera señalando al cielo.

—Los caminos del Señor son inescrutables. —El padre Oliver le regaló una reluciente sonrisa afroamericana.

—Pues, si quiere hablar, podría contarme adónde me lleva.

—Tú también podrías contarme qué ha sido lo que te ha traído hasta Abbeville.

—¿Acaso no lo sabe ya? —preguntó la chica, incrédula. Habría apostado la cabeza a que el padre Roman le había puesto al tanto de los motivos por los que sus padres habían conseguido ponerse de acuerdo en algo después de tantos años divorciados; la razón por la que ella había sido apartada de su recién estrenada vida adulta tan solo por una mala decisión, por estar en el sitio equivocado en el peor momento. Ella creía que él sabía lo que ocurrió aquella noche con Shark, Pipper y Chicco.

—No, espero a que tú me lo cuentes, porque se nota que llevas dentro algo que no te deja sonreír.

Vera oyó los disparos atronadores en su cabeza otra vez, las imágenes se sucedieron como flashes y se apretó contra el asiento antes de tragar saliva. Ella siempre había sido una chica risueña, incluso cuando la situación se volvió difícil al separarse sus padres; ella había sido la que llenaba con sus sonrisas los días grises. Por eso, escuchar aquello de boca del padre Oliver solamente constataba que aquel no era su lugar y que debía regresar a su casa. Allí o en Abbeville, el ruido atronador de los recuerdos sonaba con la misma intensidad.

—Será mejor que escuchemos esa música góspel —contestó esquiva.

—Vera, no te puedo caer bien si no me dejas. Te aseguro que soy de los que caen bien, sé que no me conoces como para ver en mí a alguien con el que contar, pero sí que soy ese alguien. No tienes que contarme nada, no tienes que hablar conmigo, no estás obligada a disfrutar de tu estancia aquí o de aprovechar esta situación para que mejore tu vida. Pero te aseguro que, si le das una oportunidad a todo esto, inclusive a mí, no te arrepentirás.

Ella relajó las manos sobre su bandolera y tomó aire hasta llenar al máximo sus pulmones para suspirarlo. Aquel sacerdote era obstinado, pero no podía negar que estaba intentándolo todo por resultarle agradable y tuvo que reconocer que no era justa con su actitud, más cuando él no la prejuzgaba, pues no estaba al tanto de lo ocurrido.

—Si dentro de una semana sigo aquí, iré a hablar con usted a la iglesia, padre.

—Trato hecho, chica.

El hombre introdujo una casete desgastada en la ranura y comenzó a sonar *Oh, Happy Day*, que entonó sin miramientos, relajando así el ambiente dentro del coche.

Vera no tardó ni medio minuto en identificar Creek Home como una clínica médica. Por el jardín que rodeaba el edificio había muchos ancianos en sillas de ruedas, tirando de bombonas de oxígeno o andando por parejas para compensarse mutuamente el equilibrio, pero también se veían grupos de personas de diversas edades, algunas desorientadas, otras dependientes y algunos niños de sonrisa caída con la mirada perdida en el cielo despejado.

—¿Por qué tanto misterio, padre? ¿Para qué me ha traído aquí? —le preguntó Vera algo incómoda. Nunca había estado en un lugar como aquel; tenía la fortuna de tener una familia que gozaba de salud y unos abuelos asiduos a todos los viajes de la tercera edad.

—Bueno, si te hubiese preguntado si te apetecía acompañarme a un centro de salud, ¿habrías dicho que sí?

—Supongo que eso ya nunca lo sabremos —le contestó ella, apretando los labios—. Pero, igualmente, no entiendo qué hago yo aquí.

Ambos se encaminaron hacia la entrada del centro al paso que el sacerdote saludaba de forma alegre a los internos con los que se cruzaban.

—Yo suelo venir a dar consuelo a esta gente, tanto a los enfermos como a los familiares. Hablo con ellos o los escucho; a algunos les gusta rezar conmigo y con otros simplemente juego al ajedrez o les leo un libro —le explicó con aquel tono de paz celestial por el que Vera intentaba no dejarse seducir.

—¿A eso he venido, a dar consuelo *yo* a alguien? —preguntó escéptica.

—Consuelo, compañía... Lo curioso de venir aquí es que te llevas más de lo que dejas.

Entraron en la recepción y el padre presentó a la chica a la administrativa que estaba tras el mostrador y a una de las enfermeras que se acercó con alegría al sacerdote en cuanto le vio cruzar el umbral de la puerta.

—No sé qué pinto aquí, no creo que yo pueda hacer nada por nadie. ¿A quién quiere que me acerque? —le preguntó.

—Ven conmigo, demos un paseo y tú misma me lo dirás.

—¿Así de sencillo? —preguntó Vera con una ceja elevada hacia el padre Oliver.

—El Señor te iluminará —repuso este reprimiendo una sonrisa.

Vera suspiró con profundidad y se agarró con ambas manos a la tira de su bolso. Quería largarse de allí. Olía a desinfectante, los internos no le quitaban el ojo de encima y el ambiente se le antojaba tan frío e impersonal que la lástima por aquella gente la consumía. Pensó que aquel sacerdote era idiota, que había tenido una idea absurda llevándola allí... ¿Qué podía ella aportar a esa gente? Desde luego alegría, no, y eso era precisamente lo que necesitaba aquel centro.

Paseó junto a la enfermera por un gran salón con un par de televisores que comunicaba con otro lleno de cómodos sillones enfrentados a cristaleras con vistas al jardín trasero. Un grupo de ancianas jugaban con una baraja española, una hilera de caballeros leían el periódico y un chico en silla de ruedas miraba una cacatúa de colores brillantes que había encerrada dentro de una jaula. Aquello llamó su atención, aquel pájaro daba un toque exótico que desentonaba con el ambiente y por ello, porque se sentía como aquel pajarraco, se detuvo junto a él.

—Se llama Cefeida.

Una voz electrónica sobresaltó a Vera; salía de una pequeña pantalla adosada a la silla de ruedas de aquel muchacho afroamericano que rondaba los ocho años. El pájaro reaccionó de inmediato y comenzó a repetir «Cefi, Cefi» mientras intercambiaba el peso de una pata a otra dentro de la jaula.

—Cefeida es un nombre muy particular —respondió Vera al chico, sin estar segura de si era con él con quien realmente hablaba.

—Hola, Toby, te presento a Vera. ¿Te apetece charlar con ella?

La silla se movió sin que el muchacho moviera un solo dedo y encaró sus ojos hacia los de ella para volver a dirigirlos hacia una pantalla electrónica que, con ayuda de un brazo móvil, tenía colocada a la altura de su cara.

—Se llama Cefeida por el color de sus plumas, que cambia según la forma en que la luz incide sobre ellas. Es como una estrella variable, como una cefeida.

Vera miró a la enfermera y afirmó con la cabeza, tomó una silla libre y se sentó a su lado para observar junto a él el color de aquel curioso plumaje.

—Me gusta, parece simpática.

—Es tonta, solo sabe repetir palabras, pero es bonita y fue un regalo.

Vera se percató de que, cuando él miraba hacia la pantalla, las palabras salían de los altavoces.

—Pues es un regalo bastante raro, aunque tú también eres un tipo particular —le dijo Vera mientras se descolgaba la bandolera y se acomodaba en la butaca junto a él.

—Tú eres muy guapa.

Aquella frase electrónica la sorprendió de tal modo que le hizo soltar una carcajada. La cacatúa comenzó a repetir «guapa» una y otra vez, y el resto de las personas que estaban en el salón los miraron.

—¡Vaya! Muchas gracias, a los dos.

—Solo puedo estar con Cefeida durante el día, por la noche no me dejan meterla en mi cuarto.

—Si durmieras junto a ella te levantarías apestando a pájaro. —Vera quiso gastar una broma, pero luego se dio cuenta de que no podía recibir ninguna risa de parte del chico.

—Me gustaría dormir con ella.

—Tengo una idea, espera.

Vera abrió su macuto y sacó su cuaderno y uno de los lápices de punta afilada de su estuche.

—Te voy a contar un secreto, Toby.

—Me gustan los secretos —le contestó de inmediato el niño y el pájaro coreó «secreto, secreto».

Vera miró a Cefi e intentó hacerle callar con un dedo en la boca.

—A mí me gusta dibujar, hago cómics en los que yo soy la protagonista. No soy yo realmente, sino la persona que me gustaría ser, a la que le pasan las cosas guais que no me suceden en la vida real. —Vera hablaba mientras deslizaba con rapidez la mina color fucsia sobre la celulosa—. Siempre he pensado que, si no te gusta cómo son las cosas en la vida real, puedes dibujarte una realidad hecha a medida. Dibujo en mi cuaderno y luego arranco el papel, es como hacer una especie de hechizo para que lo que deseas pueda llegar a hacerse realidad.

—Es una buena idea.

—Aquí tienes.

La chica arrancó el folio de su cuaderno y lo puso a la altura de sus ojos. Había dibujado cuatro viñetas. En la primera estaba él sentado en su silla debajo de la jaula mirando a Cefi, en la siguiente una luna llena sustituía al sol que aparecía por la ventana. En la tercera, el chico estaba levantado y cogía la jaula de Cefi, y en la última estaba él dentro de la cama con la jaula junto a él, ambos con varias Z sobre sus cabezas indicando que estaban dormidos. Dejó el papel sobre la bandeja de su silla de ruedas y esperó a que el chico mirara a la pantalla eléctrica.

—Yo no puedo levantarme ni ir hasta mi dormitorio sin la silla.

—En mi cómic sí que puedes.

A Toby comenzaba a escurrírsele la saliva por el mentón y, a pesar de que él tenía siempre la boca abierta en una continua sonrisa, ella percibió que aquello le había gustado.

B

«No es la voluntad de ganar, sino la voluntad de prepararse
para ganar lo que marca la diferencia».

Bear Bryant, Universidad de Alabama

Ben removía el azúcar para que se disolviera en el agua hirviendo. En cuanto la mezcla espesó y se tornó de un color tostado, echó el sirope de cerezas y el aroma llenó hasta el último rincón de la caravana. Tenía dispuestos los palitos de madera sobre el papel de horno, más o menos para preparar dos docenas de piruletas. Su hermano tendría para toda la semana con aquel lote.

Mientras el caramelo se secaba hasta endurecerse, él aprovechó para cambiar las sábanas de su cama, pasar un paño para quitar el polvo de los muebles y darse unos cuantos largos al lago escuchando música.

Debería sentirse extenuado después de pasar la noche en vela con unos cálculos que no le habían conducido a ninguna parte, pero la adrenalina fluía por él rebelde, impulsando cada brazada y manteniendo su mente en una continua batalla.

De camino a Creek House pensó en Jud. Quizá pasar un rato con ella le centrara, o al menos haría que su cabeza volviera a concentrarse en las actividades rutinarias de su vida. Le propondría ir a tomar una hamburguesa; sabía que tras tener la guardia de noche de los viernes, los sábados salía de trabajar a media mañana. Nunca habían hecho nada fuera del centro y quizás era el momento de dar ese paso.

Era un día bonito, hacía aún más calor que en las jornadas anteriores y se notaba en el tráfico que la gente se había animado a salir hacia la costa en busca de un día de playa. Todos los años llevaba a su hermano un día a ver el mar, se bañaba con él tomando todas las precauciones y ambos regresaban exultantes y agotados, deseosos de meterse en la cama. Suspiró con pesar al recordar la gran cantidad de tareas comprometidas que tenía para el domingo, no le quedaba otra, necesitaba cada centavo de dólar. Además, el verano no había hecho más que comenzar, ya le llevaría otro fin de semana.

Aparcó frente a la entrada del edificio, cuyos alrededores se encontraban más animados que el resto de días de la semana, y cogió la bolsa llena de piruletas bien envueltas y el último número de Marvel. Sabía exactamente dónde tenía que ir para encontrarse con su hermano, por lo que tan solo saludó a la recepcionista y cruzó las dos salas con paso decidido.

Cuando vio la estampa frente a las cristaleras, se detuvo en seco y frunció el ceño.

—¿Pero qué demonios...?

Tenía las piernas ligeramente abiertas y arqueadas, apoyó su mano libre sobre la cadera y luego se recolocó el mechón. El corazón le había dado un vuelco y no sabía si asociarlo a una sensación de enfado, sorpresa o emoción. Tomó aire y se acercó hacia ellos a grandes zancadas.

—¿Qué haces tú aquí?

Vera miró hacia atrás sobresaltada. No necesitaba verle la cara para saber quién se acababa de apostar detrás de su butaca, pero aun así se giró para que sus ojos lo corroboraran.

—¿Qué haces *tú* aquí, Ben?

—Yo he preguntado primero, Vera.

—Hola, hermano. —La voz electrónica reclamó la mirada de ambos y luego volvieron a mirarse en una competición de ceños fruncidos.

—¿Eres su hermano? Pero, pero si es... y tú eres... —Vera señalaba con el dedo índice la piel oscura de Toby para luego dirigirlo a Ben.

—Imagínate la cara que se le quedó a mi madre. Ja. Ja. Ja. —Toby quiso que el ordenador reprodujera la risa mental que aquello le causaba.

—Sí, Toby es mi hermano y es mulato. Misma madre, diferente padre. Pero no me has contestado, ¿qué haces tú aquí con él?

Ben permanecía erguido y la mirada desconcertada transmitía una equivocada impresión de malestar que no sentó bien a Vera.

—Me ha traído el padre Oliver, no sabía que Toby era tu hermano, aunque ahora todo encaja. —Vera comenzó a guardar su cuaderno y el resto de cosas que había sacado dentro de su bandolera.

—¿Todo encaja? ¿El qué? —Para Ben no encajaba absolutamente nada, ni una sola cosa de las que giraban alrededor de aquella chica encajaba dentro de su vida.

Vera se levantó y se cruzó el bolso sobre el pecho, se situó desafiante frente a Ben, más cerca de lo que hubiese querido, pero el chico se había plantado como una estatua de piedra detrás de ella.

—Pues el nombre de la cacatúa.

Ben arrugó los ojos, estaba procesando la información y se destensó. Miró a su hermano, que había hecho girar la silla para poder verlos a ambos, y terminó elevando las cejas y dando un paso atrás.

—No te vayas, Vera —pidió Toby.

Ben y Vera miraron al chico y abrieron la boca sin ser capaces de contestarle.

—¡Os habéis encontrado, maravilloso!

El padre Oliver apareció en escena como por envío divino. Se puso en medio de ellos y puso sus manos sobre los hombros de cada uno, quedando unidos así a través de él.

—Vera ha querido acompañarme hoy y de todos los pacientes que hay en el centro ha venido a dar con tu hermano, ¿no es una bendita casualidad, Ben?

—Sí, supongo que sí —contestó el muchacho, sosegado con el contacto del sacerdote.

A Ben no le gustaba el contacto directo con la gente. De hecho, solo había cuatro personas a las que se lo permitía: a Toby, Landon, Jud y al padre. Su vida habría sido un completo desastre sin él, le debía mucho y lo quería como al padre que nunca había conocido.

—¿Me das un par de esas golosinas? Tengo a dos pequeños a los que voy a sacar una sonrisa maravillosa con ellas.

—Por supuesto. —Ben abrió la bolsa y le entregó dos piruletas, reservando otra en su mano para Toby.

—Regreso en unos minutos y te recojo para volver a casa, Vera.

—Pero... yo, bueno. Está bien —contestó ella bastante incómoda.

—¿Quieres tú una? —le preguntó Ben con el tono mucho más dulce.

Ahí estaba otra vez con sus cambios de actitud, pensó Vera, pero aceptó el ofrecimiento y se sentó de nuevo en la butaca al ver que Ben aproximaba a ellos otra en la que acomodarse.

—¿Qué me traes hoy, Ben? —le preguntó Toby.

—Hoy toca *Crisis en las Tierras Infinitas*.

Vera daba vueltas con su lengua al caramelo dentro de su boca y no le quitaba el ojo de encima a Ben, mientras este, tras desenvolver una piruleta, se la pasaba por la lengua a Toby, que se relamía de placer como buenamente podía.

—Los domingos leemos juntos, ¿has leído ya tú este? —le preguntó Ben a Vera.

—No, la verdad es que no. ¿Te importa si me quedo hasta que regrese el padre Oliver?

—Queremos que te quedes —contestó Toby en su lugar e hizo que ambos le sonrieran para luego mirarse ellos directamente a los ojos, incómodos.

«No es una buena idea», pensó Ben, pero se rindió ante aquella cara bonita que le hizo sentir envidia de la piruleta que giraba alrededor de su lengua, y abrió el cómic por la primera hoja.

«No puedo creer que esto esté pasando», meditó Vera, que no podía dar crédito a lo que sucedía en torno a ese chico. Estaba en todas partes, omnipresente como Dios. Quisiera o no, todos los caminos la llevaban a él y así era muy difícil mantenerse firme en su intención de no interesarse por nada de aquel maldito lugar. Ben era demasiado raro, interesante, especial, y le resultaba tan atractivo que no lograba serenar el ritmo palpitante de su corazón.

Ben colocó el cómic sobre la bandeja de la silla de Toby y comenzó a leer; de vez en cuando paraba para limpiarle la saliva tintada de rojo que se le escurría por el mentón a su hermano y, cada vez que lo hacía, Vera le entregaba de forma involuntaria un pellizco de su corazón a ambos.

Sorprendentemente, durante el camino de vuelta, el padre Oliver no la atosigó a preguntas, sino que dejó que ella sedimentara todo lo que había experimentado en Creek Home bajo la melodía góspel que salía de los altavoces.

Tenía razón cuando le había advertido de que saldría con mucho más de lo que había dejado dentro. No solo le había impactado profundamente conocer a Toby y sus especiales circunstancias de vida, sino el hecho de que precisamente él hubiese resultado ser el hermano de Ben. Aquello parecía una confabulación universal para que ella no pudiese dejar de pensar en él. Se había sentido a gusto con ellos dos, tanto que, cuando el padre apareció y la avisó de que ya se podían marchar, le odió por su interrupción. Si hubiese podido sacar su cuaderno de dibujos sin que nadie la molestara en aquel momento, habría dibujado una escena en la que los tres seguían leyendo hasta el anochecer, sin duda.

—¿Qué le pasó a Toby?

Vera rompió el silencio, quería saber la historia de aquellos hermanos y estaba claro que ambos mantenían una estrecha relación con el sacerdote.

—Nació así, con parálisis cerebral. No puede hablar y solo puede realizar movimientos limitados bastante erráticos, pero su capacidad intelectual es plena y, gracias a ese extraordinario sistema tecnológico que Ben descubrió hace unos años, puede comunicarse a través de los ojos con los demás mediante esa pantalla de ordenador.

—Nunca había visto nada igual, es impresionante y desgarrador —reconoció Vera, pensando en lo dura que había tenido que ser la vida de ambos hermanos.

—Son unos chicos muy fuertes e inteligentes.

—¿Y su madre? —quiso saber Vera.

—Mónica falleció.

La chica lo miró esperando una explicación más detallada, pero el sacerdote continuó con la mirada al frente.

—¿Y tampoco tienen padre?

—Si quieres saber más cosas sobre la vida de Ben, creo que debería ser él quien te las contara.

—¡Ni que le estuviera instigando a contar un secreto de confesionario! —replicó molesta.

—Supongo que tú te alegras de que el padre Roman no me contara nada acerca de tus «problemas», ¿verdad?

Vera se quedó clavada en el asiento. Tenía razón y por ello inclinó con sutileza la cabeza para concederle la victoria, pero algo se había despertado dentro de ella y quería, necesitaba, saberlo todo acerca de Ben.

—¿Querrás acompañarme de nuevo el próximo sábado, Vera? —La pregunta escondía una sonrisa triunfal.

—No tengo nada mejor que hacer, padre.

Vera se bajó del coche y le dedicó una sonrisa cómplice. Aquel era un pequeño paso hacia una posible amistad entre ambos, y por ello obtuvo un «¡Alabemos al Señor!» que la hizo reír.

Entró alegre a la casa en busca de Ellen y la encontró montando unos emparedados de *pastrami*, como si una de las palomas mensajeras de Abbeville le hubiese avisado de que estaba a punto de llegar.

—¿Quieres un poco de té helado, cielo?

—Mi estómago es ahora mismo un cráter al que le echaría de todo dentro, muchas gracias.

Vera fue a lavarse las manos y regresó apresurada, acompañada del rugir de sus tripas.

—¿Dónde está Thomas?

—Fuera, liado con la compostera.

Vera se levantó dejando el bocadillo en el plato tras propinarle un enorme bocado.

—¡Siéntate y come, niña! Déjale que se sienta útil y valioso para la humanidad durante un rato —bromeó Ellen.

Vera se volvió a sentar sonriente y siguió comiendo como si fuera una leona devorando una presa recién cazada.

—Vienes contenta —apreció Ellen mientras le servía otro vaso de té y se sentaba junto a ella en el banco de madera bajo la ventana abierta de la cocina.

—Sí, bueno, lo que hace el padre allí está muy bien. Le he dicho que volveré a acompañarle el próximo sábado, si vosotros no me necesitáis por aquí.

La señora Kimmel suspiró satisfecha y se recostó para apoyar la espalda sobre el respaldo acolchado.

—Claro que puedes ir con él, es la primera vez que te veo sonreír desde que llegaste, así que está claro que te ha hecho mucho bien ir allí.

Vera elevó los hombros quitándole importancia al asunto. Ella sabía que no había sido exactamente ir a Creek House lo que había transformado su mal humor o desgana en un brillo de interés bastante parecido al de la ilusión.

—Voy a fregar el plato y subiré a pintarme las uñas. —Fue lo primero que se le ocurrió para cortar el posible interrogatorio, aunque lo pensó bien y antes de salir de la cocina se giró—: ¿Tengo que arreglarme mucho para la cena en casa de Landon? Quiero decir, es que no sé cómo se hacen este tipo de cosas aquí.

—No... —Ellen pareció dudar por un momento y se replanteó lo que iba a decir de otra forma—, un vestidito normalito, discreto y tapadito.

La mujer se tocó por el pecho con los dedos nerviosos y Vera soltó una carcajada.

—Señora Kimmel, esté tranquila, sacaré del armario el vestido más modosito que encuentre. Y seré agradable, me comportaré. Sé que durante estos días no he sido precisamente la simpatía hecha persona, pero estoy en ello.

—Vera, yo estoy contenta de que estés aquí. —La anciana le dio un rápido apretón al brazo y salió al porche.

Un vestido modosito. En realidad, toda la ropa que había echado en la maleta que hizo con rapidez y desgana era demasiado informal y sosa. Todos los conjuntos que usaba para las recepciones de su madre o para ir a los conciertos de su padre se habían quedado en Long Island. Abrió el armario con la imagen del impresionante recibidor de la mansión a la que debía ir a cenar y se desinfló. Shorts, camisetas, vestidos de lino o algodón y... bueno, quizás el vestido amarillo que se ajustaba a su cintura con un cinturón hecho con tiras de piel marrón sirviera. No tenía zapatos de tacón ni bolso apropiado a juego, así que se calzaría sus zapatillas de ante oscuras y llevaría sus cosas en la bandolera.

Una vez elegido el vestuario, sacó la laca de uñas color crema y se tumbó boca abajo sobre la cama para arreglarse las manos mientras su mente se perdía de nuevo en el mismo sitio:

Ben con el mechón descolgado, concentrado en la lectura del cómic.

Ben levantando la vista de los dibujos para mirarla con aquellos ojos pequeños y oscuros de forma fugaz.

Las líneas curvas del brazo de Ben alzado frente a ella para pasar la piruleta sobre la lengua de su hermano.

Terminó de pintarse las uñas y se tumbó de cara al techo con un enorme suspiro, tenía el corazón como el de un caballo de carreras y el cuerpo acalorado desde dentro. Pensó en sus padres y se sorprendió al darse cuenta de que se alegraba de que no hubiesen ido a por ella aquel día. No es que no quisiera regresar a su vida, simplemente ya no sentía tanta urgencia.

A las seis menos diez, llegó Landon y ella salió al balcón de su habitación para indicarle que esperara cinco minutos. Por algún motivo estaba nerviosa, sentía que iba a cenar con el mismísimo diablo, pero tan mala no podía ser aquella mujer si su hijo era tan encantador. Dio unos toques de *gloss* en sus labios y se cepilló las ondas del cabello con los dedos. Cruzó la bandolera sobre su pecho y, tras mirarse una última vez en el espejo, le sacó la lengua a su imagen antes de bajar las escaleras. ¡¿Qué le importaba a ella aquella gente?!

Landon estaba apoyado en la puerta del copiloto de un biplaza color burdeos y nada más verla le lanzó un mirada resignada.

—Te prometo que la cena estará deliciosa y que intentaré que no sea incómodo.

—¡Landon, si me dices eso me entran ganas de salir corriendo! —Vera le golpeó en un hombro y le lanzó una mirada irónica—. Deja de asustarme y vamos. Solo voy para curiosear en tu casa, ¿qué te piensas?

Landon rio y le abrió la puerta:

—En serio, no hagas ni caso de los comentarios afilados que pueda soltar mi madre. Está sufriendo la menopausia, la crisis de los sesenta y solo quiere que su hijo aspire a lo mejor.

—¿Y qué problema hay con eso?

—Que me parece que cree que tú eres ahora mismo «lo mejor» en Abbeville, o al menos, algo mejor que podría apartar de mí a Malia.

—No sé si eso merece que diga gracias, pero te aseguro que no es mi intención apartar a nadie de nadie.

—Desde luego; además, eso es porque aún no te conoce y no sabe que eres una ladrona de bicis, que acosas a gasolineros y que alternas con Ally McAlister —rio Landon, ocupando el sitio del conductor de un salto.

Vera volvió a darle un golpe en el brazo y le apremió a arrancar el motor antes de que se arrepintiera de ir a su casa.

—¿Lleváis mucho tiempo saliendo Malia y tú? —le preguntó de camino a la mansión.

—Algo más de un año... No me mires así, los chicos no llevamos la cuenta exacta, las cosas son relativas y nuestra relación ha tenido muchos paréntesis de por medio. Pero ahora estoy aquí, por ella y en plena lucha. —Landon miraba al frente, pero su tono se había vuelto contundente.

—A mí me cae genial Malia, me hace regalos. —Vera sonrió y meneó la pulsera que giraba holgada alrededor de su muñeca entre las demás que ella siempre llevaba.

—Sí, ella es así y espero que mi madre termine por verlo.

—Y si no es mucha indiscreción, ¿por qué no le gusta que estés con Malia? ¿Porque es nativa?

—Porque es creek, porque no es de «buena familia» y no tiene dinero para pagarse la Universidad, por lo que no será abogada o médico como nosotros, porque su madre ayudó a Mónica...

—¿Mónica? ¿La madre de Ben?

—Sí, bueno, pero eso es otra larga y demasiado trágica historia para contar ahora. ¿Preparada?

—Depende, ¿habrá alcohol?

—¡Por supuesto! Mi padre servirá vino rosado para acompañar la carne mientras canta *Strawberry wine* de Deana Carter.

Ambos echaron a reír mientras el biplaza se dirigía al garaje de la mansión.

14

«Las mujeres del Sur no sudan, brillan».

Manual del Sur

—Es muy guapa.

—No me había fijado.

—No sabes mentir, Ben.

—Y a ti todas te parecen guapas, Toby.

—Eso no es cierto, Emma no me parece guapa.

—Pero Jud sí te lo parece e insistes en que debemos ser novios.

—Solo porque yo soy demasiado joven para ella. Ja. Ja. Ja.

La risa electrónica llamó la atención de las señoras que jugaban al *bridge* en las butacas de detrás y Ben se levantó para llevar a su hermano a por el almuerzo en el comedor.

—¿A qué vienen esas risas, chicos?

La enfermera Jud apareció con la bandeja en las manos y una sonrisa retocada con carmín rosado.

—Ayer te echamos en falta, Ben.

Tras depositar el almuerzo sobre la mesa, pasó por detrás de él y le rozó con el índice la nuca de manera discreta pero sensual.

—Fue al autocine con Vera. —Toby tecleó visualmente con rapidez la frase en su pantalla de ordenador y, sin saberlo, sembró el silencio durante unos tres largos y helados segundos entre los otros dos.

—¡Benjamin Helms! ¿Tú en el cine? Y, ¿quién es Vera? —Jud se sentó al otro lado de la mesa frente a él intentando sonreír, mientras formulaba aquella pregunta con un pellizco en el estómago.

—Solo hacía un favor a alguien que al parecer no estará mucho más tiempo por aquí —explicó él, al tiempo que ataba una servilleta alrededor del cuello de su hermano.

—Ben, el buen samaritano.

El chico la miró y torció los labios hacia un lado. Al sentarse a la mesa notó el pie descalzo de la enfermera ascender por su pantorrilla y tuvo que agarrárselo con discreción antes de que alcanzara una zona comprometida.

—Hoy tengo que irme antes, Toby. —Se levantó del asiento y besó la frente de su hermano.

—¿Vendrás mañana?

—Volveré el lunes, lo siento, chico, pero tengo muchísimo trabajo acumulado. Aunque, ¿sabes qué?, el próximo fin de semana te pienso llevar a la playa. ¿Qué te parece?

—Te quiero, Ben.

Aquellos enormes ojos verdes, los mismos que tenía su madre, destacaban brillantes sobre el tono chocolate de su piel y sus brazos volvieron a moverse erráticos.

—Y yo a ti, colega.

Agarró uno de sus brazos al vuelo y dejó caer la palma de su hermano sobre su mano para chocar los cinco.

—¿En serio tienes que marcharte ya? Salgo en una hora —le dijo Jud.

Ben tuvo que aguantar la respiración y comenzar a enumerar mentalmente la cantidad de tareas pendientes que tenía para no dejarse sucumbir por el deseo que aquella mujer despertaba en él, pero no quería. Ya no deseaba invitarla a salir a tomar algo fuera.

—Otro día, hoy no puedo.

El viaje de regreso fue otro hervidero de pensamientos y se dejó envolver en ellos, no hizo el más mínimo esfuerzo por frenarlos, y es que provocaban en él un nuevo y potente efecto: quería sonreír.

Vera y sus ojos color ceniza, abiertos como platos al descubrir a dos hermanos con distinto color de piel.

Los carnosos labios de Vera abiertos, aceptando la piruleta una y otra vez, y los pequeños gemidos que se le escapaban inconscientes al disfrutar del sabor.

La mirada a medio entornar de Vera sobre él mientras le leía a su hermano y que le había puesto nervioso, a él, que no solía ponerse nervioso por ser el centro de las miradas de la gente, acostumbrado como estaba a ser centro de observación por uno u otro motivo.

Vera era guapa, ¡vaya si lo era! Ben tenía muy claro aquello y lo peor de todo era que, por lo visto, los demás notaban que así se lo parecía.

Aquella tarde pescó un increíble ejemplar de trucha y, mientras esta se asaba lentamente sobre la barbacoa, él se tumbó en la hamaca que tenía colgada entre dos árboles junto al porche de la caravana y se obligó a apartar de su mente a la chica. Debía organizar las horas que le quedaban de fin de semana para cumplir con todos los encargos que tenía pendientes: arreglar el aire acondicionado de los Bradford, terminar de pintar el sótano de Bill, formatear el ordenador de la Señora Murray y entregar la contabilidad actualizada del garaje de reparaciones de Ted.

Estaba agotado, los párpados le pesaban y un largo bostezo combinado con la quietud mecida por una inesperada brisa, derivó en una siesta que terminó con la trucha chamuscada hasta la raspa.

Al otro lado del pueblo, la señora Frazier, enfundada en un traje de cintura rizada estampada con limones, disfrutaba de una copa de vino sentada en una butaca de mimbre pintada en blanco entre sus maceteros con crisantemos y camelias. Aquel invernadero era una verdadera maravilla y Vera pensó que aquello parecía un anuncio de *Draper James* y en si Thomas lo habría visto alguna vez, porque seguro que le causaría la misma majestuosa y aromática sensación que a ella, aunque su dueña fuera la madre de Landon.

Esta, en cuanto oyó los pasos aproximarse a su lugar de retiro pacífico, se giró hacia ellos y les dedicó una sonrisa encantadora.

Vera comprobó que Landon era igualito que ella, al menos físicamente. Tenían el mismo tono rubio tostado, una altura superior a la media y el mismo color azul zafiro de ojos.

—Aquí te traigo a la yanqui demócrata, mamá. Esta es Vera.

—¡Hola, querida! Me alegro de que hayas venido a cenar, tu presencia es un soplo de aire fresco —dijo con un tono dulce como la melaza.

—Encantada, aunque creo que sobreestima mis poderes.

—Tonterías, eres lo más emocionante que ha pasado en días por aquí. Ben, tráele algo de beber mientras esperamos a tu padre; Betty está ocupada poniendo la mesa. Demuestra que a pesar de tu humor ácido te he educado bien. Los buenos modales no son una opción, hijo.

—Sí, señora. —Landon besó en la mejilla a su madre.

—Siéntate y háblame un poco de ti, querida.

Vera se sintió confundida, le habían hecho creer que se encontraría cenando frente a la mismísima bruja del Sur y aquella mujer era todo sonrisas y amabilidad. Quizás algo estirada y pomposa, pero de apariencia encantadora.

—Ya le digo que no hay mucho que contar, todos creen que por venir de Nueva York irradio algún tipo de glamur televisivo, pero no hay nadie más corriente en el mundo entero que yo.

—Eres adorable, pero para nada es errónea esa percepción que tenemos, eres hija de Richard Gillis. Por favor, ¡tengo tres de los discos que produjo de los conciertos en Bryant Park! Debe de ser fascinante crecer bajo su brillante estela.

—Bueno, para mí solo es mi padre. Antes de ir a la Universidad, lo veía en semanas alternas, cuando no estaba encerrado en algún estudio. Este año incluso lo he visto menos.

—Igualmente, es fascinante.

Landon entró portando una bandeja con una jarra de limonada recién preparada en la que flotaban rodajas de limón y le ofreció un vaso a Vera antes de unirse a su conversación.

—¿Vendrá tu padre por aquí? Eso sería fabuloso, si lo hace sería un honor recibirle en esta casa.

—Quizá pronto... o no, no lo sé —dijo con sinceridad Vera, aunque cada día asumía que lo de poner espacio durante un tiempo entre ella y Long Island también significaba entre ella y sus padres.

—Me gustaría que Landon viera que hay todo un mundo ahí fuera esperando, con grandes oportunidades y cosas nuevas por descubrir. Por maravilloso que sea vivir en esta tierra prometida, encerrarse en Abbeville es desperdiciar la oportunidad de ser un ciudadano del mundo, de ver y experimentar sus maravillas.

—Mamá, estudio en una Universidad que está a más de quinientas millas de aquí.

—Pero a la mínima oportunidad regresas como un Hobbit a su aldea.

—Mamá, no empieces a hacer mención al *Señor de los anillos* o me levanto de aquí ahora mismo.

Vera se rio, aunque en el fondo captó a la perfección el mensaje subliminal que la madre de Landon le había lanzado; tenía que reconocer que lo que deseaba para su hijo no era nada censurable ni mucho menos. Ella quería el mundo entero para él, pero para Landon el mundo no tenía sentido sin Malia.

—¿Le gusta la literatura fantástica, señora Frazier? —le preguntó Vera, divertida.

—No le gusta, solo intenta sacarme de mis casillas, porque en Secundaria tuve que interpretar a Frodo Bolson en la actuación del colegio y lo odié con todo mi corazón. Todos me llamaron «Pies peludos» durante semanas hasta que Lisa... —Landon calló, su madre miró con un acto reflejo hacia el jardín trasero a través de la cristalera y Vera quedó callada a la espera de que alguno terminara de contar la historia.

—Hasta que Lisa le partió la nariz a aquel chico de un puñetazo. —Reese volvió a colocarse derecha como un poste al borde de la butaca y estiró los labios como si el dolor que le causaba el recuerdo lo derribara a golpes de sonrisa—. Así era mi niña.

—Lamento mucho lo que le pasó a su hija, señora Frazier.

—¡Brindemos por ella!

—Y por «Pies peludos» —mencionó Vera en el intento de mantener alegre el ambiente.

Los tres rieron, aunque Landon le tiró del cabello como si fueran niños de parvulario.

—¡Siento el retraso! Hoy he tenido que soportar el cólico nefrítico del señor Bowel; solo Dios sabe que lo mandó a la tierra como hombre porque como mujer habría sido incapaz de soportar el dolor de un parto.

El señor Frazier entró y su figura dejó fascinada a Vera. Era un hombre terriblemente atractivo. Desde luego, podía adivinar que el resto de las hijas del matrimonio deberían de ser la verdadera encarnación de la belleza sureña con semejantes donantes de genes. Sin embargo, tenían un toque demasiado clásico para su gusto, acostumbrada como estaba a la despeinada cabellera de su padre o a sus fulares de colores colgados alrededor del cuello para dar un toque de color a sus jerséis negros de cuello redondo.

Vera se levantó para saludar y recibió todo tipo de halagos por parte del médico durante el camino hacia el salón comedor. Aquel lugar le pareció sobrecogedor a Vera; era una estancia enorme con una mesa central que quedó desierta en sus tres cuartas partes, pues ellos cuatro solo ocuparon un espacio del extremo derecho. Supuso que en aquel lugar se había celebrado más de una cena de postín servida por el personal uniformado que cuidaba la gran casa.

—Nuestra cocinera, Susan, prepara un solomillo Wellington delicioso, pero te diré que el postre ha sido cosa mía, así que deja un hueco para él o me sentiré profundamente ignorada si no lo pruebas —dijo la madre de Landon marcando los carrillos con aquella sonrisa apretada.

—No se preocupe por eso, Ellen ha estirado las paredes de mi estómago a lo largo de esta semana. ¡No había comido tanto en toda mi vida!

—Bueno, en ningún sitio se comen las delicias que tenemos aquí. Sin desmerecer el mérito de nuestras fabulosas cocineras, me consta que Ellen Kimmel hace una cocina de vanguardia y Reese es una dama de la repostería —dijo el médico.

—Oh, Robert. Si no hubiera sido por mis galletas de mantequilla, ni tu estómago ni tú os habríais fijado en mí.

—Sabes que eso no es cierto, pero las galletas fueron la chispa que prendió la dinamita.

Vera miró a Landon, que mientras sus padres se lanzaban aquellos mensajes cargados de adulación, amor y devoción, se colocaba el cuchillo sobre la muñeca y simulaba cortarse las venas con los ojos entrecerrados.

—Como nuestra historia de amor no le interesa a mi hijo...

—Quizá será porque la he oído millones de veces —cortó Landon a su madre.

—Como iba diciendo, como no le interesa a Landon volver a oír esta historia, háblanos de ti, Vera. ¿Qué quieres estudiar?

Comenzaba el interrogatorio, lo había sufrido ya varias veces en sus dos casas y su respuesta era tan variable como el espíritu con el que se enfrentaba a la decisión crucial de hacia dónde encauzar su vida.

—Aún no lo tengo claro. No tengo que elegir especialidad hasta dentro de un año. Entré en Fordham con una beca de deporte por competir en salto de trampolín; quizá me dedique a la publicidad, como mi madre, ya que, por desgracia, mi talento musical es inexistente.

Aquella era la respuesta que solía gustar más a la gente, desde luego la que más agradaba a su madre, pero ella solo podía pensar en cómo enfrentarse otro año más con la elección de asignaturas anodinas y tediosas con las que no se sentía realizada, como *marketing* o finanzas.

—¡Publicidad! Suena interesante. ¿Y tiene salidas reales? Quiero decir, ¿es una profesión con posibles hoy en día?

«Tanto como tejer jerséis de cuadros», pensó Vera y se llevó a la boca aquel trozo de carne hojaldrada con salsa de mostaza.

—Deja de inquietar a la chica con las penurias del mundo laboral, cariño. Yo prefiero que me hables de eso de las competiciones de saltos, Vera. Nunca había conocido a nadie que practicara ese deporte.

La chica agradeció que el doctor la rescatara mientras Landon se ausentaba de la conversación para dedicarse por completo al solomillo y a mirar la pantalla de su teléfono móvil con discreción cada cinco minutos.

La cena concluyó de forma cordial y Vera se apresuró a despedirse antes de que aquella sobremesa se prolongara más con la excusa de tener que levantarse temprano para asistir a misa al día siguiente.

—No ha sido tan duro, aunque tengo que reconocer que tu madre ha sido terriblemente cruel obligándome a comer ese delicioso pastel de melocotón —dijo con ironía Vera, de vuelta a casa en el asiento de copiloto del biplaza.

—Ella sabe ser encantadora con quien quiere. El problema es cuando las cosas no salen como ella espera y no puede controlar la situación. Y mi vida ahora es una «situación fuera de su alcance».

—Cambiará de opinión cuando conozca a Malia.

—Ya la conoce, desde pequeña en realidad. Su madre se encargaba del invernadero. Malia y yo nos conocemos desde niños. —Landon reprimió una sonrisa en la punta de sus labios al recordar a la pequeña creek de largas trenzas negras y petos vaqueros—. Las quiero a las dos. Es un puñetero asco estar en medio, ¿sabes?

—Solo sé qué es que tus padres te manden al culo del mundo para alejarte no solo de lo que ellos temen, sino también de ellos mismos —dijo Vera con pesar.

—Creía que el culo del mundo estaba más al norte.

Vera le golpeó en el brazo y se sonrieron como dos amigos que lamen sus heridas.

Aquella noche, Vera se acostó pensando en Landon y Malia, y en el señor y la señora Frazier. Por separado eran encantadores y no entendía por qué no podían tener una buena relación entre los cuatro, sobre todo después de que el matrimonio hubiese experimentado algo tan horripilante como haber perdido una hija. Aquellas cosas debían de hacer que las personas primaran lo que de verdad importa en la vida: el amor, la familia... ¿Pero quién era ella para juzgar la vida de otras casas, cuando en su vida nada tenía sentido desde hacía años?

Sacó su cuaderno y dibujó una sucesión de viñetas donde la vida de aquellas personas armonizaba y deseó profundamente que una vez arrancado el papel de su cuaderno, por una vez, la magia funcionara y se hiciera realidad.

Cogió su teléfono y le mandó un mensaje a su padre, él era más comprensivo que su madre y también más blando, además de tener la cartera más abultada:

«Estoy bien, pero esta gente no es mi familia. No entiendo que penséis que puedo estar a salvo lejos de vosotros».

No recibió contestación y se metió en la cama con la música almacenada en su teléfono lo bastante alta como para no oír el eco de los disparos en su cabeza.

15

«Algunas veces solo necesitas saltar
con los dos pies a una piscina helada».

Draper James

Ben se despertó al amanecer, siguió paso a paso su rutina y, como era domingo, cogió las llaves de la biblioteca. Necesitaba conectarse a Internet para ver las cifras fluctuantes del mercado.

Tocaba llevar la camisa blanca y los pantalones beis, tal como le había enseñado el padre Oliver cuando, con siete años, le dijo que debía acudir a misa todos los domingos para poder recibir la primera comunión, o lo que él entendió: para poder comer los domingos junto a él, mientras su madre dormía la mona tras una intensa noche de fiesta a doscientas millas, en Mobile o en cualquier otro sitio.

Como de costumbre, llegó unos diez minutos antes de que comenzara el servicio religioso para conectar el sistema de ventilación y se sentó en uno de los bancos laterales con la mente inmersa en los datos que acababa de recoger y que se añadían a su estudio. Deseaba llenar páginas con ecuaciones, pero, como decía el padre Oliver: «Hasta Dios descansó el séptimo día».

Las campanas sonaron puntuales, él mismo había programado el sistema eléctrico, y los vecinos cristianos de Abbeville llenaron la iglesia. Cuando Ben levantó la mirada y la vio cruzar el pasillo central, con aquel vestido blanco que se le ajustaba bajo el pecho para caerle hasta las pantorrillas en capas tan finas como las alas de un hada, notó que su pierna cobraba vida propia y su pie volvía a repiquetear contra el suelo.

«¿Por qué cada día me parece más bonita?», se lamentó. Cruzó los brazos bajo los pectorales contraídos y, hasta que los ojos de Vera no se encontraron con los suyos y le lanzó un saludo de sonrisa ladeada, no se relajó, al menos un poco.

No es que Vera esperara encontrarlo allí, de hecho no era un lugar que ligara con quien Ben daba aspecto de ser, pero ahí estaba. Vestido así aparentaba más edad, o quizá la que realmente tenía. Parecía uno de los muchachos que se escapaban de los bufetes en Wall Street a por un pretzel para almorzar.

Como ella se había puesto su mejor vestido para la cena de la noche anterior, tan solo le quedaba aquel vestido blanco que Liah había dejado en su armario. Ni era de su estilo ni de su talla, de hecho comprobó que le quedaba más largo de lo que vestían el resto de chicas y que le daba aspecto de chica recién salida de un poblado Amis, pero no había tenido valor ni energía de rechazar el ofrecimiento efusivo de Ellen, pues al ver que su teléfono seguía sin contestación alguna por parte de su padre, se había enfrentado al día con desgana.

Ahora veía los ojos de Ben sobre ella y no sabía interpretar que él no pestañeara. ¿Tan mal le quedaba? ¿O por el contrario le gustaba el rollo de chica recatada? Fuera como fuese era raro, porque recorrió medio pasillo con aquellos ojos clavados en ella y su corazón se disparó, notó un calor que se concentró de forma efervescente en sus mejillas y agradeció cuando por fin los Kimmel le indicaron el banco en el que solían sentarse.

Le estuvo observando durante toda la ceremonia, tan solo retiraba la mirada cuando de repente él también buscaba sus ojos. No rezaba, ni seguía el misario. Parecía estar allí sentado como quien está esperando a que pase el autobús y solo pareció prestar atención, con el gesto confuso, cuando el padre Oliver soltó su homilía.

Ben no salió por la puerta principal, se metió en la sacristía sin despedirse ni a lo lejos de Vera, cosa que le fastidió, ya que esperaba poder cruzar un par de palabras con él a las puertas del templo.

—Me alegra que hayas venido, Vera —le dijo el párroco a la salida, mientras atrapaba sus diminutas manos entre las suyas, ásperas y oscuras.

Podría haberle dicho que ir no había sido más que otra de sus tareas obligatorias, que solo quería que a sus padres les llegaran reportes de conducta ejemplar para que se dieran cuenta del error que habían cometido al pensar que ella necesitaba estar allí, o que no necesitaba redención ni protección o un rincón sureño para meditar. Sin embargo, no dijo nada de aquello y, cuando aquel silbido cruzó la calle y llamó la atención de todos los feligreses reunidos en la puerta del tempo, se dio cuenta de que había cosas que siempre se escaparían de su control.

—¡Vera, ven! —la reclamó Ally, sentada en la otra acera con un sombrero de paja propio de los agricultores.

La chica miró a Ellen, que estaba enfrascada en una conversación sobre cebollas francesas y estofados de conejo con una vecina, y cruzó la calle haciendo revolotear las múltiples capas de aquel vestido alrededor de sus muslos.

—¿De dónde te has escapado? Pareces Ana de las tejas verdes—le dijo Ally antes de hacer estallar una enorme pompa de chicle.

—Cuando hice la maleta para venir no pensé precisamente en vestidos para asistir a misa —respondió Vera, atusándose la tela vaporosa—. Era de la hija de los Kimmel.

—Sí, Liah siempre fue una pavisosa.

La morena se levantó y se recolocó la minifalda vaquera en sus caderas.

—Bueno, ¿te vienes conmigo o tienes un plan mejor para este caluroso domingo? —le dijo a Vera con la mirada afilada.

—¿No has quedado con Ryan?

—¿Por qué iba a quedar con él? Ya no estamos juntos. Estoy aburrida, todo el mundo tiene planes familiares y me debes un favor, ya sabes: Ryan y tú en su moto la primera mañana para ir a la biblioteca... Así que vente conmigo y cuéntame cosas interesantes.

Ally se atusó la melena introduciendo los dedos separados a modo de peine y volvió a explotar otra pompa de chicle.

—No tengo ni la más remota idea de a qué favor te refieres pero sí, me quedaré contigo, tampoco es que me espere nada emocionante que hacer en esa granja. Me arriesgaré, pero antes tengo que ir a cambiarme.

—Eso no es problema, yo te dejaré algo. ¡Señora Kimmel! ¡Ellen! —Ally comenzó a llamarla desde la otra acera y se acercó a ella dejando a Vera con una protesta reprimida en la boca.

En ese momento, el padre Oliver la reclamó para que saludara a algunas vecinas que estaban deseando conocer a la visitante del Norte y recibió invitaciones para tomar té helado para más días de los que esperaba estar en aquel pueblo. Luego se aproximó a su amiga, que continuaba de conversación alegremente con Ellen.

—Bueno, Vera, si así es como quieres pasar el domingo, es cosa tuya —le dijo alegre la mujer.

Ella miró a ambas, no tenía ni la más remota idea de qué podría haberle dicho Ally que iban a hacer juntas, pero qué le importaba si había funcionado. Su plan inicial era pasar un tedioso día entre las plantaciones, por lo que, fuera lo que fuese que Ally tenía en mente, seguro que merecía la pena.

—Vamos, yanqui. —Ally le echó el brazo por los hombros y la arrancó literalmente del corro de vecinas ansiosas de cotillear.

—¿Hacia dónde exactamente?

—Primero a mi casa, a solucionar este problema —le dijo, con el dedo índice dando círculos recriminatorios a su vestido—. No está lejos.

Ally vivía en una pequeña casa de dos habitaciones de apenas cincuenta metros cuadrados, con un porche de madera a medio lijar y con el suelo salpicado de hojas secas transportadas por el viento y amontonadas en mayor número en las esquinas.

—¿No está tu madre en casa? —preguntó Vera al cruzar el umbral de un pequeño salón de muebles baratos pero acogedores. Había muchas fotos de Ally, y Vera se acercó divertida para ver aquellas instantáneas en las que su amiga aparecía con vestidos frondosos llenos de volantes en tonos amarillos y rosas, nada que ver con su actual estilo sexi matador.

—Tiene guardia en Creek House y ¡deja de mirar la forma en la que he sufrido maltrato infantil!

Ally le arrebató el marco de las manos a Vera y la condujo hasta su habitación, un pequeño cuarto en el que destacaban una cama arrinconada sin hacer, un pequeño escritorio abarrotado con cajas de zapatos y dos potros llenos de ropa colgada pegados a la pared.

—Ayer estuve allí —dejó escapar Vera de su boca.

Ally abrió de forma enérgica el montón de ropa colgada y agarró la primera prenda que pudo soltar de su percha.

—Ya estabas tardando en sacar a nuestro querido Ben en la conversación —le dijo mientras le lanzaba a la cara una falda elástica a rayas celeste y una camiseta de tirantes bastante ancha por la que probablemente se le vería el costado del sujetador.

—Yo no he dicho nada de Ben —contestó Vera contrariada mientras se enfundaba en la falda y doblaba con cuidado el vestido de hada de Liah.

—Oh, venga, todo el mundo sabe que los sábados Ben va a ver a Toby.

—Todo el mundo lo sabe todo en este pueblo, al parecer, pero yo no soy de aquí. No tenía ni idea de nada. No sabía que Ben iría, ni que el chico mulato con el que me puse a hablar era su hermano, ni que terminaríamos los tres pasando media mañana juntos...

Ally soltó una carcajada y la miró divertida:

—Será cosa del destino entonces. Anda, ayúdame a meter en la mochila todas estas cosas mientras me cuentas ese encuentro con nuestro atractivo gasolinero empollón.

—¿Para qué quieres todos estos abalorios? ¿Qué tienes pensado hacer, Ally?

—Necesito un *book* de fotos para presentarlo en Hollywood. Vas a hacerme un reportaje.

—¿Yo? No tengo ni idea de hacer buenas fotos.

—No creo que sea tan difícil, solo hay que enfocar y darle a un botón, además soy superfotogénica —dijo Ally resuelta, lanzando su melena sobre su hombro izquierdo para colgarse la mochila de un tirante al otro—. ¡Venga, vamos!

Ally colgó del cuello de Vera una cámara Dixon y ambas tomaron rumbo a uno de los puentes de madera que servían para cruzar a pie los múltiples arroyos que había alrededor del pueblo. Era agradable pasear bajo la sombra de los cornejos, aunque no dejaba de resultar un día caluroso más.

—¿Y no pasó nada de nada cuando te dejó en casa tras el cine? —La morena retomó el tema de Ben, se moría de curiosidad y deseaba que saliera algo bueno entre ellos.

—Hablamos, me contó que tenía un hermano, pero no lo que le pasaba, eso lo descubrí en la clínica. Es un tío muy raro... ¿Por qué dijiste que es especial?

Se habían sentado con los pies metidos en el agua mientras se comían un paquete de galletas saladas y descansaban de la caminata.

—No sé si debo contarte la historia de Ben Helms. —Ally se hizo la interesante.

—¿Y se puede saber por qué? Es un secreto militar o acaso pertenece a una familia de antiguos espías rusos? —Vera cogió la cámara entre sus manos y disparó la primera foto.

—No debo contártela porque, si lo hago, terminarás por enamorarte de él hasta el tuétano. Pasará de ser un chico atractivo e interesante, que es lo que te parece ahora mismo, y no lo niegues, a alguien tan especial que tu corazón no podrá recuperarse.

—No tengo intención de enamorarme de Ben, ni aunque me digas que es la reencarnación del mismísimo River Phoenix —se rio Vera—. Estoy segura de que mis padres vendrán a recogerme en unos días, no es posible que todo esto dure mucho más.

Vera presionó las sienes con sus manos, suspiró e hizo salpicar el agua de la orilla con sus pies.

—Si es así, entonces aléjate de él, no hagas que se enamore de ti. —Ally se puso seria.

—¡Estáis todos fatal! ¿Cómo se va a enamorar de mí? No me conoce de nada, hemos compartido una película de cine y un cómic. Nada más.

—He visto cómo te mira, no sé cómo explicártelo..., ni siquiera es de los que miran, ¿sabes? Siempre tiene la mirada perdida dentro de sus números.

—Venga ya, cuéntame, te prometo que no voy a hacer que se enamore de mí ni entra en mis planes colgarme de él —dijo Vera como si aquello fuera lo más ridículo del mundo.

¿Quién se había enamorado de ella en toda su vida? Nadie. ¿Shark? Él no se había enamorado de ella; había sido un efecto colateral.

No había tenido ni un mejor amigo del sexo masculino, toda su vida habían sido horas de clase en un exclusivo colegio de chicas, duras jornadas de entrenamientos y campeonatos, e incesantes idas y venidas de una casa a otra de sus padres. Aquel año de Universidad no había cambiado mucho las cosas realmente. Había sentido más libertad y había conocido a muchísima gente, pero tan solo con Pipper hizo cosas nuevas y aquello había terminado de la peor de las maneras.

¿Cómo se iba a enamorar Ben de ella, si ella no sabía cómo se conseguía enamorar a alguien?

—Ben es muy especial. Tiene una mente brillante, excepcional y única. Eso decían los profesores de él en el instituto. Se graduó un año antes de lo que le tocaba y las universidades se lo rifaban.

—¿En serio? Ben es ¿un genio? O sea, no es que me parezca imposible, parece que sabe de todo en verdad, pero... no lo entiendo, ¿qué hace trabajando en la gasolinera entonces? —Tragó saliva y recordó cuando él le dijo que ella lo había prejuzgado.

—Tú no tienes paciencia, ¿verdad? Cállate y déjame que te cuente. Y, mientras, hazme alguna foto, que aquí tienes una iluminación perfecta.

Vera apretó otra galleta entre los dientes y se sacó una foto a ella misma:

—Esta sí que es buena.

—Quieres que continúe, ¿no? —Vera afirmó y se tragó el bocado—. La madre de Ben era la mejor amiga de mi madre, eran como Thelma y Louise en el instituto, ¿sabes? Solo que mi madre cuando me tuvo a mí sentó la cabeza y Mónica, no. Yo la recuerdo muy divertida, aunque levantaba demasiado el codo y, bueno…, se ve que abusaba también de otras cosas. No superó nunca que su novio del instituto la dejara cuando se quedó embarazada de Ben. ¡Ni siquiera sabía quién era el padre! Se creyó todo lo negativo que dijeron de ella, lo asumió y vivió como «alguien alocada, ligera de cascos y sin oficio ni beneficio». Ben era el niño de todos en el pueblo, iba de una casa a otra mientras Mónica era despedida de todos los trabajos o se peleaba con el nuevo novio que la mantenía durante un tiempo… Un drama en toda regla.

Vera la escuchaba casi sin respirar. Ally tenía razón con su advertencia, con cada palabra la forma de ver a Ben cambiaba, su corazón se estaba ablandando y acomodaba un hueco para ese chico.

—Los Kimmel, mi madre, la de Malia, el padre Oliver…, entre todos Ben salió adelante. Siempre fue rarito, pero es que en su cabeza siempre había pensamientos fuera de lo común. Cómo decirte… ¡extraordinarios!

—Pero, ¿qué pasó? ¿Por qué no se fue de aquí en busca de un futuro con esa mente prodigiosa? —preguntó Vera, arrugando el ceño y dejando reposar la cámara sobre sus piernas cruzadas.

—Pues Mónica se volvió a quedar embarazada y, por segunda vez, sin saber de quién. Ben estaba a punto de irse a la Universidad, pero… hubo complicaciones en el parto. Toby nació mal y ella murió un par de días después.

—¡Qué horror!

A Vera se le encogió el corazón, todo cobraba sentido, creía entender de repente la forma de actuar de Ben, incluso su mirada perdida en el cielo o la de amor profundo por su hermano.

—Toby no tenía a nadie, solo a él. Ben lo abandonó todo, perdió las becas y se quedó en Abbeville para cuidar de su hermano, para estar cerca de él, de hecho, porque en realidad él no puede hacerse cargo del pequeño. Trabaja para pagar la clínica y todos los gastos, es lo único que hace: trabajar.

—Oh, ya veo. —Vera enfocó su vista en el agua turbia y suspiró.

Ally le dio un empujón en el hombro para sacarla de su abstracción y le dijo de forma acusadora:

—¿Ves? ¡Te lo dije! Te dije que, si te lo contaba, el amor te saldría hasta por las orejas.

—No estoy suspirando por amor, solo es que... Qué vida tan dura y complicada. Es triste.

—Ben no es un tipo triste. Solo es rarito, como te dije, y le molas, lo cual es una novedad, pero también un peligro si piensas romperle el corazón.

—¡Yo no le gusto a Ben! Que haya hablado conmigo no quiere decir nada. ¡Solo hemos charlado un poco y te aseguro que de nada relacionado con sentimientos! Yo me iré pronto de aquí.

Vera se levantó y se sacudió la tierra húmeda del trasero.

—Pues aunque me encante tenerte por aquí, si vas a irte, será mejor que no tardes demasiado en hacerlo. Y ahora, inmortaliza toda mi belleza.

Las chicas llegaron al puente sobre el que Ally se sentó con posturas provocadoras que hicieron pensar a Vera qué tipo de películas quería protagonizar. Luego eligieron lugares más románticos entre las plantaciones de maíz y Ally soplaba pompas de jabón y daba vueltas con una falda de tul roja que había sacado de su mochila sin fondo. Se tomó fotos encaramada a los árboles, tumbada con el cabello como brazos de medusa esparcidos sobre la hierba o explotando pompas de chicle.

En verdad, se lo pasaron en grande. Continuaron la tarde haciendo la colada en la lavandería del centro, sentadas dentro de dos enormes bombos vacíos mientras relamían un helado de vainilla, y terminaron el día viendo gratis la última película de amor protagonizada por Josh Bowman en el cine donde trabajaba Ally. Vera la ayudó en la taquilla y a la hora de recoger las palomitas y demás guarrerías del suelo tras la sesión, pero mereció la pena. El día había resultado divertido y revelador.

Regresó a casa de los Kimmel con la sensación de pertenecer ya, de alguna retorcida y cósmica forma, a aquel lugar. A mitad de camino, se encontró con uno de los matrimonios que había conocido en la puerta de la iglesia y este se ofreció a llevarla, pues no era seguro andar sola a aquellas horas. Le contaron de nuevo la leyenda de Huggin' Molly y ella los escuchó como si fuera la primera vez que la oía.

Ellen le había guardado costillas asadas con patatas en crema agria de la cena y la invitó a comer en el porche, junto a ellos, que tomaban el té. Aquella noche, Vera escuchó a Thomas tocar la armónica mientras intentaba localizar en el cielo la estrella Antares.

16

«Sure as corn bread goes with greens,
you're the answer to my dreams».

Proverbio sureño

Estaba nervioso, no podía controlarlo y eso le provocaba movimientos erráticos y un ritmo acelerado que lo empeoraba todo. Había comenzado el día con un baño y una hoja en blanco junto al café, resultado de una mente distraída.

Cogió una camiseta blanca y arrugada del fondo del armario y se puso los vaqueros desgastados que según Jud le hacían un trasero irresistible, él simplemente los eligió porque estaba cómodo con ellos. Se peinó los mechones húmedos con los dedos frente al espejo y se dio cuenta de que, con aquella mirada inexpresiva, podía resultar demasiado serio o antipático, por lo que forzó la sonrisa que Landon le había enseñado unos años atrás.

—Buenos días, Vera. —Relajó la sonrisa y la volvió a desplegar—. Aquí tienes tu café, Vera.

Se sintió ridículo, así que abrió el grifo, volvió a mojarse la cara y, sin secársela, salió hacia la camioneta para poner rumbo a la biblioteca ya que aquel día Kevin haría el turno de mañana.

Salió de la caravana y, en cuanto los rayos del sol impactaron en sus ojos, buscó el cobijo de sus gafas de sol. Se atusó el mechón rebelde e intentó hacer un par de los ejercicios de respiración que la enfermera le había enseñado para tranquilizar la mente.

—Esto es una idiotez —se dijo a sí mismo tras cuatro inspiraciones infructuosas.

El motor de la camioneta rugió y bajó las ventanillas para dejar que la humedad del rocío le refrescara durante el trayecto. Echó un último vistazo por el retrovisor antes de tomar la curva del camino que enlazaba con la carretera y, sin saber por qué, recordó el primer día que se mudó allí tan solo con una mochila y una caja de herramientas prestadas. Aquel terreno era una parcela abandonada, comida por la vegetación, con una vieja caravana de cristales rotos y carrocería oxidada. En la orilla del lago se amontonaban juncos podridos entre los que rescató un anzuelo que usó, junto con lombrices que encontró escarbando la tierra, para conseguir algo que comer. Recordó la mezcla de alegría y soledad, cómo durmió la primera noche en la hamaca que Lisa le había regalado un año atrás, tras limpiar un poco el terreno bajo sus pies mientras esperaba que el olor del potente desinfectante con el que había limpiado el interior de la caravana desapareciera a lo largo de la noche. Recordó el imponente cielo que se había abierto sobre aquel oscuro agujero de bosque, heredado tras la muerte de su madre. Llorar habría sido un consuelo, pero Ben no sabía hacerlo, tan solo había buscado Antares y había empezado a planificar una vida del todo inesperada.

Aquel lugar era lo más parecido a un hogar de lo que había tenido en toda su vida, de un apartamento a otro de alquiler, de la habitación de un vecino al sofá de otro, de la casa de uno de los novios de su madre a la habitación de invitados del padre Oliver... Pero no estaba seguro de que pudiera denominarse «hogar» a un lugar en el que vivía él solo, donde no esperaba que nadie le hiciera compañía, un sitio donde jamás podría vivir Toby.

Hogar. Aquella palabra era demasiado grande para él, para su vida.

Había sido bonito compartir aquel rato en la clínica con Vera y su hermano, algo diferente a cuando estaban ellos y la enfermera Jud Mullen. Landon había ido un par de veces a ver a su hermano antes de marcharse a la Universidad, pero aquello también había sido distinto. Aparte de eso, no recordaba más ocasiones en las que hubiera compartido su vida con otra persona, sin tener en cuenta al sacerdote o los médicos. Pero no podía culpar a nadie. Los chicos que eran sus compañeros en el instituto nunca llegaron a ser sus amigos, era consciente de que él era alguien cuya mente no estaba en el mismo lugar que la del resto: chicas, salidas, fútbol... y todos habían desaparecido cuando terminó el instituto. Solo tuvo a Lisa, y ella murió. ¿Quién iba a preocuparse por el chico raro? ¿Quién iba a querer ser parte de su vida caótica y complicada? ¿Quién querría acercarse si él siempre se alejaba? Los años pasaban, la soledad crecía, pero, a pesar de eso, se sentía afortunado. Nunca le había faltado el trabajo ni la ayuda de sus vecinos cuando la había necesitado. Tan solo sentía que su día a día era solitario y deseaba ser capaz de conseguir algo mejor, al menos para su hermano. Su vida era un laberinto, pero estaba decidido a encontrar la salida.

Aparcado frente a la biblioteca se repitió varias veces las frases con las que debía saludar y conducir hacia el tema a tratar, sin rodeos ni dilación. Entraría allí y le daría las instrucciones básicas para que Vera pudiera desenvolverse con soltura con el programa de catalogación. Era bastante simple y ella parecía ser avispada, por lo que esperaba que en menos de una hora hubiera terminado con todo. Saldría de allí, superaría a aquella chica, se centraría en lo que debía y terminaría por encontrar la salida a aquella vida, para él y su hermano. Dio unos golpecitos al volante para motivarse y se bajó confiado de controlar la situación.

Vera vio desde su cubículo cómo entraba Ben al *hall*, se quitaba la gorra y la doblaba para metérsela hecha un rollo en el bolsillo vaquero de su trasero. Aquella mañana no llevaba cafés, cosa que ella agradeció, pero no le agradó el gesto con el que se dirigía directo a ella casi sin saludar a Milly.

—Vamos a terminar con esto.

Vera lo miró confusa tras sufrir un doloroso y potente latido de corazón. Estaba recostada sobre las carpetas que contenían toda la documentación a informatizar y levantó la cabeza entre los codos.

—Estoy de acuerdo contigo, vamos a terminar con esto ya de una vez. —Lo miró desafiante con una ceja elevada sobre la otra.

Ben se metió la mano en el bolsillo delantero del pantalón y sacó un *pendrive* que le mostró:

—¡Sígueme!

Vera soltó el aire que, sin darse cuenta, había retenido y cargada con las carpetas se apresuró a seguir a Ben, que se dirigía a la sala de ordenadores a grandes zancadas.

Tras pinchar el dispositivo y teclear como si sus dedos tuvieran electricidad, Ben se giró hacia la chica que permanecía de pie, agarró la silla que había junto a él y la separó:

—¿Te sientas?

Vera desplomó las carpetas en la mesa junto al monitor, estaba claro que algo ocurría. Él estaba serio, iba directo al grano, como si le quemaran los pies sobre el suelo de la biblioteca, y evitaba mirarla a los ojos.

—No tardaré más de media hora en enseñarte a usar el programa, es bastante sencillo y tengo muchas cosas que hacer esta mañana.

—De acuerdo, activaré mis antenas —respondió Vera con el ceño fruncido.

Ben levantó sus ojos hacia los de ella para dejar escapar una apretada sonrisa ladeada, como si aquello le hubiera hecho gracia; pero duró una milésima de segundo, pues, en cuanto reparó en lo bonitos que le parecían aquellos tonos ceniza llenos de indignación, se censuró a sí mismo y regresó a la pantalla de ordenador.

—Voy a descargar la aplicación. —La barra se completó en apenas diez segundos—. Son simples hojas de cálculo entrelazadas, de tal forma que, si pones el nombre del libro en este cuadradito, te van a aparecer todos los datos en la siguiente hoja: la portada, sinopsis, número de páginas..., básicamente, toda la información que dispone un sitio llamado Biblioteca Nacional porque..., bueno, me descargué la base de datos por error. Esto como el iFlicks de los libros.

Vera vio una sonrisilla de satisfacción en él mientras le enseñaba lo simple que le resultaría el procedimiento gracias a sus habilidades como *hacker*, sin embargo, no estaba dispuesta a alabarle. No, después de dejarle claro que tenía mucha prisa por irse y continuar con su vida.

—Ya lo he pillado, puedes irte. —Vera arrastró la silla hacia él con un chirriante sonido y una actitud indiferente. Incluso, llegó a chocar de forma leve contra su hombro, en el intento de desplazarlo del frontal del monitor, pero no le miró ni se disculpó, sino que agarró el primer tomo de folios y comenzó a trabajar—. ¡Ah! Y gracias. Que tengas un buen día. —Ben le arrebató el teclado de las manos y se apoderó del ratón—. ¿Pero qué...?

—Necesito el *pendrive*. Voy a expulsarlo, ¿te parece bien?

¿Que si le parecía bien? Para nada le parecía bien. Vera volvía a encontrarse con un chico esquivo, altivo y antipático que no había reparado en que aquella mañana ella se había cepillado con esmero la melena y había encontrado el atuendo perfecto tras cambiarse de *shorts* cuatro veces. Ben tampoco se imaginaba que debajo de aquel montón de carpetas se escondía el cómic que ella había dibujado durante buena parte de la madrugada, uno en el que su hermano Toby era el protagonista, y que tenía pensado regalarle.

—Ajá —contestó como si Ben se hubiera convertido en un molesto mosquito.

—Si tienes alguna duda o...

—No la tendré —le aseguró ella, intentando mantenerle la mirada sin que se le notara lo molesta que estaba.

—Está bien pues... eso es todo.

—Sí, eso es todo.

—Nos vemos, Vera.

—Nos veremos, este pueblo no es tan grande, en algún momento volveremos a cruzarnos —le lanzó antes de girarse hacia el ordenador.

A Ben no le pasó desapercibida la actitud afilada de Vera. Aquella chica era avispada, lo suficiente como para percibir que entre sus rarezas, aquel comportamiento era el más errático de todos, tanto que ni él mismo sabía procesarlo de forma correcta.

Se giró y se encaminó hacia la puerta mientras se encajaba la gorra en la cabeza. Justo antes de salir, y de forma involuntaria, un pensamiento cruzó su mente y se giró con intención de preguntarle sobre la cena en casa de los Frazier. Pero la vio sentada, derecha como un poste, irradiando autosuficiencia hasta de espaldas, y cerró la boca. No eran amigos, no debían ni podrían serlo, era absurdo mostrar interés. Ya le preguntaría a Landon qué tal fue, pero solo si de ahí a la noche no era capaz de dejar de pensar en ella ni de superar las horribles ganas de besar esa boquita con forma de piñón que había dejado instalada en Vera.

En cuanto la chica escuchó cómo se despedía de Milly, relajó los hombros y dejó que el trasero resbalara hasta el borde del asiento y resopló. Se sentía derrotada y profundamente rechazada, pero lo peor era que aquellas sensaciones la llevaban directa a la frustración. No podía negar que aquel chico la volvía loca, en todos los sentidos, pero, sobre todo, hacía que su corazón se desenfrenara sin ninguna lógica. Apenas unas horas antes había perdido el tiempo mirando libros de astrología para ver cómo era Antares y conocer algunas constelaciones, y ahora la rabia se había apoderado de ella y en lo único que pensaba era en meterle en un cohete y enviarle a una galaxia lejana, aunque esto sería probablemente del agrado de Ben.

Empujó las carpetas a informatizar y sacó de su bandolera su cuaderno de dibujo y dibujó una tira: en la primera viñeta Ben llegaba a la sala de ordenadores, en la siguiente iba directo a ella y se colocaba a escasos milímetros de su cuerpo, en la tercera le preguntaba si estaba segura. Vera no dudó en dibujar una cuarta viñeta donde respondía un sí rotundo al que seguía una escena en la que él la elevaba agarrándola por los muslos para sentarla entre los ordenadores y culminar con un beso dibujado con mucha pasión acumulada.

—¿Qué haces, yanqui?

Vera dio un respingo y cubrió con un brazo el dibujo de forma protectora.

—Oh, vamos. La pregunta era simple cortesía, ya he visto lo que dibujabas por encima de tu hombro. Estabas tan absorta que no te has enterado de que entraba en la sala. Imagínate que, en lugar de ser yo, llega a ser tu gasolinero. —Ally rio descarada y le arrebató el cuaderno de debajo de los brazos.

—Dame eso, Ally. Solo era... Tan solo es... ¡Qué más da! Quédatelo si es lo que quieres, es una idiotez —le dijo con las manos en alto en señal de rendición.

—De acuerdo, me lo quedo. —Ally, divertida, arrancó la hoja y la dobló para metérsela en un pecho enganchada por el tirante del sujetador.

—¿En serio? ¿Para qué narices quieres el dibujo? —Vera se levantó arrepentida de sus palabras y avanzó hacia la mirada pícara de la morena.

—No es para mí, se lo voy a dar a Ben. ¿Cómo te lo diria yo...? Aunque tenga el coeficiente intelectual de Einstein, algunas cosas hay que explicárselas de forma «gráfica». —Su amiga golpeó con suavidad el pecho que custodiaba aquella deseada escena.

—No serás capaz. Dámelo —le pidió Vera arrugando el ceño.

—Me lo has regalado, puedo hacer lo que quiera con él —rio Ally.

—Bah, no serás capaz —sentenció Vera, convenciéndose de que la morena no haría tal cosa si quería que aquella amistad que crecía entre ellas siguiera adelante—. ¿A qué has venido aquí tan temprano?

—A por un libro —le contestó ella.

—¡Venga ya! ¿A qué has venido?

—Oye, ¿qué te piensas? Me gusta leer, tengo el carnet desde los nueve años. He venido a coger este y solo pasaba a saludarte. —Ally le mostró el ejemplar del último libro de Kate Danon y le enfiló la punta de la barbilla con orgullo.

—Tengo un montón de trabajo —contestó Vera con fingida indiferencia.

—Y yo una cita. —Ally deshizo sus pasos hacia la salida.

—¿A estas horas tienes una cita? Por lo que tengo entendido, Ryan es una criatura nocturna.

—Yo no he dicho que sea con Ryan. —Ally volvió a tocar el folio escondido en su escote y salió a la carrera entre escandalosas risas que provocaron la furia de Milly.

«No será capaz», pensó Vera, pero se mordió el labio y se maldijo por darle la oportunidad de sembrar semejante duda en su cabeza. A lo largo de la mañana sacó adelante más de un cuarto del trabajo total, lo cierto era que aquel programa le agilizaba mucho las cosas y lo que realmente la ralentizaba era pensar de forma recurrente en las enormes manos de Ben tecleando mientras le explicaba el funcionamiento, la visible redondez escurrida de su trasero dentro de aquellos vaqueros y la posibilidad de que sus más profundos deseos le cayeran en las manos después de aquel evidente rechazo.

Tomó su almuerzo a la sombra del árbol que ya sentía como de su propiedad mientras comenzaba a leer un ejemplar idéntico al que Ally había sacado de la biblioteca y, cuando la lectura la había atrapado de lleno, recibió una foto desde el móvil de Ally.

—¡La mato!

Miró a su alrededor, como si fuese a pasar alguien conocido con el que poder desahogarse, pero ya sabía ella que a esa hora hasta las lagartijas buscaban el cobijo de una buena sombra. Volvió a mirar bien la foto para cerciorarse de que no era un montaje. No cabía la menor duda, aquel era su folio, dentro del bolsillo de la chaqueta vaquera que colgaba del respaldo de la silla donde Ben se sentaba a diario junto a los surtidores.

—Mierda. Mierda. Mierda.

17

«Una chica del Sur sabe pelear sus batallas y lo hace con el corazón
de un pitbull mientras mantiene su gracia y elegancia».

Southern Charm

Vera tuvo que esperar con paciencia escondida de nuevo detrás de la caseta frente a la gasolinera. Por fortuna, aquel lunes Landon volvió a elegir
aquella calle para su ruta de *running*. En cuanto lo divisó, hizo aspavientos
rogando que no la descubriera a ojos del chico de la calle de enfrente.

Landon reprimió la risa y se paró junto a ella simulando hacer estira-
mientos de espaldas a la gasolinera.

—Tiene que haber una razón para esto y se me antoja muy divertida
—dijo el chico con la respiración agitada, pero sin perder el humor en el
tono.

—Chsss, calla y escucha. Te necesito desesperadamente.

—Eso es evidente.

—¡Chsss! Por favor, necesito recuperar algo que hay dentro de un bolsillo de la chaqueta vaquera de Ben.

—¿Recuperar o robar?

—¡¡Chsss!! Me vas a descubrir, no me preguntes. Cruza y tráeme el
folio que hay dentro de uno de los bolsillos de su cazadora, por favor.

Landon se giró y miró hacia la gasolinera con una mano haciendo de
visera para luego saludar a su amigo. Se agachó y agarró un pie simulando estirar el gemelo.

—Pretendes que vaya y le quite algo a uno de mis mejores amigos y
no me dices qué es ni el motivo por el que debo hacerlo... Y debo hacerlo
porque... ¿Por qué debo hacerlo, Vera?

La chica se tapó la cara con ambas manos presa de la desesperación, se sentía como una idiota adolescente de instituto, pero ni ella tenía ya quince años ni aquellos eran dos niñatos con los que se pudiera jugar. Landon no se callaba, Ben terminaría por descubrirla allí agazapada, ambos se reirían en su cara por el absurdo dibujo y ella tendría que terminar de pasar aquel verano en un lugar en el que desearía morir.

«Te odio, Ally. Te odio. Te odio», dijo en susurros.

—No te oigo.

—Landon, por favor, es mío, es una tontería y no quiero que él lo vea. Por favor, cógelo por mí. Haré lo que haga falta a cambio.

—Ummm... pues es una pena.

—¿El qué?

—Que haya llegado tarde, acaba de coger la chaqueta y se dirige a su camioneta. Ha terminado su turno.

—¡Tengo que recuperarlo! —exclamó angustiada.

—Pues tendrás que ir detrás de esa chaqueta, me temo, ¿te llevo? —se ofreció divertido.

Vera no podía dar crédito a lo que estaba sucediendo. Se sentía avergonzada y la sonrisa socarrona de Landon no ayudaba, pero al menos le ofrecía otra oportunidad.

—¿Vamos a perseguirle? —preguntó Vera angustiada.

—No exactamente; sé dónde va. Espera aquí, yo conduzco.

—Landon le dedicó una muesca sonora con la boca y echó a correr hacia su casa.

Tardó menos de cinco minutos en reaparecer al volante de su *jeep*, pero a Vera se le hicieron eternos. Pudo escuchar cómo pasaba por delante la camioneta de Ben, pudo imaginarse lo que pensaría de ella si veía aquellas estúpidas viñetas. ¡Tenía que recuperar el folio a toda costa!

—¡Sube! —Landon hizo rugir el motor con dos acelerones.

—¿Tú no sabes lo que es ser discreto, verdad?

—¿Olvidas la casa en la que vivo? —Landon rio y soltó el freno para salir disparado hacia las afueras del pueblo.

El chico sonreía mientras conducía, se notaba que estaba disfrutando de lo lindo con la situación y Vera se lo facilitaba con aquella cara de agonía, que provocaba en él más ganas de reír.

—No puede ser tan grave lo que sea que hay en ese folio.

—Lo es. Si quiero conservar un poco de dignidad, lo es —le aseguró ella con la mirada seria—. ¿Y dónde se supone que vamos? ¿Dónde ha ido Ben?

—A su casa.

—¿Vamos hacia su casa? —preguntó ahogada.

Landon explotó y soltó una carcajada. Y, si no hubiera ido al volante, Vera lo habría estrangulado en aquel preciso instante.

—Madre mía, a su casa. Voy a parecer una acosadora. ¡No debe verme! Me quedaré en el coche mientras tú entras y consigues coger el folio de su chaqueta —le indicó ella, en un intento de tomar el control de la situación.

—Lo intentaré, pero no te prometo nada. Ben no tiene ni un pelo de tonto. Es, en cierto modo, el tío más listo que conozco, así que...

—Sí, sí..., ya sé que es un genio y todo eso, pero ¡no puede ser tan difícil despistarlo un par de segundos para que puedas meter la mano en su chaqueta! —Vera estaba visiblemente alterada y el tono bromista de Landon no la ayudaba en absoluto.

El *jeep* salió de la carretera para introducirse en un sendero semioculto entre el bosque. Landon redujo la velocidad de forma considerable y sugirió a Vera que se agachara si quería que Ben no la descubriera.

Vera se extrañó, no había visto ni granjas ni casas por aquella zona, solo bastas extensiones de bosques surcados por riachuelos y lagos. Landon le lanzó una última mirada cargada de misterio antes de echar el freno de mano y bajarse del coche.

No oyó ningún saludo, tan solo un chirrido y el golpe seco de una puerta al cerrarse. Ahí agazapada no podía ver nada y la intriga la recomía. ¿Dónde diantres estaban?

Elevó un poco el cuello para mirar por encima del salpicadero y descubrió una pequeña explanada a los pies de una ensenada donde había aparcada una caravana metálica presidida por un pequeño porche adosado de madera que no conseguía ver en su totalidad. Landon había aparcado bastante lejos como para que pudiera permanecer escondida.

Se sujetó la frente con una mano y se rio de sí misma con ironía. Se suponía que la decisión de sus padres de enviarla allí, a aquel lugar perdido e inofensivo de Alabama, había sido por su bien; y, sin embargo, la habían enviado directa a los brazos de su mayor pesadilla: un chico bastante mayor que ella, que vivía en una vieja caravana, cuyo oficio era llenar los depósitos de gasolina, hijo de la difunta chica de mala reputación del pueblo y que tenía a su cargo un hermano dependiente. Ese había sido el lugar hacia el que la habían enviado y hacia el que ella se sentía irremediablemente atraída a ir. Se bajó del *jeep* con cuidado y corrió hacia la parte trasera de la caravana para intentar escuchar y ver lo que ocurría en el interior.

La culpa la tenía ella, no había lugar a dudas. No de que la mandaran allí, aquello a su entender seguía siendo un daño colateral, sino de que en aquel instante se encontrara agazapada y aguantando la respiración. Nunca una decisión impulsiva le había traído nada bueno y en aquella ocasión tenía que ahogar un grito al ver junto a ella una lagartija del mismo tamaño que su pie.

«No serás capaz», le había dicho a Ally con la ilusa creencia de que se estaba marcando un farol. ¡Y vaya si se había atrevido!

Estaba escondida bajo una ventana de la que salía aroma a jarabe de cerezas y decidió echar un vistazo rápido al interior, demasiado fugaz para detenerse en los detalles pero suficiente para poder recrear en su mente a partir de entonces el lugar donde Ben vivía. Podía ver el tono oscuro de su cabello reflejado en el cristal, parecía estar concentrado sobre algún objeto que había sobre la mesa plegable frente a Landon. «Que no sea el dibujo, que no sea el dibujo», suplicó al cielo con la esperanza de que su relación divino-terrenal pudiera restablecerse. De pronto, en un rápido movimiento, Ben se deshizo de la camiseta con un tirón desde detrás de la cabeza, por lo que su torso bien musculado renovó la imagen reflejada en la pequeña ventana y Vera tuvo que aguantar la respiración. El corazón comenzó a latirle tan atropellado que la visión se tornó borrosa y se encogió algo más en su escondite. No podía escuchar de lo que hablaban y, cuando la puerta se abrió de nuevo, se arrepintió de haber salido del coche.

—Supongo que hoy no te quedas a cenar entonces —dijo Ben.

—El deber me llama, pero gracias por todo. Te debo una, amigo.

Vera apretó los puños y se pegó a la superficie metálica, fría y rasposa como si pudiera así fundirse con ella, pero tuvo la suerte de que Ben se dirigía hacia su bote para remar lago adentro en busca de su cena.

—Chssssss. —Vera llamó a Landon, que caminaba de regreso a su *jeep* con andar saltarín.

El muchacho se giró y, al descubrirla medio oculta en la esquina trasera del porche, miró a Ben, que empujaba el bote hacia la orilla para saltar dentro de él y le dio el alto a Vera un minuto. En cuanto vio que comenzaba a remar, la reclamó con apremio y una sonrisa triunfal.

—¡Vamos, arranca! —rogó ella, escurriéndose en el asiento del copiloto.

—¿Qué demonios hacías ahí detrás? Te gusta vivir al límite, ¿eh? —Landon giró el volante y volvieron a adentrarse en el camino estrecho y lúgubre, que para nada sugería dar paso a aquel precioso escondite.

—Aquí tienes.

Landon le ofreció el folio entre dos dedos, pero, cuando Vera fue a cogerlo, jugó varias veces a retirárselo de las manos hasta que ella se exasperó y se lo arrancó, provocando un pequeño volantazo inofensivo.

—¿Cómo lo has conseguido?

—Un buen ladrón de guante blanco nunca desvela sus técnicas.

—Pero le has dicho que le debías una... No habrás, no lo habrá... —Vera deslió el folio para volver a ver lo que ya sabía que había dibujado.

—Ya lo tienes, ¿no? ¿Qué más da?

Vera miró al frente y luego rasgó con decisión el papel hasta convertirlo en diminutos trozos que terminaron volando por encima de sus cabezas.

—Vaya, empiezo a pensar que Ryan tenía razón cuando, el día que te conocimos, dijo que podías ser peligrosa.

—Eso es lo que pensaban de mí en casa y por eso estoy aquí —confesó Vera con la melena protegida del viento entre sus manos.

Landon arrugó el entrecejo e hizo desaparecer el cachondeo en el tono:

—Era broma, en realidad pareces más bien alguien susceptible a verse envuelta en líos que no son suyos. Pareces buena chica, Vera.

—Tú también pareces un buen tío, Landon. Aunque mi percepción puede cambiar considerablemente dependiendo de la manera en que quieras cobrarte este favor. —Apretó los labios y le miró de reojo.

—Ey, somos amigos, no me debes nada. —Landon agitó la pulsera tribal de su muñeca como si así demostrara que algo los unía.

—Malia es una chica afortunada.

—Ey, ey, no irás a tirarme ahora los tejos, ¿no? —bromeó el chico torciendo la mandíbula.

—No eres mi tipo. —Vera se relajó por fin en el asiento y sonrió.

—Los prefieres más listos, ¿no?

—Y más guapos —añadió ella.

Landon se arrancó el cuchillo imaginario del corazón y ambos rieron bajo el brillante sol veraniego de Alabama.

Vera sentía una envidia profunda en aquel momento. Envidió a aquella gente, su estilo de vida, la manera en la que formaban un grupo tan dispar y cómo lograban complementarse unos a otros. Ella nunca había tenido un sitio al que pertenecer. Tras el divorcio de sus padres sintió que dejaba de tener un hogar para tener dos casas, dos habitaciones. Perdió un único lugar en el que poder sentirse a salvo de todo, donde poder tener todo aquello que la definía para sentirse ella misma, pues sus pertenencias estaban repartidas entre dos lugares. Aquel lugar físico no existía, tan solo hojas de papel donde su realidad se dibujaba siempre con final feliz. Aquel primer año de Universidad en la residencia de estudiantes había sido la primera vez en que había podido sentirse ella misma y no la hija de una madre entregada al trabajo para olvidar su fracaso matrimonial o la hija de un padre inconstante. Pipper había sido un ser antagónico que los primeros meses se le antojó insufrible, pero terminaron por acoplarse y Vera llegó a dejarse arrastrar hacia experiencias que jamás habría tenido por su cuenta. Y disfrutó haciéndolo. Era libre, era ella, auténtica, atrevida... y todo terminó mal. Muy mal.

Las escenas de aquella noche regresaron a su mente y se abrazó los codos dejando que el cabello, agitado con el viento acelerado, le envolviera la cara.

—¿Adónde vamos, Landon? Tengo que recoger la bicicleta de la biblioteca —le preguntó extrañada de la dirección que había tomado al entrar en la ciudad.

Landon activó el intermitente derecho y giró el volante para aparcar frente a una floristería. Vera miró a su alrededor y entonces la puerta color verde de aquel local se abrió. Landon saltó fuera del *jeep* con un movimiento ágil y Malia se le tiró a los brazos como si llevaran una eternidad sin verse.

—No te imaginas la misión tan importante que debía realizar esta tarde. Siento el retraso —se disculpó Landon a su chica, mientras le acariciaba la cara con el dedo pulgar.

Ambos miraron a Vera, que no sabía si bajar o quedarse sentada en el coche. No quería que él le contara nada a Malia, pero supuso que entre dos personas que se profesaban semejante amor no había espacio para los secretos.

—¡Hola, Vera! ¿Quieres pasar? Me encantará presentarte a mi madre. —Malia le ofrecía la mano con aquellos enormes ojos almendrados que irradiaban paz.

Vera abrió la puerta del *jeep* y se bajó. Aceptó el gesto con cierta incomodidad, no estaba acostumbrada a un trato tan cariñoso con desconocidos, pero Malia era como un hada del bosque, tierna, con bondad evaporándose por los poros de su piel...

Los tres entraron en el pequeño local atestado de macetas que saturaron su sentido del olfato con la mezcla de aromas. A Vera le pareció una tienda con mucho encanto, con aquellas estanterías de madera pintadas de blanco y las latas con hierbas aromáticas colgando del techo.

—Mamá, ¡Vera está aquí!

Vera enarcó las cejas sorprendida de que la madre de Malia pudiera saber quién era ella. De detrás de una tela de rayas apareció una mujer joven, parecida en rasgos a Malia, pero con un aire más moderno por su corte de melena tras las orejas y su vestimenta actual alejada de los anchos vestidos *vintage* que usaba su hija.

A Vera, que la había imaginado como a Pocahontas, se le debió de notar el desconcierto en la cara, porque la mujer sonrió y la saludó tras pasarse una pala con restos de abono a la otra mano para quitarse el guante.

—Soy Lomasi, encantada de conocerte, ya tengo preparado el pedido de Thomas. —La mujer se agachó y sacó de detrás del mostrador un paquete de sustrato mineral que puso sobre la madera antes de guardarlo en una bolsa de papel reciclado.

La chica los miró sin comprender y posó los ojos en Landon, esperando una explicación de forma inconsciente, ya que era a él a quien más había tratado.

—Sí, es que Thomas me llamó para que, por favor, te acercara a la tienda de Lomasi a recoger su encargo y que así se lo llevaras a la granja

—le aclaró mientras cogía de forma caballerosa el paquete para cargar con él.

—Oh, está bien saber que después de todo no he alterado tanto tus planes hoy —dijo Vera, alzando las cejas de forma cómica.

—Solo me has hecho dar un pequeño rodeo para llegar hasta aquí.

Madre e hija los miraban con idéntica expresión de intriga, pero Vera pudo respirar tranquila cuando el muchacho se cerró con dos dedos la boca como si fuera una cremallera.

—Vamos, te acerco a la biblioteca para que recojas la bicicleta.

Vera se despidió de la madre de Malia, que le regaló una pequeña maceta con pensamientos amarillos, y se sentó detrás para dejar que Malia ocupara su lugar al lado de su chico. Ellos tenían pensado ir al río a bañarse junto con Dave y Kendall, pero Vera rechazó el ofrecimiento de unirse al plan; sabía que Thomas la estaría esperando y se sorprendió a sí misma al darse cuenta de que le apetecía pasar un rato arrancando malas hierbas en silencio junto a aquel anciano.

Tenía mucho en lo que meditar. Debía remontarse meses atrás para encontrar el momento en el que tomó la elección que había hecho que todo cambiara, la noche en la que Pipper le pidió que la acompañara a aquella tienda de empeños en la parte más complicada del Bronx. Compartían habitación gracias a sus respectivas becas deportivas y, aunque los primeros meses no tuvieron mucho contacto porque Pipper pasaba más tiempo en casa del entrenador de sincronizada que en la residencia universitaria, habían terminado haciéndose buenas amigas.

—¿En serio vas a deshacerte de ese anillo? —le preguntó Vera, admirando el enorme brillante que lucía.

—Al fin le sacaré algo de provecho a cuatro meses de mentiras —le contestó la chica con decisión.

—Aún no entiendo cómo pudiste comprometerte con alguien tan solo dos meses después de conocerlo.

—¡Porque le quería, Vera! Pero tú misma dices que nunca te has enamorado; no lo entenderás hasta que lo sientas. Solo espero que no lo hagas de un asqueroso mentiroso como hice yo. —Pipper abrió la cajita que contenía el anillo y la cerró con un golpe seco—. Ahora podrá acostarse con todas las atletas que quiera, pero el anillito de su abuela me va a pagar las entradas para ir a ver a Tegan & Sara en concierto y un equipo de natación nuevecito.

—¡Pero te pedirá que se lo devuelvas!

—Pues que venga aquí a recuperarlo si tiene valor —respondió Pipper resuelta, mientras abría la puerta de aquella tienda escondida entre dos viejos edificios marcados con decenas de grafitis.

Vera se quedó un paso detrás de su amiga, mientras esta negociaba con el hombre con cara de pocos amigos.

—Quinientos.

—¡Venga ya! Esto debe de valer unos mil pavos por lo menos.

—Pues ve al sitio donde te los vayan a dar, muñeca, no me hagas perder el tiempo.

—Seiscientos.

—Quinientos cincuenta si me dejas en paz de una vez.

La puerta se abrió golpeando de forma brusca contra un expositor y Vera sintió cómo se abalanzaba alguien sobre ella para derribarla contra el suelo. Seguidamente, una ráfaga de disparos arremetieron contra la fachada del establecimiento y cientos de cristales salieron despedidos. Tan solo duró un par de segundos, pero Vera creyó que había llegado el final de su vida, por lo que, cuando se hizo el silencio y el peso que había caído sobre ella se movió, intentó escabullirse hacia un lado.

—Ey, quieta. No te muevas —le dijo una voz ronca.

Vera se giró para mirar quién la retenía y se encontró con los ojos verdes de Shark y su ceja partida. Él la retuvo por los hombros y Vera creyó que aquel chico iba a matarla.

—El suelo está lleno de cristales. Tú y yo estamos cubiertos de cristales; debes moverte con cuidado o te cortarás.

El chico comenzó a quitarle los trozos más visibles de encima y luego se puso de pie agarrándose al mostrador y la cogió por debajo de los brazos para incorporarla.

—¡Pipper!

—Estoy bien, tranquila, ¡qué subidón!

Vera miró a su compañera con horror, tenía el corazón desenfrenado y solo quería salir corriendo de allí mientras la otra se sacudía el cuerpo con los ojos dilatados de emoción.

—¿Estás bien, Rick? No hemos podido llegar antes.

—Sí, chicos. Gracias. Ahora tenéis que iros. Ya lo sabéis. Voy a llamar a la policía y si me preguntan yo no os he visto —dijo el hombre al otro chico, que ocultaba la media cara dentro de la capucha de su sudadera.

—Seiscientos pavos —dijo Pipper.

Vera dio una zancada hacia ella con ganas de sacarla por los pelos de aquella tienda, pero se sorprendió al ver que el hombre, con la cara pálida, le entregaba el dinero sin rechistar. Notó que el chico le agarraba de la mano y la hacía moverse.

—Por detrás, venga. Salgamos de aquí.

—¡Yo no pienso ir contigo a ningún sitio! —Vera se soltó de un tirón y se giró en busca de su compañera.

—Estos tipos nos acaban de salvar la vida, ¿no te das cuenta? —le dijo Pipper, aferrada a su salvador.

Vera miró a Shark y reparó en el surco de sangre que goteaba desde su frente. Pensó en su beca de estudios, en el lío policial en el que se podía ver envuelta y aceptó seguirlo por la trastienda.

Aquel fue el momento, esa mirada, aquel camino... Algo así debería haberla alejado. ¿Quién en su sano juicio se pondría en medio de la trayectoria de una bala? Pero Vera no se alejó, ella avanzó directa hacia todo aquello.

18

«¡Sonríe! Eso incrementa el valor de tu cara».

Magnolias de acero

Ben no podía dejar de pensar en la chica. Podría ser causa de la edad, una vez cumplidos los veinticinco cada día más significaba estar más cerca de los treinta que de los veinte y quizá su reloj biológico más primario le estaba enviando señales. Necesitaba una compañera de viaje, alguien con quien perpetuar la especie. Se frotó enérgicamente la cara con las manos y agitó la cabeza para sacudir el agua de su cabello y aquellas ideas disparatadas. El baño matutino no le había ayudado mucho a enfriar la cabeza. Una y otra vez acudían a su mente los labios de Vera y todo su cuerpo se revolucionaba. Eso sí que era de locos, enamorarse no era para Ben más que una reacción bioquímica similar a tener un grave trastorno obsesivo compulsivo.

Aquella tarde iría a ver a Toby, le mostraría los avances en el diseño de la nueva figura para el concurso de espantapájaros y se dejaría seducir por Jud. Quizás ella lograra sacarle de la cabeza a la chica que le hacía pensar en absurdos.

Pasó la mañana ajetreado en la gasolinera, ni siquiera había almorzado en condiciones, pues tenía pendientes de limpiar dos utilitarios por dentro y por fuera. Ben era una persona que no perdía el tiempo, de hecho, cada segundo era una inversión práctica, pero aquel día se dedicó de manera especial a las tareas, para impedir que su mente quisiera descarrilarse.

A media mañana no pudo evitar sentir la tentación de ir a llevar dos cafés a la biblioteca, pero aquello solo habría liado más la situación.

Aquella chica no pertenecía a aquel lugar, se marcharía y no se podía permitir el lujo de sumar otra pérdida a su ya complicada vida.

Diez minutos antes de que dieran las cuatro, oyó la rodada y levantó la vista de su cuaderno de cálculos.

«¿En serio?».

Había sido esquivo, ciertamente había rozado la antipatía en su último encuentro, y, a pesar de todo, Vera estaba ahí delante con un pie sobre el pedal y otro apoyado en el suelo. No pudo decir nada y esperó a que ella se aproximara o hablara, aunque parecía estar debatiendo cuál era la mejor forma de actuar. Finalmente, dibujó un arco con la pierna sobre la bicicleta para bajarse y avanzó hasta introducirse en la sombra del porche blanco.

—Hola, Ben. —Su mirada seguía siendo recelosa, pero la impronta de su cuerpo era decidida.

—Hola, Vera.

Oírle pronunciar su nombre la derretía. Ben tenía un tono de voz muy sensual, innato desde luego, pues nada en sus formas le hacían pensar que practicara estrategias para la conquista femenina, sino todo lo contrario. Pero ahí estaba, sentado con las piernas estiradas y cruzadas una sobre la otra, con el mechón a punto de volver a resbalarse hacia su frente de forma absolutamente sexi y los labios apretados en un gesto que parecía arisco, pero que a Vera ya no conseguía alejarla.

Había pasado una noche horrenda, envuelta en la pesadilla recurrente. Las caras de Pipper, Chicco y Shark se emborronaban con un velo sangriento y el ensordecedor ruido de los disparos. Necesitaba dejar todo aquello atrás de una vez por todas y, si en algo habían acertado sus padres al enviarla allí, era que en Abbeville había encontrado algo, a alguien más bien, que conseguía reclamar la atención de su mente, el deseo de su cuerpo y despertaba la creatividad de sus dibujos. Había empleado más tiempo dibujando en el cuaderno a lo largo de la mañana que pasando información al sistema de catalogación.

Tras jurarse a sí misma que no volvería a convertir sus deseos en escenas gráficas, le acudió un irrefrenable deseo de hacerlo con un sinfín de tiras más. Solo podía comparar aquella sensación a cuando tuvo que hacer dieta para meterse en el traje de dama de honor demasiado pequeño que le había encargado la endiablada novia de su padre para la boda de ambos y solo podía pensar en bollos de chocolate, terrinas de helado de caramelo y pizzas con *pepperoni*. Lo prohibido siempre le había resultado irresistible, pero había conseguido tener el control en aquel tipo de situaciones, salvo la noche en que decidió seguir a Shark. Ahora, con Ben, volvía a sentir la misma llamada ineludible y, a sabiendas de que aquello no era precisamente el destino al que sus padres la habían mandado, un lugar seguro, metió el cuaderno en su bandolera, salió del trabajo y pedaleó hacia la gasolinera como quien pierde un avión.

—Llévame a algún sitio —le pidió Vera sin que la voz le temblara.

Ben no había podido soltar el lápiz, de hecho, no había sido capaz de mover un solo músculo, estaba petrificado, hipnotizado con la visión. Vera era demasiado bonita. No era una chica alta, sino más bien bajita y sus facciones eran algo aniñadas, pero las redondeces de su cuerpo revelaban su edad. El cabello castaño suelto y algo enmarañado junto con la mirada fría color acero le imprimían carácter a una engañosa apariencia infantil y, desde luego, con aquel vestido de flores revoloteando en sus muslos Ben solo podía parpadear y respirar como acto reflejo.

—¿Quieres que te lleve a algún sitio? —acertó a preguntar mirándola desde abajo y llenando de arrugas la frente.

—Para que lo entiendas te lo diré en tu idioma: tengo un problema, una ecuación con muchas incógnitas que despejar, tú eres una de ellas y, para solucionarlo, necesito pasar esta tarde contigo.

A Vera le importaba un cuerno lo que Ben pensara de ella, tras meditarlo, asumió que el día anterior había hecho el ridículo con Landon persiguiendo un absurdo dibujo. No sabía cuánto tiempo le quedaba por pasar allí, pero si estar con Ben conseguía que su mente mirara hacia delante en lugar de hundirse en los recuerdos oscuros, ahí que iría ella aunque tuviera que rogar por estar con él. Quería dormir una noche entera de una maldita vez.

—Bueno, si se supone que yo soy una incógnita a despejar, técnicamente hablando no puedo ser parte de la solución —remarcó él con tono académico.

—Ay, Dios mío... —La chica elevó las cejas y tomó aire—. Vale, en mi idioma: hay «algo» entre nosotros, y no me digas que no es así porque todo este maldito pueblo parece notarlo y supongo que igual que insisten en decírmelo a mí, también deben de hacerlo contigo. Yo no estoy segura de qué es y necesito pasar un rato contigo para descubrirlo, porque se supone que estoy aquí para reencontrarme conmigo misma, reconducir mi vida y todo ese rollo, y solo puedo pensar en.... O sea, ¿te parece bien? —Vera habló con ademán y las manos sobre las caderas. Se sintió muy madura con aquel discurso, segura de sí misma.

—¿«Necesitas» estar conmigo? —volvió a preguntar el muchacho, que se levantó de la silla y dio un paso hacia ella.

Vera olía bien, demasiado bien, y notó que su cuerpo le pedía a gritos aproximarse más y más a ella.

—Exacto.

Vera soltó aire como si estuviera a punto de consumir la poca paciencia que le quedaba. Sentía ansia por salir de allí, pero junto a él, sentir que volvía a recuperar el control de su vida, de sus elecciones, de su futuro inminente. Quería ir con el chico de las estrellas y dibujarle hasta que se agotara la luz o descubrir que se aburría con él como una ostra y dejar así de pensar en mil formas de besarle para poder centrarse en cualquier otra cosa.

Ben consultó su reloj de muñeca, faltaban cinco minutos para las cuatro y Kevin apareció dispuesto a relevarle.

—Voy a cambiarme —le contestó.

Ben se metió en la oficina tras lanzarle las llaves al vuelo a Kevin, como de costumbre. De un tirón se sacó la camiseta de la Standard Oil en el pequeño aseo que había y se refrescó en el lavabo. Miró su reflejo en el espejo un par de segundos y asumió que, aunque aquello no tuviera sentido y fuera una mala idea, la chica le había dicho que lo necesitaba y, con ello, toda lógica se esfumaba a sus pies.

Se puso la camiseta blanca que había en su taquilla y antes de salir cogió un par de piruletas del bote que había sobre la caja registradora.

—¿Adónde quieres ir? —le preguntó tras ofrecerle el dulce, como el primer día, cargar la bicicleta en la parte trasera y subirse a la camioneta donde ella ya le esperaba.

—No lo sé, aún no conozco las maravillas de Alabama, llévame a algún lugar bonito. —Vera se ajustó el cinturón de seguridad y le regaló una sonrisa apretada.

—¿Hay algo en concreto que quieras hacer? —le preguntó mordiéndose el labio inferior y focalizando sus pupilas sobre aquella boca dispuesta a aceptar el caramelo.

—Me pongo totalmente en tus manos. —Vera dio unos golpecitos en el salpicadero con la mano para apremiarle.

Ben giró la llave en el contacto y arrancó sin quitarle la vista de encima. No tenía ni idea de qué lugar podría resultarle a ella bonito, pero sí sabía dónde ir para seguir en su zona de confort. Aquella era una situación tan fuera de lo normal que necesitaba agarrarse a algo que lo mantuviera bajo control.

Encendió la radio, todos los días a esa hora había un programa de preguntas supuestamente complicadas, acertijos o enigmas en el que los oyentes llamaban y rara vez alguien acertaba para ganar cien pavos en gasolina.

«...Otra respuesta fallida, venga, no es tan complicado. Es de lo más sugerente en esta época del año. Repito: "¿De qué manera se puede transportar agua en un colador?"».

Ben sonrió y aceleró un poco la marcha.

—La sabes, ¿verdad? Tú sabes la respuesta —le dijo Vera, a la que no se le había escapado la forma en que la comisura caída de sus ojos se elevaba un poco.

—Es fácil.

—Pues parece que nadie lo ha acertado, ¿llamamos?

—¿Y tener que ir a repostar a otra gasolinera para recibir el premio? —Ben le dedicó una leve sonrisa que le surgió de forma natural, sin prepararla, y supo que eso solo era el comienzo de que lo que podía llegar a experimentar al lado de aquella chica.

«La llamada número cuatro, dice que "puedes si lo haces muy rápido y gota a gota". No, tío, no es la respuesta. Dadle un poquito al coco, no me seáis tan cutres».

—¡Venga! Dímelo. —Vera le dio un golpecito en el muslo con la mano y él volvió a apretar los labios con suficiencia.

—Congelada. El agua se puede transportar en un colador si está congelada.

—Ummm..., pues era bastante simple la respuesta. Me siento tonta de no haberla pensado yo.

—Bueno, van cuatro que han fallado ya.

Ben era muy consciente de que su mente no funcionaba como la de los demás; la suya trabajaba en un espectro más amplio de pensamiento y, lo que para los demás era extraordinario, para él era simplemente normal. Temió que ella empezara a tratarle como la mayoría, como el bicho raro, la atracción ferial del pueblo, alguien a quien empezar a hacer preguntas absurdas hasta aburrirse de él y su nivel intelectual. Pero tampoco quiso que ella se sintiera tonta, como acababa de decir.

—Esos cuatro seguro que eran bastante zoquetes. A ver, calla y déjame escuchar la siguiente pregunta. Esta seguro que la acierto. ¡Si te la sabes, que la sabrás, calla y déjame a mí!

Vera subió el volumen a la radio y prestó atención. Ben volvió a sonreír sin esfuerzo. Ella no era para nada como las chicas que había conocido.

Vera reconoció el camino y la boca del estómago se le estranguló. Rasgó el envoltorio de la segunda piruleta y se la metió nerviosa en la boca. Quizá Ben había interpretado su impulsiva petición como algo más de lo que en realidad ella tenía en mente. Se suponía que no debía reconocer ese sendero semioculto que conducía a los pies de un lago, por lo que calló y apretó los dientes hasta que Ben echó el freno y le abrió la puerta invitándola a bajar.

—¿Me has traído a tu casa? —preguntó tensa. No pudo evitarlo, a su mente acudieron los disparos. Un *flash* de las manos de Shark surcando su espalda la dejó helada y, después, vio sangre.

—No soy de chupitos y billar. Sígueme —le indicó Ben y, cuando ella vio que andaba alejándose de la caravana hacia la orilla, se relajó y soltó la mandíbula. Sacudió la cabeza como si así se esfumaran aquellos pensamientos y echó a correr hacia Ben, que se movía con soltura entre un montón de trastos atados al tronco de un árbol.

—Guau, este sitio es...

—¿Bonito? —Ben giró un poco la espalda para mirarla por encima del hombro.

—Es espectacular. —Descubrió una sonrisa ladeada en él al oír aquello.

—Sí, lo es. Heredé este trozo de tierra y la caravana de mi abuelo Eric. Él siempre soñó con construirse una cabaña, pero nunca le alcanzó el dinero. Recuerdo venir a bañarme aquí con unos tres o cuatro años con él, pero..., bueno, yo era demasiado pequeño y él se fue demasiado pronto. —Cerró con un golpe seco una caja metálica en la que había metido algunas cosas que Vera no reconocía.

Ben depositó la caja dentro del bote varado en la orilla y luego fue a por una caña que había colgada de una rama.

—¿Vamos a pescar? —le preguntó Vera animada.

—Ese era mi plan. ¿Te gusta la pesca? —Ben se descalzó y empujó la pequeña embarcación hacia el agua y le ofreció la mano para ayudarla a subir.

Vera se encogió de hombros. En realidad, no lo sabía, pues era algo que nunca había hecho, y así se lo dijo.

—Bueno, si has venido hasta Abbeville, no puedes marcharte sin descubrirlo.

Ella le imitó y se quitó las sandalias de tiras con flecos, aceptó su mano y dejó que el chico le diera un pequeño impulso con la otra en la cadera para subir. El bote zozobró un poco y Vera se sentó con rapidez antes de que Ben volviera a hacer bailar aquello con su salto al meterse.

Ben se acopló frente a ella, le dedicó una sonrisa fugaz y, sin que Vera se lo esperara, se quitó de un tirón la camiseta. Ella apartó la mirada con rapidez y se agarró con ambas manos al banquito de madera. Notaba cómo ascendía el calor hasta su cara y no era efecto del sol abrasador, sino de semejante visión inesperada.

—¿Estás preparada?

—Sí, claro. —Ella miraba hacia la otra orilla, donde se podía distinguir una cabaña pintada de blanco con un bonito embarcadero.

—¿Estás bien? ¿Te has mareado? Ni siquiera he empezado a remar —dijo Ben, extrañado ante el gesto de angustia de la chica con los remos cruzados sobre sus muslos.

Vera deseó que marearse no fuera un efecto secundario de verle descamisado y moviendo pectorales al ritmo de cada brazada, pero no sabía cómo gestionar el evidente enrojecimiento que sentía en sus mofletes. Continuó mirando hacia el lateral, dejando que el cabello le tapara la cara de forma parcial y contestó que estaba estupendamente.

Ben comenzó a remar con brío y, cuando ella creyó que había recuperado el autocontrol, volvió a sentarse de forma apropiada y a mirarle. Era imposible adivinar lo que cruzaba por la mente de aquel chico que siempre parecía tener la misma expresión impasible. Era un ser imperturbable y, cuando sonreía o expresaba algo con un gesto, parecía algo mecánico y forzado. En aquel instante, él remaba y la miraba sin disimulo, lo cual ponía más nerviosa a Vera.

—Así que te gusta pescar —señaló Vera.

—Bueno, es entretenido, me ayuda a pensar y suelo conseguir así la cena.

—Pescado y piruletas —dijo Vera, dándole con la lengua una vuelta al caramelo reducido dentro de su boca.

Ben la miró, de aquella forma en la que su cabeza permanecía ligeramente gacha y sus ojos se elevaban para formar arruguitas sobre sus cejas.

—¿Quién te enseñó a hacerlas? —le preguntó ella, desviando su mirada de forma fugaz de nuevo a sus hombros desnudos.

—Mi madre, y a ella su madre. Creo que, junto con esto —miró a su alrededor con admiración y soltó el aire de forma pesada—, es el único legado familiar que tengo.

A su mente acudió aquella tarde en la cocina de la casa de Paul, el dueño de un concesionario de caravanas que fue el novio que más le duró a su madre y que siempre fue correcto con él. Su madre le enseñó la receta de la abuela y juntos prepararon varias docenas de piruletas para repartirlas la noche de Halloween. Al final, ella se las vendió a una vecina que daba una fiesta infantil en su casa, y a la cual no les invitó, y Ben se quedó sin dulces que dar. Aun así, recordaba aquella tarde como una de las mejores que había compartido con su descentrada madre. Pensó en Toby, en cierto modo él era otro legado familiar, y se entristeció al sentirlo así. Por mucho que lo quisiera, una parte de él reconocía que su inesperada llegada le había cortado las alas de la libertad.

—Pero eso está bien, yo voy a estar presente en múltiples testamentos como heredera y nada de lo que obtenga en ellos compensará toda una vida de sentirme la pieza familiar que sobra por ambas partes. —Vera trituró entre sus muelas el caramelo desprendido del palo y le aclaró su situación familiar—: Mis padres están divorciados.

Ben estuvo a punto de decir que no creía que sus padres sintieran que ella era una pieza sobrante, pero ¿qué sabía él?. Quizá los padres de la chica sí que habían hecho una vida nueva tras su divorcio en la que su hija no encajaba; para él era difícil comprender algo así, sin embargo, había visto demasiadas cosas como para aceptar que la gente no siempre hacía lo que él consideraba lógico.

—Aquí estamos bien. —Recogió los remos y echó una pequeña ancla por la borda.

—¡Genial! Muero por darme un baño. —Vera se desprendió del vestido sin pensárselo. Había sustituido la ropa interior por bikinis tras aquellas dos veces en que su ropa interior había quedado expuesta a los demás.

—¡Pero no puedes! Es decir, si quiero... —Ben tartamudeaba como si fuera un aparato eléctrico y alguien hubiese derramado sobre él una jarra de té helado. La miró a ella, a sus pechos, su barriga plana, de nuevo a los ojos para centrarse finalmente en su caja de aparejos.

—¿No puedo bañarme?

—No si quieres que pesque algo, asustarás a los peces y no nadarán cerca.

Vera se sentó formando un mohín con la boca con el vestido arrugado entre sus brazos, sintió deseos de volver a ponérselo, pues notaba lo agitado que se había puesto Ben con ella semidesnuda delante de él; pero sopesó que, si él podía librarse de su camiseta y lucir pectorales, ella bien podía quedarse con su bonito bikini de rayas blancas y rojas para sobrellevar el calor.

—Oh, entiendo. Creí que... Está bien. Me quedaré aquí contigo, charlando.

—Si hablamos tampoco podré pescar. —Ben seguía petrificado, su corazón se le había disparado y notaba cómo se le concentraba el calor sobre los muslos, justo donde sus manos descansaban.

La chica asintió fingiendo resignación y sacó un cuaderno y rebuscó en su bolso hasta sonreír triunfal al sacar un rotulador con el que se recogió el cabello en un moño alto y otro que destapó animada.

—Voy a dibujar.

—Eso sí puedes hacerlo. —Ben se giró para coger la caña y enganchar el cebo compactado en el anzuelo. No podía mantener mucho tiempo la mirada sobre ella, aquellos ojos le aportaban una información demasiado reveladora para procesar en su cerebro. Sin un solo roce, sin una actitud provocativa consciente por parte de ella, había activado todas sus terminaciones nerviosas y lamentó no poder tirarse él mismo por la borda para refrescarse.

Durante un buen rato estuvieron en silencio mecidos por el suave vaivén del bote, que chapoteaba contra las pequeñas ondas de aquel lago. Ben echaba sedal y desviaba la mirada de vez en cuando del agua a la chica, que se afanaba en dibujarle. No era un retrato convencional, sino un retrato gráfico que Ben moría por ver, pero dejó que ella posara sus ojos sobre él en silencio, concentrada, con la boquita en forma de piñón y el cabello desprendiéndose lentamente de aquel recogido improvisado.

Vera sentía que Ben era demasiado guapo para ella; estaba en ese punto de madurez en el que su cuerpo desprendía la seguridad de unos brazos fuertes y bien cincelados, los cuales disfrutó dibujando junto con aquella espalda ancha, curvada y bronceada gracias a sus hábitos diarios. Su cabello era abundante, oscuro, brillante, sedoso y rebelde por no querer permanecer en su sitio, convirtiendo aquel tic para repeinarse en algo realmente atractivo. Su mandíbula era algo cuadrada y aquella mirada curva, concentrada en el punto donde se perdía el anzuelo, en realidad parecía estar vagando por otro mundo, quizá de complicadas combinaciones numéricas.

—Me miras de reojo. —Vera interrumpió la fingida concentración de Ben.

—Tú no dejas de mirarme, ¿qué importa? —dijo él elevando una ceja.

—Ya, pero yo estoy dibujándote —se explicó ella, con una sonrisa creída.

Ben dejó de disimular, se giró un poco hacia ella y achinó los ojos para analizarla sin pudor.

—Es curioso.

—¿Que te dibuje? No creas, lo hago con todo el mundo, no vayas a pensar que esto es especial. Dibujar me ayuda a aclarar las ideas y, ya sabes..., eres algo a «aclarar» en mi mente. —Vera retiró la mirada y fingió sombrear una parte del dibujo.

—No, lo curioso es que cuando dibujas te cambia la cara. —Vera levantó la mirada hacia él, extrañada, y él continuó—: Normalmente, tienes la frente arrugada, como si vivieras enfadada con el mundo, al menos las veces que te he visto. Pero ahora, mientras dibujas, pareces relajada, casi sonríes. Y estás bonita.

Vera no tenía la menor duda de que los niveles de atracción que sentía por él no podían superarse en aquel instante, pero se sorprendió a sí misma al disfrutar de aquella quietud. Le contestó con un sonido ronco de aceptación y meditó lo que acababa de decirle. No solo sonreía por dibujar, era por estar junto a él y en aquel lugar en el que se respiraba paz. El sol comenzaba a bajar su intensidad, ya no picaba tanto sobre la piel y una brisa ligera les traía el canto de las cigarras y los pájaros. Dejó el rotulador, cerró los ojos y echó la cabeza atrás para captar los últimos rayos potentes del sol y respirar toda aquella tranquilidad.

—Es que esto es increíble.

Ben la miró, con aquel cuello estirado de forma que los huesos se marcaban dibujando un collar amplio hasta sus hombros y tan solo pudo afirmar tras tragar saliva. Entonces sintió un tirón y agarró con fuerza el extremo de la caña con ambas manos.

Comenzó a jugar con el carrete para ajustar la tensión del sedal de forma que el pez no se soltara, pero, a la vez, para evitar que se rompiera.

—Espero que tengas hambre —dijo orgulloso Ben, tras sacar un ejemplar enorme de pez gato.

—Depende. ¿Sabes cocinar o pretendes que me lo coma estilo *sushi*? Porque odio las cosas crudas y se me parte el alma de ver esos ojos saltones mirarme con las branquias abiertas en busca del último aliento entre coletazos.

—Tranquila, lo limpiaré y cocinaré a la brasa de forma que no sentirás que fue un ser vivo cuando te lo metas en la boca. —Ben le quitó el anzuelo y lo echó dentro de un cubo mientras aún se revolvía resbaladizo.

—¿Y qué habrías hecho si no llega a picar ninguno?

—Llevarte a casa de Ellen —contestó él, aparentemente sin inmutarse, pero al ver el gesto de decepción de Vera se rio satisfecho de sí mismo por conseguir gastar una broma—. Estaba seguro de que picaría alguno; la probabilidad de coger algo en este lugar, a esta hora, con las corrientes del agua más allá en el río y con este cebo era alta, de éxito prácticamente asegurado.

—¿Lo calculas absolutamente todo?

—Todo se puede calcular. ¿Y tú, lo dibujas absolutamente todo? —le preguntó con cierto retintín.

—Especialmente lo que no ocurre, por eso me temo que con este dibujo no había depositado mucha confianza en ti.

Vera giró el cuaderno y le mostró la sucesión de escenas en las que Ben esperaba paciente caña en mano, hasta que un enorme pez saltaba a la barca presa de su anzuelo.

—Lo haces muy bien —comentó el muchacho apagando la risa. Verse convertido en cómic le resultaba gracioso—. A Toby le encantó el que le hiciste; lo tiene pegado en el cabecero de su cama.

—Podría hacerle más y llevárselos el próximo sábado —dijo ella apagando la voz, como si temiera prometer algo que sabía que podía cortarse en el momento más inesperado.

Ben la miró y no le contestó, se limitó a recoger los aparejos, levantar el ancla y remar de regreso a su orilla. Se sentía a gusto con la chica, pero sabía que ella estaba allí por tiempo limitado, hacer que Toby se encariñara con ella sería un error. No necesitaba a alguien a quien luego tener que echar de menos. Bastante sufría cuando cambiaba el personal en la clínica y debía acostumbrarse a nuevas enfermeras. Al menos Jud era fija, cuidaba a su hermano con un mimo absoluto y estaba claro que deseaba tener una relación más allá de las paredes del centro con él. Sin embargo, Ben no la imaginaba sentada en el lugar de Vera en aquel instante. No imaginaba a aquella chica fuera de aquellos pasillos con olor a desinfectante y vestida con otra ropa diferente al uniforme blanco. Ni podía imaginarla ni le apetecía sustituir la imagen en su cerebro.

—¿Qué tal es el padre Oliver? Hay algo así como una relación especial entre ambos, ¿no? —le preguntó Vera tras darle un largo trago a una lata de Dr. Pepper mientras miraba cómo Ben limpiaba el pescado tumbada en la hamaca que había colgada entre dos árboles.

—Algo así. —Ben removió el carbón para esparcirlo bien en la barbacoa. Precisamente, el padre Oliver se la había regalado un par de años atrás y desde entonces el lago se había convertido en su despensa.

—Debo reconocer que parece un hombre agradable, pero ¿por qué debería contarle mi vida a un extraño? Se supone que él es una de las partes con las que debo «trabajar» para llevar a cabo la reinserción a la sociedad. —Vera se rio de sí misma con lástima, pero Ben no la miraba, él seguía afanado en preparar la cena—. ¿Tú crees que charlar con él solucionará mi vida? Porque yo creo que podría emplear ese tiempo en rezarle unas cuantas oraciones a su jefe a ver si mis padres se dan un golpe en la cabeza y recolocan sus neuronas.

—El padre Oliver me ayudó... —Ben hizo una pausa para poder encontrar las palabras de forma correcta— a comprender el mundo, quizá porque él se tomó la molestia de intentar comprenderme a mí.

Vera se incorporó para sentarse y se balanceó sobre sus pies un rato. Ben era bastante particular, quizás una pieza que no encajaba en el mundo normal, pero así era como se sentía ella la mayor parte del tiempo. Sonrió a su espalda y concluyó que, si aquel sacerdote le había servido de ayuda a él, lo mínimo sería darle una oportunidad.

Ben colocó unas patatas envueltas en papel de aluminio entre las ascuas y terminó de preparar el papillote donde había metido el pescado limpio.

—Y yo que no sé ni prepararme el desayuno —dijo Vera por encima de su hombro.

Se había acercado sigilosa, admirando la altura de Ben y su espalda ancha ligeramente encorvada. Aquello comenzaba a oler de maravilla, sus tripas rugieron y sintió urgencia en su vejiga.

—¿Puedo entrar al baño?

—La puerta está abierta —le dijo Ben, señalando la entrada a la caravana con unas pinzas de metal.

Vera abrió la puerta con cautela, le desbordaba la curiosidad por saber cómo era el interior de aquella peculiar vivienda. Puso un pie dentro y sintió que penetraba de alguna manera en la vida de Ben. Dentro todo estaba más o menos ordenado, aunque el aspecto inicial era de cierto caos. Había decenas de libretas repartidas por todos los rincones, entremezcladas con folios apilados en altas torres que dificultaban el paso por el pasillo hasta la puerta que, dedujo, era el baño. Se sorprendió al percibir dentro el aroma que lo acompañaba siempre: una mezcla de aroma de cerezas y jabón de glicerina. Se detuvo un par de segundos para recorrer con la vista todo el espacio interior, memorizarlo en su cabeza como quien estudia un plano sobre el que luego moverse con la mente, y tras hacer pis salió fuera envidiando profundamente el peculiar hogar que Ben había conseguido crear en aquel rincón perdido de todo.

Ben la vio salir de su casa móvil, con una sonrisa relajada en el rostro reclamando algo para su estómago. No sabía si aquel paseo en barca, el rato de silencio compartido o de charla mientras cenaban aclararía las ideas de Vera como ella «necesitaba». Estaba seguro de que, fuera lo que fuese que buscaba aquella chica, no lo encontraría en él, quizá sí en el sacerdote si ella le dejaba «actuar». Por ello se limitó a aparcar los cálculos y estadísticas por una noche, tan solo quería disfrutar de una velada tan diferente como probablemente única e irrepetible.

—He cogido esta sudadera para ponérmela, estaba sobre una silla. Es la primera vez que siento que no me estoy asando a fuego lento bajo el sol o la luna de Alabama —dijo Vera, mientras se metía por la cabeza aquella prenda de Ben.

—Cerca del lago siempre hace fresco. Acércate al fuego —le recomendó él.

Vera obedeció y avanzó a su lado, aspiró el delicioso aroma del pescado asándose y se midió en altura con él. Ben le sacaba algo más de una cabeza. Aquello, junto con la visión de unos brazos bien cincelados que agitaban con energía un trozo de cartón para avivar la llama, hizo que se estremeciera.

Reparó en el logo de la camiseta que el muchacho llevaba puesta, de la Universidad de Pensilvania. La sudadera que ella había cogido era de la Universidad de Yale y la gorra que él se había colocado hacia atrás, de la Universidad de Brown.

—Tu vestuario parece una tienda de *merchandising* universitario.

—Bueno, hace unos años recibí muchos regalos de estos.

—Entonces, es cierto que las universidades más importantes del país se morían por tenerte. ¡Guau! —Vera cogió una gorra de la Hopkins que estaba sobre una de las sillas de plástico y se la puso.

—Algo así —Ben se encogió de hombros y calló.

Estaba guapa bajo la apagada luz del anochecer. Sus ojos gatunos parecían dos faros que lo miraban con sincera admiración y verla enfundada en su ropa le hacía sentir demasiado cómodo, más de lo que su mente quería aceptar.

—¿Y para qué haces todos esos cálculos?

—Bueno, supongo que para poder ser rico —dijo tras meditar unos segundos. Aquella era la respuesta exacta: todo lo que necesitaba para solucionar su vida era dinero.

Vera se sentó en la silla para mirarle con perspectiva, era una visión imponente, su perfil ligeramente encorvado sobre la barbacoa se le antojaba sexi pero al mismo tiempo desprendía soledad y, si no hubiera resultado un acto difícil de explicar, ella lo habría abrazado en lugar de recoger las piernas al sentarse a su lado.

—Debe de ser exasperante vivir en un mundo lleno de idiotas teniendo la mente de un genio —comentó.

Ben sirvió en un plato la mitad del pescado y añadió una pequeña patata asada que le ofreció junto con la advertencia de que quemaba.

—Bueno, no hace falta ser un genio para ver que este mundo está lleno de idiotas. Y vivir con ellos es fácil, simplemente tienes que alejarte de ellos. Lo complicado es la gente normal. Es como ver la vida a cámara lenta, podría decirse que para mí los demás piensan y actúan a cámara lenta. Todo mejoró cuando aprendí a aceptar que yo era diferente y que la mayoría de las personas no son tan rápidas a la hora de comprender lo que a mí me parece sencillo y que, por otro lado, no siempre dicen lo que quieren decir, sino al contrario, algo que yo no soy capaz de hacer.

—El padre Oliver.

—Exacto, gracias al padre Oliver. —Ben se sentó a su lado en la otra silla con su plato caliente y le dedicó una sonrisa relajada lejos de aquella forzada que ella veía en él al principio.

—Entonces, supongo que estar ahora conmigo aquí charlando para ti debe de ser algo terriblemente lento y aburrido. —Vera agachó la cabeza y su melena alborotada cubrió parte de su cara. Sintió que aquello lo dejaba todo bastante claro entre ambos y jugueteó con el tenedor en su suspiro sostenido.

—¿Por qué dices eso? Eres la primera persona que conozco que es capaz de saltar desde un montón de metros de altura al agua haciendo piruetas o que es capaz de plasmar en tiras de cómic sus sentimientos. Más bien diría que eres alguien bastante inteligente, para nada normal y corriente, y, desde luego, Vera, no eres una chica ni aburrida ni lenta.

Vera no pudo reprimir la sonrisa que se le escapó de los labios al oír aquello, los apretó dando a su boca forma de corazón y su mirada brilló hacia él.

—Acepto que soy inteligente, pero tú eres como una estrella.

Sus miradas se encontraron para mantenerse durante un par de segundos en los que el silencio les meció.

—¿Del *rock*? —preguntó Ben, al que se le había disparado irracionalmente el corazón.

—No. —Vera se escurrió en la silla, miró al cielo y señaló al lugar al que, de algún modo, pertenecía aquel chico—. Brillante como una estrella del cosmos.

Ben la miró sorprendido y elevó las cejas un segundo para asimilar aquello. Aunque en su mente racional aquello era una comparación del todo absurda, le había provocado un cosquilleo en el estómago.

—Sería alucinante poder verlas de cerca. —Vera continuaba embelesada mirando el firmamento.

Ben se levantó con rapidez de su silla, decidido:

—Puedo hacer un telescopio Galileo, solo necesito una lente divergente y otra convergente. Creo que tengo las gafas viejas de la señora Blackhood y...

—¡Ben, vuelve aquí! Solo era una forma de hablar; no quiero que me fabriques un telescopio ahora —rio Vera.

—¿No?

Vera negó con la cabeza y aproximó de un tirón la silla vacía de él hacia la suya para indicarle que regresara a su lado. Él se encogió de hombros y obedeció.

—Pero sí que me encantaría escuchar la historia de alguna de esas, mientras las veo, de lejos. Contigo.

19

«He aprendido que la gente olvidará lo que les digas, lo que hiciste,
pero nunca olvidará cómo les hiciste sentir».

Maya Angelou. Autora sureña

—¿Y qué pasó?

—Nada de lo que estás imaginándote. Cenamos el pescado asado,
charlamos sobre cosas sin importancia y luego me llevó a casa.

—Y allí te besó. —Ally abrió los ojos esperando escuchar la parte interesante.

—No.

—¡Le besaste tú!

—¡No! No nos besamos. —Vera se tumbó sobre el césped y se tapó los
ojos con el antebrazo—. No hubo beso, ni despedida romántica ni planes
de futuro.

Vera había pasado la noche en vela, tenía un fuerte dolor de cabeza y
algo de ansiedad. En cuanto Ben la había dejado en casa de los Kimmel,
ella se encerró en su cuarto y volvió a sentir aquella sensación de asfixia.
Habría dado cualquier cosa por quedarse en aquella pequeña ensenada,
bajo un manto celeste que comenzaba a plagarse de estrellas, sentada junto a aquel sureño que de manera ilógica le transmitía la seguridad y la
calma que ansiaba. Ben había cumplido su petición, le había dado una
tarde de compañía, pero nada más.

—Bueno, ¿has conseguido sacar algo en claro al menos? —Ally se tumbó
de costado a su lado y le dio un golpecito en la brazo para poder verle los ojos.

Vera giró la cara hacia ella y suspiró. Aquella misma mañana había
llamado a su madre a la oficina, se puso al teléfono y actuó como si no

pasara nada y su hija estuviese allí de retiro «espiritual», insistiendo en los beneficios de permanecer apartada de la ciudad por una temporada. Ella pareció percibir alivio en el tono de su madre al saberla en la otra punta del país y no vislumbró el menor atisbo de arrepentimiento por la decisión de alejarla de su mundo. Le habló como cuando Vera tenía doce años y la enviaban a los campamentos de verano. Le hizo sentir presa de sus decisiones, con un grillete en los pies que la ataba al lugar que sus padres decidían, con un futuro a la carta planeado por ellos y que ella no se atrevía a desafiar, hasta que pensó en Ben. Con él se había sentido libre, ella misma, y había disfrutado cada segundo de su compañía.

—Pues sí, Ally. Sí he sacado algo en claro.

Entonces Vera se puso en pie de un salto y se sacudió el trasero con enérgicas palmadas.

—¿Sabes qué? Disfruté con él. Al principio quería saltar sobre su cuerpo, que dejase de hablar de peces y enroscarme en su boca hasta perder el conocimiento. —Rieron juntas un rato, hasta que Vera suspiró—. Pero tras un rato, perdí la noción del tiempo. ¡Disfrutaba de la conversación! Disfruté estando con él.

—¿Ben charlaba? —Ally abrió los ojos, divertida.

—Sí, claro. A veces, se le dispersaba la mente con divagaciones enciclopédicas, pero hay mucho dentro de él. Cosas que quizá nadie se ha tomado la molestia de escuchar.

—Ey, nena, de eso nada. Todos en este pueblo lo hemos intentado alguna vez con él, pero es de esas personas que siempre tienen algo importante que hacer y no tienen tiempo que perder. Aún sigo alucinada de que te llevara a pescar.

—Sentí que había conexión entre nosotros, es cierto, pero...

—¿Pero qué? Esas cosas no pasan todos los días y menos con Ben. Todas querríamos a un Ben en nuestra vida, o a un Landon o a Scott Eastwood, por supuesto.

Volvieron a reír, pero Vera estaba decidida, recogió su bandolera del suelo y la cruzó sobre su pecho.

—Lo sé, eso es lo que he sacado en claro y no puedo dejar que algo bueno se me escape sin intentarlo al menos.

Ally se levantó y le propinó un cachete en el trasero a Vera, animándola:

—Quiero todos los detalles luego, ¡y espero que haya lengua!

Vera se giró tras dar unos pasos decididos hacia su bicicleta, enganchada a la fachada de la biblioteca:

—¿Y si me rechaza?

—Te apuesto una hamburguesa en Ruby's a que no lo hará.

Vera pedaleó con brío y consiguió llegar al límite del turno de Ben. Este hablaba distendido con su compañero Kevin y, al verla, elevó las cejas con sorpresa. Puso sus manos en las caderas de forma interrogante y la miró esperando un movimiento de ella.

Vera avanzó con la bicicleta hasta el lugar donde Ben tenía aparcada su camioneta, a sabiendas de que él la seguía atónito con la mirada. Se habían despedido sin una promesa de volver a quedar, como si el tiempo que habían compartido el día anterior fuera un raro fenómeno cósmico difícil de volver a repetirse. De hecho, él se había despedido mentalmente de ella al dejarla en casa, con cierto pesar pero resignado y decidido a seguir con su vida. Pero allí estaba ella, desafiando la razón y lógica de ambos.

Para sorpresa de Vera, Ben no acudió a ella sino que se metió de forma mecánica dentro del local y desapareció durante unos eternos minutos que le hicieron dudar de si debía entrar en su busca. Quizá Ben no salía porque no quería reunirse con ella y debía marcharse o tal vez nunca debería haber ido hasta allí. Su angustia se disipó cuando lo vio salir con ropa limpia y otra piruleta en su mano. Las piernas le temblaron y dejó reposar la espalda en la carrocería. Una camiseta caqui oscuro hacía resaltar el color pardo de esos ojos que la miraban con decisión mientras, desde el cabello recién peinado con desorden, caían gotas de agua hacia unos pómulos sujetos con tensión a aquella extraña sonrisa.

Vera no pudo articular palabra. Ben se aproximó a ella y su altura terminó por taparle el sol de aquella tarde. Sintió que entre su cuerpo y el suyo no había cabida para el aire y todas las terminaciones nerviosas de su cuerpo se activaron cuando dejó resbalar la piruleta detrás de una de sus orejas.

—Otra vez aquí, en el mismo punto —dijo él.

—Ajá —reconoció la chica.

—Esto no es una buena idea, Vera.

—No sé cuánto tiempo estaré aquí, pero... —Ella elevó los hombros disculpándose, se mordió el labio inferior y le enfrentó la mirada solícita.

Ben dejó escapar el aire con resignación. Sabía a la perfección los pasos a seguir, tenía grabadas en su mente las escenas gráficas que habían aparecido en un bolsillo de su chaqueta vaquera y que, por algún motivo, Landon le había reclamado pidiéndole que no hiciera preguntas. Su mente matemática no era capaz de evaluar aquella situación, sabía que no debía dejarse llevar, que no era algo basado en la razón, y le desequilibraba no saber a qué le conduciría aquello, pero el impulso de su cuerpo era más fuerte y simplemente siguió las instrucciones de la chica.

—¿Estás segura? —le preguntó.

La pregunta no era confusa; ella le entendió a la perfección. ¿Que si quería seguir con aquello hacia delante? ¿Si estaba dispuesta a entregarse a algo con fecha de caducidad? ¿Si deseaba que alguien como él entrara en su vida?

—Sí.

Con un movimiento ágil y sin esfuerzo, Ben la agarró por detrás de las rodillas, ascendió con las manos hasta sus muslos para impulsarla hacia arriba y sentarla sobre el capó. Vera se agarró a sus hombros con un vuelco en el corazón. De aquella manera tenía los labios a la altura de los suyos y, sin dar tiempo a su mente para que procesara la información, Ben la besó con labios tiernos pero ansiosos.

Un solo beso, sostenido en el tiempo mientras incrementaba la intensidad con la que sus labios se apretaban, y Vera olvidó de dónde venía y dónde estaba en aquel instante. El futuro se borró y solo quedó espacio para aquel beso. La boca de él atrapó los labios de ella y los acarició una segunda vez, humedeciéndolos. Vera dejó escapar un gemido que se mezcló con un tercer beso mucho más profundo, en el que ambos mezclaron sus alientos y reconocieron un hormigueo creciente en sus cuerpos. Aquello hizo que Vera se agarrara con más fuerza a la nuca de Ben y hundiera los dedos en la base de su cabello.

Cuando sus bocas se separaron para tomar aire, los labios se resistieron a despegarse, soltándose con un pequeño y suave tirón. Ben respiraba agitado, su pecho subía y bajaba contraído por la fuerza con la que sus brazos sujetaban las caderas de Vera para que no se deslizara sobre el capó.

—Landon no llegó a tiempo, viste el dibujo, ¿verdad? —le preguntó ella, ruborizándose.

Vera había reconocido la escena que acababa de vivir como algo que ya había ocurrido para ella sobre el papel.

—No sé de qué demonios me estás hablando. Bueno, eso le dije a Landon que te diría cuando me pidió que se lo devolviera —sonrió Ben, haciendo tintinear los ojos.

Ambos rieron para luego mantener sus miradas sostenidas antes de volver a darse un solo beso: lento, arrastrado y que los dejó con un cosquilleo en los labios.

Ella respiraba agitada, rendida ante el hecho de que aquel beso había sido perfecto y que todo su ser quería repetirlo una y otra vez hasta el final de los tiempos. No había la menor duda: Ben era exactamente lo que ella necesitaba, quería y ansiaba en aquel momento; y, aunque la primera vez que sintió aquello había salido estrepitosamente mal, en su mente volvieron a sonar las palabras de Pipper: «Carpe Diem».

—¿Y ahora qué? —preguntó ella, dejando resbalar sus manos hasta los antebrazos de él, aún en tensión.

Ben se encogió de hombros, se sentía totalmente vencido. Sus actos escapaban al control de su sano juicio. Solo estaba aquella chica forastera, con los ojos más bonitos del planeta y una boca para besar hasta perder el control.

—Dime qué necesitas, qué quieres de mí.

—Quiero que me enseñes cosas bonitas. —Sus ojos brillaban como el acero recién abrillantado—. No sé cuánto tiempo estaré aquí, pero sí sé que quiero pasarlo contigo.

—Vivir como si cada día fuera el último para nosotros. —Ben hizo que sus párpados perdieran la curva triste con aquella sonrisa motivada.

—Exacto. —Vera se mordió el labio inferior de forma sugerente.

—Suena disparatado, insensato y peligroso.

A Vera le brillaron los ojos, apretó sus manos contra los músculos en tensión del chico y se aproximó de nuevo a su boca para depositarle un beso a cámara lenta. Estaba descubriendo sus cartas y apostándolo todo. Ben volvió a agarrarla por el trasero e hizo que bajara de la camioneta. La dejó en el suelo y se pasó la mano por el cabello para recolocarse un mechón. Miró a su alrededor sin enfocar realmente en ningún lugar y volvió a rendir la mirada ante ella.

—¿Podemos empezar a vivir al límite mañana? Ahora tengo que ir a Creek Home; no puedo dejarle dos días seguidos.

Vera formó un mohín con la boca, pero rápidamente corrigió el gesto al pensar en Toby:

—Claro, de hecho yo debería ir a casa ya, me comprometí con Thomas para ayudarle en el jardín.

—Sube, al menos puedo acercarte a casa de los Kimmel.

Vera aceptó con un gesto y rodeó la camioneta para subir, aún con el corazón brincando dentro de su pecho.

Arrancaron e hicieron el camino mientras Vera intentaba averiguar los enigmas radiofónicos y Ben la miraba conteniendo tanto la sonrisa como las respuestas. A mitad de camino, Vera deslizó la mano y la posó sobre la de él. Notó cómo se aferraba él al cambio de marchas al contacto, pero luego abrió los dedos permitiendo que Vera los pudiera entrelazar con los suyos: en silencio, mirando al frente y mientras, más allá del gesto, seguían con el desarrollo del programa de acertijos.

Se sentía libre, dueña de sus actos, decidida como para dar los primeros pasos y guiar aquello hacia el lugar exacto al que quería y necesitaba. De manera incomprensible encajaba con aquel chico, aunque desde fuera pareciesen piezas de dos puzles diferentes. Estaba sorprendida con la forma en que Ben había dejado a un lado de un plumazo las actitudes esquivas hacia ella para dejarse embaucar por su descarada declaración de intenciones. Era difícil averiguar lo que aquella cara de expresiones mecánicas transmitía ahora que estaba relajado, pero ahí estaban sus manos, enlazadas.

Vera se despidió de él con un desenfadado y fugaz beso en los labios, le regaló la sonrisa más explícita que él le había visto desde que la había conocido días atrás, y con ello hizo que Ben deseara volver a atrapar esa boca y lamentó tener que dejarla marchar precisamente aquella noche en la que podría haber tomado posesión de ella durante más tiempo.

El camino hacia Creek Home lo hizo preso del desconcierto. Si Ben hubiera creído en la magia, habría jurado que aquella chica lo había hechizado para que cayera rendido a sus pies, como un muñeco sin voluntad dispuesto a acceder a sus peticiones a cambio de poder estar a su lado. Si hacía un recorrido mental a lo que había sido su vida, no encontraba ni un solo momento en el que hubiese sentido ni lo más remotamente cercano a lo que había surcado su cuerpo, aquel latigazo eléctrico, aquella quemazón en la piel junto con el impulso irrefrenable totalmente fuera del control de su mente. Se sentía pletórico, confuso, excitado y a la vez furioso consigo mismo. Aquello no estaba dentro de sus planes, de hecho era un impedimento para seguir con su ruta calculada, pero, tras cada kilómetro que recorría alejándose de la casa de los Kimmel, sentía el arrebato de girar y regresar a por ella para volver a capturar su boca. Aunque no sabía cómo podría volver a hacerlo. De momento, había sido fácil, tras la sorpresa de verla en la gasolinera, solo había tenido que seguir sus pautas, sabía exactamente lo que la chica quería de él en aquel momento, pero el contacto con los demás no era algo que le saliera a él de forma natural. Se mortificó durante unos minutos pensando en la manera de afrontar la tara que tenía aquella mente que todos consideraban maravillosa.

Entró apresurado en la clínica y, en cuanto vio a su hermano estático bajo la jaula de Cefeida, sintió un agujero en el alma y se prohibió pensar en Vera allí. De hecho, aquella chica podía desaparecer al día siguiente y no tendría que preocuparse más de cómo ser capaz de encajarla en su vida.

20

«Reza para tener unos ojos que vean lo mejor de las personas,
un corazón que perdone lo peor, una mente que olvide lo malo
y un alma que nunca pierda la fe en Dios».

Amy Lou, *Bella del Sur*

—Por favor, te lo suplico, cuéntame con exactitud cómo besa Ben Helms. Es que aún no me lo puedo creer, ¡es como si hubieras alcanzado la cima del K2! Nadie ha sido capaz de despertar el mínimo interés en nuestro cerebrito sexi y tú te has enrollado con él en medio de la calle, a la vista de todos... ¡En el aparcamiento de la Standard Oil!

Ally sostenía una pila de libros que Vera intentaba devolver a su lugar correcto entre las estanterías, pero no le estaba sirviendo de gran ayuda pues, con sus movimientos exagerados, tiraba más libros que sostenía.

—¡¿Cómo voy a describirte sus besos?! Eso es imposible. —Vera cogió el tomo superior sobre leyes urbanísticas y lo colocó junto al resto en su estante.

—Claro que se puede: ¿Fue un beso tierno, de los que te dejan hormigueo en los labios con sabor a té dulce y acompañado de caricias por el mentón o el lóbulo de la oreja? ¿O más bien fue un arrebato de los que te dejan sin respiración, te aprietan tanto que confundes tus latidos con los suyos y te arde la piel hasta el punto de querer arrancarle la camiseta? Guau..., solo de pensarlo, me derrito. —Ally se dejó resbalar hasta el suelo en el que se tumbó rodeada de libros esparcidos.

Vera se rio de verla. Iba a ser una gran actriz, no le cabía la menor duda, le sobraba descaro e intensidad. Vera miró a su alrededor, entre aquellas estanterías no había nadie más, de hecho, a aquella hora no estaba ni Milly. Había notado que la bibliotecaria solía salir a fumarse un cigarro a media mañana cada día. Se agachó y apoyó una mano en el suelo para sentarse junto a Ally.

—No sabría describirlo tan bien como tú, no creo que algo así se pueda describir.

—Ben besa de manera indescriptible, guau...

Vera rio y chocó su pie contra el de ella para que parara de hablar sobre los besos del gasolinero. Había pasado la noche entera recreando el momento una y otra vez en su mente, y todo su cuerpo se encendía como una antorcha de aceite. Sin embargo, sus sueños se habían mezclado con escenas de la trágica noche en la que los besos de Ben se confundían con las caricias de Shark. Los disparos volvían a sonar, las palpitaciones producidas por el miedo se aplacaban con la seguridad que le producía sentir las manos de Ben sujetándola con firmeza y solo la luz del amanecer consiguió separar aquellos dos momentos dentro de su cabeza.

—Besarle ha sido lo mejor que me ha pasado en el último mes, lo mejor que he sentido. Pero me siento egoísta —reconoció mientras giraba las pulseras en su muñeca.

—Bueno, está claro que nadie le ha puesto una pistola en la cabeza a Ben para liarse contigo, ya es mayorcito, pero también es cierto que, cualquiera en este pueblo habría apostado su cabeza a que jamás haría algo así con nadie. Ha dado un gran paso, algo diferente le pasa contigo y ya sabes lo que te dije. Ben es un tío que no se merece que le hagan daño.

—Lo sé.

Vera sintió remordimientos, no había pensado en él cuando decidió que ese chico era lo que mejor le convenía a ella en aquel instante. De alguna manera todos en aquel lugar le habían dado empujoncitos hacia él, pero ahora entendía que en el fondo nadie creía posible que Ben pudiera abrirse a alguien. Ella había sido una esperanza popular y ahora una sorpresa general. Sin embargo, las consecuencias de todo aquello podían no dejar un impacto tan bueno en la vida del chico como el efecto curativo que él causaba en ella.

—Vaya, mira quién viene a hacer uso de su carnet de biblioteca hoy. —Ally se incorporó y miró sobre el hombro de Vera con una sonrisa pícara.

Vera se giró para ver quién había entrado y llegado hasta ellas, y, al verle, desechó todo sentimiento de culpabilidad. Ben estaba absolutamente irresistible con aquel semblante indescifrable, derecho como un poste y con las manos bajas a ambos lados de la cadera.

—Hola, chicas —saludó y se recolocó el mechón que aún permanecía en su sitio; ese gesto lo interpretó Vera como un reflejo nervioso y sonrió.

—¡Yo me piro! Voy a comer con Malia. —Ally dio un salto grácil para ponerse en pie, lanzó un guiño a Vera y atravesó el pasillo de puntillas para no pisar los libros esparcidos. Al pasar junto a Ben le lanzó un beso al aire y desapareció entre risotadas relajadas.

Ben y Vera cruzaron las miradas y permanecieron en silencio hasta que oyeron el golpe seco de la pesada puerta de la biblioteca al cerrarse.

—Hola. —Vera simuló estar tranquila colocando otro libro sin comprobar si era su lugar correcto.

—Hola. —Ben dio un paso salvando un par de libros para aproximarse a ella un poco.

—Hola —repitió Vera y sonrió levemente, perdiendo aquella fingida actitud impasible.

—Eso ya lo has dicho. —Ben avanzó otro paso más hasta estar frente a la chica.

—¿En serio? Ahora sí que entiendo por qué dicen que eres un genio. No se te escapa ni un detalle. —Vera recogió un par de libros del suelo para ocultar una sonrisa creciente.

—Intentas hacerte la listilla, ¿verdad? Ya habrás notado que me cuesta pillar las ironías.

—Vale, intentaré no dar tantos rodeos para conseguir que me saludes de forma adecuada.

Ben arrugó la frente y pensó, en décimas de segundo, varias decenas de posibilidades que ella podía esperar como saludo.

—¡Dios mío! Espero no tener que hacerte un esquema gráfico de todo. —Vera apartó con el pie el par de libros que los separaban y agarró su brazo fornido para enroscárselo alrededor de su pequeña cintura—. Bien, ¿qué tal si ahora me besas?

Ben abrió los ojos y respiró para soltar, sin pensarse ni un segundo más, el siguiente movimiento. La apretó con el brazo hacia su cuerpo y buscó sus labios con toda el hambre de ellos que había sufrido desde la noche anterior. Con la otra mano se apoyó en la estantería, que se balanceó un poco al frenar el embiste y sintió cómo las manos de ella dejaban caer al suelo los dos tomos que sostenía para aferrarse a su espalda.

Vera no supo si fue por la intimidad que aquel lugar les proporcionaba o porque Ben realmente sentía la misma necesidad que ella por enroscarse en su boca, pero aquel beso encajaba a la perfección en la segunda descripción de besos de Ally. Separaron sus bocas para recuperar el aliento, pero no se soltaron.

—Te invito a comer algo en Ruby's. Tengo media hora antes de volver al trabajo.

—¿Media hora? —Vera respiraba agitada. Tenía su cuerpo literalmente pegado al de Ben. Sentía a la vez un terror angustioso al verse atrapada entre su cuerpo y la estantería casi sin posibilidad de movimiento, como aquella noche... Pero a la vez, cada terminación nerviosa la hacía aferrarse a su espalda para que no se separara ni un milímetro —. Yo no tengo nada de hambre.

Ben volvió a mirarla con la frente arrugada, pero aquella vez interpretó con mayor rapidez lo que aquella voz quería transmitir y terminó de atraparla entre sus dos brazos al descender la mano desde la estantería que estaba sobre la cabeza de ella hasta hundirla en su melena castaña para acercar de nuevo sus labios.

Reconocieron en profundidad sus bocas y, cuando quedó patente que los besos eran perfectos y sincronizados, se atrevieron a cambiar las manos de posición para acariciar cada palmo de sus respectivas espaldas. Vera sentía cómo masajeaba Ben su cabello con aquellos enormes dedos en los que enrollaba mechones o cómo arrastraba su otra mano de forma de ascendente, lenta y segura desde su cintura hasta la base de cráneo. Tomó su cara con ambas manos y dejó de besarla antes de perder el control en aquel lugar inapropiado. Al abrir los ojos vio que ella los mantenía cerrados, con los párpados muy apretados como si estuviera sufriendo.

—¿Estás bien? —le preguntó él, confundido.

Vera no abrió los ojos, no podía. Su corazón se había disparado, un amalgama de sentimientos hicieron que le costara respirar y hundió su cara en el pecho de él intentando inspirar.

—Abrázame —consiguió decir, luchando contra el ataque de ansiedad que sufría.

Ráfagas brillantes y atronadoras cruzaban su mente, necesitaba aspirar el aroma a cerezas que salía del centro del pecho de Ben, sentir la protección de su cuerpo y así regresar al lugar real en el que estaba.

Ben obedeció y abrazó con suavidad a la chica. No dijo nada, tan solo la acunó y dejó que ella normalizara el ritmo de su respiración entre sus brazos.

Cuando ella dijo que lo necesitaba no lo había entendido y, aunque seguía sin saber el motivo o la manera en la que él podía ayudarla, en aquel instante vio claro que era una chica con problemas por solucionar. Quería saber cuál era su historia, pero permaneció en silencio, dándole pasadas a aquellas ondas alborotadas de cabello color miel.

Se separaron de forma brusca en cuanto oyeron de nuevo la puerta principal de la biblioteca cerrarse con un fuerte golpe. Vera se giró con rapidez y se agachó para recoger los libros esparcidos por el suelo. Ben la imitó sin quitarle la vista de encima, pero Vera rehusaba su mirada. Estaba aturdida y, cuando Milly asomó su cabeza entre las estanterías, solo pudo disculparse por el desorden. La bibliotecaria saludó a Ben agitando sus uñas pintadas con lunares amarillos y una expresión de sorpresa.

—Tengo que marcharme —Ben le entregó los tres libros que había recogido para Vera—. ¿Estás bien?

Vera ocultaba parte de su cara desplazando a propósito su larga melena hacia delante.

—Sí, tranquilo. Estoy bien, siento haber...

—Yo no lo siento. —Ben la cortó y le despejó el cabello de la cara con el dedo índice.

Vera hizo una mueca, porque no era capaz de sonreír en aquel momento, pero fue suficiente para que Ben sacara la gorra de su bolsillo y se la colocara dispuesto a regresar a la gasolinera. Necesitaba ayuda de forma desesperada y allí ya solo le quedaba una cosa que intentar.

—¡Ben!

El chico paró al final del pasillo y posó una mano sobre la estantería.

—¿Me acompañarías esta tarde a visitar al padre Oliver? —Vera le pedía auxilio con los ojos.

—Nos vemos en la puerta de la iglesia, a las cuatro y doce minutos.

Ben con su exactitud consiguió, sin pretenderlo, que Vera sonriera. Ella levantó el pulgar y él desapareció dejando en ella una sensación de vacío en el pecho. Se llevó los dedos a los labios e intentó que su cerebro retuviese y aislase la increíble sensación que había sido respirar de la boca de Ben Helms.

La chica esperó sentada en los escalones de la fachada del templo a que llegara Ben, puntual como el segundero de un reloj. Le había agarrado de la mano que él le ofrecía y juntos rodearon la fachada hasta llegar a la puerta de la vivienda particular del sacerdote. Este les abrió la puerta y los invitó a pasar gratamente sorprendido.

—Necesito que alguien escuche mi versión, sin prejuicios ni censura —le dijo Vera al padre Oliver desde aquel banco de madera barnizada situado a la sombra de un limonero.

—Dios me bendijo con estas enormes orejas negras para poder escuchar con claridad —bromeó para hacerla sentir cómoda.

La condujo a los bancos del jardín donde solía realizar las clases de estudio de la Biblia con los chicos de catequesis los fines de semana. Mientras, Ben aprovechó la ocasión para meterse dentro de la sacristía a arreglar un ventilador estropeado.

—No sé muy bien cómo se hace esto, ni cómo empezar. —Vera carraspeó y le dio un trago al vaso helado de té dulce que le había ofrecido su confesor.

—Bueno, empieza por el principio.

Vera hizo un paseo mental hasta el día en el que entró por primera vez en su habitación de la residencia en Rose Hill y conoció a la escurridiza Pipper. Vera puso en antecedentes al padre Oliver, le explicó su vida deportiva, lo de su beca y cómo llegó a coincidir con aquella chica.

—Yo jamás habría ido a un lugar como ese, pero no podía dejar que Pipper fuera sola hasta allí y, a esas alturas, la conocía bien como para saber que iría con o sin mí para deshacerse del anillo.

Le contó lo ocurrido el día que conocieron a Shark y Chicco, aquellos muchachos latinos que andaban envueltos en líos de pandillas, y resultaron ser para ellas algo tan excitante y peligroso como descender en canoa por los rápidos de un río.

—Pipper y Chicco comenzaron a tontear desde el primer momento. Ella lo veía como su salvador; le importaba un rábano que perteneciera a un mundo totalmente distinto o que se dedicara a hacer trapicheos peligrosos. Empezó a desaparecer, a faltar a los entrenamientos..., perdió la cabeza otra vez, por él —relató Vera.

—Pero esa es la historia de Pipper. ¿Cuál es tu historia, Vera? —le preguntó el sacerdote, rellenándole el vaso.

—Bueno, justo después de aquel susto en la tienda de empeños, Pipper no cejó hasta conseguir que vinieran a la residencia. Los chicos se negaban a ir a un ambulatorio para que les curaran los cortes, pero accedieron a ir a un lugar que en realidad les creaba cierta curiosidad. Supongo que no habían pisado en su vida el campus universitario. Allí nos limpiamos y curamos los unos a los otros. Cuando nos quisimos dar cuenta, Pipper y Chicco se lo estaban montando en la cama de al lado... —Vera hizo una pausa para mirar al padre, pero él le hizo un ademán con la mano para que continuara el relato—. Bueno... y Shark y yo salimos fuera. Me ofrecí a invitarle a cenar para agradecer que «me hubiera salvado la vida», como no había parado de repetirme mi compañera de cuarto.

Vera hizo una pausa; recordaba perfectamente la mirada de Shark analizando cada metro de aquel mundo en el que nunca había puesto un pie y cómo sintió que dejaba de ser un chico peligroso lejos de los límites de la zona en la que vivía; más bien, parecía un chico normal y corriente con las mismas inseguridades que ella.

—Shark me preguntó cosas. Sobre mi vida, sobre lo que quería hacer y lo que era la Universidad. Fue fácil hablar con él y resultó que compartíamos algo, a ambos nos gustaba convertir en algo gráfico lo que llevábamos dentro. Él pintaba grafitis y yo hacía cómics. Lo nuestro no fue algo como lo de Pipper y Chicco, empezamos a quedar como amigos para compartir lo que hacíamos y, en unas semanas, una cosa llevó a la otra. Empezamos a salir, lo cual era un disparate, pero tampoco le di tanta importancia, ¿me entiende, padre? Todo el mundo tiene líos en la Universidad, no es que yo pensara en Shark como el hombre de mi vida, pero era divertido estar con él, era diferente. Y era algo que nadie más, aparte de Pipper, sabía. Yo nunca iba a su barrio, era él quien venía a Fordham o salíamos por Brooklyn o Manhattan, pero aquella noche...

Vera hizo una pausa, soltó el vaso y suspiró. Las hojas del limonero se movían, se había levantado el aire logrando que la humedad ambiente fuera menos desagradable. Se estaba bien allí, había calma y los recuerdos que veía en el precipicio de su relato parecían de una galaxia lejana. Resultaba increíble que ella hubiese estado en aquel lugar y ahora se encontrara bebiendo té en un tranquilo rincón de Alabama.

—Aquella noche fuimos algo más lejos; Shark me llevó a Brooklyn para enseñarme un enorme mural de grafiti que había hecho como intervención urbana. Era increíble, tenía mucho talento, en aquel momento me resultó un chico muy atractivo, alguien capaz de hacer algo así era impresionante. Y estando allí, pues... —Vera se tapó la cara con las manos—. Dios mío, padre Oliver, esto es muy embarazoso de contar.

—Te aseguro que no me voy a sorprender, sea lo que sea. Este sacerdote ha escuchado cosas que no podrías ni imaginar en cien vidas. Y no estoy aquí para juzgarte, solo te escucho.

Vera estaba sintiendo algo parecido al alivio al tener la oportunidad de explicar su historia a alguien sin miradas reprobatorias como las de sus padres, quienes, presos del pánico, solo habían visto las consecuencias y no la habían dejado contar prácticamente nada de lo sucedido.

—Bueno, pues que en aquel momento nos pareció buena idea buscar un poco de intimidad; estábamos lejos de la residencia y cerca de una de las casas en las que Shark solía quedarse, pues él tenía una familia un tanto caótica. —Lo soltó rápido mientras deshacía el nudo del pañuelo enrollado en su muñeca con nerviosismo.

—Entiendo. —El padre Oliver le dio pie para que continuara hablando. Su semblante permanecía sereno, aunque por dentro intentaba controlar el miedo que tenía de que la chica callara justo en el momento en el que parecía que, por fin, había bajado los muros para abrirse a él y soltar aquello que se pudría en su interior.

—En aquel momento yo no pensé que aquel sitio pudiera ser un lugar peligroso —prosiguió Vera, con la mirada cargada de excusa—. Yo solo quería estar con él a solas, no pensaba, me dejé llevar y no reparé en las pintadas que decoraban aquellas paredes desconchadas ni en los cristales forrados de periódico. Era tarde, entramos en aquel piso directos a lo que íbamos.

Vera estaba nerviosa, las pulsaciones se le habían disparado y por las piernas le ascendía una corriente eléctrica que la obligó a levantarse del banco y dar unos pasos erráticos al frente. El padre estuvo a punto de cogerla, pero se contuvo al ver que ella, de espaldas, se agarraba al tronco del árbol y se paraba para continuar hablando sin mirarle, con la cabeza gacha y aquella larga y enmarañada melena tapizándole el rostro.

—No sé por qué, fue pura casualidad, pero Pipper y Chicco aparecieron allí. Nosotros estábamos dentro de una de las habitaciones encerrados, pero les oímos llegar desde la oscuridad que nos habíamos procurado. Notamos que algo no iba bien porque discutían y dieron un fuerte portazo, al que lo siguieron chirridos de muebles rayando el suelo al desplazarse de forma brusca. Shark dio un salto de la cama y, antes de terminar de ponerse los pantalones, una ráfaga de disparos inundó el piso. Él, de un tirón, me metió debajo de la cama junto a él, me agarró con fuerza y se puso encima de mí para protegerme. Voces extrañas gritaban desde fuera del piso, yo podía escuchar los gritos de Pipper mientras los disparos cruzados atravesaban las paredes y volaban a nuestro alrededor. Una de las balas patinó sobre mi muñeca y no sé cómo ahogué el dolor. También había gritos y disparos de varias personas al otro lado de la puerta principal del piso. Nos vimos en medio de una redada caótica entre agentes de policía y gente con la que Shark y Chicco solían hacer sus trapicheos. Puede que no durara más de un par de minutos, pero cada segundo lo tengo grabado en la mente como si fueran largas horas. La policía terminó por irrumpir dentro del piso y logró hacerse con el control de la situación. Cuando salimos de la habitación... —Vera calló, se puso erguida y cruzó los brazos bajo el pecho—. Había mucha sangre, Chicco estaba deformado con todos aquellos disparos repartidos por cada palmo de su cuerpo y Pipper estaba también herida, pero los servicios médicos la cogieron a tiempo. Nos llevaron esposados a comisaría y mis padres tuvieron que venir a por mí con un abogado. Y el resto es historia. Estuvieron a punto de echarme de la facultad, me han quitado la beca de deporte y aquí estoy, padre, bajo amenaza de no poder regresar a la Universidad, en el lugar «seguro» que me buscaron mis padres, los que tendrán que costearme los estudios a partir de ahora.

—¿Te sientes a salvo aquí, Vera?

Ella se giró y volvió a mirar a los ojos saltones del párroco. Seguía sufriendo aquellos ataques de ansiedad y las pesadillas se repetían una y otra noche. Enrolló el pañuelo y lo pasó por debajo de su melena para atárselo en la parte superior de la cabeza.

—Lo que siento es que mis padres me han mandado aquí para alejarme de todo aquello y también porque creen que debo ponerme a salvo de mí misma. Quizá fue una mala decisión meter en mi vida a Shark, pero me hizo sentir cosas. Y ahora estoy aquí y no puedo sacar de mi cabeza todos aquellos disparos ni la sangre, y no sé nada de Pipper ni de él. Es un buen chico, padre, solo que con pocas opciones para cambiar su vida y sentía de alguna forma que yo podía ser quien le ayudara. Y yo..., no sé, sigo con estos ataques de ansiedad que me ahogan y ya no sé qué hacer para superarlos.

Se hizo el silencio. Vera se metió las manos en los bolsillos delanteros de sus *shorts* e intentó averiguar qué pensaría de ella el sacerdote después de escuchar todo aquello. El padre Oliver apuró el té que quedaba en su vaso de cristal y, tras mover tres veces la cabeza como si mantuviera una discusión interna, habló:

—Ben no es Shark.

—¡Claro que no! —dijo molesta, sorprendida por la afirmación—. ¿Por qué me habla ahora de Ben? No tiene nada que ver con lo que le estoy contando.

—¿Estás segura? Me hablas de ese chico, Shark, como alguien con una situación complicada, con el que encajaste de alguna forma y al que tú intentabas ayudar, y quizá lograste hacerlo al enseñarle un mundo nuevo, pero lo que yo veo es que tú te valiste de él para saltar al lado peligroso, experimentar otras cosas, nuevas emociones y sin pensar mucho en las consecuencias.

Vera estaba a punto de abrir la boca para replicar, pero el padre alzó la mano y con un gesto le rogó que siguiera escuchando.

—No digo que eso esté mal, forma parte del proceso de maduración de una persona: experimentar, arriesgar, equivocarse, acertar tras el error, buscar los propios límites... En tu caso, ese proceso por desgracia incluyó un episodio realmente desagradable que solo terminarás superando con el tiempo, pero debes ser consciente ahora, de que esa «experiencia» ya la has vivido. No debes dar pasos ya andados. Se supone que aquí debes sentirte a salvo, pero no lo conseguirás en ningún lugar mientras no te sientas a salvo de ti misma, de tus decisiones.

—¿Quiere decir que revivo una y otra vez lo que ocurrió porque soy yo la que quiere volver ahí? ¡Eso es ridículo! Quiero olvidarlo, borrarlo de mi mente y empezar de nuevo, pero me mandaron aquí obligada, eso hace que lo recuerde a diario. Es precisamente estar con Ben lo único que consigue que mi mente deje de pensar en aquello —protestó a la defensiva, pensando en sus padres y volviendo a sentirse alguien sin control sobre su propia vida.

El padre Oliver se aproximó a ella un par de pasos y le habló suavizando la voz tras coger aire.

—Vera, es cierto que viniste obligada, pero piensa en las decisiones que has tomado desde que llegaste. Parece que buscas otra alma que salvar para salvarte realmente a ti misma y así demostrar al mundo que puede salir bien.

—No le comprendo. —Vera se giró para enfrentarse a los ojos oscuros del sacerdote.

—Ben no es esa persona. Veo que vuestra relación ha dado un paso adelante de alguna manera especial y, si tú no has aprendido nada con lo que te ha sucedido, si sigues actuando sin pensar en las posibles consecuencias, puede que este lugar, el pequeño pueblo de Abbeville, no sea el lugar seguro que necesitas.

Vera sintió que las pulsaciones se le aceleraban, apretó los puños y lo miró con furia. Se había sentido realmente bien sacándolo todo afuera, pero el resultado no era el que esperaba.

—Usted no ha entendido nada de lo que le he contado. —Vera se giró y cruzó el jardín a zancadas hacia la salida.

—¡Mañana seguiré aquí! —El sacerdote alzó la voz para que ella lo oyera.

«Con suerte, yo no», masculló Vera. Dio un portazo y anduvo un par de metros calle abajo hasta que se dio cuenta de que Ben aún seguía dentro de la iglesia.

21

«Dentro de veinte años estarás más decepcionado por las cosas
que no hiciste que por las que hiciste. Así que suelta las amarras.
Navega lejos del puerto seguro. Atrapa los vientos alisios en tus velas.
Explora, sueña, descubre».

Mark Twain

—La camelia es la flor del estado de Alabama, aunque supongo que
eso ya lo sabes. Sin embargo, no es nativa de América, sino que se importó de la parte más cálida de Asia. Hay de muchos tipos y colores,
son preciosas, ¿no te parece? Además, su nombre significa «buena
suerte».

Apenas habían empezado a trabajar en el jardín ella y Thomas,
cuando oyó la rodada de neumáticos y se mordió el labio inferior
temiendo el momento al que se iba a enfrentar. Continuó dando golpes de azada sobre aquella mala hierba agarrada al terreno de la misma forma en que ella lo estaba a los recuerdos más oscuros de su
vida.

—¿Viene a por ti el chico Helms? —preguntó Thomas, secándose el
sudor de la frente con el reverso de la mano.

Ella no contestó, el nerviosismo hacía que se agarrara al mango de
madera como si pudiera estrangularlo entre sus manos.

—Buenas tardes, señor.

La voz de Ben no sonaba furiosa como ella esperaba. Era dulce como
la caricia de una pluma, por lo que Vera retuvo el aire dentro de sus pulmones y cerró los ojos arrepentida de todo lo que había hecho desde el
primer instante en que había llegado a aquel pueblo.

—Hola, muchacho, ¿va todo bien? —El hombre le miraba a él y a Vera alternativamente. No hubo necesidad de respuesta. El viejo sacudió su mano al aire y se retiró dejándoles espacio.

Ben tenía el corazón desbocado; aquella situación era totalmente irracional. No comprendía la forma de actuar de aquella chica, pero tenía claro que no podía dejar que se apartara de él. Ella necesitaba ayuda y él sabía solucionar por regla general los problemas, aunque en aquella ocasión no sabía bien por dónde o cómo empezar. A la vez sentía una presión en el pecho parecida a la sensación que sentía cuando Toby se ponía enfermo. ¿Era miedo lo que sentía? Se preguntó qué haría si ella se negaba a hablar con él, porque después de todo había aceptado vivir durante un tiempo sin pensar en un mañana y era algo que solo podría hacer junto a esa chica.

—Vera. Mírame, Vera.

La chica no se movió, se aferraba a la azada y escondía la cara entre su melena. Ben inspiró con fuerza y aproximó su mano a la de ella. Dudó tres veces antes de agarrársela, no era nada fácil para él dar el primer paso, nunca lo hacía. Sin embargo, no era lo primero que aquella chica cambiaba en él.

Vera aceptó su mano, pero siguió inmóvil.

—No sé qué ha pasado allí dentro con el padre Oliver, pero siento mucho que ahora te encuentres así. No has debido irte de esa forma. Tú me pediste ayuda.

—Lo siento. Ya no quiero tu ayuda —respondió Vera a la defensiva, descubriendo su cara.

—De acuerdo. Entonces, déjame simplemente estar contigo. Déjame ser tu amigo o el chico que te bese en Abbeville. Déjame vivir contigo cada instante como si fuera el último, lo que dijimos que haríamos.

Ben se descubrió a sí mismo rogando por una necesidad que anidaba desde hacía tiempo en su interior sin él saberlo. Necesitaba ser egoísta por una vez y darse la oportunidad de sentir algo.

—¿Como si cada instante fuera el último? —repitió Vera.

—No voy a irme. No quiero irme. —Ben tiró de forma suave de su mano para acercarla a él.

—Antes debes saber que la «mano de Dios» no lo aprueba. —Vera elevó una ceja e hizo una mueca.

—Soy la única persona de este pueblo a la que no le importan los planes de Dios y el padre Oliver no deja de ser un hombre susceptible al error.

Vera no tenía fuerzas, no ante aquella mirada caída que le penetraba hasta las entrañas. Las cosas estaban bastante claras entre ambos, no habría confusión posible: ella iba a marcharse, él se quedaría allí. No había promesas, ni engaños ni falsas esperanzas. Las consecuencias de todo aquello podían ser devastadoras como pronosticaba el padre Oliver, pero ambos estaban dispuestos a correr el riesgo antes que dejar escapar algo realmente único, raro e imparable.

—Como si cada instante fuera el último —confirmó Vera, entrelazando sus dedos con los de Ben.

El chico miró a su alrededor, sabía que aquella casa tenía ojos y oídos a cada palmo, pero también recordaba el único punto ciego en el que solía esconderse cuando de pequeño pasaba temporadas acogido allí. Ben tomó las riendas de la situación sorprendiéndose a sí mismo y condujo con decisión a Vera hasta el magnolio que crecía tras la entrada posterior de la cocina. La metió bajo el hueco de las escaleras y, sin respirar, se aplastó contra ella para besarla y mostrarle sin duda que no pensaba volver a dejarla escapar.

¿Qué importaba lo que pensara el padre Oliver? Aquel chico estaba dispuesto a abrirle su corazón mientras ella estuviera allí y, aunque le había dicho que no para intentar hacerle dar marcha atrás, ella lo necesitaba de manera desesperada. Abrazada a él, envuelta por sus besos, Vera sentía la seguridad que había perdido muchos años atrás, mucho antes de la horrible noche de los disparos, cuando su mundo se separó en dos y ella se quedó en medio.

—Si nadie te lo ha dicho antes, deberías saber que besas increíblemente bien, por lo que si tus cálculos no terminan de llevarte al lugar correcto para hacerte rico, piensa que siempre podrás pedir dinero a cambio de esto. Estoy segura de que nunca te faltaría una buena cola de mujeres más que dispuestas a entregarte sus cuentas bancarias. —Vera recuperó entre sus brazos el tono mordaz y la sonrisa de labios apretados.

Ben rio y la agarró por el cuello para sacarla del escondite:

—Eres la primera persona que me ve más como un posible prostituto que como un genio de las matemáticas.

—Yo también tengo una mente maravillosa —continuó ella en tono bromista.

—Y también besas increíblemente bien —le susurró él sobre el cabello que envolvía su oreja.

Habrían vuelto a enredar sus labios si Ellen no hubiese sacado la cabeza por la ventana, descubriéndolos en aquel abrazo revelador que la hizo desplegar su mejor sonrisa.

—Te quedas a cenar, Ben Helms.

Fue una orden más que un ofrecimiento, por lo que la pareja volvió a reír cuando la mujer desapareció y el ruido de diferentes ollas inundó la cocina.

Ben ayudó a Thomas a poner la mesa mientras Vera se daba una ducha. Apareció minutos después, radiante, con un ligero vestido informal de algodón blanco y celeste. Se sentía liberada de un enorme peso. Cenaron salchichas con puré de batata y disfrutaron de una relajada sobremesa en el porche viendo anochecer.

—Ten la armónica, chico, acompáñame como en los viejos tiempos.

Thomas se sentó frente a ellos en la silla de respaldo recto para verle la cara a Ben, que aceptó el instrumento musical con obediencia.

—¿También tocas la armónica? Eres una caja de sorpresas, Ben Helms. —Vera imitó el tono del viejo y se acurrucó en el balancín colgante metiendo los pies descalzos bajo los muslos del muchacho.

Ben se inclinó un poco adelante y posó sus labios sobre la madera que recubría el metal y miró a Thomas a la espera de que este le diera la entrada. Ellen aplaudió entusiasmada con las primeras notas de *Shenandoah* y Vera dibujó en su mente aquel momento lleno de paz y armonía.

Aunque la reacción del sacerdote no había sido la que ella esperaba y había estado a punto de echarlo todo por la borda, al final el día se terminaba con la sensación de haber conseguido algo importante. Era bueno haber sido capaz de contar todo lo sucedido a alguien, haber sacado por fin toda la historia fuera de ella. Además, como resultado de todo aquello tenía a un hombre como Ben dispuesto a darle la mano, sin reparos ni exigencias, que la hacía sentirse a salvo de todo, incluso de ella misma. Cerró los ojos para dejarse llevar por la melodía y, de una forma peculiar, rodeada de gente que ya no sentía extraña, se sintió en casa. Vivir así ya no era un disparate; Vera se dio cuenta de qué era disfrutar de lo simple, de la belleza que la rodeaba, de la musicalidad de las voces del Sur, de la seguridad de tener una mano amiga siempre cerca y dispuesta a ayudar, guisos caseros con historias... y, sobre todo, aquel era un lugar lleno de sueños. Miró al anciano matrimonio y sonrió al sentirse junto a Ben. Aquel era un buen lugar.

A la mañana siguiente, Ben se levantó antes de que el sol saliera, tenía varios encargos sin terminar. Invertir tiempo en Vera significaba perder horas de sueño, pero no le importaba pagar esa factura; de hecho, se había despertado con una extraña sensación que le hacía sonreír sin motivo aparente. Mientras engullía unas tostadas con miel, anotó los últimos datos recogidos días atrás sobre el mercado del petróleo y dio un paseo por los últimos cálculos. Era complicado concentrarse en los números cuando su mente se empeñaba en distraerlo con la visión de las curvas de Vera, de su cabello ondulado y de sus labios tiernos que le habían despertado un empuje nada propio de él. Perdía el control con aquella chica, y la sensación era increíble. Con Vera dejaba de pensar y podía simplemente sentir. Era adictiva y el trato que habían hecho le proporcionaba tranquilidad; aquello terminaría pronto.

Ben terminó de arreglar la nevera de la lancha de los MacLaham y la echó a la camioneta para llevársela; de camino pasaría por el jardín de los Johnson para terminar de pintarles la valla. Con aquel par de trabajos tendría dinero para invitar a la chica a cenar en algún sitio bonito, ahí es donde ella quería que la llevase.

Antes de entrar a trabajar, fue a ver al padre Oliver para hablar de lo sucedido con Vera, sabía que el sacerdote podía ser demasiado elocuente y directo, aunque lo hiciera con la mejor de las intenciones. No tenía ni idea de cuáles eran los problemas de la chica y, aunque sabía que él no se los iba a contar, esperaba que le diera alguna indicación de cómo poder ayudarla. Sin embargo, el padre Oliver tan solo le previno de ella y le recordó que estaba de paso en aquel lugar.

—Con suerte, esa chica encontrará aquí lo que necesita y regresará a su vida con la fuerza que le falta. No me preocupa mucho Vera; me preocupas más tú, Benjamin.

—Padre, no tema por mí. Lo tengo todo controlado. —El muchacho inició el camino de salida antes de que aquella conversación se hiciera más profunda.

—Eres un ingenuo si crees que el amor se puede controlar. —El sacerdote dio un trago largo a su café.

—¿Quién ha hablado de amor? La chica me gusta, no se lo voy a negar, pero tengo claro que se irá probablemente en unas semanas. Usted sabe cómo funciona mi mente, toma el control de todo y eso me hace inmune a un corazón roto.

Ben se caló la gorra y apretó los labios antes de despedirse con un pequeño toque a su visera.

—Claro que puedes amar, Benjamin. Ojalá algún día tu mente maravillosa te permita reconocerlo. Y Dios quiera que no sea, como bien dices, a causa de un corazón roto.

El muchacho ya había salido por la puerta, pero pudo oír las últimas palabras de la persona que consideraba más inteligente en aquel pueblo después de él mismo. Por ese mismo motivo le molestó que aquel comentario intentara alejarlo de la chica. Tenía veinticinco años y cada uno de los veinticinco los había dedicado a los demás. Vera había conseguido hacerle sentir lo que nadie hasta entonces y deseaba sentirlo, dejarse arrastrar por todo aquello y sorprenderse de la maravillosa sensación de inhibir la mente. No necesitaba que el sacerdote le dijera que aquello era peligroso, ya sabía que aquello era pisar terreno desconocido y sembrado con bombas, pero, por muy fuerte que latiera su corazón, por muy descontrolados que fueran sus sentimientos, aquello no era amor.

Se subió a la camioneta incómodo, encendió la emisora de radio que a esa hora daba las noticias nacionales y condujo hacia la gasolinera contando los minutos que faltaban para ir a visitar a Vera en la biblioteca.

22

«Where the perfumed routh-wind whispers, thy magnolia groves
among, softer than a mother's kisses, sweeter than a mother's song,
where the golden jasmine trailing, woos the treasure-laden bee,
Alabama, Alabama, we will aye be true to thee!».

Himno estatal de Alabama

—¿Por qué no?

Vera estaba sentada sobre las piernas de Ben en el suelo, dentro de la habitación de libros de Historia, rodeados de ejemplares amarillentos.

—Hace un calor infernal, la piscina de esa casa debe de ser alucinante y será divertido. Van a ir todos. —Vera comenzó a mordisquearle el lóbulo de la oreja mientras sentía el ardiente contacto de las manos de él concentrado en su espalda.

—No me sentiría muy cómodo allí, eso es todo. —Ben estaba esquivo; se había puesto tenso.

—¿A ti también te cae mal la madre de Landon? —preguntó sorprendida.

—Más bien, me temo que yo no soy de su agrado. —Ben recogió los mechones que cubrían la cara de Vera detrás de sus orejas para poder ver bien aquellos enormes ojos de gata que lo volvían loco.

—Pues no lo entiendo, conmigo fue muy agradable la noche que cené con ellos. —Vera hizo un mohín con la boca. Realmente le apetecía bañarse en un lugar en el que ninguno de sus miembros fuera susceptible de ser mordido.

—Eso es porque tú no eres el hijo de la exnovia de su marido.

Vera abrió los ojos como un búho y su boca se cerró tan solo porque Ben le robó un beso. Unió historias y recordando lo que Ally le había contado consiguió completar la de la madre de Ben.

—¿Tu madre y el padre de Landon fueron novios en el instituto?

—Sí, pero no terminó bien.

—¿Y es posible que tu padre sea...?

—No, yo no sé quién es mi padre y mi madre tampoco lo sabía. Ella era..., bueno, nunca estuvo muy centrada. Yo fui el motivo de que todo se terminara entre ellos. Al cabo de un tiempo el padre de Landon empezó a salir con Reese y, al parecer, cuando nací rompió con ella para volver con mi madre, pero claro... Mi madre seguía siendo mi madre, no era fácil estar con ella y supongo que mucho menos con un bebé de por medio. Él volvió con Reese y formaron su preciosa familia mientras nosotros dos dábamos tumbos.

—Y el padre de Landon, ¿también es como la señora Frazier? —quiso saber Vera. Tenía sus manos sobre el pecho de Ben, podía sentir sus latidos golpeando contra ellas.

—¡No! Él siempre se ha portado genial conmigo. Mi madre solía decir que él siempre estaría enamorado de ella y que Reese «solo tendría las migajas de su corazón». No la culpo por no tenerme simpatía, mi madre debió de ser como una sombra molesta en su matrimonio. De hecho, durante unos años, accedió a que entrara en su casa porque su hija Lisa y yo éramos amigos.

—¿Lisa? ¿Esa no es la hermana de Landon que...?

—Falleció en un accidente de coche, sí. —La mirada de Ben se tornó triste y Vera notó en sus palmas un latido más fuerte en su corazón.

Vera se inclinó para besarle los párpados entornados y él se dejó besar. Extrañaba a Lisa, nunca dejaría de extrañarla, pero en aquel momento, con Vera encima de él, sintiendo sus labios calientes sobre su cara, deseaba dejar de pensar en ella. Sin embargo, la chica no paró con sus preguntas y tuvo que resignarse a seguir contando su historia.

—¿Lisa y tú fuisteis novios? —Vera se mordió el labio. Estaba haciendo demasiadas preguntas y no sabía si lo estaba incomodando; pero quería saberlo todo de él. Su historia era tremenda, le causaba admiración ver todo lo que había hecho viniendo de donde venía y arrastrando tantos fantasmas a sus espaldas. Quería saber si había tenido también una historia de amor en su vida, si había sido con aquella chica.

—No, Lisa era *mi* amiga. ¿Entiendes? —Ben dijo aquello de tal manera que Vera comprendió que aquella chica había sido su única amiga—. Las mujeres suelen aburrirse conmigo.

—No te creo en absoluto, con un par de historias sobre estrellas has tenido que conseguir una larga lista de conquistas.

Vera estampó con suavidad su puño en el pecho de Ben, que rio poniendo los ojos en blanco.

—¿En serio funciona eso? ¿Acaso crees que te conté lo de Antares para seducirte?

—No, eso ya lo conseguiste con la primera piruleta.

Vera buscó sus labios y le entregó su beso más dulce, uno que transmitió algo más que deseo, era demasiado lento para eso. Ally tenía razón, cuanto más sabía de él, más avocada estaba a entregarle su corazón, a su pesar.

—Está bien, iré con vosotros cuando salga del trabajo a casa de Landon. Quizá sea hora de intentar conseguir una segunda oportunidad —accedió Ben, hundiéndose en las aguas grises de los ojos de Vera.

—Todos merecemos una segunda oportunidad.

Se miraron durante unos segundos; Ben quiso que ella hablara, que se abriera a él, pero el momento pasó y oyeron el chirrido de la puerta de entrada de la biblioteca anunciando el regreso de Milly tras el almuerzo.

—Te veré allí a las cuatro y media; si a la señora Frazier sigo resultándole una presencia incómoda, quizás así la distraiga de su aún mayor animadversión por Malia. —Ben estiró la comisura de sus labios hacia abajo y ayudó a levantarse del suelo a Vera.

—Sí, queda pendiente para luego que me cuentes esa otra historia. Ahora, ve a llenar los depósitos de este pueblo. —Vera le propinó una palmadita a su trasero y salió entre risas contenidas de aquella habitación.

Dos cisnes hinchables, música animada y gajos de limón congelados flotando dentro de las jarras de limonada. Allí había más gente de la que Vera había conocido hasta entonces en el pueblo. Dave y Landon se lanzaban el balón dentro del agua, Kendall chapoteaba dentro del *jacuzzi* con otras chicas soltando risitas tontas mientras un grupo de chicos se arremolinaba alrededor de Ally, que estaba recostada en una tumbona.

—Son los antiguos compañeros del equipo de fútbol del instituto de Landon, los que estaban por Abbeville ahora —le explicó Malia a Vera.

—¿Y Ryan?

—Se amputaría una mano antes que venir a una fiesta de estas. Aunque está claro que Ally no le extraña en absoluto. ¡Mírala qué feliz está acaparando miradas! —rio haciendo aparecer dos hoyuelos en su cara.

—Claro que no, «porque ella y Ryan ya no están juntos» —dijo Vera, imitando la incrédula afirmación de su amiga.

Ambas rieron, aunque se notaba a leguas que Malia estaba tensa. No dejaba de mirar hacia la puerta que comunicaba con la terraza del salón.

—¿La has visto al llegar? —le preguntó Vera, mirando hacia el mismo lugar.

—No, y habría sido mucho mejor a estar aquí con el corazón encogido esperando la aparición de la Señora Frazier cada vez que se abre esa puerta.

—Todo irá bien, ya lo verás. —Vera intentó calmarla, aunque después de oír hablar tantas veces del corazón despiadado de aquella mujer, empezaba a dudar de su propio juicio.

Ben llegó tan puntual como alguien acostumbrado a vivir aprovechando cada segundo del día. Vera lo vio caminar erguido rodeando el jardín con las manos metidas en los bolsillos de su bañador verde, con las gafas de sol puestas y el cabello mojado como señal de que se había dado una ducha rápida en el aseo de la Standard antes de ir. No era la única que se lo comía con los ojos; todas las presentes desviaron su mirada hacia él, unas de forma disimulada y otras, descarada, lo que hizo que Vera se levantara como si tuviera un resorte en el trasero. Echó a correr hacia él y se lanzó a sus brazos de un salto para rodearle con las piernas. Ben reaccionó rápido y la atrapó manteniendo el equilibrio, sorprendido por el desinhibido recibimiento de su chica y por el hecho de sentir que «tenía una chica».

—Hola —dijo Ben, con la sonrisa apretada muy cerca de la boca de Vera.

—Hola —respondió ella, afianzándose en sus brazos.

—Ahora toca un beso, soy de los que aprenden muy rápido.

Ben atrapó su boca, con ella era fácil avanzar por aquel camino desconocido para él de mantener una relación, aunque dicha relación fuera de todo menos normal.

Se besaron durante un minuto, hasta que el silencio fue demasiado escandaloso y ambos se giraron para mirar hacia el lugar donde dos decenas de ojos los observaban sin pestañear.

Vera sintió que el rubor regresaba a sus mejillas, no porque le avergonzara que todos mirasen cómo se besaba con el «intocable» de Abbeville, sino por el hecho de convertirse en el centro de atención. Sin embargo, Ben daba la impresión de estar relajado. De hecho, tras devolverla al suelo, levantó la mano y saludó a los presentes elevando suficientemente la voz. Vera supuso que estaba acostumbrado a ser el centro de atención allá donde iba por la peculiaridad de su forma de ser. El silencio se rompió y la gente regresó a lo suyo; Vera dedujo que «lo suyo» sería chismorrear un rato sobre ellos.

—Ey, Ben, acércate. —Landon le reclamó desde el agua y él se acercó al borde de la piscina—. ¡Por fin te dignas a venir a mi casa! Esta yanqui con dos besos ha conseguido lo que yo llevo intentando durante años de sufrida amistad, debería sentirme ofendido, pero... ¡choca esos cinco, hombre!

Ben se puso en cuclillas para agarrarle la mano al anfitrión y, como aquello era algo que no vio venir, tras el intencionado tirón de su amigo, terminó cayendo de cabeza al agua de la piscina. Vera dio un pequeño grito y los demás estallaron en risas. Cuando Ben sacó la cabeza del agua y se apartó el cabello oscuro de la frente con una rápida sacudida se oyeron exclamaciones de deseo femeninas; Vera apretó los labios para contener las ganas de lanzarse al agua también para volver a besarle, y Landon se excusó diciendo que su amigo se lo tenía bien merecido.

Ben lanzó su camiseta mojada a manos de Vera que la extendió sobre el césped para que se secara con el sol y después se unió al partido de waterpolo que comenzó entre todos los que estaban bañándose.

—¿Ves ese grupo de chicas, esas cuatro rubias que parecen recién salidas de un grupo de futuras amas de casa destinadas a conservar la historia de Alabama y el espíritu del Sur? —preguntó sibilina Ally, mirando por encima de sus gafas de sol mientras se secaban tumbadas en cuatro tumbonas dispuestas en línea.

—No seas mala, parecen simpáticas —dijo Malia, que recogía su larga melena oscura en una trenza.

—Sí, sí..., a ti hasta Hannibal Lecter te resultaría simpático, pero esas cuatro están aquí para camelarse a tu hombre, nena. Apostaría mi estupendo y firme trasero a que han venido invitadas por la señora Frazier. Esas no son de aquí.

—He oído que una decía que estudiaba en la Universidad de Auburn, las otras puede que vengan de Montgomery, Jacksonville o sean compañeras de Landon en Birmingham. ¿Te las ha presentado, Malia?

—No —respondió la chica, con la voz apagada y retirando la mirada.

—Bueno, estén por quien estén, no parece que Landon les haga mucho caso. De hecho, está claro que todo su interés está centrado en ti —le dijo Vera, reclamándola con un suave toque en su espalda para que mirase hacia atrás.

Landon avanzaba hacia ellas con una guitarra en la mano, se sentó a los pies de la hamaca de su chica y, tras depositarle un beso en la coronilla, arrastró los dedos sobre las cuerdas para hacer sonar un acorde perfecto.

—Bueno, chicas, antes de que lleguen las pizzas, ¿les enseñamos a estos lo que es la buena música?

Landon tocó una de Glorianna mientras Kendall y Malia cantaban a dos voces creando un corro a su alrededor del que Vera se escapó para buscar a Ben, al que no veía por ningún sitio desde que había salido del agua. Tras dar una vuelta completa a la piscina, oyó un silbido y le localizó sentado a la sombra de un árbol bastante alejado del resto.

—¿Qué haces aquí solo, Ben?

El muchacho se encogió de hombros:

—Me gusta mirar las cosas con perspectiva, estoy acostumbrado a verlo todo desde fuera, no desde dentro, y se te veía entretenida charlando con las chicas. No quería estorbar.

Vera lo miró con dulzura, lo que convertía sus ojos en dos enormes piedras preciosas llenas de brillo para Ben. Ella se sentó a su lado y reclamó un hueco bajo su brazo para poder apoyar la cabeza sobre su pecho.

—Está bien, veamos las cosas desde esa perspectiva tuya —declaró la chica mirando al mismo lugar que él.

—No creas que uso la Taxonomía de Bloom para todo; simplemente te observaba.

—No sé qué es eso de Bloom, pero sería interesante poder verme a través de tus ojos.

—A mí, sin embargo, me gustaría hacerlo desde los tuyos. ¿Cómo nos ves a ti y a mí?

Vera arrugó el entrecejo, no entendía muy bien qué pretendía Ben con aquella pregunta. ¿Acaso no estaba clara la relación entre ambos? Luego pensó que él no era un chico con dobleces y contestó con el sentido más literal de la pregunta.

—Yo me veo como a una simple humana, mientras que tú perteneces a una raza de seres alienígenas superinteligentes —rio Vera antes de sincerarse—. Últimamente parece que soy un desastre mental que improvisa cada movimiento, mientras que tú pareces tener un cerebro racional que te hace dar cada paso tras una profunda meditación y con un propósito.

Ben masticó aquella respuesta y halló la contestación apropiada.

—Todos tenemos una parte irracional, aunque debo reconocer que dudaba de mi capacidad por encontrarla.

—¿Sí? ¿Y cómo la has encontrado?

—Al encontrarte a ti. —Ben le tocó la punta de la nariz con el índice y quedó hipnotizado por la expresión que Vera había adoptado al escuchar aquello.

Estaban a punto de besarse cuando Dave les interrumpió:

—Tortolitos, aquí tenéis pizza. Landon me ha mandado a traérosla para que comáis, porque dice que su madre está a punto de llegar e igual la fiesta se corta de forma drástica cuando vea que pasa de las chicas invitadas por ella.

Los tres rieron y Dave se fue por donde había venido con aquella forma saltarina de andar propia de quien apoya el cuerpo sobre la parte delantera de los pies.

Vera observó en la distancia a Malia, tenía una cara tan adorable como la de un cachorro de oso panda, aunque se notaba que estaba sufriendo. Aquello no era una fiesta para ella, era una prueba a superar y la espera se le estaba haciendo agónica. Los observó a ambos, a ella y a Landon. Tenía que reconocer que eran tan dispares como totalmente complementarios. No siempre lo diferente tenía por qué estar colocado en estantes diferentes. Recordó a Shark, él y ella eran como el agua y el aceite, pero consiguieron estrechar una relación gracias a algo que los unía; aunque todo hubiese terminado de la peor de las maneras. Quizás eso era lo que el padre Oliver quería hacerle ver, que aunque alguien pueda viajar de un mundo a otro, al final termina eligiendo el lugar al que pertenece. Se recogió dentro del hueco que le había formado el cuerpo de Ben entristeciendo la mirada.

—¿Qué te ocurre? —le preguntó Ben, levantando su barbilla con los dedos para poder ver bien sus ojos.

—Mira a Malia, con su aura de colores brillando a su alrededor e irradiando armonía a todo el que la rodea. Es mística, noble, calmada, tribal... Y luego mira a Landon, con ese magnetismo arrollador, vital, tan terrenal y clásico como cualquier buen sureño. Desde fuera parecen dos personas totalmente incompatibles, es una relación que parece destinada al fracaso y odio eso, ¡odio que ese amor que hay entre ellos no sea compatible con la visión de este mundo cuadriculado! Sobran etiquetas, clases, fronteras... Falta confianza, libertad, más amor como el suyo.

Vera estuvo a punto de continuar añadiendo: «Como el que empiezo a sentir por ti», pero dejó las palabras suspendidas en el aire y exhaló agotada el aire de sus pulmones.

Ben dejó pasar unos segundos, los necesitó para procesar la información y llegar hasta la forma adecuada de responder. La cogió por los brazos y la recolocó entre sus piernas para que le mirase al hablar.

—Supongo que solo alguien que ha pertenecido a algún lugar puede pensar así, pero no es mi caso. Siempre he sido el que no encajaba en ningún lado, pero te diré que la vida está llena de mezclas estrambóticas. Fíjate, tenemos un ejemplo aquí mismo: la caja es cuadrada para meter una pizza redonda que comemos en porciones triangulares y el resultado es perfecto.

Ben cogió aquella porción de pizza cuya mozzarela colgó a ambos lados en largas tiras al estirarse desde la caja hasta su boca.

—Me ha encantado la teoría de la pizza —dijo Vera, recuperando la sonrisa y robándole un bocado a la porción de Ben.

—Pues tengo muchísimas teorías más, e innumerables historias sobre estrellas, planetas y galaxias.

Ambos rieron y dejaron de lado la pizza para volver a besarse de forma juguetona.

—Por favor, buscaos un hotel… Ya tenemos en este pueblo suficiente dosis de parejas pegajosas y empalagosas, empezando por Landon y Malia. Además, vengo a avisarte de que Cruella de Vil ha llegado a casa, Ben. Por si quieres huir y saltar el seto como aquella vez que te pilló en la habitación de Lisa… —Ally se ajustó las gafas de sol y estampó una pompa de chicle en sus labios.

Vera se irguió para mirar sorprendida a Ben; él le había dicho que no había pasado nada entre él y aquella chica años atrás.

—¡La ayudaba con las mates! —Ben levantó las manos para excusarse.

—Lo que tú digas, cariño.

Ally se marchó con su meneo de caderas y Ben se puso en pie y ofreció su mano a Vera para ayudarla a levantarse.

—En serio, solo la ayudaba con las mates —repitió Ben.

—Tranquilo, te creo. Y, si hubiera pasado algo entre tú y esa chica, no es de mi incumbencia. Está claro que no soy la primera chica a la que besas, Ben. —Vera le ofreció la mano para dirigirse juntos hacia la piscina—: Vayamos a apoyar a Malia.

Ben se deleitó con el proceso de agarrarle la mano. Primero se la estrechó, a continuación buscó con sus yemas el hueco para entrelazar los dedos y luego balanceó sus brazos anudados antes de comenzar a andar. Sonreía, ¡qué fácil le resultaba sonreír cuando estaba con ella! No tenía que pensarlo ni forzar el gesto, le salía solo y disfrutaba de la sensación de tener estirada la comisura de los labios. Cada paso que daba, más cerca estaba de verse frente a frente con Reese, pero en aquella ocasión la absurda sensación de culpabilidad que aquella mujer le hacía sentir no emergió.

Su madre llevaba casi ocho años muerta, por lo que Ben no estaba allí con la intención de romper su matrimonio, tampoco estaba buscando que el Señor Frazier ejerciera de padre para él, ni para intentar embaucar a su hija Lisa y así conseguir meterse dentro de su familia; por desgracia, esa opción ni siquiera era ya posible. ¿Qué más podía echarle en cara? ¿Que Landon quisiera tenerle de amigo porque así se sentía más cerca de su querida hermana difunta?

Ben afianzó su mano en la de Vera y se aproximó a la mujer de melena rubia platino que sostenía entre sus brazos a un cachorro Golden

Retriever. Saludaba a todos con la mirada algo turbada, quizá por ver a más gente de la esperada reunida en su piscina, o por el escueto bañador que lucía Ally tumbada sobre el pequeño trampolín de la piscina, aunque Vera apostaba a que era por haber cortado la actuación musical de su hijo junto a la joven creek a la que se comía con los ojos. Desvió su camino para acercarse al grupo de chicas rubias a las que había invitado para colmarlas de halagos mientras el cachorro recibía todo tipo de carantoñas por parte de las candidatas. Vera vio cómo avanzaba Landon con decisión hacia su madre arrastrando con firmeza a su novia, a la que se le notaba totalmente cohibida. Vera no lo pensó antes de hacerlo, se hizo paso entre la gente y saludó a la señora Frazier a voz en grito para reclamar su atención.

—¡Hola, querida!

Reese Frazier le dedicó la mejor de las sonrisas a Vera, justo antes de percatarse de que la chica tenía su mano enlazada a la de Ben. En ese momento, se puso a la misma altura su hijo, que alzó el brazo sobre los hombros de Malia. Los ojos de la anfitriona de la casa danzaban de Ben a Malia, perturbados.

—Hola, chicos, qué caluroso está el día, ¿verdad? —Reese se tocaba la frente con la yema de los dedos mientras respiraba con agitación.

—Ochenta grados, señora —contestó Ben, como si fuera la respuesta coherente a su comentario.

La señora Frazier le sonrió apretando los labios y cambió el brazo con el que agarraba al cachorro. Aquella situación resultó ser ventajosa para Ben porque, por incómodo que siempre le resultara a ella ver a aquel chico, sin duda, el hecho de enfrentarse directamente al inconveniente amor de su hijo hizo que le diera de lado y se centrara en la pobre chica.

—Malia, hacía muchísimo tiempo que no te veíamos por esta casa. Me alegro mucho de ver la mujer tan bonita en la que te has convertido. Esas trencitas tuyas son... ideales.

Tras exhalar un «gracias» apenas audible, se acarició el final de la trenza que reposaba sobre su pecho derecho y el cascabel que colgaba del final tintineó.

—He invitado a Malia a cenar mañana en casa, para presentársela a papá de manera formal —convino Landon.

—¡Qué tontería! Conocemos a Malia desde que tenía cinco años —rio Reese con la ocurrencia.

—Presentársela como mi novia, mamá. Para hacerlo oficial. —La mandíbula de Landon se tensó. Podía sentir la mirada decepcionada y atónita en su cogote de las tres chicas rubias.

—Oh, entiendo. De acuerdo, prepararé algún postre delicioso. —Reese bajó los hombros y miró a ambos con lo que a Vera le pareció tristeza. Le dedicó una sonrisa agotada a la pareja y se despidió—. Me alegro de veros a todos, seguid disfrutando.

Vera soltó el aire al ver que la señora Frazier se retiraba, porque la idea de que Ben hubiera sufrido allí una escena tan solo por contentarla con su asistencia la había estresado de verdad. Sintió alivio por Ben, pero a la vez pena por Malia.

—Pobre, debe de sentirse fatal —comentó Vera.

—¿Quién?

—¡Malia! ¿No has visto la forma en la que ha intentado obviar el hecho de que ambos están juntos?

—Le ha dicho que está bonita y que va a preparar un postre casero para mañana.

—Ay, Ben, las mujeres hablamos siempre entre líneas... Estaba clarísimo que no quería reconocer que entre ellos hay amor —Vera le miró fijamente, abriendo los ojos y torciendo la boca.

—Las mujeres sois un enigma indescifrable, pero estoy seguro de que ella solo quiere lo mejor para su hijo, y en cuanto conozca a Malia, se dará cuenta de que es perfecta para Landon.

—¿Por qué defiendes a una mujer que te ha tratado mal?

—Por la ley de las segundas oportunidades. —Ben le dedicó una sonrisa que alargó sus ojos y obtuvo una mirada fría como el acero de vuelta.

—Yo, la única ley en la que tengo fe es la de Murphy.

23

«Había una tierra llamada El Viejo Sur, un mundo bello y galante.
Allí vivieron los últimos caballeros y sus bellas damas, amos y esclavos. De ese mundo no quedan más que sueños. Una época que el viento se llevó…».

Lo que el viento se llevó

Sentía los labios hinchados y una enorme tensión en la sien. No estaba acostumbrado a frenar los pensamientos numéricos de su mente a base de besos; ni siquiera estaba acostumbrado a frenarlos de ninguna manera durante más de media hora seguida. Sin embargo, Vera ejercía ese magnetismo sobre todo su ser. Estaba poseído por la cadena de reacciones hormonales que se disparaban en su cuerpo consecuencia de su olor, dulce como el aroma de vainilla, por el tacto sedoso de su cabello acariciando sus mejillas y sobre todo por aquella forma de besarle como si fuera el último beso cada vez.

Conducía hacia su caravana tras haberla dejado en casa de los Kimmel, tras la impulsiva parada de la carretera hacia un lateral oculto entre árboles en el que Vera se le había sentado encima haciendo sonar el claxon del volante antes de devorarle la boca.

Odiaba tener que dejarla en casa, aquello solo hacía que los pocos días que le quedaran allí contasen con menos horas para ellos dos. Aquella chica era salvaje, no al estilo de Ally, cuyas formas eran descaradas y algo ordinarias para su gusto, Vera se lanzaba a él como si se ahogara en medio de un lago y él fuera un rosco salvavidas. Desde aquel primer suceso inesperado en que se aferró a su cuello presa del pánico, con palpitaciones desenfrenadas, aquello se había repetido un par de veces más. Justo cuando más intimaban, cuando las manos de él se atrevían a moverse, ella comenzaba a temblar y convertía los besos en un abrazo asfixiante que conseguía detener los movimientos de Ben. Y para Ben no era fácil dar un paso más allá, porque él en ese terreno nunca había hecho el primer movimiento, sino que había seguido siempre las huellas, las señales luminosas, las indicaciones claras y directas de Jud.

Vera estaba herméticamente cerrada, no le había contado absolutamente nada y él sabía que, cuando algo no se cuenta, termina por quemarte desde dentro. Al menos, fuera lo que fuese, se lo había explicado al padre Oliver.

Miró el reloj de su muñeca. No era tarde del todo, aún podía aprovechar un par de horas para terminar la página web que la madre de Malia le había encargado para la floristería y sumar los datos de aquel día para dibujar un posible algoritmo. Se preparó una infusión de tila y melisa para relajar la mente, rebajar el dolor de cabeza y conseguir así conciliar el sueño aquella noche, pues sabía que, cuando se levantara al día siguiente, iba a tener un fin de semana totalmente incomparable a cualquier otro del resto de su vida.

Vera desayunó copiosamente, quería dejar bien contenta a Ellen. Después de todo, no le había puesto ninguna objeción a pasar el fin de semana fuera. Por descontado, saber que aquella escapada estaba organizada y supervisada por el intachable Landon y que Ben la custodiaría había sido clave para semejante indulto a su pena carcelaria, pero aquello no dejaba de ser un acto de fe. Ellen le brindaba su confianza y lo menos que podía hacer ella aquella mañana era rebañar el plato de gachas de maíz. Usó un pequeño macuto prestado por la señora Kimmel para meter un par de mudas y su cuaderno de dibujo.

—Benjamin Helms, siempre has sido un chico educado y ahora espero que sepas comportarte como un caballero con esta señorita —le advirtió Ellen desde el porche con el dedo índice acusador.

—Sí, señora.

—La quiero sana y salva aquí el lunes.

—Por supuesto, señora.

—Sana e intacta, espero que me comprendas —dijo la anciana con la mirada afilada.

—Arranca de una vez por lo que más quieras, Ben —suplicó Vera mientras subía la ventanilla a toda prisa. Aun así, un «Que Dios os bendiga» se coló dentro de la cabina de la camioneta y Ben se recolocó nervioso el mechón dentro de su gorra de la Universidad de Albany.

El viaje duraría unas dos horas, a medio camino recogerían a Toby, que pasaría con ellos el día. Ben le había prometido pasar juntos aquel sábado y, si para cumplir su promesa debía llevárselo al mismísimo lago Martin, nada se lo impediría. Ben había llamado a la clínica para que lo preparasen todo y tenía una ambulancia dispuesta a recogerlo a media tarde para llevarlo de vuelta a la clínica y que así él pudiera quedarse con Vera y el resto del grupo. Aquello iba a suponer un agujero considerable en su cuenta bancaria, pero no podía fallar ni a su hermano ni a su chica.

Aunque a Vera le emocionaba muchísimo poder asistir a aquel concierto de música con el grupo, le inquietaba un poco ir a otro lugar nuevo junto a gente a la que realmente estaba empezando a conocer. De hecho, si Ben no hubiera aceptado a acompañarlos, habría denegado aquel soplo de libertad. Pasarían la noche en la casa que tenían los Frazier en el lago Martin, y aquello era otro motivo más para mirar nerviosa a Ben cuando este la recogió a primera hora de la mañana. Quizás aquella noche, con Ben... Aunque sabía bien que ni Ben era Shark ni aquel grupo de chicos tenía el más remoto parecido con un grupo de pandilleros traficantes.

—¿Seguro que prefieres venir con nosotros? Podrías irte en el coche con Dave y así llegarías antes con ellos al lago.

—¿Estás loco? ¿Irme en coche con el que estuvo a punto de atropellarme? Paso de jugar a la ruleta rusa. —Vera abrió los ojos y negó con la cabeza—. Ryan y Ally irán en moto, por lo que no puedo ir con ellos, tampoco es que quisiera, y solo queda la opción de convertirme en la sujetavelas de Landon y Malia. Eso tampoco es una opción.

—Está bien —contestó Ben, serio.

—Me apetece ver a tu hermano. Quiero estar con vosotros, es cierto, Ben. Llevo una tira de cómics dibujada para él aquí dentro, nos entretendremos en el viaje hasta el lago. —Vera le dio unos golpecitos a su bandolera.

El muchacho sonrió, la miró e hizo algo que hasta entonces era impensable para él: dio el primer paso y buscó su mano con decisión para agarrársela.

El camino se les hizo más corto mientras se entretenían resolviendo los acertijos de la radio. El calor se condensaba en espesas nubes de polvo que se iluminaban al ser atravesadas por los hirientes rayos de aquel sol de verano. A Vera le costaba acostumbrarse a aquel calor húmedo que la hacía sentirse pegajosa durante todo el tiempo, pero tenía que reconocer que el paisaje le robaba el aliento. Reposó su cabeza sobre el antebrazo recostado en la ventanilla bajada y, en aquel momento, le otorgó al padre Roman el beneficio de la duda. Quizá sí sabía lo que se hacía al mandarla allí, después de todo.

—¿Quieres que te deje a solas un rato con él? —le preguntó Vera al llegar a Creek Home.

Ben arrugó el entrecejo para mirarla:

—¡Qué tontería! Quiero que estés conmigo, todo el rato.

El chico reclamó su mano y se la asió fuerte. Vera no pudo reprimir la sonrisa, aquello había sonado posesivo, pero no podía adorarle más por semejante declaración. Se percató de las miradas que ambos atraían en el jardín y no se le escaparon los susurros entre pasillos ni las bocas abiertas del personal sanitario.

—¿Ha terminado con la NIP? —preguntó Ben a la chica de recepción, que en lugar de mirarle tenía los ojos clavados en las manos enlazadas.

—Sí, está descansando en el solárium. Lo tiene todo preparado, voy a avisar a Jud —respondió tensa.

—Gracias, voy a por él entonces.

Vera se sentía especial, estaba claro que ella era la primera chica que Ben paseaba por aquellos pasillos impolutamente blancos. ¿Qué otro motivo podía haber si no para todas aquellas miradas? Andaba con la sonrisa apretada redondeando sus carrillos y con el cuello erguido. Tenía ganas de ver al pequeño, se moría por contemplar su cara al leer el cómic en el que ella lo había convertido en superhéroe.

—¿Qué es la NIP, Ben?

—Alguien que tiene el sistema nervioso central dañado envía señales erróneas al cuerpo, ¿de acuerdo? Falta de control en el cuerpo, trastornos en el habla... Ese sistema dañado manda constantemente señales erróneas a un cerebro que intenta aprenderlas. El NIP es un tratamiento que intenta romper ese ciclo mediante ejercicios corporales especiales que proporcionan al cerebro la información correcta; así Toby puede aprender a controlar sus movimientos. Al menos, los de las partes de su cuerpo sobre las que tiene relativo control.

—Entiendo —respondió Vera, aunque contuvo la respiración sobrecogida por la realidad en la que nadaban Ben y su hermano.

—Está bien, no pongas esa cara. Esa cara no nos gusta; nosotros queremos sonrisas, esas transmiten las señales que nuestros cerebros especiales necesitan.

—Por supuesto. —Vera le regaló la mejor de sus sonrisas y le frenó para depositar un beso en su mejilla—. Y besos, seguro que también necesitáis besos.

Ben abrió la puerta que daba a una terraza orientada al sol donde una decena de tumbonas con barandillas y correas de seguridad formaba una hilera. En una de ellas estaba Toby con unas gafas de sol puestas, lo que hizo que Vera recuperara la sonrisa.

Toby levantó el brazo derecho en cuanto los vio y comenzó a moverlo dibujando ochos erráticos en el aire.

—¡Hola, colega! ¿Preparado para la aventura?

Ben le acercó la mano para chocarla y su hermano acertó a chocársela.

—Ey, eso ha estado genial. Se nota que has trabajado duro hoy, buen trabajo.

—Hola, Toby, tengo que decirte que estás genial con esas gafas, eres el tipo con más estilo de este lugar —le aseguró Vera con las manos relajadas dentro de los bolsillos de sus *shorts*.

—Por supuesto, por eso nos tiene a todas las enfermeras en el bote.

Vera dio un respingo al oír aquella voz femenina detrás de ella.

—Hola, Jud —saludó Ben sonriente; aún estaba saboreando aquel choque de manos.

—En efecto, hoy Toby ha hecho un trabajo genial, se merece con creces esta excursión. Hemos preparado un traje acuático que os va a dejar con la boca abierta.

Vera miró a la despampanante chica que tenía enfrente; luego a Ben, que la miraba con una confianza y naturalidad propia de años de relación, y después a Toby, que ya tenía la boca abierta en una sonrisa colgada.

—Hola, soy Jud, la enfermera de Toby. ¿Y tú eres...?

Vera miró la mano tendida hacia ella y tardó un segundo en sacar la suya del bolsillo para saludarla.

—Encantada, soy Vera.

Ambas miraron a Ben, pero él no dijo una palabra, se limitó a dar un paso al frente para aproximarse a la tumbona y poder coger en brazos a su hermano. Lo depositó en la silla de ruedas que había traído la enfermera, bajo la atenta mirada de las dos mujeres, que se sonreían por el rabillo del ojo.

—Bien, ¿nos vamos de viaje? —dijo Jud, alzando las cejas con tono animado.

Ben le devolvió la sonrisa y Vera se dio cuenta de que no era una de sus sonrisas mecánicas, sino una natural de las que le salían cuando Ben no pensaba lo que hacía. Aquello hizo que a ella se le atragantara la suya, su sexto sentido estaba encendido y no le gustaba lo que percibía. Miró a Ben interrogante cuando la enfermera se giró, pero Ben no entendía las miradas, solo las palabras directas, por lo que Vera se quedó sin saber por qué él no la había avisado de que tendrían compañía durante el viaje.

Colocaron la silla especial del niño en la parte trasera de la camioneta junto con un par de maletines. Ataron a Toby en el asiento trasero con unos cinturones de refuerzo y Jud lo siguió para sentarse junto a él. Vera no discutió aquello; aunque había pensado que pasaría el viaje junto al chico mostrándole el cómic, dada la situación prefería ser la que se sentaba junto a Ben.

Debido a que Toby no tenía el monitor con el programa de voz, no podía comunicarse, pero movía las manos para transmitir su alegría. Ben arrancó y emprendió rumbo al lago en un tenso silencio.

—No eres de Abbeville, ¿verdad, Vera? —preguntó Jud.

Vera bajó el parasol para poder ver la cara de la enfermera en el espejo escondido; su expresión transmitía confusión y decidió girarse para contestarle a la cara.

—Soy de Nueva York.

—Oh, vaya... Nueva York. —Jud afirmó con la cabeza.

Silencio. Hasta Ben supo que aquel silencio retenía muchas preguntas y que dos mujeres en silencio no significaba nada bueno.

—¿Pongo música? —interrumpió Ben.

—¿Y qué te ha traído hasta Alabama? —preguntó la rubia, que había sustituido su habitual uniforme por un ajustado vestido elástico de rayas marinero bajo el que se intuía un traje de baño.

Ambas ignoraron al conductor y volvieron a mirarse a los ojos.

—Un chico guapo —respondió Vera, alzando sus gafas de sol. Le dedicó una sonrisa enigmática y regresó a su asiento.

Ben conectó la radio y la conversación se zanjó como por golpe de hacha. Sonó Jessie J en el aparato y Vera comenzó a cantar relajada, al menos esa era la sensación que quería transmitirle a Ben, aunque lo cierto era que tenía un absurdo ataque de celos. ¿Qué le importaba a ella lo que hubiese entre esos dos? Porque algo había, eso lo tenía claro, la enfermera era fácil de leer. Se notaba a leguas que estaba colada por Ben. Y Ben le sonreía, sin premeditarlo, incluso la había ayudado a subir al asiento tocando para ello su cadera. Era absurdo pensar que en la vida de Ben no había pasado ninguna mujer, tal y como Ally creía. Ella misma tenía su propio expediente amoroso. Sin embargo, aunque su buen juicio intentaba serenarla recuperando la idea de la fugacidad de la relación entre ella y Ben, todo su cuerpo se sentía atraído por las ganas de abrir la puerta del coche sobre la que se apoyaba la rubia y dejarla caer en el arcén de la carretera.

La casa de los Frazier del lago Martin era, a diferencia de su residencia en Abbeville, una construcción moderna. La propiedad estaba asentada en una colina que, en su parte más alta, se alzaba en unas rocas salientes unos diez metros, desde las que unos chicos estaban saltando al lago, y descendía luego hasta la llanura donde las aguas lamían un embarcadero. Vera se sintió como en casa allí, un cosquilleo recorrió su cuerpo cuando, al bajarse del coche, vio la masa de agua que se extendía desde el embarcadero de aquella finca. Acudieron a ellos el resto de chicos del grupo, dispuestos a prestar su ayuda para bajar a Toby. Vera vio cómo lo miraban todos intentado ocultar su curiosidad y, en cuanto el niño estuvo sentado correctamente en su silla y Ben le conectó la pequeña computadora al monitor, él saludó a todos con su voz electrónica:

—Quiero cerveza.

Todos rompieron a reír y, tras la rotunda negativa de su hermano, le colocaron una pajita con una piña desplegable en su botella de agua. Entre todos habían preparado un *brunch* que se disponían a devorar a la sombra de los árboles de la orilla del lago. Ben enganchó a Vera por el cuello y ella le rodeó la cintura con su brazo.

—Bajad luego las maletas y venid, estamos muertos de hambre —les dijo Landon.

Ben se giró para agarrar la silla de Toby, pero se topó con los ojos desmesuradamente abiertos de Jud.

—Déjame...

—No, es mi trabajo. Lo hago a diario. —La enfermera rehusó su mirada y avanzó hacia el lugar del pícnic con más decisión de la que aquel terreno facilitaba.

—¿Todo bien? —preguntó suspicaz Vera.

—Eso espero.

Ben contestó parco, pero Vera no podía exigirle una explicación cuando ella aún no le había enseñado ni una sola de sus cartas. Tampoco necesitaba que le contara mucho, todo era demasiado obvio. Vera recogió parte de su cabello con una mano y lo cambio de lado con un movimiento nervioso. No le importaba en absoluto que aquellos dos hubiesen tenido algo en el pasado, pero no estaba dispuesta a interponerse entre algo que no había terminado. Sin embargo, aquel no era ni momento ni lugar para aclarar nada, por lo que avanzó con paso decidido adelantando a Ben e incluso a la enfermera, que tiraba de la silla de Toby.

—¡Landon! ¿Tengo que temer la presencia de algún depredador por la zona? —preguntó en voz alta hacia el grupo reunido alrededor de una mesa de madera llena de comida con bancos adosados.

—¡Solo de Ryan!

Las carcajadas inundaron el ambiente. Vera se moría por lanzarse desde donde estaba aquel otro grupo de jóvenes, así que se zafó de la camiseta y los pantalones cortos para arrancar en una carrera hacia las rocas más altas. Trepó ante la atenta mirada de todos y se descalzó con rapidez en la cima. Aquel salto sería perfecto. Buscó a Toby desde allí; el niño tenía la silla orientada a ella y sonreía. Ella se tocó el corazón con una mano y estiró la otra hacia él. Antes de enfrentarse al borde, cerró los ojos, estiró los brazos y reconoció la sensación de libertad única que aquello le proporcionaba. Tomó aire y se impulsó con todas sus fuerzas hacia delante para, en el punto más alto, juntar las piernas estiradas con su pecho, volver a estirar el cuerpo inmediatamente y clavar un salto navaja con una entrada limpia en el agua. En cuanto su cabeza emergió, oyó los vítores procedentes de los desconocidos, de su grupo y también de unos chicos que cruzaban en motos acuáticas de una orilla a la otra.

Ben la había visto con el corazón encogido, aquello parecía algo fácil de hacer viendo cómo bailaba la chica en el aire, pero un simple error de cálculo, de fuerza y... Se dejó caer sobre el hombro izquierdo en el tronco de uno de los árboles apartados y suspiró cerrando sus brazos bajo el pecho. Vera era exactamente eso: un riesgo.

—Vera puede volar, Ben. —La voz eléctrica le sacó de sus pensamientos.

—Algo así, colega.

Ben sintió una mano acariciar su espalda y, antes de girarse, sintió el tibio aliento de Jud en su cuello.

—¿Quién es ella?

Él se incorporó y dio un paso lateral. Se recolocó el mechón descolgado y, con toda la franqueza que le caracterizaba, le contestó:

—Alguien que no se quedará mucho tiempo por aquí.

Aquella contestación habría alegrado a Jud si ella no hubiese percibido la tristeza que destilaban las palabras de Ben.

—Siento si tú estás... Ya sabes, tú y yo no... Tampoco es que Vera y yo... Quiero decir... Esto no es algo que yo haya planificado, si lo hubiera hecho no estaría aquí, pero ella es... En fin, lo siento, Jud.

La despampanante rubia respiraba agitada levantando el pecho contraído, pero aquella vez no captó la mirada de Ben. Él observaba a su hermano, al que habían rodeado las chicas del grupo colmándolo de atenciones.

—Ay, Ben, serás un genio, pero tienes la inteligencia emocional de un cacahuete. Te has enamorado de esa chica, eso es todo. Y no, no ha sido inteligente porque, como bien dices, se va a marchar, te romperá el corazón y, lo siento, pero yo no estaré ahí para curártelo. —La enfermera puso una mano sobre el pecho de él—. Esto se ha terminado.

Ben no vio cómo se alejaba Jud de él para ir junto a Toby, intentaba localizar a Vera en el agua. La chica hacía flotar su cuerpo estirado como si adorase al sol. Era preciosa, impulsiva, enigmática y había conseguido sacarle de la línea recta, del camino más corto hacia su meta. Según el padre Oliver, sabías si estabas enamorado de alguien si, cuando no estabas con ella, deseabas estarlo y pensabas todo el tiempo en esa persona. Ben interpretaba aquello de manera literal, de igual forma a como lo hacía con los enrevesados versículos que oía en el templo, por lo que se dijo que no estaba enamorado de Vera. Su mente no pensaba en ella absolutamente todo el tiempo, aunque el porcentaje era alto, quizá de un ochenta por ciento.

La miró petrificado acercarse hacia el grupo, mientras se escurría la larga melena entre las manos y le dedicaba una fría mirada metálica. Dudó de su juicio, de sus sentimientos, de lo que él se decía a sí mismo, de lo que Jud le acababa de decir. ¿Se había enamorado de aquella chica impulsiva, contestona, desafiante y misteriosa que lo tenía totalmente perdido? Su estrecha figura de curvas biseladas le dejaba sin respiración, pero aquella mirada, su sonrisa apretada, los besos con los que le cortaba las conversaciones lo tenían obsesionado. Asumió que, si enamorarse era una obsesión compulsiva, sufría un grave trastorno.

Sabía que no tenía contentas a ninguna de las dos mujeres, pero se acercó al grupo y se sentó junto a Toby. Vera charlaba animada con Ally dándole la espalda y Jud esquivaba la mirada mientras le daba la comida triturada a su hermano.

—¡Qué callado te lo tenías, tío! —le reprendió Landon, divertido, captando su atención con un toque directo al hombro. Le ofreció una cerveza bien fría y sopló cómico juntando los ojos—: Ya decía yo que Jud... y bien, ¿qué te parece la vida real?

Sí, aquella situación era incómoda y solo lo podía comprender Landon, la única persona que lo conocía más o menos de verdad, a pesar de no saber exactamente lo que había pasado con Jud, y que intuía lo que Vera significaba para él. Así que aceptó la cerveza, levantó las cejas e inspiró con fuerza llenando su pecho de aire cargado de tensión.

—Eso de la «vida real» es intenso, complicado... —Ben miró a Vera, que le dedicó una ceja elevada—. Y alucinante.

—¡Bienvenido!

Chocaron sus botellines y Landon propuso a todos jugar un rato al vóley en el jardín.

—¿Quieres jugar? —le preguntó Ben a Vera, reclamando sus ojos.

—Yo sí; si tú no quieres, quédate aquí con ellos. —Vera señaló a su hermano y la enfermera con la punta de la barbilla y se levantó.

Ben la persiguió callado un par de metros, hasta que alcanzó la cinturilla de su *short* con un dedo y la frenó.

—¿Qué te pasa, Vera? —preguntó calmado, con cierto grado de temor.

—Nada.

Enfrentaron la mirada un par de segundos en silencio, hasta que Vera estalló en un forzado susurro:

—Mira, Ben, no sé exactamente qué hay entre tú y esa enfermera, pero sé que hay algo y no pienso ser la culpable de que nadie sea víctima de un engaño, una decepción o lo que sea. Ni por unos días..., mucho menos por solo unos días en mi vida.

Vera alzaba la barbilla hacia él, erguida, con las manos en las caderas, de esa manera en la que nunca nadie le había hablado a él, y eso le hizo sonreír.

—¿Te parece gracioso lo que te acabo de decir?

—No, perdona. Es que eres muy visceral.

—¡Lo que me faltaba por oír! —Vera se giró furiosa y Ben la agarró de un brazo para girarla sobre él.

—Vera, para, por favor, escúchame. No hay nada, nunca hubo nada serio, ni promesas, ni siquiera intención de ello, al menos por mi parte.

—¿Y eso lo sabía ella? —Vera puso las manos sobre las caderas e irguió la espalda para intentar equilibrar la altura de ambos un poco.

—Lo sabía, lo sabe. Siento que esté aquí, que se haya creado una situación incómoda para ambas, pero era la única forma de traer a Toby, ella es su enfermera. Lo siento, Vera. Quiero estar aquí, contigo, con él. Quiero esto; estos días contigo.

La chica tembló, aquello era demasiado para mantener la compostura. Deseaba abalanzarse sobre Ben y devorarle, reclamarle, marcarle como propiedad y no solo durante unos días. Aquello se estaba haciendo más intenso de lo que ella quería, pero no podía controlarlo. Si aquella pobre rubia no hubiera estado a unos pocos metros, se habría dejado llevar por aquellos impulsos, pero no quería hacerla sufrir innecesariamente. En unas horas se marcharía con Toby y Ben sería todo entero para ella.

—¿Cómo se te ocurre liarte con la enfermera de tu hermano?

Ben se ajustó la visera de la gorra y se encogió de hombros.

—Porque tú no habías llegado aún a Abbeville.

Mal, aquello terminaría terriblemente mal. Vera lo asumió y se impidió pensar más en ello. Sus sentimientos eran demasiado únicos y maravillosos como para que el buen juicio y la cordura lo estropearan.

Jugaron al vóley, se bañaron en el río todos, incluso Toby con ayuda de su traje de baño especial que facilitaba su flotación. Vera dibujó la versión cómic de todos, lo que les divirtió enormemente y, cuando la ambulancia llegó para llevarse a Toby de regreso a la clínica, todos llevaban coronas hechas con flores silvestres hechas por Malia; coronas que algunos lucían con más desparpajo que otros según el grado etílico en el que se encontraban.

—Estoy feliz. Sé feliz, hermano —le dijo Toby a Ben antes de levantarle de la silla de ruedas para atarle al asiento del automóvil.

—Iré a verte el lunes, prometido.

Ben no pudo evitar sentir aquel pellizco de culpabilidad en el pecho, era algo que nunca desaparecía. Verle marchar y pensar en lo que podría ser con una vida normal, una como la suya, por anormal que fuera, sería extraordinario. Solo pensarlo durante un segundo era cruel. Dolía.

—Sabe que le quieres —le dijo Vera, entrelazando los dedos de la mano en los de él una vez lejos de la visión de Jud.

—Lo sé.

—Él quiere que seas feliz.

Ben rodeó su cintura con la mano que le agarraba y agachó la cabeza para tener un buen plano de los ojos felinos que hacían verdad aquello.

—También lo sé. —Ben le apretó la mano y recuperó el sentido lógico—. Y técnicamente, hoy tengo la seguridad de que este no será nuestro último día juntos, porque por la mañana seguirás aquí, lejos de Abbeville, y yo estaré junto a ti.

—Entonces, esto va a ser casi una relación estable, podemos relajarnos un poco y respirar entre un beso y otro —bromeó ella.

—¡Que le den al oxígeno!

Ben atrapó su boca con todas las ganas retenidas del día y ambos recibieron un aluvión de abucheos y silbidos del grupo.

—¡Buscaos un hotel!

—¿Quién eres tú y qué has hecho con Ben Helms?

—Dejad un poco de eso para luego; la noche promete ser larga.

Ignoraron todo lo que les decían y siguieron besándose conscientes de que estaban desafiando los temores de ambos.

24

«Tu alma gemela es aquella persona que te muestra todo aquello que te retiene y te hace dirigir tu atención hacia lo que puede cambiar tu vida».

Elizabeth Gilbert

—Me suda hasta el pensamiento —protestó Ally.

—¿Y por qué te pones un pantalón de cuero negro en pleno verano? —le preguntó Vera dentro de uno de los enormes baños de la casa.

—¿Tú has visto el trasero que me hace? —Puso el índice sobre él e hizo una mueca de dolor—. ¡Ay! ¡Ardo! Estoy tremenda.

Vera negó entre risas y su melena se alborotó. Ally llevaría aquellos pantalones ajustadísimos y la parte de arriba de un bikini de hilo negro atado al cuello. Malia eligió un vestido blanco de flecos que dejaba su espalda totalmente al aire y Kendall se había decantado por un escueto top rojo a juego con unos *shorts* deshilachados y unas botas vaqueras cortas. Vera no tenía allí ropa sexi, ni étnica, ni sureña, pero sin duda la hija de un productor de música sabía cómo ir a un concierto. Anudó su camiseta blanca debajo del pecho, se dejó los vaqueros y la corona de flores coronando su cabello ondulado, desató el pañuelo de su muñeca y se lo colocó en el cuello. Cogió prestadas las pinturas de las chicas y enmarcó sus ojos en unas profundas rayas negras que agrandaban aún más sus ojos y coloreó de rojo intenso sus labios.

Se metieron todos dentro de la furgoneta de Dave y llegaron al recinto del concierto cuando dentro ya bailaban las luces y la música calentaba motores. Las chicas se hicieron una ronda de fotos sexis con sus teléfonos móviles y los chicos ahogaron, dentro de enormes vasos de cerveza, los impulsos provocados por la visión de la sesión fotográfica.

—¡Una última foto! Esta para el *book*. Enfoca bien, Vera.

Ally estaba eufórica y, tras una pequeña carrera hacia un grupo de muchachos que no le habían quitado el ojo de encima, saltó sobre ellos y su cuerpo extendido terminó paseándose sobre las cabezas del público, de mano en mano, sin parar de gritar hasta casi llegar al escenario.

—A ver ahora cómo recuperas a tu chica —le dijo Dave a Ryan, con Kendall sobre sus hombros.

—Volverá a mí, siempre lo hace. —Ryan emitió un pequeño chasquido con la boca y guiñó un ojo a una rubia que llevaba una camisa vaquera abierta hasta el ombligo.

Ben lo observaba todo, y a todos, en silencio. Sonreía, pero de aquella manera en la que los carrillos se le cargaban de tensión.

—¿Estás incómodo aquí? —le preguntó Vera, que ya sabía distinguir su estado según la forma de su mandíbula.

—No, solo es algo nuevo para mí. —El muchacho inspiró y dejó de contar los ledes de los focos, el número de personas que allí había y de pensar en la manera que aquello podía influir en su búsqueda matemática.

Vera se aproximó a él dispuesta a besarle cuando un cañón de agua dispersa, procedente de algún lugar que no alcanzaba a ver, los roció hasta empaparlos, provocando en el público un aumento de la locura. Todo el mundo saltaba, se dejaba empapar y Ben disfrutó viendo a Vera reír enseñando una sonrisa cautivadora. Él tan solo elevó los brazos para dejar que las gotas resbalaran desde sus manos. Lo nuevo estaba mucho mejor que bien. Todo lo que rodeaba a Vera era comparable a demostrar empíricamente la existencia de la magia.

La luz se apagó y un revuelo de aplausos entusiasmados reinó durante unos segundos antes de que los primeros golpes secos y rítmicos de la batería sonaran. El grupo salió al escenario y todos, incluso Vera, entonaron aquel estribillo que para aquellas personas era como un himno; y a esa canción le siguieron varias más que desataron el fulgor general.

Después de una serie de temas muy movidos, comenzaron los acordes de guitarra de un tema más lento y Vera se puso frente a Ben para ver al grupo. Él estaba tan pegado a su espalda que podía notar cómo se comenzaba a mover su pecho con una respiración agitada. Aquella canción era de ritmo seductor y la letra bastante sugerente, la gente elevó sus brazos para ondearlos al aire y las pulseras luminosas de sus muñecas se iluminaban al ritmo de los acordes creando un mar infinito de pequeñas luces. A esas alturas del concierto, Ryan y Ally ya habían desaparecido. Vera pensó que, con toda probabilidad, se lo estarían montando en la primera esquina solitaria que hubieran encontrado. Miró a su izquierda y, algo más adelante, por efecto de los empujones, estaban Dave y Kendall dándose el lote, al igual que todas las parejas que los rodeaban. ¡¿Qué otra cosa se podía hacer con aquella canción?! Vera se mordió el labio sopesando la opción de girarse para buscar los labios de Ben, pero meditó durante unos compases la situación. Sabía que la peculiar genialidad del muchacho lo convertía en alguien esquivo al contacto, aunque después de los últimos días tenía claro que no le costaba en absoluto darle los besos que ella le pedía. Si ella quería besos, él la besaba. Si Vera necesita parar y calmarse con un abrazo, él la estrechaba entre sus brazos. Era frustrante ver que en él no nacía el impulso imparable que ella sentía cada vez que aproximaban sus cuerpos. Ben, de algún modo, le ayudaba a ella, por lo que decidió hacer algo por él. Quiso tentarle, ayudarle a desinhibir sus deseos y, a su vez, descubrir si era cierto que ella se los provocaba. Vera se quitó la diadema de flores y se revolvió el cabello, acompañó con las caderas el ritmo cadente de aquella canción de amor y, con ello, rozó con su trasero inevitablemente los muslos de él. Quería derrumbar aquella muralla humana que se levantaba a su espalda para darle sensación de protección, deseaba que cayera a sus pies de la misma forma en la que ella sentía desplomarse por dentro al mirarle. Entonces, sintió la mano de Ben posarse en su cintura y Vera apretó los labios en una sonrisa victoriosa. No se giró para conseguirle un beso, decidió que el siguiente tendría que salir de él, de igual forma que había nacido ese simple gesto que le hacía arder la piel bajo su palma. Disfrutó hasta el final de la canción y cuando terminó se giró para mirarle, pero él observaba el cielo.

—¿Antares? —le preguntó Vera, resignada ya a encontrar aquellos pequeños ojos oscuros perdidos en el firmamento en las situaciones más impensables.

Para él estar en un lugar así haciendo aquello era una experiencia nueva. Jamás había salido de viaje en grupo ni había asistido a un concierto de música. Todo aquello era genial, pero no tenía importancia ni tendría repercusión en su vida, mientras que Vera sí se había convertido en algo cuyos efectos le habían cambiado sin vuelta atrás. Aquella chica lo veía tal cual era y estaba dispuesta a estar con él a pesar de ello; quizá, debido a ello. Ben estaba dispuesto a compartir Antares con ella, todos los días que ella se quedara allí y, por primera vez, se reconoció a sí mismo que lamentaba amargamente que aquello no pudiera ser un «para siempre».

—¿Qué más puedo pedir? —contestó él antes de regalarle una sonrisa y estrecharla entre sus brazos.

Cuando llegaron a la casa de los Frazier encendieron una hoguera en el patio trasero y tostaron malvaviscos que acompañaron con las últimas cervezas de la nevera. A aquellas alturas, la mitad estaban borrachos y la otra mitad demasiado enroscados en los brazos de su compañero sentimental como para prolongar mucho más la noche con actividades en grupo.

—Tío, disfruta esta noche del plus deportista que tiene tu chica yanqui —le dijo Ryan a Ben con la voz gangosa y tambaleándose agarrado a la cintura de una Ally que, aunque le dio un codazo en las costillas, se dejaba querer una vez más.

Poco a poco todos se fueron retirando a sus respectivos cuartos, hasta que Ben y Vera se quedaron solos fuera.

—Ven aquí. —Ben la reclamó haciendo un hueco entre sus piernas para acogerla.

—Este sitio está genial —admiró ella con una profunda respiración—. Antes de que mis padres se separaran, vivíamos en una casa en la playa, a la orilla del mar. Me encantaba dormir al compás de las olas y despertar con las gaviotas. Tras el divorcio, vendieron aquella casa y yo me convencí a mí misma de que era lo mejor. Me obligaba a pensar en esas películas en las que se descongelan los polos y aparecen olas gigantes que engullen todas esas preciosas casas sin dar tiempo de reacción a sus dueños —rio amargamente Vera.

Ben la escuchó sorprendido de que la chica, por primera vez, le contara algo acerca de su vida y, aunque le hizo reír, percibió la amargura que todo aquello le provocaba.

—Bueno, cuando te conviertas en una famosa dibujante de cómics, podrás comprarte una casa como esta. Incluso comprarla aquí —comentó él con el corazón encogido.

—Tu casa también me gusta. —Ella, con la cabeza apoyada sobre su pecho, elevó sus ojos, que mostraban ensoñación en la mirada.

—Yo no tengo una casa, solo es una vieja caravana.

—A mí me gusta.

Ambos callaron y Ben la estrechó entre sus brazos mientras miraban cómo se consumía el fuego de la hoguera con la oscuridad.

—¿Qué ha querido decir Ryan con eso del plus de gimnasta? —preguntó Ben, rompiendo el silencio.

Vera soltó una carcajada y se giró, sentándose sobre sus rodillas frente a él.

—¿De verdad quieres saberlo? —le preguntó en tono pícaro—. ¿Seguro?

—Te aseguro que sí que quiero saberlo —contestó Ben, echándose un poco atrás al apoyarse con los brazos estirados sobre sus palmas.

—Está bien, entonces túmbate y quédate muy quieto. —Vera se mordió el labio mientras él obedecía; reposaba la espalda en el césped y ella le seguía con su cuerpo.

Vera tenía las manos colocadas a ambos lados de los hombros de Ben y su cabello caía a los lados de su cara. Estaban a escasos centímetros de rozar sus bocas cuando ella se puso de puntillas y, con un ligero impulso, elevó las piernas formando una vertical perfecta sobre su cabeza. Entonces dobló los codos para darle un beso suave en los labios desde aquella acrobática posición. Regresó al suelo un pie tras otro y dio una palmada al aire antes de abrir los brazos.

—¡Tachán!

Ben le sonreía con aquellos ojos que se le alargaban y curvaban de igual forma reduciendo su tamaño a la mitad. La aplaudió y volvió a reclamarla para que se tumbara junto a él.

—No está nada mal el «plus», aunque tengo que decirte que ya me quedé impresionado el primer día que te vi saltar desde el puente rojo de Abbeville. Eres una chica impresionante, Vera Gillis.

—Me alegro de que te impresionen las dos únicas cosas que sé hacer bien, saltar y dibujar, Ben Helms. Para el resto de cosas en esta vida parece que soy un auténtico desastre —bromeó de nuevo con amargura.

—De eso nada, Vera, mírame. Eres total y absolutamente, increíble.

Quería besarlo, pero se recostó junto a él en el césped y miró el cielo presa del pánico por lo que estaba sintiendo. Reconocía la forma en la que Ben la miraba, ya había visto esa mirada antes en los ojos de Shark, pero, a diferencia de lo que había vivido con el chico del Bronx, el sureño de Alabama la dejaba sin respiración. Sentía una ansiedad diferente en el corazón en aquel momento, deseaba que el mundo se parase, que se congelara el tiempo y el resto de su vida fuera una pausa eterna en aquel instante. Y eso no era nada bueno. Ben estaba fuera de su mundo, llevaba un estilo de vida muy diferente y vivía en la otra punta del país, su vida no podía ser más complicada... y, aun así, deseaba que sus dos mundos se fundieran en uno solo y que aquel «Carpe Diem» se convirtiera en un «para siempre».

—Consigues que me sienta así, por lo que acepto ser increíble para ti, Ben.

Ambos se giraron para poder besarse y con sus brazos se aproximaron hasta sentir escalofríos recorriendo de pies a cabeza su cuerpo. No eran besos desesperados ni apabullantes, eran tiernos besos de amor que transmitían más que cualquier declaración con voz. Se abrazaban con fuerza, se tocaban con ternura, se besaban con caricias en los labios. Vera se sorprendió al no sentir que el pánico se apoderaba de ella, por el contrario, sentía ganas de ir más allá. Se sentó sobre él y sus manos se atrevieron a tirar de la camiseta de Ben para sacársela por la cabeza. Quería recostar su cara sobre aquel pecho caliente y colmarlo de besos, y estaba a punto de descender para hacerlo cuando lo vio.

—¿Qué ocurre? —preguntó Ben con el pecho movido al ritmo de una respiración jadeante.

Vera sonreía de oreja a oreja sin apartar los ojos de su cuerpo, como si hubiera encontrado algo maravilloso.

—¡Espera! No te muevas.

Vera se levantó y fue hacia su bandolera. Cogió un rotulador negro y regresó para sentarse a horcajadas sobre Ben. Destapó con la boca su arma de dibujante y aproximó la punta a un lunar que Ben tenía bajo su clavícula. Trazó una línea diagonal uniendo otros dos y luego otras más larga hasta otro pequeño lunar a la altura de su corazón. De ahí otra más larga unos milímetros debajo. Hizo unos cuantos trazos rectos hasta lograr el dibujo perfecto.

—¿Qué es esto? —preguntó Ben mirándose el pecho.

—«Que dos personas de mundos diferentes se enamoren y funcione es tan probable como ver un unicornio». Eso decía alguien que conocí —susurró ella.

Ben la miraba sin comprender, pero Vera no pudo evitar reconocer que todo cobraba sentido, que aquello tenía un motivo cósmico y que, de alguna forma, Shark había pasado por su vida para que ella llegara hasta allí, hasta Ben. Ya no había nada que temer, aquel amor tan maravilloso que sentía no podía ser un error y estaba dispuesta a aceptar las consecuencias de él, fueran cuales fueran.

—¡Monoceros! —exclamó Vera asombrada—. ¡La probabilidad del unicornio!

Ben volvió a mirarse y reconoció sobre su pecho los trazos que conformaban la constelación del unicornio.

—Me sorprende que sepas cómo es la constelación del Unicornio, pero te aseguro que creo saber todas las leyes físicas y matemáticas, y esa probabilidad no la conozco. —Ben puso las manos sobre los muslos de Vera. Ella estaba radiante y lo miraba como si hubiera descubierto el misterio más grande de la Humanidad.

Vera rio y le besó repetidamente, poseída por la alegría de sentirse iluminada por una revelación.

Encadenaron besos y risas rodando sobre la hierba, hasta que Ben la detuvo para no caer sobre la hoguera. Estaba sobre ella, agarrándola por las muñecas y con el cabello imposible de mantener en su sitio. Se deleitó unos segundos en su rostro, aquellos ojos enormes sobre los que se reflejaban las llamas anaranjadas, los labios rojos y palpitantes se entreabrían para él y su larga melena parecía el relleno de un cojín mullido bajo sus brazos.

—Esto es demasiado complicado, Vera —dijo con la sangre ardiéndole dentro de las venas.

—¿Qué es lo que te resulta tan difícil?

—No saber qué es lo que deseas que haga. No sé dónde está tu límite, no quiero que esta noche termines temblando en mis brazos. No sé qué es lo que te pasa, no hace falta que me lo cuentes, pero así es complicado. —Con su pulgar acarició las palmas abiertas de Vera.

—Creo que eso ha desaparecido. Ya no te necesito, ahora simplemente, te deseo. —Su pecho se agitó y sus manos se aferraron a él—. Así que deja de pensar en lo que yo necesito y haz lo que tú quieres hacer conmigo.

Sin dejar pasar ni una décima de segundo, Ben puso una mano sobre uno de sus pechos y Vera lo miró sorprendida.

—Vale, es un buen comienzo —rio—. Me hago una idea de por dónde va tu mente ahora mismo.

25

«¿Desde cuándo tiene que ser una cosa o la otra?
Tú puedes tener raíces y alas, Mel».

Sweet home Alabama

Cuando Vera le preguntó si quería ir dentro de la casa al dormitorio, él rehusó la idea. Ben tenía absolutamente todo lo que deseaba en aquel instante: el sonido del agua, un cielo plagado de mapas estelares donde podía divisar Antares y la única persona sobre el planeta capaz de parar sus pensamientos para centrarse simplemente en sentir. Y aquel sentimiento era increíble, tanto que lo veía como una enorme masa capaz de crear una analogía bidimensional de la distorsión del espacio-tiempo.

Tras besarla con pasión hasta llegar a un punto en el que, si seguía acariciando las perfectas redondeces de su cuerpo, perdería cualquier atisbo de control, la abrazó, y ella no dio pie a retomar el ritmo vertiginoso de aquel momento. Ambos habían compartido en unos días más que en toda su vida con otra persona y, a sabiendas de que aquello había comenzado con la premisa de no poder convertirse en algo sólido, estaban en caída libre y sin paracaídas hacia la definición perfecta de «enamorarse». Hicieron suyos la tierra y el cielo, se apoderaron de la teoría de la relatividad y, solo por el miedo a herir un corazón, Ben respiró profundo y se obligó a acunarla en sus brazos para seducirla hacia el sueño.

Vera se quedó en calma, como si su pecho fuera el mejor colchón sobre el que pudiera dormir. Ben no acertaba a adivinar de qué manera sus miedos habían desaparecido, en qué modo había contribuido él a ello y si sería algo sin vuelta atrás. Ella le había dicho que llevaba tiempo sin dormir de verdad, pero entre sus brazos parecía que había encontrado la seguridad para hacerlo. Protegía con su cuerpo a alguien cuyo pasado no importaba, cuyo futuro no sería de su incumbencia. Tan solo le pertenecía su presente y pasó el resto de la noche intentando encontrar la manera de que aquello fuera una ecuación de fácil solución. Vera no podía marcharse de su vida, aquella noche no sería única e irrepetible. Estaba dispuesto a añadir una incógnita más a la ecuación de su vida. El laberinto se complicaba, pero Ben sabía que todo, absolutamente todo, se solucionaba con un pensamiento matemático: conocía las dificultades inherentes a aquella relación y descubriría cómo llegar al resultado que quería conseguir. Vera, él y el maldito unicornio.

Cuando Ben se despertó intentó recordar en qué momento había sucumbido al sueño, en qué parte de los cálculos su mente se había rendido. Estaba tapado por una fina toalla cubierta de rocío y Vera no estaba junto a él. Se incorporó sintiendo los huesos entumecidos y miró a su alrededor para intentar localizarla.

—Hay café recién hecho dentro. No pienso preguntar hasta qué punto lo necesitas. —La voz de Landon le hizo dirigir la mirada hacia el camino de entrada a la casa.

—¿Dónde está Vera?

—Dentro, con las chicas, creo que preparándote el desayuno. Y hasta sonríe pero, repito, no preguntaré —comentó su amigo, socarrón.

Landon le tendió la mano para ayudarle a levantarse y le ofreció la mitad de un bagel relleno de huevos revueltos con *bacon*.

—Gracias —aceptó el desayuno y le dio una palmada en el brazo—. Por todo, ayer fue un día genial.

—¡Así son todos los días de mi vida, tío! —bromeó Landon.

Ambos rieron y comenzaron a andar hacia la casa.

—Malia y yo no vamos a regresar a Abbeville, voy a ir a Aliceville. Allí está su padre en el Festival Creek de Blues. Lomani no pondrá ninguna objeción, es una madre con mentalidad moderna, pero ya sabes cómo es ese jefe de tribu, se toma muy en serio todas los rituales sagrados. Pienso pedirle la mano de su hija y hacer las cosas bien. —Landon infló el pecho y miró a Ben de manera confidente. Arrugaba la frente y golpeaba un puño cerrado sobre el otro.

—¿Os vais a casar? —Ben no se esperaba aquello después de todos los problemas que había tenido aquella pareja, pero tras detenerse en la mirada de su amigo alargó su mano—. Felicidades, amigo, os deseo lo mejor.

—Por ahora me conformo con que ese hombre no quiera arrancarme la cabellera cuando le pida su consentimiento. —Landon regresó a su tono bromista y aceptó estrechar la mano de aquel amigo fiel que había permanecido a su lado desde la muerte de su hermana, durante los momentos más difíciles con su familia y siempre sin pedir nada a cambio, mientras él mismo sufría una desgracia tras otra.

Ben era el mejor amigo que alguien podía tener y, sin embargo, era la persona más solitaria de Abbeville. Landon extendió el gesto hasta un abrazo con fuertes palmadas en la espalda.

—Cuenta conmigo para lo que necesites.

—Gracias, Ben. Si salgo vivo de Aliceville, puedes acompañarme a elegir un buen anillo, uno con el que no me timen y sea lo bastante impresionante como para que Malia acepte casarse conmigo.

Ben le propinó un bocado a su desayuno y le contestó con la boca llena:

—No necesitas comprar el amor de Malia, esa chica te dirá que sí aunque se lo pidas con un tornillo.

—¿Y tú qué tal? ¿A qué demonios estáis jugando esa chica y tú? No me malinterpretes, es genial verte así, casi como un ser humano normal junto a ella, pero ten cuidado, ¿vale? No dejes que te dispare sin llevar el chaleco antibalas puesto.

—Descuida, no creo que Vera sepa coger un arma. ¡Es de Long Island!

Landon rio, la mente cuadriculadamente fisicomatemática de su amigo nunca cogería un símil a la primera. Entraron en la casa y se juntaron con los demás alrededor de la isla donde los gofres recién hechos de una alta torre central volaban hacia los platos con restos de huevos revueltos.

—Te he preparado el café —saludó Vera a Ben, ofreciéndole una enorme taza de cerámica.

Él le dio las gracias con un beso en los labios y sintió la mirada de todos sobre ellos dos.

—¿Qué pasa? —preguntó él, pero no recibió contestación, solo risitas ahogadas en sirope de arce.

Ben le dio un largo trago y en cuanto el líquido cubrió sus papilas gustativas emitió un sonido gutural de protesta.

—¿Pero qué es esto?

—Exactamente lo mismo que me has estado llevando a la biblioteca estos días. ¿Es que no te gusta? —preguntó Vera, desconcertada.

—¡Por Dios, no! Esto es como...

—Como beberse un batido de la tarta más empalagosa y dulce de café, exacto —afirmó ella.

—Este es el café que le gusta a Milly, no a mí. De hecho, a mí ni siquiera me gusta el café, pero en caso de beberlo lo tomo solo —informó Ben.

—Pues ya somos dos, tengo que confesarte que me has estado envenenando estos días. —Vera le quitó la taza de las manos y tiró el contenido por el fregadero.

—¿Y por qué no me has dicho nada? —Ben apoyaba las manos sobre su cadera y la miraba confuso.

—¿Y molestar al chico al que le debo pasta? —Vera le guiñó un ojo.

Todos rieron, los estaban escuchando como si fueran el programa televisivo de entretenimiento matinal. Terminaron relatándole a Ben con detalle cómo fue aquel primer día en el que estuvieron a punto de atropellarla. Después de todo, gracias a las consecuencias de aquel incidente, pudo nacer aquella peculiar historia de amor entre ambos.

Mientras ellos hablaban, Ben miraba a su chica y solo podía pensar en lo poco que sabía de ella; ni siquiera lo que creía saber, como el tipo de café que le gustaba, era cierto. Vera era la bala, ahora lo entendía perfectamente.

Tras recoger la casa, se despidieron y cada cual emprendió el viaje de regreso al pueblo por su lado. En la camioneta de Ben sonaba una emisora de música de grandes baladas. Mientras Ben conducía en silencio, Vera apoyaba los pies sobre sus muslos y mantenía la espalda apoyada en la puerta. Había sacado su cuaderno de dibujo y estaba concentrada con el rotulador de punta fina en la mano. Estuvieron callados durante un buen rato, hasta que Vera se deslió el pañuelo de la muñeca para poder recoger su melena con una lazada sobre la cabeza. Su cicatriz rosácea quedó descubierta y Ben, con presión en el pecho, se atrevió a preguntar.

—¿Cómo te hiciste eso en la muñeca?

Vera levantó la cabeza con lentitud hacia él. Cuando sus ojos metálicos se toparon con las pequeñas pupilas oscuras de Ben, tornaron hacia un tono más oscuro. Vera se agarró la muñeca con la otra mano, como si quisiera ocultar la cicatriz de nuevo para que él no volviera a mirarla. Luego, giró la cabeza para mirar al frente y, tras inspirar profundamente, se recolocó de forma correcta en el asiento.

—Lo siento, no es asunto mío. —Ben tosió y agarró el volante con decisión.

—No, está bien. Supongo que es hora de abrirte algo más que mi corazón.

Vera le miró con todo el amor que ya no podía esconder antes de comenzar a relatar la historia que aún sentía como un mal sueño.

—Cuando iba al instituto yo no salía mucho, me dedicaba solo a las clases, los entrenamientos y las competiciones. Iba de una casa a otra según la semana y el padre con el que me tocara estar. Era alguien sin vida propia, sin apenas relaciones sociales, perdida dentro de mis dibujos, casi como ahora —sonrió con amargura—. Entonces llegó Fordham y allí, por fin, pude ser yo, de una manera estable, libre y emocionante.

Vera le relató sus primeros días en la Universidad, le habló de Pipper y sus aventuras amorosas con el entrenador. Le contó lo ocurrido en la tienda de empeños y cómo conocieron de forma accidental y peligrosa a Shark y Chicco. Ben la escuchó hablar sobre aquel muchacho que pintaba grafitis y terminó enamorado de ella. Se preguntó si el tal Shark había experimentado el mismo galope de latidos en su corazón al entrar en contacto con sus labios, si ella le habría besado de la misma manera que a él, pero, cuando la chica llegó a la parte del relato en la que le explicaba cómo se hizo la cicatriz, se puso tenso. Imaginarla desnuda en brazos de otro no era algo que deseara hacer, pero había algo que no entendía de todo aquello y que lo empezaba a poner nervioso.

—¿Y en qué líos se supone que andaban metidos esos chicos como para veros envueltas en un tiroteo? ¿Pertenecían a alguna banda? Lo siento, pero no logro imaginarte en medio de algo así.

—Por eso estoy aquí, supongo que nadie podía imaginárselo, y menos mis padres. Pero de alguna forma, lo hice. Yo sabía dónde me metía y supongo que hice como si esa parte de Shark no fuera conmigo. Solo disfrutaba pasando tiempo con él, compartiendo lo que nos gustaba a ambos. Sin embargo, Shark y Chicco pertenecían a otro mundo, a uno peligroso en el que arriesgaban su vida con líos de drogas. No sé exactamente si hacían de camellos, enlaces, si traficaban o si solo eran cebos para los niños ricos que salíamos del campus.

Vera miró a Ben, que había fijado la vista al frente y fruncía el ceño. Parecía enfadado; tenía el mismo gesto que sus padres pusieron cuando fueron a verla al hospital. Por un momento se arrepintió de estar contándoselo todo, pero decidió llegar hasta el final, no quería ocultarle quién era. Debía contarle toda la historia.

—Me engañé a mí misma pensando que solo podía tener la parte buena de Shark dejando su lado oscuro alejado de mi mundo. Me equivoqué, jugué con fuego y me quemé, esta cicatriz me lo recordará de por vida.

—¿Sabías que estaba metido en líos de drogas y seguiste con él? —El gesto de Ben había cambiado, su tono de voz se volvió grave y afilado.

—Sí, él me hacía sentir libre —afirmó con sinceridad Vera.

—¡Menuda idiotez!

Vera abrió los ojos y elevó las cejas. Aquella no era la reacción que esperaba de él, pero Ben prosiguió tras llenar los pulmones de aire.

—Es que no puedo entender que alguien de forma consciente quiera relacionarse con ese tipo de gente. ¿Sabes por qué Toby nació así? Por culpa de gente como ese imbécil, mal nacidos que trafican con drogas. Mi madre era una persona frágil, su mente era débil y tuvo la desgracia de toparse con escoria así que le facilitaba la salida con un viaje rápido gracias a las drogas o el alcohol. Ni siquiera pudo apartarse de todo aquello cuando se quedó embarazada y ¿qué pasó al final? ¿Qué? —Ben habló con furia y dolor a Vera, que se encogió en el asiento sintiendo cómo se le salía el corazón del pecho.

—Murió.

—¡Exacto! Y antes desgració el cerebro de un hijo al que no llegó casi ni a conocer. Y todo por gente como tu novio, del que hablas con tanta condescendencia porque, en el fondo, era un artista como tú.

Vera buscó el pañuelo para volver a liarse la muñeca, pero no lo encontró y se puso aún más nerviosa:

—Shark ya no es mi novio. Quiero bajarme.

—No lo entiendo, ¿qué pudo llevarte a querer meterte en ese mundo? —Ben continuó hablando como si no la oyera.

—Yo no me metí en su mundo, me vi sorprendida una noche dentro de él. Te he dicho que quiero bajarme. —Vera habló con dureza, tenía ganas de llorar y no estaba dispuesta a hacerlo delante de él.

—¡No lo entiendo!

—¡Que pares de una maldita vez y dejes que me baje! —gritó Vera, consiguiendo que Ben dejara de mirar al frente.

Giró el volante apartando el coche hacia un lateral y dio un frenazo en medio de aquella carretera desierta. Vera abrió con torpeza la puerta para bajarse y Ben la siguió.

—¡Vuelve a subirte y déjame aquí! ¡Vete! —gritó Vera.

—¡No lo entiendo! —repetía él con desesperación y las manos presionando ambos lados de su cabeza.

—¡Yo tampoco! ¿Vale? Tengo diecinueve años, no sé por qué demonios continué al lado de Shark a sabiendas de que era peligroso, pero ¿sabes qué?, hasta hace un minuto no me arrepentía de haberlo hecho porque gracias a eso estoy ahora mismo aquí. ¿Qué hay de las segundas oportunidades, de todo ese rollo? ¡Yo tampoco me entiendo! Así que lo mejor que puedes hacer es subirte a la camioneta y conducir lejos de mí.

Vera gritó con todas sus fuerzas con el cuerpo en tensión y los ojos llenos de ira y lágrimas.

—Vete de una vez. —Vera arrojó las palabras como si le abofeteara con ellas.

Ben se giró hacia el coche y le dio una fuerte patada a uno de los neumáticos.

—No voy a dejarte aquí —dijo sin mirarla.

—Y yo no pienso regresar a Abbeville sentada a tu lado.

Vera temblaba, en cuestión de un par de minutos toda la felicidad que había encontrado en aquel maldito lugar se había destrozado como un edificio tras ser golpeado por una bola de demolición.

—Pues sube detrás. No voy a dejarte aquí —repitió él de forma grave.

—Aunque tengas ganas de hacerlo, ¿no? —le dijo Vera con la voz ahogada y con ganas de explotar en un llanto agónico.

Ben no le contestó, se dirigió a la parte trasera de la camioneta y bajó la compuerta para que Vera pudiera subirse a la caja. Ella rechazó su ayuda y de un ágil salto subió y se sentó de espaldas a él. Cuando sintió el golpe con el que Ben cerraba la puerta su cuerpo se estremeció.

¿Qué había ocurrido? No reconocía a Ben, el chico sin emociones, cauto y calmado, el muchacho que todo el mundo adoraba y el más listo del planeta. Quien conducía a mayor velocidad ahora era alguien poseído por el dolor y la rabia. Alguien cruel y que Vera consideró mucho más peligroso que Shark. Al fin y al cabo, el chico del Bronx no le había hecho daño directamente, pero Ben acababa de romperle el corazón de una manera atroz. Dejó escapar todo ese sufrimiento enroscada como un ovillo de lana sobre sí misma en un torrente de lágrimas que empaparon su camiseta.

El viaje de vuelta se le hizo eterno y, en cuanto la camioneta frenó frente al jardín en el que trabajaba Thomas Kimmel, Vera saltó de ella y entró corriendo en la casa sin coger sus cosas ni mirar atrás. Subió las escaleras hasta su habitación como un vendaval y se encerró allí.

26

«Una receta compartida en el Sur es más preciada que el oro
y siempre va acompañada de una gran historia».

www.deepsouthdish.com

—¿Qué ha pasado, Benjamin?

Thomas Kimmel se aproximó a él con la pequeña azada en la mano
y la mirada dura.

Ben recogió la bandolera de Vera del asiento del copiloto y su pequeño macuto de la parte trasera. Le entregó al hombre las pertenencias de
la chica y volvió a apretarse la sien con las manos. Tenía un dolor pun-
zante, sentía que le iba a estallar la cabeza.

—No la entiendo, Thomas. ¡No la entiendo! No sabía quién era y ahora no la entiendo.

—Muchacho, a las mujeres no hay que entenderlas. Solo hay que saber amarlas.

El señor Kimmel le dio unos golpes en el brazo, cogió las cosas de
Vera y entró en la casa. Ben miró hacia arriba y sus ojos buscaron la
ventana del balcón de Vera. Las cortinas estaban echadas y ella no estaba ahí detrás para mirarle. Estiró la gorra en sus manos y se la caló a
media frente. Quería marcharse de allí, aquella situación lo tenía totalmente desquiciado. ¿Vera y las drogas? Aquello era demasiado para él.
La había hecho llorar, aquello solo confirmaba lo que él siempre había
pensado: no era capaz de amar, de hacerlo bien. Arrancó y se marchó de
allí convencido de que era lo mejor que podía hacer, por Vera y por él
mismo.

Thomas llamó a su puerta, pero ella no contestó. El anciano volvió a chocar sus nudillos con suavidad al otro lado del pasillo.

—¡Estoy bien! Necesito espacio. Por favor. —La voz de Vera sonó ahogada.

—Solo te traigo tus cosas, las dejaré aquí fuera.

Cuando ella oyó la madera de los escalones crujir se levantó, abrió la puerta y cogió su bandolera. Buscó con manos temblorosas el teléfono móvil y volvió a encerrarse. Tres veces llamó a su padre sin que este le cogiera la llamada, pero al cuarto intento le dejó un mensaje envuelto en llantos.

«...Llévame a casa, papá. No soporto esto, déjame volver a mi vida. Pasaré todo el verano cuidando de Lulú, me encerraré en tu casa si hace falta. Estar aquí es mucho peor, siento que me ahogo, tengo ataques de ansiedad todos los días. Quiero volver, ven a por mí, papá. Mamá no entrará en razón, pero esta no es la solución. Sigo siendo yo y te necesito...».

Colgó y abrió el armario dispuesta a guardar toda su ropa. Si sus padres no iban a por ella, se iría de alguna forma. Si debía comenzar una vida sin nadie, así sería. Volvieron a llamar a la puerta de su habitación y Vera no tuvo más remedio que abrir. Era Ellen con una bandeja que portaba un vaso de té helado y un plato con galletas de mantequilla.

—No tengo hambre, Ellen. —Vera sentía arder sus ojos. Supuso que los tendría enrojecidos, al igual que la punta de su nariz.

—Bueno, si piensas irte de casa, al menos no lo hagas con el estómago vacío.

La señora Kimmel dejó la bandeja sobre la cómoda y se sentó al borde de la cama. Le dio un golpecito a la colcha para atraerla a su lado, pero Vera no se sentó, continuó sacando ropa del armario y metiéndola en su maleta.

—Si quieres llorar no tienes por qué hacerlo sola, no tienes por qué hacer sola nada, incluso puedo ayudarte a doblar esa ropa que estás guardando terriblemente mal. —Cogió uno de los vestidos de algodón de Vera y lo desdobló para guardarlo con cuidado.

—No quiero hablar, Ellen. No vine aquí a hacer suyos mis problemas.

—La única casa que no tiene problemas es la que está vacía, y eso es terriblemente triste, cariño. Siempre hay una decepción, tristeza, enfermedad, disgusto o varias de esas cosas a la vez. Eso es una casa viva, la que sobrevive a los problemas, y, si tengo claro algo, es que Dios hizo esta casa para llenarla de problemas. Por eso viniste aquí tú y otros antes que tú, y lo harán más después de ti.

—¿Cuándo empezó a hacer esto? A acoger a jóvenes problemáticos, como yo... —preguntó Vera.

—Cuando se fue Liah, la casa se quedó vacía y no lo soportaba. No sé cocinar solo para dos. —Ellen intentó que Vera dejara de gimotear—. Todo termina por solucionarse, cariño, ten fe.

—Pero estoy agotada, tengo el cuerpo exhausto, la mente hecha polvo, el corazón sangrando y el alma rota. No puedo más. —Vera se rindió. Se apoyó contra la pared y se escurrió hasta el suelo dejando que las lágrimas volvieran a cubrir su cara—. ¡Solo fue una mala elección! Y parece que va a sentenciar el resto de mi vida allá donde vaya.

—Con diecisiete años me escapé de casa —comenzó a relatar la señora Kimmel.

Aquello consiguió que Vera se secara los ojos y mirara con sorpresa a Ellen.

—¿De qué te sorprendes? ¿Crees que siempre he pesado más de noventa kilos y he llevado puesto un delantal de cuadros alrededor de la cintura?

Vera elevó sus hombros y apretó los labios.

—Pues no, como te iba diciendo, me escapé de casa porque mis padres querían que me casara con Thomas.

—Pero se casó con Thomas —señaló Vera.

—Ese es el final de la historia, pero si no quieres que te la cuente, me voy.

Vera la animó a seguir hablando con la mano y se cruzó de brazos apoyando la barbilla sobre sus rodillas.

—Los padres de Thomas tenían esta granja donde antes criaban terneros, era una familia bastante acomodada y muy querida. Mi madre adoraba a Thomas, pero yo, cuando le veía, solo podía pensar en excrementos de vacas y en sus brazos delgaduchos. El pobre Thomas era tan tímido que con solo saludarme a la salida de la iglesia los domingos se le encendía la cara, pero yo no le prestaba atención. Yo estaba enamorada de Bradley Ritting, el apuesto dentista que venía los viernes a Abbeville para pasar consulta. Solía quedarse a dormir en el hotel, porque terminaba muy tarde, pero antes le gustaba ir a cenar al Huggin's y bailar un rato en la sala de fiestas. Me invitó a bailar una noche y terminamos viéndonos cada vez que venía, a escondidas, claro, porque mis padres nunca habrían aprobado nuestra diferencia de edad. El caso es que medio año después decidí fugarme, ¡madre mía, solo medio año después! Cogí un autobús hasta Eufala y me presenté en su clínica. Esperé sentada una media hora porque me dijeron que estaba tratando a un paciente, entonces me entraron ganas de ir al baño y le vi salir por otra puerta de la mano de una mujer embarazada que llevaba a un precioso niño de la mano.

—¿Estaba casado?

—Sí, Vera. Estaba casado y tenía hijos. Regresé a Abbeville al día siguiente; mis padres estuvieron a punto de no dejarme regresar a casa. No sé cómo había volado el cotilleo hasta el pueblo, ya sabes cómo es este sitio.

—Y llegó Thomas.

—No, Thomas no llegó porque siempre estuvo ahí. Siguió acercándose a mí cada domingo, sin importarle lo que los demás decían de mí.

—¿Entonces terminó casada con Thomas porque era el único hombre dispuesto a estar con usted?

—No, terminé casada con él porque descubrí que era gracioso, conseguía hacerme reír. Era educado y caballeroso, se preocupaba por mí, me cuidaba. Me sentía segura con él y hay pocas cosas más atractivas que alguien que te hace sentir segura. Y sabía besar. ¡Oh, Vera! Aún recuerdo los primeros besos de Thomas y me sigo sorprendiendo.

A Vera se le hacía muy difícil imaginarse al señor Kimmel como un magnífico besador, pero algo dentro de ella se calmó tras escuchar a Ellen. ¿Acaso ella podía entenderla de verdad?

—¿Te has enamorado de nuestro Ben? —le preguntó la cocinera.

—Tanto que duele —Vera se sorbió los mocos y se secó la cara con el borde de la camiseta.

—Mira, Ben ha sufrido muchísimo, toda su vida han sido días y días duros de incomprensión, soledad y carencias de todo tipo. Ese chico no tuvo una infancia normal, sino una llena de resacas, peleas y techos diferentes bajo los que dormir cada dos por tres. Tampoco disfrutó de una adolescencia llena de partidos de fútbol y bailes con chicas guapas, lo suyo fue una lucha continua por vivir en un mundo que iba demasiado lento para él y en el que andaba solo y sin ninguna ayuda. Y cuando su vida iba a cambiar, a dar el gran salto, llegó Toby.

Ellen se levantó con dificultad de la cama y le ofreció la mano a Vera para que se levantara del suelo.

—Nunca, jamás en todos estos años, había visto a ese chico sonreír de verdad. Dale solo un día para que su mente de genio comprenda y hará algo que nunca ha tenido que hacer: pedir perdón. Algunos tardan una vida entera en hacerlo, pero he tenido a ese chico bajo mi techo más de una vez y apuesto lo que quieras a que él lo hará en menos de veinticuatro horas. Si me equivoco, yo misma te llevaré a la estación de autobús más cercana.

Vera se levantó y cogió una galleta de la bandeja:

—¿Me enseña a hacerlas?

—Me parece un plan estupendo para pasar la tarde.

27

«Yo no planeé enamorarme de ti y dudo que tú planearas enamorarte de mí, pero desde que nos conocimos estaba claro que ninguno de los dos podía controlar lo que nos pasaba».

El cuaderno de Noah, Nicholas Sparks

El silencio resultaba mucho más ruidoso en aquel lago que una explosión de fuegos artificiales del cuatro de julio. Ben lanzaba piedras con tal furia hacia el agua que estas saltaban sobre la superficie hasta hundirse finalmente varios metros a lo lejos.

No entendía a Vera. ¿Cómo alguien como ella podía haber querido estar cerca de lo que él más odiaba? Sin embargo, tampoco se entendía a sí mismo. Deseaba volver a verla, saber si se encontraba bien o si él le había hecho tanto daño con su actitud que continuaba llorando. No quería volver a verla y se moría por ir en su busca. Era irracional, absurdo, contradictorio..., pero tan real que el sentimiento casi podía tocarse. Aquello no podía ser amor del bueno.

La cabeza le hervía, los músculos del cuerpo le pesaban y el aire parecía que no le proporcionaba oxígeno suficiente. Se quitó la ropa y se zambulló en el agua lanzando brazadas enérgicas que le llevaron al centro del lago. Respiraba con dificultad y no comprendía por qué le costaba llenar los pulmones. Sintió la soledad como nunca, de una forma aterradora. Pensó en Toby y gritó de rabia con todas sus fuerzas hasta vaciar los pulmones. Se sintió un fraude. Se suponía que era un genio, el que lo arreglaba todo, pero no conseguía encontrar la salida del laberinto ni era capaz de arreglar lo más importante de su vida. Los números no cuadraban, aquello era su realidad y soñar durante un par de días que podía ser diferente era un engaño. Su vida era aquello: silencio y soledad.

Regresó a la caravana, se puso ropa limpia y subió a la camioneta dispuesto a ir junto a su hermano para recordarle a su cerebro lo que importaba y por lo que tenía que luchar. Era tarde, pero sabía que a él no le pondrían impedimentos para entrar a verle. Subió y cuando miró al asiento del copiloto encontró el pañuelo de Vera olvidado. Lo cogió y se maldijo. El corazón se le desbocó y estampó con fuerza el puño que agarraba el trozo de tela en el salpicadero.

Aquella cicatriz y su historia destapada detrás de aquel maldito pañuelo. Lo estrujó dentro de su puño y volvió a golpear centrando la fuerza en sus nudillos. ¿Por qué le dolía tanto? Se suponía que aquello sería algo fugaz, pero lo que sentía dentro de su pecho le indicaba que Vera no era algo fácil de arrancar. La chica se le había metido dentro, le había taladrado el corazón. Pensó en sus ojos grises cubiertos de lágrimas, en la decepción que mostraba su gesto al mirarle mientras le pedía que la dejara en medio de aquella carretera solitaria, en la visión de su cuerpo hecho un ovillo a través del espejo retrovisor.

—Soy un imbécil.

Su cerebro matemático unió días, recuerdos y frases, razonó la conclusión y no pudo sentirse peor. Vera había llegado a Abbeville arrastrando aquella horrible historia de la que no podía escapar porque conseguía dominar su mente hasta anular su increíble fuerza. Ben la había tenido entre sus brazos temblando de miedo, rogándole que la abrazara para que no solo su cuerpo, sino también su mente, se alejaran de aquello. Vera no formaba parte de aquello que odiaba. Vera era todo lo contrario.

Arrancó la camioneta para conducir hacia casa de los Kimmel porque ya lo entendía todo y había cometido un error enorme.

Las luces estaban apagadas y la casa en silencio, miró su reloj de muñeca y vio que era mucho más tarde de lo que pensaba. Todos deberían de estar dormidos, pero él estaba allí y no podía marcharse sin decir todo lo que llevaba dentro, o al menos intentarlo.

Subió al magnolio y de allí dio un salto hasta colgarse de la barandilla de la terraza. Se balanceó e hizo fuerzas para alzar su pierna derecha hasta el borde. Era la primera vez que hacía algo así y esperaba que cuando la chica lo viera su reacción no fuera lanzarlo al vacío desde allí arriba. No tuvo que llamar en el cristal; Vera había oído el ruido y descorrió la cortina desconcertada.

—¡Ben! ¿Qué? ¿Cómo? —abrió la puerta y le dejó pasar.

—Tenía que hablar contigo —dijo Ben, angustiado.

—¡No! Yo soy la que tiene que aclarar algunas cosas, déjame hablar a mí primero.

Ben echó la cabeza hacia atrás un poco y elevó las cejas. Vera no parecía enfadada, sus ojos aún lucían una leve irritación, pero estaba preciosa con la melena salvaje sobre aquella camiseta blanca de tirantes con la que había saltado de la cama. Calló y le cedió la palabra con la mano de manera caballerosa.

—Tomé una mala decisión este año, crucé un límite peligroso y salí mal parada, incluso pude haber muerto por lanzarme a algo sin pensar en las consecuencias, pero, al venir aquí y conocerte, sí que era muy consciente de los pasos que daba y lo inestables que eran. Ally intentó frenarme, el padre Oliver me lo advirtió y, aun así, decidí ignorarles. Me acerqué a ti, me aproveché de ese enorme corazón que tienes al pedirte ayuda y te arrastré hacia el caos que soy. Te aseguro que en ningún momento pretendí que salieras mal parado, pero reconozco que fui una egoísta al no importarme las consecuencias, solo pensé en lo que yo necesitaba y no pensé en si eso te podía afectar de alguna forma.

Ben intentó hablar, pero Vera le pidió que esperara un poco más y continuó:

—Quería que esto fuera un paréntesis en mi vida, eras el barco que debía coger para llegar a puerto seguro, pero... debí hacer caso a los que me advirtieron y lo siento mucho. Espero que me perdones y que cuando me vaya no me recuerdes como alguien horrible que pasó por tu vida. —La voz de Vera se quebró y tomó aire rápido para proseguir—. Ben, te doy las gracias por estos días en los que me has ayudado a superar el miedo. He sentido algo realmente bueno junto a ti. Sé que te ha decepcionado conocerme, lo siento muchísimo, pero aquella mala elección ha hecho que hoy sea quien soy, conocerte ha hecho que ahora misma sea quien soy y de eso no me arrepiento, porque gracias a ti soy mejor. Perdóname, intenta no odiarme y, por favor, no me olvides.

Las lágrimas regresaron a los ojos de Vera y Ben se desarmó por completo, no sabía cómo gestionar a una mujer llorando que parecía estar cortando con él, despidiéndose, asumiendo un error, pidiéndole perdón. Eran tantas cosas a la vez que no sabía por dónde comenzar. Eso se tradujo en un silencio que terminó por hacer que Vera se secara lo ojos y le preguntara con angustia:

—¿Vas a decirme tú algo?

Ben decidió no pensar las palabras y simplemente soltar por la boca sus sentimientos.

—¡Esto no se ha terminado! —Intentó no elevar la voz demasiado para no despertar a los Kimmel, pero el tono fue lo bastante agónico como para que Vera diera un respingo—. El que tiene que pedir perdón soy yo, he proyectado en ti una frustración mía. Tú no pertenecías al mundo de Shark como yo no pertenecía al de mi madre, simplemente nos vimos envueltos en él. Incluso aunque hubieras estado metida de forma directa en los negocios de ese chico eso es el pasado, no es el presente y sí, siempre hay que darle una segunda oportunidad a las cosas que merecen la pena. Vera, tú sí que mereces la pena, perdóname por comportarme como un cretino antes. —Recordó las palabras de Thomas y terminó la frase—: Perdóname por no saber amarte.

—No te pedí que me amaras, Ben. No me pidas perdón —gimió.

—¡Pero te amo!

Vera abrió los ojos y dejó de respirar:

—¿Me amas? No puedes hablar en serio después de conocerme de verdad.

—Especialmente después de conocerte del todo, porque ahora sé cuál es tu sombra y quiero abrazarte hasta hacerla desaparecer del todo.

Ben dio un paso decidido hacia ella y la agarró por el cuello con suavidad.

—Pero es una locura, voy a irme de aquí. Lo nuestro no podría funcionar. Terminaré haciéndote más daño y tu vida ya es lo bastante complicada —dijo Vera, temblando al sentir el calor de sus manos.

—Me parece que no me has oído bien. He dicho que te amo, y eso era algo que creí que jamás me ocurriría a mí. El único problema es que tú no sientas lo mismo por mí. ¿Tú me amas, Vera Gillis?

Ella cerró los ojos e inspiró el aroma a cerezas.

—Con todas las células de mi cuerpo. —Vera agarró con sus manos los antebrazos de Ben y le obligó a besarla antes de que una sola frase más rompiera el momento más perfecto de su existencia.

Se abrazaron hasta que se esfumaron los miedos de ambos, se besaron hasta perdonarse mutuamente y se quedaron dormidos con las manos enlazadas sin pronunciar ni una sola palabra más.

Ben se escabulló de la casa cuando el sol salía de puntillas por el horizonte tras despedirse con un beso en la frente de una somnolienta Vera.

—Buenos días, muchacho. —El señor Kimmel disfrutaba de pequeños sorbos de café en el porche viendo amanecer.

Ben, que acababa de saltar del árbol, se topó con él a su espalda y cerró los ojos antes de girarse para pedir disculpas.

—No quiero saberlo. —Thomas le dio el alto con la mano—. La próxima vez sal por la puerta, no eres ni un gato ni un adolescente de quince años. Si estropeas ese magnolio tendré que pegarte un tiro.

—Sí, señor. —Ben se puso la gorra, ahuecó la visera y se dio un toque en ella para despedirse.

28

«Persigue tus sueños pero recuerda siempre la carretera
que te conducirá a casa de nuevo».

Tim McGraw

—Mira que me cuesta asimilar que hayas estado liada con un pandillero y que te vieras envuelta en medio de un tiroteo por una redada de drogas en un barrio chungo de Nueva York, pero alucino con que hayas pasado dos noches seguidas con Ben y que no hayáis llegado hasta el final. ¿Es que crees que irás al infierno si te acuestas con él o qué?

Ally se había llevado un bote de nata montada a la biblioteca y entre frase y frase se llenaba la boca con una enorme pelota blanca.

—Ally...

—¿Qué? No me mires así, la loca está claro que no soy yo. ¿Pero tú has visto lo bueno que está Ben? ¿Cómo no ha podido pasar nada entre vosotros todavía?

—Yo no diría que no ha pasado nada de nada, pero ayer no era el momento. Estábamos agotados, fue todo muy intenso. —Vera suspiró.

Era liberador poder hablar por fin de lo que le había ocurrido con los demás, abrirse le hacía sentirlo como algo lejano y superado.

—Entonces se acabó el Carpe Diem. Chica, te has metido en un buen lío.

Ally le ofreció el bote de nata a Vera y esta se llenó la boca de la espuma helada.

—Lo sé, pero ¿acaso no has visto lo bueno que está? —Vera bromeó con Ally y ambas rieron provocando que Milly se levantara de su asiento para mirarlas por encima de las gafas—. Me he enamorado de él.

Lo dijo en voz alta y su corazón latió con fuerza. Habían quedado en verse a la salida del trabajo; Ben quería enseñar a Vera a hacer sus piruletas.

—Entonces, mueve el culo y vete de aquí de una vez. No pierdas ni un minuto más colocando libros, ¡que le den a Milly y a sus dedos estirados mandándonos callar!

—Pero aún le debo los cuarenta pavos a Ben —le recordó Vera.

—Pues págaselos en especie, cariño. —Ally le dio un pellizco en el trasero y ambas rieron mientras salían apresuradas de la biblioteca ignorando a la bibliotecaria.

Vera pedaleó con alegría hacia la gasolinera y, en cuanto llegó, se bajó de un salto tirando la bicicleta al suelo para lanzarse a los brazos de Ben, que nada más oír a la chica llamarle se había levantado de la silla para ir hacia ella. Vera saltó sobre él y el muchacho la agarró mientras ella le rodeaba la cintura con las piernas y se lo comía a besos por toda la cara.

—Si no paras no podré ir a cambiarme —rio Ben.

—Está bien, pero pienso meterme contigo a ayudarte.

—Me parece bien —la agarró de la mano y se metieron dentro de la oficina.

Vera cerró la puerta de la pequeña habitación que hacía de baño con él y le agarró la camiseta para sacársela de un tirón y volver a llenar de besos su cuerpo mientras Ben no dejaba de reír.

—¿Estás ahí, Ben?

La voz de Kevin se coló por debajo de la puerta y él contestó haciendo callar a Vera.

—Salgo enseguida.

—¡Hola, Vera! —saludó Kevin.

Obviamente había visto la bicicleta de la chica tirada en medio de la gasolinera y no había que ser un genio como su compañero para imaginarse lo que hacían dentro del baño los dos.

Ben consiguió echarse algo de agua en el lavabo mientras ella le dificultaba concentrarse en algo tan sencillo.

—Pásame la camiseta limpia. Está ahí, justo detrás de ti —le indicó él.

—Lo sé, pero ¿es estrictamente necesario que te la pongas? —La chica se mordió el labio inferior.

Ben agarró la cintura de la chica, que estaba especialmente provocadora aquel día, y la hizo girar en el aire.

—Me temo que sí, no suelo andar desnudo por la calle.

—Pues es una verdadera pena.

Ben no podía dejar de reír, pero en cuanto terminó de cambiarse se tomó la licencia de permanecer encerrado allí un par de minutos más para besarse con la chica con tal intensidad que el pequeño espejo terminó empañado.

Tenían que pasar por el supermercado para comprar los ingredientes y aquella simple actividad se convirtió en un juego en el que Vera corría subida encima de las ruedas del carrito metálico y Ben intentaba que no se estrellara contra los estantes. La gente miraba a Vera con sorpresa, pero, en cuanto veían a Ben junto a ella, sonreían y seguían con sus compras.

Disfrutaron escuchando el programa de acertijos en la radio de camino a la caravana, hasta que Ben decidió hacer una parada sorpresa a mitad de camino para enseñarle a Vera algo bonito aquella tarde. Tomó una salida secundaria y cogió un camino de tierra durante unos minutos.

—¿Qué es?

—Espera.

—Estoy esperando a llegar, pero dime qué es.

—Impaciente.

—¿Qué es?

—¡Espera!

Vera escuchó el ruido del agua correr y golpear con fuerza contra sí misma.

—Ya hemos llegado. —Ben señaló al frente al traspasar la ultima hilera de árboles que escondían detrás aquella maravilla de la naturaleza.

Vera se quedó maravillada y se bajó con rapidez del coche. Delante de ella tenía una sección de río donde el cauce tomaba diferentes pendientes, provocando diferentes velocidades y turbulencias en el agua.

—Pensé que te gustaría ver estas pequeñas cascadas, a mí me parecen bonitas. —Ben se quitó la gorra y se pasó la mano por el cabello para recolocársela al revés.

—¡Son increíbles!

Él la miró embelesado, de la misma forma que ella miraba el agua. No pudo resistirse y la agarró por la cara para besarla con pasión. Ella respondió complacida al gesto y se entregaron a una tanda de besos profundos, de caricias que sorteaban la tela de su ropa y abrazos que complicaban la respiración, de tal forma que no notaron cuando el cielo comenzó a cubrirse de nubarrones. Ni siquiera pararon cuando sintieron que empezaban a caer enormes gotas de agua sobre ellos. Se dejaron empapar rodeados del ensordecedor ruido de aquellos rápidos junto a lo que se besaban y de los truenos que comenzaban a sonar sobre sus cabezas.

—No deberíamos seguir aquí con esos relámpagos, tenemos que meternos en el coche. —Ben la cogió de la mano y corrieron al interior de la camioneta.

Dentro rieron y volvieron a besarse hasta que la lluvia remitió y decidieron ir a la caravana antes de coger una pulmonía. Sin embargo, cuando Ben intentó retroceder las ruedas patinaron y no se movieron del lugar.

—Vaya por Dios...

—¿Qué pasa?

—Creo que nos hemos quedado atrapados en el barro. Espera aquí, ponte al volante y haz lo que yo te diga —le indicó Ben.

Se bajó y buscó algo que atar a la rueda, pero todas las ramas caídas eran demasiado redondas y frágiles. Probó uniendo varias y le hizo una señal a Vera para que lo intentara. Vera aceleró y las ruedas traseras derraparon en el terreno, convirtiéndose en un surtidor de barro enfocado directamente hacia Ben, que terminó cayendo hacia atrás en el lodo. Cuando Vera se dio cuenta paró, apagó el motor y se bajó de un salto. A pesar de que Ben le dio el alto con la mano para que no se metiera allí, ella corrió hacia él para auxiliarlo con la mala suerte de que resbaló y terminó patinando hacia su lado, cayó de rodillas y sus manos frenaron sobre las piernas de él.

—¿Estás bien? —preguntó Ben mientras se quitaba un pegote de barro de la cara.

Vera le miró y rompió a reír. Estaba empapada, con las piernas embadurnadas y las puntas del cabello con pegotes de lodo.

—Pareces una galleta de jengibre —rio.

Ben se levantó y cogió de los brazos a Vera para ayudarla a ponerse en pie y tras unos cuantos resbalones que les hicieron bailar pusieron los pies sobre terreno estable.

—Menudo desastre, tendré que dejar aquí la camioneta y llamar a Kevin para que me ayude con su remolcador. —Ben se quitó la camiseta para limpiarse la cara del todo con ella.

—Al menos ha dejado de llover y tenemos otro vehículo a mano. —Vera señaló su bicicleta, divertida. Intentaba limpiarse las palmas de las manos sin resultado restregándolas contra sus muslos—. Estamos más cerca de casa de los Kimmel que de tu caravana, tienes que llevarme a por ropa limpia.

—Está bien, podemos intentarlo. —Ben se recolocó el mechón y se agarró con cuidado a la carrocería para no volver a caer en el lodo y bajar la bicicleta de la parte trasera.

Lanzó la manta enrollada que llevaba en el cofre a Vera para que la pusiera en el manillar y, una vez que se adaptó la altura del sillín a sus piernas, la agarró para sentarla encima.

—Agárrate bien a mis brazos. Coloca los pies juntos aquí delante. ¿Preparada? —le preguntó, dándole un beso en la punta de la nariz una vez que habían regresado a la carretera de asfalto.

—¡Ignición! —gritó ella, levantando los brazos y desestabilizándolos.

—¡Agárrate! Estás loca, como una regadera —rio Ben, iniciando el pedaleo con brío.

—¡Yuju!

Tras la lluvia, el ambiente mantenía un grado de humedad que hizo aquel paseo mucho más agradable y llevadero para ambos, y consiguió que se les secara el barro sobre la ropa y la piel.

—¡Venga, un empujoncito más! Ahí está ya la granja de los Kimmel —animó Vera a su chico.

—Ahora mismo me comería una olla entera de estofado de Ellen —comentó él con la respiración entrecortada por el ejercicio.

Se cruzaron con un coche y Ben le saludó con la cabeza al no poder soltar el manillar.

—Qué raro...

—¿El qué?

—Era Pat, es algo así como el taxista de Abbeville.

—¿Es amigo de los Kimmel?

—Bueno, aquí nos conocemos todos.

—¿Entonces por qué es raro que venga de su casa?

Conforme lo preguntaba sintió un escalofrío que surcó su espalda e hizo que se agarrara con más fuerza a los brazos de Ben. Se giró y rogó que no fuera cierto lo que se temía.

—No, no, no...

Conforme se acercaban a la casa su temor se hizo mayor y, al ver la silueta de tres personas en el porche, Vera sintió que se mareaba. La llamada, la maldita llamada de teléfono.

—Mi padre, es mi padre, Ben. —Sin darse cuenta apretó con sus manos los antebrazos de Ben.

—Tranquila —dijo él, fingiendo su propia tranquilidad.

Antes de que pudieran alcanzar el jardín para bajarse de la bicicleta, el señor Gillis había bajado los escalones a toda prisa como si su hija estuviera en brazos del mayor de los peligros del mundo.

—Ya estoy aquí, hija.

Vera se bajó del manillar de un salto y fue hacia sus brazos abiertos forzando la sonrisa.

—¿Qué haces aquí? No respondiste a mis llamadas ni una sola vez en estas semanas y ahora estás aquí.

El hombre abrazó a su hija a pesar de estar cubierta de barro seco.

—He estado encerrado en el estudio y ya sabes que el orientador dijo que no hiciéramos caso de tus llamadas porque esto era lo mejor para ti. Pero con tu mensaje de la otra noche yo ya no pude más; le dije a tu madre que me importaban un comino ese hombre y sus consejos. ¿Estás bien? ¿Qué te ha pasado? ¿Por qué estás así?

La separó de sí para hacer un repaso visual por su cuerpo y luego miró hacia el chico que la acababa de traer montada en la bicicleta.

Ben, descamisado y cubierto de barro, con los vaqueros rotos y el gesto tenso, dio un paso adelante.

—Señor Gillis, soy Ben. La camioneta se me quedó atascada en un lodazal tras la lluvia —explicó con la mano extendida hacia él, esperando un apretón.

El padre de Vera tardó un par de segundos en reaccionar, le miró de arriba abajo y, sin responder, le estrechó la mano.

—¿Necesitas ayuda, muchacho? —le preguntó Thomas.

—Si me permite pasar y llamar a Kevin se lo agradecería, en la Standard tenemos la grúa de remolque.

—Claro, cariño, pasa. Aséate un poco, te dejaré una camisa de Thomas —intervino Ellen, que estaba visiblemente perturbada con la situación.

Ben miró a Vera al pasar junto a ella y le sonrió con los labios apretados. A su padre no le pasó inadvertida la forma de mirarse y puso los brazos en jarras sobre sus caderas.

—A ver si lo entiendo bien, Vera: ¿me llamas como una desesperada pidiéndome que venga a por ti y lo que realmente pasa es que te has liado con el primer chico del pueblo con el que te has cruzado? ¿Vuelves a hacer otra vez lo mismo?

—No es eso, papá.

—Entonces, ¿me puedes explicar exactamente qué es? —extendió el brazo para señalar hacia la dirección por donde Ben se había ido.

—La situación de Ben es diferente, no es como la de Shark.

—¿Diferente a Shark? Pues no es lo que parece.

—¿Con un solo vistazo ya le juzgas? —Vera arrugó la frente con decepción.

—Vera, me has llamado rogándome para que te llevara a casa y aquí estoy. ¿A qué estás jugando?

—¡Y me quería ir! Pero es complicado, conocí a Ben y todo cambió.

—Por Dios bendito, Vera. ¡Me llamaste ayer mismo ahogándote en lágrimas!

Vera abrió la boca para contestar a su padre, pero al levantar la mirada vio a Ben, que, tras escuchar esa última frase, se había quedado petrificado en el último escalón. Sus ojos se curvaron hacia abajo y perdieron la luz brillante con la que la había estado mirando a lo largo de toda la tarde.

—Yo me voy ya. Kevin me recogerá de camino a la gasolinera e iremos juntos a por la camioneta. —Había pesadumbre en sus ojos, quería quedarse con ella, pero sabía que en aquel momento su presencia sobraba—. Encantado de conocerle, señor Gillis.

—Aún no estoy seguro de poder decir lo mismo —contestó con brusquedad el hombre, que, vestido con pantalón y camiseta negra, sudaba como si estuviera dentro de una sauna.

—¡Papá! —Vera alzó los brazos molesta.

Ben la miró y le regaló una sonrisa apretada, y con la mano se despidió de los Kimmel, que observaban desde la puerta de la casa.

—Papá, si me das la oportunidad te lo explicaré todo. Vuelves a juzgar mal la situación, a mí, a Ben.

El señor Gillis la miró con el ceño arrugado y las gotas de sudor resbalando por los surcos de su frente. Respiró profundo y miró cómo se alejaba el chico con paso firme por el camino.

—Está bien, Vera. Escucharé todo lo que tengas que decirme. He venido hasta aquí para solucionar las cosas, pero no quiere decir necesariamente que eso sea dejarte hacer lo que te da la gana. Sube y cámbiate, yo necesito beber algo bien frío.

—¡Hay té helado! —exclamó Ellen en voz alta, y Thomas la reprendió con la vista por meterse en medio de la conversación de padre e hija.

Vera entró en la casa corriendo y presa de la angustia. ¿Cómo se podía haber torcido todo de nuevo tan rápido? Se maldijo sin parar mientras se duchaba por haber sido tan estúpida; lamentaba con todo su ser haber hecho esa llamada desesperada a su padre. No sabía ni por dónde empezar para explicar lo que aquellos días habían supuesto para ella junto a esa gente, en ese pueblo, con Ben.

Se puso su vestido amarillo y bajó las escaleras controlando la respiración y ordenando mentalmente cómo exponerle a su padre las cosas. Este le salió al encuentro al pie de la escalinata y le habló con pausa.

—Estás muy guapa, hija. Dame otro abrazo, sobre todo quiero que sepas que yo solo deseo que estés segura, que seas feliz.

Se abrazaron y luego su padre se giró para coger la chaqueta que colgaba de la tosca percha que había en la entrada de la casa.

—Antes de nada, quiero darte algo. No pone de quién es, pero creo estar más que seguro que es de ese chico; llegó a tu buzón de la Universidad.

Vera miró lo que su padre sostenía en la mano, era una postal con una imagen de un tiburón surcando las aguas del Pacífico. Tan solo había escrita una frase: «Gracias por abrirme las puertas del mundo».

Vera se tapó la boca con la mano.

—Ese insensato se ha arriesgado mucho haciendo esto. Entró en un programa de protección de testigos. —El señor Gillis habló con la voz ronca y Vera abrió los labios, pero no consiguió decir una palabra.

Pensó en Shark, por fin había salido de aquel mundo, pero de una forma muy diferente a como él imaginaba. En ese instante se sintió culpable de haberle guardado rencor durante tanto tiempo, cuando él realmente lo único que hizo fue intentar buscar una salida a una vida mejor a través de ella.

—Tu compañera, Pipper, está embarazada del chico que murió aquella noche.

—¡No! —exclamó Vera, horrorizada.

—Pues sí, y además está vigilada por la policía porque, aunque se quedó inconsciente en el tiroteo, no están seguros de que esa gentuza no pueda ir a por ella.

—¿Por qué me cuentas todo esto ahora, papá? —Vera no sabía qué hacer con aquella postal entre las manos—. ¿Acaso corro yo peligro también?

—No, nadie te vio a ti ahí. No saben nada de ti, pero espero que esto te valga para abrir los ojos. ¡Para que los abras de una vez!

—¡Los tengo muy abiertos, papá! Nunca pretendí verme envuelta en algo así y, si lo que quieres oír es que he aprendido la lección, puedes estar más que tranquilo. —Vera intentó serenarse.

—Pues no es lo que parece, Vera. ¿Qué haces liada con un gasolinero? ¿Es que quieres terminar de arruinar tu vida, terminar como Pipper?

—Él no es un simple gasolinero y, aunque así fuera, te aseguro que no hay mejor persona en todo el planeta.

—¿Y si es tan maravilloso, por qué llorabas ayer y te querías ir lejos de él?

—Porque le conté el motivo por el que vine aquí y tras saberlo no quería estar conmigo. Él no quería estar conmigo.

—¿Qué él no quería estar *contigo*? —Tras repetirlo con los ojos muy abiertos, relajó la frente y soltó una carcajada—. Vaya, eso sí que es bueno.

—Pues sí, no quería, pero me escuchó, a diferencia de lo que estás haciendo tú, y rectificó. Me entendió y me quiere.

El padre de Vera se crispó y salió hacia el porche dando grandes zancadas. Vera lo siguió afuera.

—No puedes estar hablando en serio, Vera. ¿Cómo vas a hablarme de amor si apenas llevas unas semanas aquí? ¿Quieres arruinar tu vida? Tienes el mundo a tus pies, entre tu madre y yo te lo podemos dar todo: unos estudios, un futuro, una estabilidad económica, el mejor ambiente... Tenemos el mundo para ponértelo en las manos y tú me estás diciendo que vas a estropear tu vida por un chico de este pueblo...

—¡Pero si no le conoces, papá! —Vera elevó la voz con angustia, pero su padre ni siquiera la miró y continuó hablando sin parar de caminar de una punta a la otra del porche.

—Le dije a tu madre que era una mala idea, pero ella solo escucha lo que ese sacerdote le dice. Ya le dije yo que mandarte a otro lugar no cambiaría las cosas, ¿qué importa el lugar al que vayas si sigues siendo la misma?, el cambio nace desde dentro y solo si uno se lo propone. Allí o aquí tú solo piensas en ti, sin valorar las consecuencias, sin importarte nadie más, ni tu madre ni yo ni tu hermana.

—¿Pero en qué momento de vuestras vidas habéis pensado vosotros en mí para tomar ni una sola decisión? —Vera arrugó entre las manos la postal sin ser consciente de ello.

—¡Nos divorciamos por ti!

Aquello fue mucho peor que recibir un disparo en medio del corazón. Vera salió corriendo, no quería oír nada más. Cogió la bicicleta y, aunque oyó que su padre la llamaba y gritaba que no quería decir lo que había dicho, ella pedaleó con todas las fuerzas de su cuerpo.

La pareja de ancianos salieron al porche en cuanto los gritos cesaron y se encontraron con el señor Gillis agarrado con furia a la barandilla.

—Tengo que llamar a la policía, no sé dónde va y es muy tarde para que vaya por ahí montada en esa ridícula bicicleta, puede ocurrirle algo. No entiendo qué le está pasando a esta niña.

—Es que ya no es una niña, Richard. ¿Puedo llamarle Richard, verdad? No se preocupe, sé exactamente hacia dónde va, no hay necesidad de llamar a la policía —intervino Ellen con dulzura.

—¿Que sabe adónde va? Pues lléveme allí ahora mismo. —La orden hizo que Thomas diera un paso al frente y sacara pecho.

—Bueno, no sabemos a qué lugar, pero sí sé con quién estará y le aseguro que junto a él no corre ningún peligro. Ben es el mejor chico que podrá encontrar de aquí a Alaska.

—Sinceramente, su opinión no es de mi interés y yo pienso ir a por mi hija y llevarla de vuelta a casa a primera hora de la mañana.

Ellen agarró de la mano a su marido y le transmitió la calma con la que siempre gestionaba aquel tipo de situaciones.

—¿Acaso cree usted que la distancia importa en estos casos o que hay un sitio realmente seguro para ella? Esos chicos se han enamorado y, aunque se la lleve al fin del mundo, ese tipo de amor es de los que resisten tiempo, distancia y prejuicios absurdos. Ben no es quien usted piensa y, si tiene la amabilidad de aceptar sentarse a mi mesa, le contaré quién es mientras compartimos el guiso que he preparado. Quizá cambie de opinión.

29

«Supo que lo amaba cuando «hogar» dejó de ser
un lugar para ser una persona».

E. Leventhal

«Tras la tormenta llega la calma». Ben pensó que nada más lejos de la verdad, aquello era un bucle de alteraciones meteorológicas que golpeaban su vida desde que Vera había aparecido en ella. En medio del lago sostenía la caña con una mano mientras se preguntaba si debía regresar a la granja de los Kimmel para ver si ella estaba bien o si lo más prudente y respetuoso era esperar allí a tener noticias.

Aquel hombre no le había mirado bien, reconocía perfectamente ese tipo de miradas, eran las de su infancia cada vez que alguien lo presentaba como el hijo de Mónica Helms. Muchos de esos, con el tiempo, terminaron por mirarle con admiración y pidiendo su ayuda, por lo que se concentró en desear que ese fuera también el caso del padre de Vera.

Aquella noche a los peces no les tentaba morder el anzuelo y el apetito terminó por estrangularse en la boca de su estómago. Recogió los aparejos y comenzó a remar de vuelta a la orilla. Divisó una pequeña luz temblorosa llegar a la explanada, donde desapareció y tras lo cual oyó el golpe metálico de algo caer al suelo. Forzó la vista y, bajo las luces colgantes que él tenía en el porche falso de la caravana, reconoció a Vera. Comenzó a remar con más brío y la llamó para que ella viera que él estaba en la barca. La chica se dirigió a la orilla y se quedó allí quieta mirándole. Ben no podía distinguir la expresión de su cara y forzó los músculos de sus brazos para hundir con más fuerza los remos en el agua. Entonces vio cómo comenzaba ella a desabrocharse el vestido hasta dejarlo caer a sus pies sobre la tierra. Vera se descalzó y no paró ahí, sin dejar de mirarle desde la oscuridad se desabrochó el sujetador y lo lanzó hacia atrás. Ben sintió que los pulmones se le contraían y por un momento dejó de remar. El tono claro de la piel de la chica destacaba en la explanada y era fácil diferenciar las redondeces de su figura. Vera metió los dedos a los lados de sus caderas, empujó hacia abajo hasta deshacerse de la última prenda de ropa que le quedaba puesta y dio un paso adelante hacia el agua. Ben no se lo pensó dos veces y, tras echar el ancla por la borda, saltó de cabeza al agua y comenzó a nadar hacia la chica, que había desaparecido bajo las aguas de color plata por efecto de la luna.

Cuando se alcanzaron se abrazaron mutuamente con desesperación y se besaron con urgencia. Ben sintió el estrecho cuerpo desnudo de Vera entre sus brazos y notó cómo se removía el suyo propio con la resistencia de la ropa que llevaba puesta.

—No quiero perderte, no quiero perderte, no quiero perderte. —Vera lo repitió agónica tres veces y Ben vio que lloraba.

—Vera, lo que yo siento por ti no tiene vuelta atrás. —Él rodeó su cintura con un brazo y con el otro nadó para llevarla hasta donde hacían pie.

—Sé que es pronto, pero también sé que te quiero. Lo sé, lo sé, lo sé. —A Vera le costaba hablar porque le faltaba el aire.

Ben atrapó su boca para demostrarle con besos lo que ya le había dicho antes con palabras. Inmovilizó su delgado cuello con una mano fija en su nuca y con la otra la elevó hasta su cintura para que ella se la rodeara con sus piernas. Eran más que suficientes las señales como para que Ben entendiera hasta dónde quería llegar Vera aquella noche, por lo que con paso firme venció la resistencia del agua y salió con ella enroscada en él.

No necesitaba luz para moverse dentro de la caravana; la luna era poderosa aquella noche y su claridad se colaba dentro de la cabina. Ben dejó resbalar el cuerpo mojado de Vera hasta el suelo y alargando la mano alcanzó la toalla que colgaba de un pequeño gancho junto a la puerta de entrada. Sin dejar de besarla le cubrió los hombros con ella y la acarició de arriba abajo para secarla. Desvió los labios hacia su cuello y descendió hasta la clavícula, bajando la parte superior de la toalla hasta la mitad de su espalda. Continuó sembrando su cuerpo de besos palmo a palmo mientras se lo secaba, hasta que la toalla cayó al suelo. Entonces Vera lo ayudó a él a sacarse la camiseta mojada por la cabeza.

Ben la cogió en brazos, como si fuera ligera como una pluma de ave, y avanzó con ella hacia el final de la caravana, donde estaba la cama. Con suavidad la dejó encima y, al alzar los ojos, Vera no pudo evitar toparse con un cielo estrellado que se colaba dentro de aquel pequeño espacio gracias a la ventana abierta del techo. El sonido pesado de los vaqueros mojados de Ben al caer al suelo le descontroló los latidos del corazón. Las manos grandes de él se apoyaron a ambos lados de su cabeza y el colchón se hundió un poco con el peso de su cuerpo.

—No estés nerviosa. —El se dejó caer sobre ella un poco y su piel húmeda la estremeció.

—¿Y tú por qué tiemblas? —preguntó ella al sentirle vibrar.

—Porque mi cuerpo entero quiere abalanzarse sobre ti, pero mi mente intenta frenarlo para ir despacio. —Sus cejas se arrugaron y su fuerza cedió unos milímetros más, hasta apoyar su vientre en ella.

—No tengo miedo, bésame y no pares de hacerlo a lo largo de toda la noche, y cuando acabe, no dejes que termine. Sigue besándome.

Era fácil que aquello funcionara, pues los dos sentían lo mismo, cada escalofrío, cada latido brusco de corazón y el calor abrasador se hacía por igual con los recovecos de sus cuerpos.

Ben sabía bien lo que debía hacer, pero en aquella ocasión no siguió la ruta establecida, fue su corazón el que le guió por los lugares que sus manos debían acariciar, quien marcó el ritmo que debían llevar sus caderas y el que tradujo con besos profundos lo que para él significaba aquel momento que no dejaba de ser nuevo para ambos por ser el primero.

Vera se entregó a él, sorprendida por la manera en la que él la conducía, sin titubeos, haciéndola sentir en el lugar más seguro del universo. Se aferró a los músculos de su espalda clavando en ellos los dedos hasta sentir la perfección del amor traducido en placer.

Las nubes cubrieron el cielo de nuevo, la brillante luz de la luna desapareció sumiendo en la oscuridad total aquel rincón y, cuando empezaron a sentir las gotas de lluvia colarse por el techo, rieron pero se negaron a interrumpir los besos, ya que habían prometido no ponerle fin a aquella noche.

Las primeras luces del alba fueron de color rosa y no sorprendieron a ninguno de los dos. Permanecían abrazados, en silencio, cubiertos por una sábana que los protegía de la humedad del ambiente.

—¿Cuál es tu número favorito, Ben? —se le ocurrió preguntarle—. Si tu cabeza está continuamente llena de ellos, debe de haber alguno predilecto. Como quien ama la música, pero tiene una canción favorita.

—El cuarenta y siete.

—¿El cuarenta y siete? ¿Por qué?

—Porque es el número de lunares que hay en todo tu cuerpo. —Ben alargó los ojos y le regaló una de sus atractivas sonrisas de labios apretados.

Vera se colocó sobre él y atrapó sus labios una vez más. Saber que Ben tenía en su mente una imagen escaneada de su cuerpo desnudo la maravillaba.

—Tienes que regresar a la granja. —Ben habló tan bajo como pudo, sacando todas las fuerzas de su cuerpo para decir aquello.

—Lo sé. —Vera se aferró con fuerza a su pecho y hundió la cara en él.

Ben le prestó una camiseta y un pantalón corto de deporte que tuvo que enrollarse en la cintura porque era demasiado grande para ella, y Vera salió a buscar su ropa, que permanecía en la orilla del lago. Mientras, él se vistió y la miró desde el porche escurrir de lluvia el vestido amarillo. Cogió la gorra que en su día le regalaron en la MIT y se la puso. Aquel día no recogió datos para sus análisis estadísticos, ni siquiera cogió la libreta de cálculos. Agarró las llaves de la camioneta del cajón donde solía guardarlas y esperó a Vera con la puerta abierta del copiloto.

La vio acercarse con las zapatillas en las manos, andando descalza sobre la hierba, con el cabello iluminado por aquellos primeros rayos que le daban un tono color oro a sus ondas. Le parecía increíble que aquella chica hubiera pasado la noche en sus brazos y que se acercara a él con una sonrisa apretada y un brillo en la mirada exclusivo para él.

—¿Lista? —Ben la agarró por la cintura y la sentó en el asiento mientras le daba otro beso más, como si los infinitos de aquella noche hubieran sido insuficientes.

Hicieron el camino hacia la granja Kimmel con las manos enlazadas y en silencio. Ambos tenían mucho en lo que pensar y Vera, además, intentaba armarse de valor para enfrentarse a su padre, fueran cuales fueran las consecuencias.

Era muy temprano, pero el sol ya despuntaba un par de palmos del horizonte. Vera supuso que Thomas acabaría de salir a dar su paseo matutino por la plantación de soja y que Ellen estaría saliendo de la cama. Lo que no esperaba era ver a su padre sentado en las escaleras del porche con la misma ropa que la noche anterior, despeinado y con unas ojeras que enmarcaban unos ojos tremendamente agotados.

Ben le abrió la puerta a Vera, que permanecía inmóvil agarrada a la tapicería del asiento.

—Dame la mano. —Ben alargó su brazo a ella y la instó a bajarse.

Sin soltar sus manos cruzaron el jardín y llegaron hasta el padre de Vera, que se había levantado y los miraba con aspecto cansado.

—Buenos días, Vera. Antes de nada, espero que me des la oportunidad de explicarme. Ayer no me expresé bien y lamento si con ello te hice daño. Os quiero a ti y a Lulú más que a mi vida.

Vera soltó la mano de Ben y se lanzó a los brazos de su padre. El señor Gillis, sin soltar a su hija, alargó la mano hacia el muchacho de vaqueros y camiseta blanca con aspecto de James Dean.

—Ben, espero que aceptes desayunar con nosotros. Ellen dejó la mesa de la cocina preventivamente preparada para ello anoche.

—Por supuesto, señor. Muchas gracias.

Los tres entraron en la casa y el señor Gillis se dispuso a preparar café.

—Bueno, Ben, por lo que tengo entendido has entablado una amistad especial con mi hija.

Ben elevó las cejas al oír aquel disparo a quemarropa. «Amistad» no era precisamente lo que él consideraba que tenía con Vera después de aquella noche, pero afirmó con la cabeza:

—Sí, señor.

—Y creo que también sabes los motivos por los que ella vino aquí.

—En efecto, pero aquello es solo algo que le sucedió, no lo que ella es. —Ben miró a Vera y ella le sonrió de espaldas a su padre, mientras cortaba unos trozos de un bizcocho que, probablemente, Ellen había horneado antes de irse a la cama y los puso en el centro de la mesa. No era precisamente el guiso de Ellen con el que Landon apostaba a que se resolverían sus problemas, pero deseó que con eso fuera suficiente. Richard sirvió el café humeante en las tazas buenas que habían estado esperando frente a cada asiento toda la noche. Al verlas, Vera sonrió y sintió un enorme afecto por la dueña de aquella casa.

—Por supuesto, solo quería saber que disponías de toda la información. Supongo que, por lo tanto, Vera también te habrá contado lo que les sucedió a sus amigos tras aquel trágico incidente. —El hombre echó dos cucharadas de azúcar a su café y giró la cucharilla en el sentido de las agujas del reloj.

—Pues no, papá, no sabe nada de ellos y no sé qué importancia tiene que lo sepa o no. Yo misma no lo sabía hasta anoche. —Vera empezó a molestarse de nuevo y se sentó tensa en su silla.

—No pasa nada, Vera, estoy aquí para escuchar todo lo que tu padre quiera decirme.

Ben estaba sentado derecho como un poste y no tocó la taza de café. No quería que nada perturbara la serenidad que intentaba mantener. Aquel hombre lo acababa de decir, Vera era lo que más quería en el mundo y aquello no era un desayuno cordial, sino la peor entrevista posible para conseguir el mejor puesto del mundo: ser el dueño del corazón de su hija.

—Vera, hija, ya que he venido hasta aquí antes de lo previsto y me he encontrado con esta sorpresa, ¿me permites mantener una conversación de hombre a hombre con Ben, a solas?

—Es que con sinceridad, eso no me suena nada bien, papá. —Vera puso su mano sobre el hombro de Ben.

—Está bien, Vera, no pasa nada. Me parece bien.

La chica salió de la cocina y la puerta se cerró detrás de ella. El señor Gillis acercó su silla a la de Ben y le dio un largo sorbo a su café.

—No pretendo asustarte, Ben, solo entender la situación en la que está ahora mi hija. Vera salió de Nueva York por recomendación médica; se negó a tomar medicamentos para tratar los ataques de ansiedad que la sacudían después de aquella noche. Cada vez que me la imagino en medio de aquel horrible tiroteo, herida, en aquel escenario tan alejado de lo que era su vida... —El hombre se frotó los ojos con los dedos de su mano derecha y alzó la vista hacia Ben—. Nos dijeron que la alejáramos de todo aquello y eso hicimos, en contra de su voluntad. Vera estaba ingobernable y te aseguro que es muy difícil obligar a alguien que cree que puede ir por libre en la vida cuando no es así. ¡Por Dios, solo tiene diecinueve años! ¿Cuántos años tienes tú, Ben?

—Veinticinco, señor.

—Los Kimmel me han hablado de ti, de tu vida, y tengo que decir que su opinión sobre ti es inmejorable. Yo mismo he sentido una tremenda fascinación al conocer tu historia y te admiro por el sentido de la responsabilidad que has demostrado con tu hermano, ¿Tobías?

—Toby. Bueno, era lo que debía hacer. No he elegido nada de lo que me ha pasado en la vida, solo me he adaptado a las circunstancias —contestó él con cierta tensión en la mandíbula. Era incómodo hablar sobre él con un extraño.

—Claro que has elegido; elegiste sacrificar tu propio futuro por estar aquí haciéndote responsable de tu hermano pequeño.

—¿Y qué otra cosa podía hacer? ¿Abandonarle? ¡Es mi hermano!

—Bueno, conozco a muchos que lo habrían hecho sin que les temblara ni un músculo.

—Eso es inconcebible en mi mundo, señor.

El padre de Vera sonrió e inspiró con profundidad antes de echarse hacia atrás hasta poner su espalda derecha sobre el respaldo de la silla.

—Tu mundo, tú mismo lo has dicho. No el de Vera.

—Podría ser también el suyo si ella quisiera —contestó Ben.

—¿Y habéis hablado de qué forma lo haríais?

Ben tragó saliva y apretó los labios. ¡No les había dado tiempo! Claro que no habían hablado de eso, solamente de que se amaban y querían estar juntos. Ben empezó a respirar agitado. El silencio se convirtió en una helada muralla que se alzaba con lentitud entre ellos, cristalizando y emanando un helor que atravesó el corazón de Ben.

—Así lo veo yo, Ben. —El padre de Vera giró una de sus manos para exponer su palma como si fuera el platillo de una balanza—. Vera puede volver a la Universidad, terminar con sus estudios mientras disfruta de todas las oportunidades que le podemos ofrecer para que pueda ser publicista o artista o lo que elija. Puede conocer gente de su mismo ambiente, compartir con ellos experiencias, deseos, salidas, viajes... Crecer como persona y convertirse en la maravillosa mujer libre que siempre ha tenido en su interior. O bien...

Alzó la otra mano frente a los ojos de Ben para exponer la otra opción y luego la bajó a un nivel inferior.

—O bien, puede iniciar una relación sentimental contigo y, conociendo a mi hija, sus sentimientos crecerán día a día hasta hacerse duros como el cemento por ti. Unirá su vida a ti de forma directa aquí o indirecta desde allí, a tu vida, a tus problemas, a las especiales circunstancias de tu hermano. Eso hará que rechace oportunidades increíbles por estar junto a ambos, sacrificará su futuro por vosotros y puede que sea feliz... O puede que dentro de unos años se levante sintiendo que sois un pesado lastre que le impide volar y alcanzar sus sueños. Porque, reconócelo, Ben, tu ahora mismo no puedes ofrecerle algo que sume. Por lo que me han contado Ellen y Thomas, trabajas los siete días de la semana para conseguir todo el dinero que puedas con el que mantenerte a ti y a tu hermano en esa cara clínica médica en la que vive.

Ben tragó saliva. Aquel hombre no podía haber expuesto la situación de una forma más clara y con ello sintió el peso de toda una vida llena de lastres caer de golpe sobre su cabeza.

—Señor, yo amo a su hija —le dijo como si con ello le entregara lo mejor que tenía.

El hombre se levantó de la silla y le ofreció la mano de nuevo a Ben:

—Estupendo, pues demuéstralo y consigue una buena vida que poder ofrecerle si eso es así.

El señor Gillis apuró el café y se levantó dándole una palmada en la espalda a Ben antes de salir por la puerta de la cocina y perderse escaleras arriba.

Vera entró en la cocina apresurada, con una cara llena de incógnitas y el alma se le cayó a los pies al ver la expresión de Ben. Parecía ido, con la mente a millones de años luz de aquel espacio. La miró sentado en la silla sin pestañear y Vera vio cómo caían los extremos de sus párpados formando la curva más marcada que le había visto a aquellos pequeños ojos oscuros.

—¿Qué ha pasado? ¿Acaso ha sido mi padre desagradable contigo? —Vera se sentó junto a él y le agarró los brazos con sus dos manos.

—En absoluto, tu padre es el tipo de padre que a mí me hubiera gustado tener.

—¿Entonces por qué me miras como si estuvieras a punto de dejarme?

—Es muy tarde, tengo que irme a la gasolinera.

Ben arrastró las patas de la silla contra el suelo de madera y se levantó aún perturbado. Se separó de las manos de Vera y se puso la gorra hasta las cejas.

—¡Espera un segundo, Ben! Me estás asustando. Si no me dices ahora mismo qué ha pasado subiré ahí arriba y te juro que mandaré al infierno a mi padre.

Ben giró sus talones y arrugó la frente. Miró a Vera y descolgó los hombros.

—Vera, te quiero. —Avanzó hacia ella y la abrazó para besarla con fuerza, y por primera vez de verdad, como si aquella fuera la última.

30

«Soy del Sur y todos conocemos la hospitalidad
sureña, pero soy exigente en cuanto se trata de chicos.
Mi padre dice que todas las chicas debemos serlo».

Miley Cyrus

Vera vio cómo subía Ben a su camioneta y se marchaba. Ellen salió de su dormitorio y la sorprendió mirando por la ventana.

—¿Se han calmado las aguas?

—No lo sé, mi padre ha subido a dormir y Ben se ha marchado sin decir palabra. —Vera soltó la cortina y se sentó en el banco junto a la ventana.

—¿Y tú cómo te sientes, preciosa?

—Como si fuera una simple espectadora de mi vida.

—Todo saldrá bien.

Vera asintió lamentando carecer de la fe que llenaba y guiaba la vida de la señora Kimmel. No se sentía con fuerzas de subir a hablar con su padre, además de que él debía de estar exhausto después del largo viaje, la noche en vela y aquella conversación, que sin conocerla con exactitud, sabía que había sido intensa por lo afectado que había salido Ben de aquella casa. Debía darles tiempo a ambos.

Se despidió de la señora Kimmel y cogió la bicicleta para ir a la biblioteca. Se disculpó con Milly por llegar tarde, aunque en realidad el trabajo que se suponía debía hacer para ganar los cuarenta dólares lo había terminado antes de tiempo gracias al rápido programa de catalogación que había ideado Ben. Igualmente, se quedó para ayudar a recolocar todo el material desperdigado.

A media mañana Ben no apareció por allí y aquello inquietó a Vera. Era irritante que él no tuviera un teléfono móvil con el que poder comunicarse.

Una cabeza de cabellos oscuros y cardados se asomó por el pasillo en el que Vera ordenaba novelas de autores europeos un poco antes de la hora del almuerzo.

—¡Menos mal que estás aquí! Pensé que no llegaría a tiempo y estarías ya metida en un avión rumbo al norte.

Ally explotó una pompa de chicle y se acercó a ella con los brazos extendidos, la cogió por los hombros y la acercó a ella para abrazarla.

—¿Cómo estás? ¿Por qué ha venido tu padre? ¿Cuándo te vas?

Vera se deshizo del abrazo y puso el ejemplar que sostenía en las manos en su lugar.

—¿Cómo te has enterado de que ha venido mi padre? —Ally levantó las cejas con superioridad como respuesta.

—Por supuesto, en Abbeville las noticias vuelan.

Vera apoyó la espalda en la estantería y se escurrió hasta el suelo. Ally la imitó y cruzó las piernas esperando escuchar las novedades.

—Me va a estallar la cabeza, Ally. El otro día Ben y yo nos peleamos, fui una imbécil... Llamé a mi padre llorando como una cría y él cogió un vuelo al día siguiente para llevarme de vuelta a casa.

—¡Pero no puedes irte ahora! ¿Qué pasa con Ben? Porque ni por un segundo me tragué que lo vuestro fuera solo una aventurilla pasajera. Se veía a leguas que ninguno de los dos sois de eso.

Vera empezó a dar vueltas a las pulseras de su muñeca con nerviosismo.

—Este pueblo se está llenando de tragedias amorosas. ¡Malia se ha largado y dicen que Landon está como loco!

—¿Que se ha largado Malia? ¿Adónde?

Ally se encogió de hombros:

—No me coge las llamadas. Ya sabes que la cena con los padres de Landon no fue muy bien y a la vuelta del concierto Landon se empeñó en ir a ver al señor Tullis, ¿verdad? Pues no sé qué pasaría con el padre de Malia, pero ellos no volvieron juntos. De hecho, Malia no regresó, literalmente.

—Pobre Landon.

—¡Pobre Malia! —exclamó Ally.

—Sí, por supuesto. Lo siento por los dos, espero que se solucione. Y espero estar aquí para verlo.

Aquello solo aumentó el malestar que ya sentía Vera en su corazón. Si aquella pareja cuyo amor se proyectaba en todas direcciones allá donde estuvieran juntos se había roto... ¿Qué sería de ella y Ben?

—No puedo esperar más, tengo que ir a la Standard.

Vera se colgó la bandolera y salió apresurada de la biblioteca sin dar explicaciones a Milly y con Ally siguiéndole los talones.

—Tengo ahí aparcado el coche del Archie, te llevo. —Ally no pensaba quedarse sin saber qué ocurría con aquellos dos, por lo que hizo tintinear las llaves del coche.

Sin embargo, al llegar a la gasolinera Ben no estaba; en su lugar estaba Kevin repanchingado en la silla con los brazos cruzados bajo el pecho y la cara oculta bajo el ala de su sombrero de vaquero.

Las chicas se bajaron del coche y Ally despertó de un puntapié al chico, que roncaba con las piernas cruzadas alargando su sombra.

—¡Kevin! ¡Espabila! ¿Dónde está Ben?

El muchacho protestó, pero al ver que era Ally la chica que tenía en frente se recolocó el sombrero y le dedicó una sonrisa somnolienta.

—Se marchó, por primera vez en ocho años me pidió que le sustituyera y, total, a mí me queda una semana trabajando aquí. He conseguido un trabajo en Mobile, ¿sabes?

—¡Alabado sea el Señor! Por fin te irás de aquí. —Ally hizo un chasquido con la boca—. Pero ¿adónde ha ido Ben?

—No lo sé, supongo que a su caravana. Vino a buscarme a casa y no paraba de decir que tenía que encontrar la salida de no sé qué laberinto. Ya sabes, una de esas cosas suyas. Hablaba nervioso, algo ido, no paraba de repetir eso. Lo vi tan alterado que le dije que ya lo sustituía yo.

Vera tampoco comprendía a qué se refería Kevin, pero su cuerpo empezó a temblar. Aquel comportamiento no era normal en Ben; o quizá sí, pero tal como hablaba de él Kevin, su sensación de desasosiego no hizo más que crecer.

—Ally, ¿podrías llevarme a la caravana? Por favor. —Vera se lo suplicó, pero en realidad no hacía falta, Ally estaba más que dispuesta a acompañarla. No solo por apoyar y ayudar a Vera, sino porque se moría por ver por fin dónde vivía Ben Helms.

El trayecto se le hizo eterno a Vera a pesar del parloteo imparable de Ally, que intentaba tranquilizarla contándole todas las veces que Ben había hecho cosas raras a lo largo de su vida. Aquella no era la primera, le habló sobre la vez en que, con diez años, se colgó un macuto a la espalda con algo de ropa y alimento para fugarse de casa de uno de los novios de su madre e irse a «trabajar» en el campamento espacial de Huntsville.

—¡Había redactado un currículum para entregarlo a los responsables y que así le contrataran!

También le contó cuando, con trece años, se levantó de su asiento en medio de la homilía del padre Oliver, un domingo en el que no cabía un alfiler en el templo, para debatir el origen del universo con él, ya que no estaba de acuerdo con los siete días que las Sagradas Escrituras aseguraban que habían sido suficientes para la Creación.

—Recuerdo que incluso desmontó el mito de Huggin' Molly. «No existe; si existieran los fantasmas querría decir que el alma existe», recuerdo que dijo aquello y todo derivó en otro debate sobre el alma, la muerte y la vida que puso en apuros al padre.

Vera intentaba reírse, y sus labios se estiraron un poco al imaginar al pequeño genio intentando sobrevivir en un mundo gris mientras que él lo veía todo en tecnicolor. Ally siguió las indicaciones de Vera y llegaron a la explanada, donde no estaba la camioneta de Ben.

Vera se bajó del coche y comenzó a llamarle en voz alta, aunque sabía que era absurdo. Un escalofrío recorrió su espalda cuando vio que la puerta de la caravana estaba abierta. Volvió a llamarle con ambas manos junto a su boca, pero fue inútil. Subió al porche de madera e introdujo la cabeza en su interior. El corazón le dio un vuelco y se tapó la boca con ambas manos.

—¿Qué pasa? —Ally le dio un pequeño empujón para hacerse paso al interior. Al ver aquello se le escapó un silbido—. Creo que esta ida de olla ha sido de las buenas.

Las paredes estaban forradas de diagramas, largas ecuaciones matemáticas, listas infinitas de datos anotados hasta en el suelo, posiblemente al quedarse sin papel que usar. Los cristales de las ventanas, la cama cubierta de hojas llenas de números, las paredes, el techo del que colgaban esquemas pegados con papel celofán.

—¿Qué te ha pasado, Ben? —susurró Vera, abrazándose por los codos.

—Pues aquí no está. ¿Qué quieres hacer ahora, Vera?

Miró a su alrededor con la esperanza de encontrar alguna señal, pero todo estaba en calma.

—Llama a Landon, quizás él sepa dónde está.

Ally obedeció y al segundo de marcar el teléfono del chico este respondió alterado.

—¿Sabes algo de Malia? —preguntó antes siquiera de escuchar el saludo de Ally.

—No, lo siento. Estoy con Vera y nosotras a quien buscamos es a Ben, ha desaparecido y creemos que le ha pasado algo. Estamos en su caravana y esto parece la casa de un genio de las matemáticas después de tomarse una caja de anfetaminas.

—Pues yo no sé dónde está, llamaré al padre Oliver a ver si está con él. En cuanto sepa algo vuelvo a llamarte y si tú...

—Sí, si Malia hace señales de humo te enviaré directo hacia ellas —le respondió la morena, que pulsó el teléfono para cortar la conversación—. No te preocupes, Vera, esto es Abbeville; Ben no puede desaparecer sin que nadie se entere.

—Siento que todo es por mi culpa, jamás debí acercarme a él, ni a Shark, ni...

Ally agarró del brazo a su amiga y la condujo de regreso a su coche:

—¿Ni respirar? Deja de decir tonterías. Nada es por tu culpa. Sube, iremos a casa de los Kimmel por si ellos saben algo.

A medio camino el teléfono de Ally comenzó a sonar y Vera vio en la pantalla que era Landon. Lo descolgó con ansiedad y puso el altavoz para que ambas pudieran escucharle.

—Ben está con el padre Oliver en Creek Home, al parecer a Toby le ha dado una especie de ataque, creo que no respiraba y ahora van hacia el hospital de Dothan con él en una ambulancia. Voy a intentar localizar a mi padre; él debe de estar allí.

Vera se mareó, le faltaba el oxígeno:

—Yo tengo que ir, llévame allí, Ally.

—Vera, no puedo ir hasta Dothan, tengo que entrar a trabajar en una hora.

—¡Yo te llevo, Vera! Tráela a mi casa, Ally —se ofreció el chico y ambas miraron aliviadas el teléfono móvil.

—Muchas gracias, Landon. —A Vera comenzó a temblarle el labio inferior cuando colgó el teléfono.

Ally aceleró tomando peligrosamente una curva y ambas llegaron a casa de los Kimmel en la mitad de tiempo de lo normal.

—Hablo con mi padre y vuelvo en un minuto. ¡Espérame!

Vera entró corriendo en la casa y a voz en grito llamó a su padre, alarmando a Ellen, que desvainaba judías sentada frente al televisor.

—Papá, tengo que irme a Dothan, el hermano de Ben se encuentra muy mal y se lo llevan al hospital. ¡Tengo que ir!

Padre e hija se encontraron en mitad de las escaleras y mientras ella mostraba toda su angustia, él arrugó la boca molesto.

—Vera, tengo los billetes de vuelta a casa para dentro de unas horas.

—¿Qué? ¡Yo no voy a irme a casa ahora! Tengo que ir junto a Ben y Toby. —Vera elevó la voz. Cada minuto allí era un minuto perdido.

El padre de Vera descendió hasta estar a tan solo un escalón por encima de ella y la miró furioso.

—Vera, me llamaste llorando, cogí un avión y saqué billetes para esta tarde de regreso. ¡Me pediste desesperada que te llevara de vuelta a casa! —le recordó con tirantez en la mandíbula.

—¡Pues vete tú! —espetó Vera.

El señor Gillis elevó las cejas y bajó los hombros vencido.

—Lo siento, papá. Lo siento de veras, pero ahora no puedo perder tiempo discutiendo esto. Es importante.

—Bueno, el aeropuerto está en Dothan. Si cuando vayamos todo está bien, nos marcharemos. ¿De acuerdo? —Aquello parecía una negociación, aunque Vera sabía que no tenía ninguna alternativa.

Miró con intensidad a su padre. ¿Cómo explicarle lo que ella sentía? La idea de marcharse en unas horas de allí, dejar todo y a todos los que había conocido, sin tiempo ni siquiera de poder despedirse le resultaba inaceptable; pero reconocía que todo aquello lo había provocado ella. Igual era el momento de asumir las consecuencias de sus actos.

—De acuerdo, papá —aceptó con la idea de encontrar una solución a todo durante el viaje.

—Pues sube y recoge rápido tus cosas.

Ascendió por las escaleras como un vendaval y en un minuto tenía todo guardado, ya que su macuto seguía lleno de la ropa que había guardado el día anterior con Ellen.

Abajo la esperaba el matrimonio. Thomas apretaba los labios y mantenía abiertos los agujeros de su nariz, se notaba que no estaba conforme con aquel cambio de planes; y Ellen con las manos agarradas sobre el pecho la miraba con mucha pena.

—Por favor, llámanos en cuanto sepas algo de Toby. Ten, os he preparado un tentempié para el camino. —La señora Kimmel entregó una bolsa de papel con un par de emparedados y dos sodas.

—Llévate esto, yo creo que si la plantas en un macetero grande conseguirás que viva. —Thomas, evitando mirarla a los ojos, le entregó una pequeña maceta con un esqueje de camelias blancas.

—Gracias, muchísimas gracias por todo. Yo... —Vera no sabía cómo terminar la frase, por lo que les dio un abrazo rápido a ambos y salió por la puerta sin mirar atrás.

Ally los llevó hasta casa de Landon y allí se despidió también de Vera.

—Bueno, yanqui, si dentro de un tiempo quieres verme, ya sabes que tendrás que ir a Los Ángeles —dijo la morena torciendo la boca.

—Lo haré, aunque te llamaré por teléfono, me he acostumbrado a almorzar con tu voz de fondo. —Vera le dedicó una sonrisa apretada y se abrazó a ella con fuerza—. Gracias por ser mi amiga aquí.

Durante el viaje hasta Dothan, Vera se mantuvo en silencio, podía oír cómo charlaban su padre y Landon, pero no conseguía captar frases completas, pues no lograba evitar sacar de su mente el escenario psicótico en el que se había convertido la caravana de Ben. Sacó el cuaderno de su bandolera y comenzó a crear una historia gráfica sobre un chico en silla de ruedas que cogía la fuerza de las constelaciones para luchar contra el mal, aquello le encantaría a Toby.

En cuanto aparcaron el coche, Landon llamó a su padre, pero este no le contestó.

—Llamaré al padre Oliver, debe de estar con Ben —dijo el muchacho.

Caminaron hacia la entrada del hospital y preguntaron por la cafetería, que era donde el sacerdote le dijo a Landon que estaban esperando. A Vera se le salía el corazón del pecho. Por un lado estaba algo molesta porque Ben se hubiera marchado sin ella, pero prefirió pensar que la situación había sido de tal urgencia que no le permitió tomarse ese tiempo extra para avisarla. Al fin y al cabo, llevaba toda su vida haciendo las cosas solo.

Cuando Vera vio al párroco en la puerta de la cafetería, sintió un escalofrío, su semblante revelaba mucha preocupación. Corrió hacia él y le preguntó por Toby.

—No sabemos nada aún, no podía respirar y perdió el conocimiento. Landon, tu padre nos estaba esperando en la puerta de Urgencias, muchas gracias, Dios os bendiga.

—¿Dónde está Ben? —preguntó con angustia Vera.

—Vera, él está... no sé cuál de los dos hermanos me preocupa más —comentó el padre Oliver.

Miró hacia el interior de la cafetería y distinguió la espalda curvada de Ben sobre una de las mesas redondas. Entró con paso decidido, pero frenó sus pies cuando lo pudo ver todo de cerca. Ben tenía la mesa llena de servilletas de papel que había usado como hojas para escribir eternas ecuaciones matemáticas, combinaciones de símbolos que creaban un lenguaje sin sentido para Vera. Algunas se habían caído al suelo y miró a las mesas de al lado, donde Ben había alineado todos los servilleteros que había vaciado. La gente había elegido las mesas alejadas a la suya y le miraban de reojo cuchicheando en susurros. Ben hablaba consigo mismo cosas que ella no entendía.

Cogió una silla y se sentó a su lado sin decir una palabra. Sacó su cuaderno y el rotulador y, justo antes de empezar a dibujar, sintió que él la miraba. El pecho de Ben subía y bajaba acelerado, pero al mirarla se le comenzó a calmar el ritmo con respiraciones más profundas.

Vera deslizó la punta del rotulador, que soltó tinta negra sobre el papel y sintió la mano de Ben cubrir la suya durante unos segundos.

—Estoy aquí contigo, ¿de acuerdo? —dijo ella, que dio el alto con la otra mano a los demás, que avanzan por el pasillo hacia ellos.

Ben siguió haciendo cálculos y ella desarrollando la historia de Starwalker, un chico de las estrellas atrapado en el cuerpo de un humano absolutamente clónico a Toby.

Durante media hora estuvieron juntos, sincronizando sus mundos al compartir una misma mesa y, durante ese tiempo, Vera se sorprendió al no ver a alguien diferente en aquel Ben que todos miraban como si fuese un loco. Todo lo contrario, estaba maravillada con la forma en la que él llenaba más y más servilletas de algo que solo una mente maravillosa y única podía comprender. Aunque también era consciente de que, con aquella estampa, su padre se habría reafirmado en la creencia de que lo mejor para ella era regresar a casa y abandonar Abbeville.

Una figura blanca y esbelta hizo que Vera levantara la vista del papel.

—Ben, muchacho. —La impresionante figura del padre de Landon ataviado con su bata blanca consiguió captar su atención—. Hemos estabilizado a Toby, le hemos dormido para poder intubarle porque la gasometría continuaba con valores alterados. Lo vamos a dejar ingresado y mañana veremos cómo reacciona al quitárselo. Está vigilado, medicado y ahora mismo no se puede hacer más.

Vera sonrió al oír aquello, no parecía que el niño corriera un riesgo inminente, pero Ben se quedó pálido y se desplomó en la silla.

—No podré pagar esto. No tengo suficiente dinero. No consigo resolverlo, no soy capaz, no veo la salida. Es demasiado, no tengo suficiente dinero. —Ben se apretaba la cabeza con las dos manos.

—¡No te preocupes por eso ahora, hijo! —dijo el padre Oliver, que lo había escuchado todo, unos pasos atrás.

—¡Pero no tengo dinero! —repitió Ben, agotado.

—Ben, será cosa mía. No te preocupes por eso; yo asumiré los costes de todo.

Ben levantó la cabeza y miró al señor Frazier con la frente arrugada sin comprender.

—Pero usted no tiene por qué...

—Muchacho, no conseguí ayudar a tu madre. Al menos déjame hacerlo con el pequeño. —El padre de Landon miraba a Ben con tal cariño que cualquiera hubiera podido pensar que también era hijo suyo.

El médico puso una mano sobre su hombro y se lo apretó:

—Si quieres puedes pasar un momento a verle, aunque está sedado.

Ben se levantó y, tras mirar de forma fugaz a Vera, siguió al señor Frazier. Vera se quedó en aquella mesa sembrada de ecuaciones sintiendo un vacío enorme.

—Vera, cuando vuelva Ben, debes despedirte de él. Ya has oído que su hermano está estable y no pienso perder ese vuelo.

—¡Papá! ¿Cómo voy a irme ahora? No puedo, no quiero dejar solo a Ben. —Vera elevó la voz y todos lo que estaban en la cafetería del hospital miraron hacia ellos.

—Deberían salir afuera —les recomendó el padre Oliver.

Vera agarró su cuaderno y se colgó la bandolera al hombro con furia. Salieron a la entrada del hospital y el calor les golpeó como un bate de béisbol.

—Vera, no puedes quedarte aquí. No quería decírtelo, pero todo este tiempo he hecho lo imposible por mejorar tu expediente académico, ese que manchaste al perder la beca. Te han admitido en un curso de arte impartido por artistas reconocidos en la Academia de Broadway, empieza en un par de semanas. Pensé que te encantaría y sé que esto te ayudará a regresar a tu vida. —La agarró por los brazos con suavidad.

—Pero, pero..., pues iré dentro de un par de semanas. Ahora no puedo irme.

—¿Y qué cambiará dentro de dos semanas, Vera? ¿Acaso la vida de ese chico será diferente dentro de dos semanas? Cielo, sé que le has cogido mucho cariño, pero Ben no está en condiciones ahora mismo de añadir a su vida otra persona por la que preocuparse. Ya tiene bastantes problemas. Tú tienes una preciosa visión romántica de la vida que la hace esperanzadora, pero por desgracia no es realista.

—¿Por qué iba yo a ser una carga para él? —Vera intentaba contener las lágrimas con la rabia que sentía en su interior—. ¿Por qué siempre lo he sido para ti y mamá?

—Cariño, para mí nunca has sido una carga. Sabes que lo que dije no era verdad, tu madre y yo nos separamos porque veíamos la vida diferente y contigo todo empeoró porque queríamos cuidar de ti de forma diferente. Pero nunca, ¡nunca!, has sido ni serás una carga. Pero para Ben sí, porque...

Richard Gillis miró sobre los hombros de Vera y calló.

—Porque contigo dejo de pensar y ahora necesito más que nada en el mundo encontrar la salida del laberinto.

Ben habló a su espalda y ella sintió como si le pegaran un tiro a quemarropa. Se giró y vio a Ben, despeinado, ojeroso, abatido y con un muro invisible e imposible de traspasar alzado frente a ella.

—Ben. —Vera pronunció su nombre de forma acusadora, con todo el dolor de su cuerpo proyectado en él.

—No puedo, Vera, ahora no. Estoy cerca, cada día más cerca, pero aún no soy capaz de llegar al final y, aunque estos días juntos han sido sin duda los mejores de mi vida... Yo nunca he sido lo importante. No puedo abandonarlo todo y dejar a Toby por ti.

—Pero yo no te pido que hagas eso; yo quiero estar junto a vosotros.

—Y yo no puedo hacer lo que tengo que hacer si en lo único que pienso cuando te tengo cerca es en besarte. —Ben dio un paso adelante para hablarle de cerca en un tono que solo pudiera oír ella—. Necesito recuperar la vida que tenía para conseguir una mucho mejor, ahora ni siquiera puedo pagarle a mi hermano esto. Necesito que te vayas, Vera.

Quería decirle que ella no necesitaba Abbeville ni le necesitaba a él, que lo que le ocurrió no la definía y que podría regresar a la Universidad y conseguir grandes cosas. Cosas que junto a él serían imposibles. Sin embargo, calló aquella parte de verdad y se limitó a sentenciar su ruptura.

—Vera, vete antes de que te conviertas en alguien a quien tener que echar de menos.

Aquello fue peor que un disparo, escuchar esa frase fue sentir la muerte desde lo más profundo del corazón. Alzó la cara hacia él y se tragó las últimas lágrimas. Sin apartar los ojos de sus pupilas, mirándole de aquella manera que él solía hacer al principio, se desenroscó el pañuelo que cubría la cicatriz de su muñeca. Sentía que aquello ya estaba curado, que formaba parte de ella y no debía esconderlo más; pero sobre todo, se lo quitó porque en su pecho se acababa de abrir una herida mucho más profunda.

Alargó los brazos y rodeó la muñeca izquierda de Ben con el pañuelo:

—Está bien, me marcho pero no pienso rendirme, ni volver a huir. Espero de todo corazón que consigas encontrar la salida de tu laberinto, pero no facilitaré que te olvides de mí. —Enroscó el pañuelo y le hizo un nudo bien fuerte al terminar de hablar que logró estrangular el corazón de Ben.

Ver a Vera girarse con su larga melena balanceando las ondas sobre la espalda fue la imagen que retuvo en su mente antes de que el velo de color desapareciera y su vida volviera a la luz oscura de la soledad. Se puso la mano sobre el pecho y entendió que le dolía tanto porque ahora en él ya solo había lunares dispersos. El unicornio había desaparecido.

Final

«Desde aquel día estoy inquieto. Supongo que algunos corazones simplemente nacen para correr. Grandes sueños y esperanzas me han guiado a través de los tiempos duros como una Estrella del Norte brillando, mostrándome adónde ir».

Big dreams & high hopes, Jack Ingram

Era raro para Ben estar allí y que quien lo acompañara fuera Ally McAllister. La chica iba vestida como si fuera Marilyn Monroe con un vestido blanco escotado, los labios pintados de rojo intenso y el cabello teñido de color rubio. Era una de las tareas que le habían mandado en la academia de interpretación, convertirse en un personaje durante una semana, y ella se entregaba a ello por completo. Sentada en segunda fila, no dudó en levantarse cuando le nombraron para vitorearle con emoción a base de gritos agudos y sensuales.

Ben Helms, graduado *summa cum laude* por el Havery Mudd College de Claremont, la mejor universidad especializada en ingeniería y matemáticas. Le dedicó a ella el cambio de posición en la borla de su birrete junto a una de sus sonrisas mecánicas. Después de todo, la chica se había presentado allí por sorpresa, había mostrado mucho interés por acompañarle en aquel día tan importante al enterarse, a través de los periódicos locales, de que un genio de un pequeño pueblo de Alabama había obtenido el título universitario en un solo año.

—Sonríe, te haré una foto. Estás muy sexi con esa toga. —Ally enfocó hacia él el objetivo de su teléfono móvil e hizo una ráfaga de fotos en un segundo.

—Gracias, Ally. Tú también estás muy guapa.

Ben había llegado hasta ahí después de un año tremendamente duro y solitario, pero lo había logrado. Había encontrado la puerta de salida del laberinto meses atrás y la llave era tan valiosa que su vida había dado un vuelco. Sabía que las ofertas le lloverían si sacaba ese algoritmo a la luz, pero pensó que tenía una deuda con quien le había dado trabajo durante tantos años. Al mismo tiempo, volvió a ser objeto de deseo de las mejores universidades del país. Todo aquello sucedía mientras él intentaba reajustar su vida a los cambios, a la ausencia.

—¿Es cierto eso que dicen de que eres asquerosamente rico? No sé si fiarme de las habladurías que me llegan desde Abbeville —preguntó la falsa rubia, apretando los labios hacia fuera.

Ben soltó una carcajada y, por un momento, recordó lo que era sentir sin pensar, y se acordó de la chica de ojos grises.

—Sígueme. ¿Quieres dar un paseo conmigo?

Ben se deshizo de la toga y el birrete, hizo varios pliegues a las mangas de su camisa blanca hasta los codos y se aflojó la corbata. Guió a Ally lejos del tumulto de familias que se fotografiaban con los recién graduados y cruzaron un par de calles consiguiendo captar la atención de los transeúntes masculinos gracias al atuendo de la chica. El muchacho se metió la mano en el bolsillo de su pantalón de tela oscura y sacó la llave automática de un coche.

—No puede ser... —dijo Ally, embobada.

Ben apretó el mando y las luces de un Infiniti parpadearon frente a ellos.

—¡Entonces es cierto! —exclamó Ally con los ojos abiertos y las manos sujetando su delantera.

La chica se subió al coche y exigió a Ben hacerlo descapotable para dar aquel paseo. El muchacho obedeció gustoso de darle el capricho a la chica, conocía la sensación que estaba experimentando ella, pues era la misma que había tenido él justo medio año atrás, cuando se lo regalaron al firmar la venta del algoritmo que predecía la subida o bajada del precio de la gasolina a la compañía Standard Oil, que, con toda probabilidad, lo enterraría en los más profundo del planeta para que nadie más pudiera hacerse con él.

Cuando Ben aparcó media hora después en la puerta del apartamento donde vivía Ally, esta abrió su pequeño bolso y sacó un papel doblado para entregárselo.

—No sé si también tendrás un jet privado o no, pero tienes que volar hasta Nueva York. Yo no puedo ir y tampoco quiero que esté sola en un día tan importante. Los dos habéis conseguido grandes logros.

Ben desdobló el papel y, al descubrir una invitación del Bruschwick Collective en el que aparecía el nombre de Vera, sintió un golpe en el corazón.

—Va a exponer un mural. Ha conseguido ganar un concurso con uno de sus dibujos en esa galería abierta de Brooklyn y lo van a descubrir en dos días. Parece que vuestros planetas por fin se pueden alinear, como lo han hecho los de Landon y Malia.

Ben inspiró hasta llenar los pulmones. Llevaba un año entero dedicado en cuerpo y alma a conseguir aquello. No se podía creer que la oportunidad estuviera tan cerca que casi la tocaba ya con la punta de los dedos.

—Dale esto de mi parte a Toby. —Ally se aproximó a Ben para dejarle la señal de carmín de sus labios en la mejilla, luego agarró con una mano la cara del muchacho y le dio un apretado besos en los labios—. Tenía que besarte ahora, era mi última oportunidad.

La morena teñida de rubio platino se bajó riendo del deportivo y, aprovechando una corriente de aire cargado de aroma marino, le dedicó la escena que Marilyn había protagonizado con aquel vestido. Ben sonrió y se despidió de ella, ansioso por coger un vuelo.

Regresó al hotel en el que había vivido el último mes mientras se examinaba de toda una licenciatura. Subió a la habitación con prisas por conectarse al ordenador. Tiró el diploma y las llaves del coche sobre la cama y abrió el portátil para abrir la aplicación con la que se comunicaba a base de mensajes de texto con el ordenador especial de Toby.

«Colega, creo que ha llegado el momento. ¿Podrás esperarme unos días más?».

Le dio a la tecla de enviar y enseguida vio cómo se conectaba el receptor para enviar una respuesta.

«Esta semana le toca a la enfermera Sylvia y la que viene, a Shopia. Puedes tardar el tiempo que necesites».

Ben soltó el aire con alivio. Siempre supo el valor que tenía el dinero en la vida, estaba justo en el tercer lugar de la cadena, pero reconocía que los dos primeros eslabones, la salud y el amor, mejoraban sustancialmente si se contaba con él de manera holgada. O extraholgada, como ahora era su caso. Ahora Toby contaba con toda la asistencia sanitaria y disfrutaba de las comodidades más caprichosas que pudiera desear; y con ello, la vida de Ben por fin importó.

El vuelo se le hizo eterno, aunque le dio margen suficiente como para repasar mentalmente una y mil estrategias con las que abordar la situación. Si no lograba pasar la primera barrera no sabía cómo reaccionaría. ¿Se rendiría? ¿Pasaría por encima de ella? ¿Volvería a una vida que ya era otra vida?

Cogió un taxi que atravesó Queens hasta el puente de Williamsburg para llegar a Manhattan. Allí decidió bajarse y llegar a pie al barrio de Greenwich Village, donde estaban los estudios Electric Lady, en los que encontraría al productor musical.

Ben agarró con fuerza su carpeta y sintió la misma presión con la que fue a la oficina de patentes con su algoritmo bajo el brazo. La mano le temblaba cuando alzó el brazo para llamar al timbre de la puerta, la sacudió enérgicamente en el aire y soltó todo el aire de los pulmones dispuesto a llenarlos de serenidad.

—Quiero ver al señor Gillis —le dijo Ben a un muchacho algo más joven que él que vestía de negro y llevaba pendientes hasta en las cejas, lo cual le sorprendió e hizo que lo mirara fijamente a los aros y pinchos plateados que decoraban su cara.

—¿Tienes una cita con Richie?

—No tengo una cita con Richie, quiero ver al señor Gillis —remarcó él alargando los ojos.

—A Richard Gillis. Richie —repitió el chico, ¿o quizás era una chica? Ben no acertaba a distinguirlo.

—Dígale al señor Gillis que soy Ben, de Abbeville, por favor.

—¡Claro, tío! Ahora voy.

Ben se sentó en una silla con los dedos tamborileando en su carpeta mientras esperaba contestación. A los tres minutos vio al padre de Vera aparecer por el largo pasillo en el que había desaparecido el recadero.

—¡Muchacho! ¡Qué sorpresa verte por aquí!. —Mantuvo las manos en sus caderas hasta que vio cómo se levantaba Ben y le ofrecía un apretón de manos.

—Si me permite un par de minutos, me gustaría hablar con usted. Le he traído información, quería mostrárselo todo antes de hablar con Vera. —Ben abrió nervioso la carpeta y comenzó a desplegar sus folios sobre las sillas de la recepción de los estudios de grabación.

—Pero podemos pasar adentro, espera...

Ben no escuchaba, quería soltar todo aquello de una vez para ir en busca de la chica.

—Aquí tiene mi título universitario, las ofertas de trabajo que he recibido en distintas universidades del país junto con el sueldo que va asociado, y también, bueno..., en realidad, trabajar no es necesario por la venta de mi algoritmo. Tome, en estos papeles bancarios puede ver que mi situación económica ahora es más que desahogada. Ya no vivo en una caravana, me construí una casa, y es bastante grande. Aquí puede ver los planos. —Ben le miraba entre papel y papel hasta que no encontró más sillas sobre las que dejarlos.

—¿Por qué me enseñas todo esto, Ben? —El señor Gillis alzaba las cejas con una mezcla de sorpresa e incomprensión.

—Usted me lo pidió, me dijo que debía conseguir una buena vida que ofrecer a su hija. Aquí lo tiene, con esto puedo ofrecerle el mundo entero, como usted quería. Deseaba saber si ahora me considera digno de estar con ella. —Ben se recolocó el mechón que se le había descolgado y se irguió con respeto hacia el padre de la mujer que amaba.

—Ben, siempre te consideré digno de ella, solo que no quería que mi hija llevara la misma vida que llevabas tú de sacrificio. —El hombre recogió unos cuantos papeles que devolvió a su dueño y se sentó en una de las sillas—. Me tienes impresionado.

—¿Y eso es bueno, señor? —preguntó angustiado Ben. El hombre se rio al escucharle y aquello puso nervioso a Ben—. ¿Qué ocurre, señor?

—Aquí nadie me llama «señor».

—Es Richie —apuntó el chico de negro con pendientes que Ben creía desaparecido, pero que se había sentado detrás del mostrador de recepción.

—Ben, guarda todo esto, no es necesario que lo revise. Por mi parte, sin lugar a dudas, me pareces una persona más que digna de compartir la vida con mi hija. Pero...

Ben sintió aquel «pero» como si le agarraran con las manos por el cuello y se lo apretaran hasta cortarle el paso de aire.

—Hace tiempo que asumí que mi hija estaría con quien ella eligiera, me gustara o no. Te agradezco que hayas venido hasta aquí buscando mi aprobación, estas cosas ya casi no se ven... —El hombre volvió a reír, pero le ofreció la mano a Ben con el gesto sincero—. Te deseo suerte, es lo único que puedo hacer por ti.

—Bueno, soy del Sur, para mí era importante contar con su aprobación, pero con que me desee suerte es suficiente, se lo agradezco, señor Gillis.

El padre de Vera se perdió por el pasillo y Ben recogió sus papeles bajo la atenta mirada del recepcionista.

—¿Así que tú eres el chico de Alabama de Vera?

Ben se giró y le miró sorprendido. Le sonrió con la revelación que esa pregunta le proporcionaba. Aquello despejaba una incógnita de la ecuación, así que salió del estudio de grabación y paró el primer taxi con el que se cruzó.

Hizo parar al taxi en cuanto la vio subirse allí arriba. Su corazón se le había disparado, se desabrochó otro botón de la camisa de los domingos y cuando se bajó del automóvil se la sacó al completo por fuera. Le había parecido una buena idea ir vestido como al padre Oliver le gustaba que fuera a misa para ir a hablar con el señor Gillis, pero al verla allí subida, con una minifalda vaquera cuyo peto le colgaba de un lado, con la melena flotando como la espuma a su alrededor por efecto de la brisa, sintió que iba demasiado arreglado para esa parte del plan.

Estaba preciosa y su mirada perdida al frente le dio el margen que necesitaba para acercarse a ella sin ser descubierto.

Vera estaba satisfecha con el resultado, tan solo faltaba dejar su firma en él. En media hora vendrían los operarios a colgar la tela que lo cubriría hasta el momento de la inauguración. Iba a ser la primera vez en muchos años en la que sus padres volverían a estar juntos en el mismo lugar y la idea de vivir esa situación la había estresado durante aquella semana. Sin embargo, en aquel momento decidió dejar de pensar en ellos y reconocer la sensación que surcaba su cuerpo: orgullo. Aquella obra era suya, en verdad la representaba a ella, a sus sentimientos, sueños y anhelos. Ahí estaba todo, absorbido por la porosidad del ladrillo y a la vista de cualquiera. No pudo evitar recordar el día en el que Shark le había enseñado a usar aquellos botes de espray. En cierto modo, él debería estar allí junto a ella, pero no había vuelto a saber nada de él. Aunque el caso policial se cerró cuando consiguieron meter entre rejas al jefe de los traficantes, Shark no regresó a su vida, probablemente porque con la nueva conseguía una versión mucho mejor de él. Con Pipper retomó el contacto telefónico, la chica se quedó bajo el cobijo de sus padres, aparcó los estudios y Vera sospechaba que con el bebé ya no los retomaría jamás. Aquel largo año lo había pasado en la residencia de estudiantes junto a una responsable y estudiosa asiática de intercambio a la que no le gustaba meterse en líos, pero que adoraba ir al cine y comer Swedish Fish.

Miró buscando el lugar apropiado en el que dejar su marca. Se acercó a la equina inferior derecha y apretó el índice sobre el pulsador para deslizar la pintura con destreza en una letra redondeada. Vera Gillis, la chica de la firma era ella. Ni la hija de sus padres, ni la adolescente que alguien recordaba ni la persona que alguien podría pensar que era. Supo en ese instante que no importaba el concepto de ella que tuviera el resto de la Humanidad, porque nada de eso la definía, tan solo sus pensamientos y lo que sentía su corazón. Aquello era lo que siempre había ilustrado, aunque ni siquiera una mente maravillosa sería capaz de entenderlo. Sabía que es imposible sentir y pensar al cien por cien como otra persona y que la magia reside en encontrar quien te complemente.

Reconoció aquel instante como el momento en el que cortaba los cabos y comenzaba por fin a volar libre, y quiso verlo con perspectiva una última vez. Cruzó la calle y localizó un taxi de la ciudad de Nueva York aparcado, se subió a él y trepó hasta la parte superior. Volvió a perderse dentro de su corazón, traducido en colores y una sola frase a modo de cómic: «Dos estrellas diferentes pueden pertenecer a una misma constelación».

—Es increíble —dijo Ben, alzando la voz hacia ella.

—¡Gracias! —contestó Vera alegre, aún con la mirada al frente. Pero al momento su estómago se estranguló y miró a quien alababa su obra—. ¡Ben!

Vera se quedó de piedra y el bote se le cayó de las manos, golpeando el cristal del taxi. Ben lo recogió del suelo y se incorporó para ofrecerle la mano.

—Te ayudaré a bajar, no quiero que destroces otro vehículo. Aún me debes los cuarenta pavos de arreglar la bicicleta —le dijo, concentrado en ir paso a paso, frenando el impulso de rodearla entre sus brazos hasta asegurarse de lo que ella quería.

—Estás aquí —dijo Vera, que aceptó su ayuda como si se aferrara a una mano fantasma.

Ben no se resistió a agarrarla por la cintura para depositarla en el suelo. Ahí estaban, uno frente al otro. Ben con la cabeza agachada hacia ella. Vera con la cara alzada hacia la de él.

Vera sintió que ardía por dentro al tener aquellos ojos oscuros mirándola al centro de sus pupilas, sin pestañear, de aquella forma en la que nadie la había vuelto a mirar a lo largo de aquel tiempo.

Había soñado con aquel momento cada noche de cada día, de cada semana, de cada mes de aquel eterno año. Un año atrás había regresado a una vida en la que no se sentía ella, pero de Abbeville se había llevado lo más importante: la fuerza para encontrarse a sí misma y rehacer su vida sobre bases sólidas. No había sido fácil porque dolía hacerlo en soledad, pero pensaba en Ben y sacaba coraje. Supo por Ally que Toby se había recuperado de aquella crisis y también supo de las otras dos que sufrió meses después. Sufrió muchísimo por el pequeño y lloró hasta secarse por dentro pensando en la solitaria forma de Ben para afrontar todo aquello. Revivió el dolor cada vez que recordaba la manera en que, con toda la sinceridad de su corazón, la había apartado de él. Sin embargo, llegó un punto en que decidió afrontar todo aquello de la manera en que la señora Kimmel le recomendó: con fe. Puso toda su confianza en la genialidad de la mente de Ben, esperando a que llegara el día en que él encontrara la salida a aquel laberinto suyo, porque entonces estaba segura de que iría a por ella. Los días habían sido una cuenta atrás hasta él. Y ahí estaba, a un paso de su cuerpo, preguntándose si lo que había dibujado en la pared podía hacerse realidad de una vez por todas.

—Sí, estoy aquí. —Ben se metió la mano en el bolsillo del pantalón y sacó de una punta el pañuelo de Vera como si fuera un mago.

—¿Y eso quiere decir que lo conseguiste? ¿Encontraste la solución? —preguntó ella con la voz ahogada y cogiendo el extremo colgante.

—Sí, lo hice. Y ahora estoy aquí —repitió.

—Eso ya lo has dicho. —Vera estiró los labios y tomó aire elevando su pecho.

Ben volvió a mirar hacia el grafiti y enroscó su punta del pañuelo en la muñeca, acercándose más a ella.

—Toby sigue conmigo, eso no ha cambiado ni cambiará, pero aun así puedo ser libre con él. Aquí, allí, donde quieras... Si tú aún lo quieres. —Señaló con la barbilla la pared pintada—. Me han ofrecido trabajo como profesor en prácticamente cualquier Universidad del país.

Vera soltó el aire en un resoplido. Aquel chico seguía siendo tan directo como siempre y, después de estar un año sin saber el uno del otro, le ofrecía pasar el resto de la vida juntos. Desvió la mirada hacia su obra, aquel grafiti de su cómic *Starwalker,* tomando la fuerza de Monoceros y convirtiéndola en una bola luminosa sobre su mano llena de números y ella ayudándole a sostenerla.

—¿Ya no quieres trabajar para la NASA? —preguntó ella, controlando lo desbordante que le resultaba todo aquello.

—Me da igual el trabajo, en realidad no lo necesito, lo que quiero es estar contigo.

Vera no quería dejarse llevar por el impulso, había aprendido a pensar en las consecuencias, pero aquello lo tenía más que meditado. En realidad era algo ansiado y el hecho de que estuviera sucediendo en aquel momento era extraordinario. Le imitó y enroscó el pañuelo en su muñeca uniendo la palma de su mano con la de él. El corazón le latía tan fuerte que le costaba hablar; había reconocido el aroma a cereza, el tono cadente de Ben al hablar la había hipnotizado y tocarle otra vez era lo único que hacía que no pensase que estaba soñando.

—¿En serio? ¿Te mudarías a Nueva York mientras termino la Universidad? Es mucho tiempo y Toby tiene allí a todos sus médicos.

—En Nueva York también hay médicos. Él puede estar en cualquier lugar mientras me tenga a mí ¡y a Cefi! —Ben hizo reír a Vera, que abrió los dedos para enlazarlos con los de él—. Además, el tiempo es algo relativo, puede parecer mucho o poco dependiendo de la importancia del objetivo final y, si aplicamos eso a este tema en concreto, yo te puedo asegurar empíricamente que poder pasar la vida contigo merece invertirlo todo.

Vera puso su otra mano sobre el corazón de Ben y le miró suplicante:

—No vuelvas a separarme de ti nunca más.

Vera sintió el brazo de Ben rodear su cintura y hacer fuerza para apretar su cuerpo contra el de él.

—Jamás.

Ben tomó aire suficiente para llenar sus pulmones antes de besarla, pues sabía que la probabilidad de que aquel beso durara una eternidad no era como la de ver un unicornio.

Agradecimientos

Escribir este libro supuso un reto de principio a fin para mí y no lo habría conseguido superar sin el apoyo de mucha gente a la que van dirigidos estos agradecimientos.

El más importante es para mis queridas amigas: Lorena Barbeito, mamá de David, y Kelly Harper, mamá de Toby. Por ser unas madres luchadoras con unos hijos que hacen brillar la palabra «especial».

Gracias a mi editora, Esther, por volver a confiar en mí, no solo con esta novela, sino como escritora y persona. Siempre encuentras las palabras adecuadas para animar y calmar mis momentos de drama. Como dices, Titania es mi casa.

A todo el equipo Urano por su profesionalidad, en especial a Patricia por estar siempre pendiente de mí, a Berta por pulir esta novela con genialidad y a Laia por conectar mis historias con el mundo digital. Gracias, Luis Tinocco, es una suerte contar con tu arte para plasmar toda una historia con una sola imagen.

Gracias, a Victoria Rodríguez, porque siempre estás ahí, incluso cuando todo está cerrado.

Gracias Vane, porque por mí hasta lees en el móvil.

Eternas gracias a mis lectoras cero por entregarme su tiempo y sus mejores críticas: Patricia, Sofía y Dunia. He aprendido de las tres.

A mi gente de Lorca y Granada por no fallarme nunca, a mis amigas de siempre, a las que se instalaron en mi vida hace unos años, a las que superaron la categoría de «lectoras» para instalarse en este nivel de amistad (la que se lee hasta mi lista de la compra y la que me manda fotos de nuestro cantante favorito). Os abro el corazón con un enorme gracias por animarme a seguir escribiendo.

Gracias a las lectoras impacientes, las que me han hecho meterle caña al teclado con sus ánimos a través de *tweets* con *gifs* (sabéis quiénes sois) y mensajes llenos de cariño.

No puedo olvidarme de Ana Lara ni de las chicas de Maracena, por hacerme sentir siempre tan querida.

Porque sé que cuento con vuestro apoyo incondicional, gracias a todos los blogueros que esperabais esta novela, vuestro trabajo es un regalo.

Gracias a toda mi familia por ser mis mejores fans. Os quiero.

Quico, no solo eres mi media mandarina, gracias por ser también mi Antares.

Gracias a ti, lector, por ser para mí un maravilloso unicornio.

Datos de contacto

Elenacastillo.tintayacordes@gmail.com
Twitter: @tintayacordes
Instagram: @elenacastillo_tintayacordes
Pinterest: Tintayacordes

Quotes de las lectoras cero:

«Déjate llevar por la calidez sureña con una historia de amor peculiar, divertida y apasionante».

Patricia García, «A LittleRed».

«Elena Castillo vuelve a robarnos el corazón con su nueva novela, escrita con el poético estilo marca de la casa y lleno de amor, amistad y sobre todo sentimientos. Ben y Vera son una pareja tan imperfecta que les hace perfecta».

Sofía Parra, «Sopa de letras».